Vorwort

Unter den vielfältigen Rätseln, die »Das ägyptische Kreuz« aufgibt, findet sich auch ein unbedeutenderes, das – wenn überhaupt – wenig mit der Geschichte selbst zu tun hat, dafür jedoch um so mehr mit seinem irreführenden Titel. Der Autor – mein Freund Ellery Queen – hatte seinem Manuskript, das er mir auf wiederholtes Anfragen seines treuen Dieners Djuna hin von seinem Refugium in Italien aus zukommen ließ, eine Notiz beigefügt und sich zu diesem Mißverhältnis geäußert:

»Mach ihnen den Mund wäßrig, J. J.! Das hier ist kein Pyramidenschund! Ich langweile niemanden mit koptischen Dolchen, die um Mitternacht in gruseligen Museen zustoßen! Mit Pharaonen, Fellachen oder billigem orientalischem Klimbim! – Nein: In meiner Geschichte spielt Ägypten nicht einmal eine Rolle! Warum, wirst Du Dich fragen, habe ich ihr dann diesen Titel gegeben? Lies, und Du wirst es herausfinden! Natürlich ist der Titel provokant gewählt – ich konnte einfach nicht anders. Aber so ganz ohne ägyptischen Hintersinn? Meine Antwort: Das ist es ja gerade! Wart's ab!«

Ellery war offenbar gerade wieder in seinem Element; Sie wissen ja, er spricht gern in Rätseln!

Die abscheulichen Morde gehörten zu den letzten Fällen, die mein Freund gelöst hat; und der Roman, den er darüber verfaßt hat, ist sein fünfter. Schon die bloßen Zutaten klingen äußerst verheißungsvoll: Ein Irrer, der sich für einen reinkarnierten Gott aus dem alten Ägypten hält; eine Nudistenkolonie; Kreuzigungen; ein unglücklicher Seefahrer; ein Amokläufer aus Osteuropa, der Urheimat von Gewalt und Aberglauben …

Oberflächlich betrachtet eine verrückte Zusammenstellung; in Wirklichkeit jedoch der Hintergrund, vor dem sich eines der zugleich widerwärtigsten und raffiniertesten Verbrechen der amerikanischen Kriminalgeschichte abgespielt hat.

Sollten Sie ein wenig enttäuscht sein, weil der liebenswerte alte Inspector Richard Queen sich zu früh verabschiedet – ich werfe Ellery ständig vor, daß er seinem Vater nie so viel Platz einräumt, wie ihm eigentlich gebührt –, seien Sie unbesorgt. Es gibt ein Wiedersehen! Im »Ägyptischen Kreuz« jedoch ist Ellery aufgrund geographischer Gegebenheiten fast ganz auf sich selbst gestellt. Ich war versucht, dem Herausgeber vorzuschlagen, dem Leser die Benutzung eines Atlasses zu empfehlen oder als Frontispiz eine Karte der Vereinigten Staaten abzudrucken. Denn es begann in West Virginia …

Aber genug der Worte; schließlich ist es Ellerys Roman. Erzählen soll er ihn selbst.

J. J. McC.

Rye, New York
August 1932

ERSTER TEIL

Die Kreuzigung eines Schulmeisters

»Psychiatrische Grundkenntnisse sind für mich als Kriminologen immer von unschätzbarem Wert gewesen.«

JEAN TURCOT

1. Weihnachten in Arroyo

Es begann in West Virginia, an einer Straßenkreuzung, die eine halbe Meile außerhalb des kleinen Fleckens Arroyo lag. Eine Nebenstraße, die nach Arroyo führte, traf hier auf die Schnellstraße zwischen New Cumberland und Pughtown.

Ellery Queen sah sofort, daß die Geographie der Gegend von Bedeutung war. Beim ersten Hinsehen war ihm jedoch auch vieles aufgefallen, was nur Verwirrung bei ihm ausgelöst hatte; noch fehlte ihm der Abstand, der nötig war, um einen klaren Gedanken zu fassen.

Wie es nun kam, daß der Kosmopolit Ellery Queen um zwei Uhr nachmittags an einem kalten Tag Ende Dezember in der grauen Einöde des westvirginischen Panhandles neben einem verbeulten alten Duesenberg stand, bedarf der Erklärung. Mehrere Faktoren hatten zusammengewirkt, die Ellery in die Provinz verschlugen; unter anderem hatte Ellerys Vater, Inspector Queen, beschlossen, eine Art Arbeitsurlaub einzulegen. Der alte Herr war bis über beide Ohren in einer Polizeikonferenz engagiert; in Chicago herrschten die üblichen Zustände, und der Commissioner hatte ranghohe Kollegen aus verschiedenen Großstädten eingeladen, um mit ihnen zusammen ausgiebig über den Mangel an Recht und Ordnung in seinem Amtsbereich zu lamentieren.

Während der Inspector in seltener Hochform zwischen Hotel und Polizeihauptquartier hin- und hereilte, hörte Ellery, der ihn begleitet hatte, zum ersten Mal von jenem rätselhaften Verbrechen, das bei Arroyo verübt worden war – ein Verbrechen, das die United Press pikanterweise »T-Mord« getauft hatte. Die Zeitungsberichte stachelten Ellerys Neugier derart an – ein gewisser Andrew Van war am Morgen des ersten Weihnachtstages enthauptet und gekreuzigt worden –, daß er seinen Vater energisch aus den verrauchten Konferenzräumen von Chicago herauszerrte und mit seinem Duesenberg – einem gebrauchten Sportwagen, der ungeheure Geschwindigkeiten erreichte – in Richtung Osten preschte.

Der Inspector, der an sich ein pflichtbewußter Vater war, hatte, wie zu erwarten, seine gute Laune auf der Stelle eingebüßt. Die ganze Fahrt über – von Chicago über Toledo, Sandusky, Cleveland, Ravenna, Lisbon, eine Reihe von Städten in Illinois und Ohio, bis nach Chester, West Virginia – hatte der alte Herr ein bedrohliches Schweigen bewahrt, und nur Ellerys kluge Sprüche und das Dröhnen des Auspuffs unterbrachen die Stille.

Sie waren durch Arroyo, ein winziges Nest von etwa zweihundert Seelen, hindurch, bevor sie merkten, daß sie überhaupt dagewesen waren. Doch da … die Kreuzung.

Der Wegweiser mit dem Querbalken an der Spitze hatte sich schon aus einiger Entfernung, bevor der Wagen schließlich anhielt, scharf vor dem Hintergrund abgezeichnet. Die Straße nach Arroyo endete hier und traf im rechten Winkel auf die Schnellstraße. Folglich stand der Wegweiser der Einmündung der Arroyo Road gegenüber; einer seiner Arme wies in nordöstliche Richtung nach Pughtown, der andere in südwestliche nach New Cumberland.

Der Inspector brummte: »Mach nur. Mach nur einen Idioten aus dir! Nichts als Flausen im Kopf! Mich hier heraus zu schleifen … Das ist doch bloß wieder einer von diesen verrückten Morden … Ich sehe nicht ein –«

Ellery zog den Zündschlüssel ab und verließ den Wagen mit eiligen Schritten. Jenseits der verlassenen Straße ragten die Berge von West Virginia in dramatischer Pose zum stahlgrauen Himmel auf. Der schmutzige Erdboden war hart und voller Risse. Es war bitterkalt, und ein scharfer Wind ließ Ellerys Mantelschöße flattern. Und genau vor ihm stand der Wegweiser, an dem Andrew Van, der exzentrische Schulmeister von Arroyo, gekreuzigt worden war.

Das ehemals weiß gestrichene Holz hatte einen schmutzigen Grauton angenommen und war mit getrocknetem Schlamm verschmiert. Der Wegweiser war fast zwei Meter hoch – der Querbalken befand sich auf einer Höhe mit Ellerys Kopf – und hatte lange, massive Arme. Als Ellery einige Meter davor stehenblieb, glich die Holzkonstruktion in der Tat einem gigantischem T. Jetzt verstand er, warum die Presseleute das Verbrechen »T-Mord« getauft hatten. Da waren der T-förmige Wegweiser, die T-förmige Kreuzung, an der er stand, und schließlich das skurrile T, das einhundert Meter vor der Kreuzung – sie waren daran vorbeigefahren – mit Blut an die Haustür des Ermordeten geschmiert worden war …

Ellery entfuhr ein Seufzer, und er nahm seinen Hut ab. Dies war keine pietätvolle Geste; denn trotz des eisigen Windes war ihm der Schweiß ausgebrochen. Er wischte sich mit einem Taschentuch die

Stirn und fragte sich, welcher Wahnsinnige solch eine abscheuliche und scheinbar sinnlose Bluttat begangen haben mochte. Sogar die Leiche … Er erinnerte sich lebhaft an einen Zeitungsartikel über den Fund der Leiche; von einem der führenden Chicagoer Reporter, dessen Spezialität Greuelmeldungen waren, stammte folgender Sonderbericht:

LEHRER GEKREUZIGT

Die traurigste Weihnachtsgeschichte des Jahres

In den frühen Morgenstunden machte die Polizei einen erschütternden Leichenfund: Andrew Van, ein 46jähriger Lehrer aus Arroyo, West Virginia, war an einem einsamen Wegweiser in der Nähe seiner Heimatstadt gekreuzigt worden; zuvor hatte man ihm den Kopf abgeschlagen.

Durch die Handflächen des Opfers waren vierzöllige Nägel getrieben und in die verwitterten Arme des Wegweisers geschlagen worden. Mit zwei weiteren Nägeln hatte man die Fußgelenke des Toten nahe beieinander am unteren Teil des Längspfostens durchbohrt. Die beiden Nägel unter den Achselhöhlen sollten die Leiche offenbar so abstützten, daß sie ein unverkennbares großes T bildete.

Der Wegweiser bildet ein T. Die Kreuzung bildet ein T. An die Haustür des Opfers in der Nähe der Kreuzung ist ebenfalls ein T geschmiert worden – mit seinem eigenen Blut. Und am Wegweiser hing noch heute morgen ein T aus Menschenfleisch – Ausgeburt des Wahnsinns!

Warum ausgerechnet zu Weihnachten? Warum hat der Mörder sein Opfer einhundert Meter weit zu diesem Wegweiser geschleift und die Leiche dort angenagelt? Was bedeuten die Ts?

Die örtliche Polizei ist ratlos. Van, der friedlich und abgeschieden gelebt hat, war ein Sonderling, hatte weder Freunde noch Feinde. Sein einziger Vertrauter war ein schlichter Mann namens Kling, der als Haushaltshilfe angestellt war. Kling ist verschollen, und es gehen Gerüchte um, der Bezirksstaatsanwalt von Hancock County, Crumit, nehme aufgrund geheimgehaltener Beweise an, Kling sei möglicherweise ebenfalls dem blutrünstigsten Menschenschlächter der neueren amerikanischen Kriminalgeschichte zum Opfer gefallen …

Viele andere Berichte waren auf dasselbe hinausgelaufen und hatten unter anderem Einzelheiten des einfachen Landlebens enthalten, das der unglückselige Schulmeister in Arroyo geführt hatte; die mageren Informationshäppchen, die die Polizei über die letztbekannten Aktivitäten Vans und Klings anzubieten hatte, ebenso wie die aufgeblasenen Erklärungen des Bezirksstaatsanwalts.

Ellery nahm sein Pincenez ab, polierte die Gläser, setzte es wieder auf und ließ seinen geschulten Blick über die schauerliche Stätte gleiten.

An den äußeren Enden des Querbalkens befanden sich an den Stellen, wo die Polizei die Nägel herausgezogen hatte, ausgefranste Löcher im Holz. Jedes Loch war umgeben von einem unregelmäßigen rostbraunen Fleck, der an den Rändern verlief. Hier war das Blut aus Andrew Vans verstümmelten Händen getropft. An den Stellen, wo die Arme des Wegweisers abzweigten, befanden sich zwei weitere Löcher, die nicht braun gesäumt waren; die dort herausgerissenen Nägel hatten den Achselhöhlen Halt geboten. Verschmiertes, verkrustetes Blut maserte den gesamten Längspfosten; es war aus der klaffenden Wunde am Halsansatz getropft. Nah am Boden befanden sich zwei zusätzliche Löcher, die nur etwa zehn Zentimeter auseinander lagen. Auch sie säumte ein Kranz von braunem Blut, das von Vans angenagelten Fußgelenken stammte und von dort in den Erdboden gesickert war.

Ellery ging ruhig zum Wagen zurück, in dem der Inspector – auf dem Beifahrersitz zusammengesunken – mit jener sowohl niedergeschlagenen als auch gereizten Miene wartete, die Ellery nur zu vertraut war. Der alte Herr hatte sich bis zum Hals in einen altmodischen Wollschal eingemummt, während die gerötete spitze Nase aus seinem Gesicht herausstach wie ein Warnsignal. »Weiter jetzt«, schnauzte er. »Ich friere mich noch zu Tode.«

»Kein bißchen neugierig?« fragte Ellery, während er auf den Fahrersitz glitt.

»Nein!«

»Du bist mir einer!« Grinsend ließ Ellery den Motor an. Der Wagen machte einen Satz wie ein Windhund, ging auf zwei Rädern in die Kurve, holperte im Kreis herum und schoß schließlich in die Richtung, aus der er gekommen war – nach Arroyo.

Der Inspector krallte sich in Todesangst an seinem Sitz fest.

»Bizarre Vorstellung«, überbrüllte Ellery das Motorengedonner, »eine Kreuzigung zu Weihnachten!«

»Mm«, erwiderte der Inspector.

»Ich glaube fast«, brüllte Ellery weiter, »der Fall gefällt mir!«

»Fahr gefälligst, zum Donnerwetter!« schnauzte der alte Herr. Der Wagen begradigte seine Bahn. »Gar nichts gefällt dir!« setzte er mürrisch hinzu. »Du kommst schön mit mir nach New York zurück.«

Sie rasten ins Dorf hinein.

»Ich muß schon sagen«, brummte der Inspector, während Ellery den Duesenberg mit einem Ruck vor einem kleinen Holzgebäude zum Halten brachte. »Eine Schande ist das, wie schlampig die hier arbeiten! Den Wegweiser einfach am Tatort zu belassen!« Er schüttelte den Kopf. »Wo willste denn jetzt hin?« fragte er dann und legte seinen kleinen grauen Vogelkopf schief.

»Ich dachte, dich interessiert das Ganze nicht«, entgegnete Ellery und sprang auf den Bürgersteig. »Hallo!« rief er einem eingemummten Mann in blauen Jeans zu, der den Bürgersteig mit einem ausgefransten alten Besen fegte. »Sitzt hier die Polizei?« Der Mann starrte ihn mit offenem Mund an. »Überflüssige Frage! Das Schild hier ist ja kaum zu übersehen ... Los komm, du alter Heuchler.«

Das verschlafene Dorfzentrum bestand aus einer Handvoll zusammengedrängter Häuser. Das Holzgebäude, vor dem der Duesenberg gehalten hatte, erinnerte an die falschen Fassaden des Alten Westens. Nebenan lag eine Gemischtwarenhandlung mit einer altersschwachen Benzinpumpe davor und einer kleinen Garage. Das Holzhaus trug stolz die handgeschriebene Aufschrift:

RATHAUS

Den Herrn, den sie suchten, fanden sie über seinem Schreibtisch schlummernd im hinteren Trakt des Gebäudes. Das Schild an seiner Tür verriet, daß er als »Constable« anzureden war. Es handelte sich um einen feisten, rotgesichtigen Einheimischen mit gelblichen Hauern.

Der Inspector schnaubte verächtlich, und der Constable hob die schweren Lider. Er kratzte sich am Kopf und sagte mit rauher Baßstimme: »Wennse Matt Hollis suchen, der is' grad nich' da.«

Ellery schmunzelte. »Wir suchen Constable Luden von Arroyo.«

»Oh, das bin ich! Was wollnse denn von mir?«

»Constable«, entgegnete Ellery respektheischend, »darf ich vorstellen – Inspector Richard Queen, der Chef der New Yorker Mordkommission höchstpersönlich!«

»Wer?« Constable Luden starrte verständnislos. »New York?«

»So wahr ich hier stehe«, sagte Ellery, indem er seinem Vater auf den Fuß trat. »Nun, Constable, wir möchten –«

»Setzense sich«, unterbrach Constable Luden und trat einen Stuhl in die Richtung des Inspectors, der die Nase rümpfte und sich geziert hinsetzte.

»Die Van-Geschichte, nich' wahr? Mir neu, daß New York jetz' auch die Finger drin hat. Was wollnsen wissen?«

Ellery zog sein Zigarettenetui hervor und bot es dem Constable an, der aber nur grunzte und statt dessen ein Riesenstück von einem Tabakstrang abbiß. »Erzählen Sie uns alles, Constable.«

»Da gibts nix zu erzählen. War'n schon so viele Leute da aus Chicago un' Pittsburgh, die rumgeschnüffelt ham. Hängt mir langsam zum Hals raus, verstehnse?«

Der Inspector grinste süffisant. »Kann man Ihnen kaum verübeln, Constable.«

Ellery griff in seinen Rock und holte die Brieftasche hervor, öffnete sie und betrachtete versonnen die grünen Scheine darin. Die schläfrigen Augen des Constable begannen auf einmal zu leuchten. »Na ja«, sagte er hastig, »so leid bin ich's nu' auch wieder nich'. Ich kann's ja noch mal runterbeten.«

»Wer hat die Leiche gefunden?«

»Ol' Pete. Kennse bestimmt nich'. Hat 'ne Hütte in' Bergen.«

»Ja, das ist uns bekannt. War da nicht auch ein Farmer beteiligt?«

»Mike Orkins. Hat'n paar Hektar an der Pughtown-Straße. Ich glaub', der war grad dabei, mit sei'm Ford nach Arroyo rein zu fahren; wartense, jetz' hammer Montag – jawoll. Also war's Freitag morgen ... zimmlich früh morgens am Weihnachtstag. Ol' Pete, ja, der wollt' auch nach Arroyo rein – kommt öfter mal von' Bergen runter. Orkins hat'n mitgenommen. Ja, da kommse dann an die Kreuzung, wo Orkins nach Arroyo rein muß, un' da war's dann. Am Wegweiser. Hing da stocksteif wie'n Kalb aus'm Kühlhaus – die Leiche von Andrew Van.«

»Den Wegweiser haben wir gesehen«, sagte Ellery ermunternd.

»Sin' bestimmt minnestens hundert Gaffer aus der Stadt gekomm' letzte Woche«, schimpfte Constable Luden. »Hatte richtige Verkehrsprobleme hier. Na, also Orkins un' Ol' Pete, die war'n ganz schön am Schlottern, wissense, un' sin' fast umgekippt.«

»Mm«, sagte der Inspector.

»Die Leiche haben sie natürlich nicht angerührt?« fragte Ellery.

Constable Luden schüttelte energisch den grauen Kopf. »Die bestimmt nich'! Sin' nach Arroyo rein, als wär ihn' der Teufel hinterher, un' ham mich aus'm Schlaf gerissen.«

»Um welche Uhrzeit war das?«

Der Constable lief rot an. »Um achte morgens, war aber auch spät geworden drüben bei Matt Hollis, na ja, un' da hab' ich dann wohl verschla-«

»Sie und Mr. Hollis sind dann, wie ich annehme, sofort zur Kreuzung gefahren?«

»Jawoll. Matt – unser Bürgermeister, wissense –, also Matt un' ich, wir ham vier Jungs geweckt un' sin' raus. War 'ne zimmliche Sauerei

– Van, mein' ich.« Der Constable schüttelte den Kopf. »Hab' so was mein Lebtag noch nich' gesehn. Dazu noch an Weihnachten. Gotteslästerung nenn' ich das! Aber dieser Van war ja auch nich' grad fromm!«

»Häh?« unterbrach der Inspector prompt. Seine pfeilförmige rote Nase ragte nun aus den Falten des Wollschals hervor. »Nicht gerade fromm? Wie meinen Sie das?«

»Na ja, ich weiß nich', ob man das so sagen kann. Geh' ja selber nich' grad regelmäßig zur Kirche. Nur – er is halt überhaupt nie hingegangen. Und Parson, was unser Pfarrer ist – aber ich sag' dazu besser nix mehr.«

»Bemerkenswert«, sagte Ellery, indem er sich seinem Vater zuwandte. »Wirklich bemerkenswert, Dad. Sieht nach der Tat eines religiösen Fanatikers aus.«

»Jawoll, sagense alle«, entgegnete Constable Luden. »Aber fragense mich nich'. Bin schließlich nur'n kleiner Dorfbulle, hab' die letzten drei Jahre nur einmal 'n Penner eingebuchtet. Ich hab' überhaupt keinen blassen Schimmer, verstehnse? Aber eins sag' ich Ihnen, meine Herren, da is' mehr hinter als bloß Glaubenskram!«

»Ich nehme an«, erwiderte Ellery stirnrunzelnd, »daß keiner der Einwohner von Arroyo unter Verdacht steht.«

»So'n Bekloppten ham wir hier nich', Mister. Ich sag' Ihnen, das muß einer gewesen sein, der Van noch von früher gekannt hat.«

»Sind in Arroyo in letzter Zeit Fremde aufgetaucht?«

»Nich', daß ich wüßte ... Matt un' ich un' die Jungs ham also die Leiche identifiziert – Größe, Körperbau, Kleider, Papiere un' so; un' dann ham wir'n runtergenommen. Auf'm Rückweg sin' wir dann noch bei sei'm Haus vorbei ...«

»Ja«, sagte Ellery voll gespannter Ungeduld, »und was haben Sie vorgefunden?«

»Da muß die Hölle los gewesen sein.« Constable Luden kaute wild auf dem Tabak herum. »Muß wohl 'nen üblen Kampf gegeben ham – alle Stühle umgedreht, überall Blut, das riesige T aus Blut anner Haustür, weswegen se sich bei der Presse die Finger wundgeschrieben ham, ja un' der arme Kling verschwunden.«

»Ah«, sagte der Inspector, »der Hausangestellte. Einfach verschwunden, hm? Hat sich wohl verdünnisiert, was?«

»Tja, das weiß ich nich' so genau. Der Coroner hat mir die Sache ja aus der Hand genommen. Ich weiß nur, dasse den Kling jetz' suchen, und noch 'nen andern, glaub' ich –« Er kniff langsam ein Auge zu. »Aber da drüber kann ich nich' reden«, fügte er eilig hinzu.

»Gibt es schon eine Spur von Kling?«

»Nich', daß ich wüßte. Die suchen ihn jetz' im ganzen Staat. Die Leiche hamse zur Bezirksstadt Weirton gebracht. Das is' so achtzehn Kilometer von hier. Da hat der Coroner das Sagen. Hat auch Vans Haus versiegelt. Is jetz' Sache der State Police un' vom Bezirksstaatsanwalt von Hancock County.«

Ellery dachte angestrengt nach, und der Inspector regte sich ungeduldig auf seinem Stuhl. Constable Luden betrachtete fasziniert Ellerys Pincenez.

»Der Kopf wurde also abgehackt«, fuhr Ellery schließlich leise fort. »Wie seltsam. Mit einer Axt, nicht wahr?«

»Jawoll. Ham die Axt im Haus gefunden. War die von Kling. Keine Fingerabdrücke drauf.«

»Und der Kopf?«

Constable Luden schüttelte den Kopf. »Keine Spur davon. Muß der Mörder wohl als 'ne Art Andenken mitgenommen ham. Ha!«

»Dad«, sagte Ellery, »wir sollten langsam aufbrechen. Ich danke Ihnen, Constable.« Er bot seine Hand, und der Constable ergriff sie zu einem weichen Händedruck. Er begann zu grinsen, als er das Stück Papier spürte, das man ihm in die Hand drückte, und war so begeistert, daß er seine Siesta vollkommen vergaß und seine Besucher nach draußen geleitete.

2. Neujahr in Weirton

Es war nicht die Vernunft, die Ellery gebot, sich weiter mit dem Fall des gekreuzigten Schulmeisters zu befassen. Er hätte längst in New York sein sollen. Als der Inspector erfuhr, daß er daheim dringend gebraucht wurde, mußte er seinen Urlaub abbrechen, um zur Centre Street zurückzukehren; und wohin der Inspector ging, dahin pflegte Ellery zu folgen. Aber da war etwas in dem gerüchteschwangeren Geflüster in den Straßen Weirtons, das Ellery zurückhielt. Der Inspector gab schließlich auf und bestieg, nachdem Ellery ihn nach Pittsburgh chauffiert hatte, den Zug nach New York.

»Was zum Kuckuck«, fragte der alte Mann, während Ellery ihn auf einen der Pullman-Sitze drückte, »willst du hier? Komm schon, raus mit der Sprache! Hast den Fall wohl schon gelöst, was?«

»Nun mal langsam, Inspector«, entgegnete Ellery beruhigend. »Denk an deinen Blutdruck! Ich bin einfach nur neugierig. So eine wahnsinnige Geschichte ist mir noch nie begegnet. Die Gerichtsverhandlung muß ich unbedingt noch abwarten. Ich bin ja so gespannt auf das Beweismaterial, auf das Luden angespielt hat.«

»Du wirst mit eingezogenem Schwanz nach New York zurückkommen«, prophezeite der Inspector düster.

»Oh, kein Zweifel«, grinste Ellery. »Aber in letzter Zeit ist mir irgendwie der Stoff für Romane ausgegangen; und dieser Mord trieft ja nur so vor schriftstellerischem Potential ...«

Sie ließen es dabei bewenden. Der Zug setzte sich in Bewegung und ließ einen Ellery auf dem Bahnsteig zurück, der sich nun frei, jedoch auch ein wenig unwohl fühlte. Er fuhr umgehend nach Weirton zurück.

Heute war Dienstag. Er hatte also bis Samstag nach Neujahr Zeit, dem Bezirksstaatsanwalt von Hancock County so viel an Informationen abzuschmeicheln, wie er nur konnte. Der Bezirksstaatsanwalt Crumit erwies sich als mürrischer alter Mann mit reichlich überzogener Selbsteinschätzung. Ellery gelang es zwar, sein Vorzimmer zu betreten; doch weiter kam er nicht, so sehr er auch darum bat und dabei seine Überredungskünste spielen ließ. Der Bezirksstaatsanwalt hat gerade keine Zeit. Der Bezirksstaatsanwalt ist beschäftigt. Versuchen Sie es morgen noch einmal. Der Bezirksstaatsanwalt hat für niemanden Zeit. Aus New York – Inspector Queens Sohn? Tut mir leid …

Zähneknirschend begab sich Ellery auf die Straßen Weirtons, unablässig bemüht, Gesprächsfetzen aufzuschnappen. Inmitten von Stechpalmenzweigen, glitzernden Christbäumen und sonstigem Weihnachtstand erging sich Weirton in einer Orgie nachempfundenen Grauens. Auf den Straßen waren erstaunlich wenige Frauen und gar keine Kinder zu sehen.

Männer trafen sich flüchtig und erörterten mit beinahe unbewegten Lippen, was nun zu tun war. Ellery schnappte auf, daß man den Täter offenbar zu lynchen gedachte; das ehrenwerte Vorhaben war nur leider zum Scheitern verurteilt, da es niemanden zu lynchen gab. Die State Police raste in die Stadt hinein und wieder hinaus. Gelegentlich, wenn sein Wagen gerade vorbeischoß, war die unnachgiebige Entschlossenheit im Gesicht des Bezirksstaatsanwalts Crumit zu erkennen.

Inmitten des Stimmengewirrs, das ihn umgab, wahrte Ellery seine innere Ruhe und seine unauffällige Art, Erkundigungen einzuziehen. Am Mittwoch unternahm er einen Versuch, Stapleton, den County Coroner, aufzusuchen. Stapleton war ein feister junger Mann, der unaufhörlich schwitzte; mit Worten allerdings war er sparsam. Ellery erfuhr nichts, was er nicht bereits gewußt hätte.

So verbrachte er die drei verbleibenden Tage damit, alle Informationen über das Mordopfer Andrew Van zusammenzutragen, die er ergattern konnte. Es war unfaßbar, wie wenig man über den Mann wußte. Wenige waren ihm jemals persönlich begegnet; er mußte ein sehr zurückgezogenes Leben geführt haben und äußerst selten nach Weirton gekommen sein. Zudem war er offenbar ein vorbildlicher Lehrer gewesen; seinen Schülern gegenüber freundlich, jedoch nicht zu nachsichtig; seine Unterrichtsstunden hatte er nach Auskunft des Stadtrats von Arroyo ordnungsgemäß abgehalten. Darüber hinaus war er, obwohl kein Kirchgänger, zumindest dem Alkoholgenuß gegenüber abgeneigt gewesen, was sein Ansehen in der gottesfürchtigen, grundsoliden Gemeinde gefördert hatte.

Am Donnerstag entdeckte der Herausgeber der führenden Zeitung Weirtons seine literarische Ader. Am nächsten Tag war Neujahr; eine solche Gelegenheit konnte man sich nicht entgehen lassen. Die sechs Pfarrer, die für das Seelenheil der Gemeinde Weirton zuständig waren, hatten ihre Predigten auf die Titelseite setzen lassen. Andrew Van, so ließen sie wissen, sei kein gottesfürchtiger Mann gewesen. Und wer gottlos lebe, sterbe auch gottlos. Dennoch sei eine solche Gewalttat …

Aber dabei hatte es der Herausgeber keineswegs bewenden lassen. Es gab zusätzlich ein Editorial in Fettdruck, das überreich gespickt war mit Anspielungen auf Ritter Blaubart, Landru, den Vampir von Düsseldorf, Jack the Ripper, den Lieblingshorror der Amerikaner, und vielen anderen monströsen Gestalten aus Dichtung und Wirklichkeit – appetitliche Häppchen, die man den rechtschaffenen Leuten von Weirton für das Neujahrsdinner zum Dessert reichte.

Das Bezirksgericht, in dem der Coroner für Samstag morgen die Verhandlung anberaumt hatte, war schon lange vor Sitzungsbeginn brechend voll. Ellery war klug genug gewesen, als einer der ersten zu erscheinen und sich einen Sitzplatz in der ersten Reihe, direkt vor der Gerichtsschranke, zu sichern.

Als Coroner Stapleton kurz vor neun den Gerichtssaal betrat, nahm Ellery ihn beiseite, präsentierte ihm ein Telegramm, das der Polizeipräsident von New York City unterzeichnet hatte, und verschaffte sich dank dieses Sesam-öffne-dich Zugang zum Vorraum, in dem Andrew Van aufgebahrt war.

»Die Leiche ist allerdings in äußerst schlechtem Zustand«, keuchte der Coroner. »Aber wir hätten die Verhandlung ja schließlich nicht in der Weihnachtswoche eröffnen können … ist jetzt immerhin acht Tage her. Unser Leichenbestatter am Ort hat ihn so lange aufbewahrt.«

Ellery biß die Zähne zusammen und zog das Leichentuch herunter. Von dem Anblick wurde ihm derart übel, daß er den Toten sofort wieder zudeckte. Es war die Leiche eines großen, kräftigen Mannes. Wo der Kopf hätte sein sollen, war nichts … ein klaffendes Loch.

Auf einem Tisch daneben lag Herrenkleidung: ein schlichter dunkelgrauer Anzug, schwarze Schuhe, ein Oberhemd, Socken und Unterwäsche. Alles war steif von getrocknetem Blut. Die Gegenstände, die man in den Taschen gefunden hatte – ein Bleistift, ein Füllfederhalter, die Brieftasche, ein Schlüsselbund, eine zerknüllte Zigarettenschachtel, einige Münzen, eine billige Armbanduhr sowie ein alter Brief – erwiesen sich, soweit Ellery abschätzen konnte, als vollkommen uninteressant. Außer den Initialen A.V. auf einigen der Gegenstände und dem Brief von einer Buchhandlung in Pittsburgh – an Herrn Andrew Van adressiert – war für die Gerichtsverhandlung nichts von Belang.

Stapleton wandte sich zur Seite, um einen großen, verbissen dreinschauenden Mann vorzustellen, der Ellery argwöhnisch beäugte. »Mr. Queen – Staatsanwalt Crumit.«

»Wer bitte?« entgegnete Crumit scharf.

Ellery schmunzelte, nickte und kehrte zum Gerichtssaal zurück.

Fünf Minuten später war Stapletons Hammer zu hören, und in dem überfüllten Saal erstarb das Gemurmel. Die Präliminarien brachte man schnell hinter sich und rief als erstes Michael Orkins in den Zeugenstand.

Orkins, ein knorriger, buckliger alter Farmer, in dessen Gesicht sich die Sonne eingebrannt hatte, trampelte von Blicken und Geflüster gefolgt den Gang entlang, setzte sich und faltete nervös seine großen Hände.

»Mr. Orkins«, schnaufte der Coroner, »bitte schildern Sie uns, wie Sie die Leiche von Andrew Van gefunden haben!«

Der Farmer fuhr sich mit der Zunge über die Lippen. »Ja, Sir. Ich war also Freitag morgen mit meim Ford auf'm Weg nach Arroyo. Kurz vor der Kreuzung seh' ich Ol' Pete, der wohl mal wieder von sei'm Berg runter war un' auf ein' wartete, der ihn nach Arroyo mitnahm. Ja, un' da komm' wir dann an die Kreuzung un' – un' da sehn wir'n dann am Wegweiser hängen. Mit Nägeln in Händen un' Füßen.« Orkins versagte die Stimme. »Sin' dann in ei'm Affenzahn in die Stadt.«

Jemand im Saal kicherte. Der Coroner gebot mit seinem Hammer Ruhe. »Haben Sie den Leichnam berührt?«

»Nein, Sir! Wir sin' ja nich' mal aus'm Wagen raus!«

»Ich danke Ihnen, Mr. Orkins.«

Der Farmer atmete erleichtert auf und schlurfte langsam den Gang hoch, während er seine Stirn mit einem großen roten Taschentuch betupfte.

»Äh – Old Pete?«

Auf den hinteren Bänken des Gerichtssaals erhob sich eine Gestalt, die augenblicklich für Aufruhr sorgte. Es handelte sich um einen Mann mit grauem Rauschebart und buschigen Augenbrauen. In seinem zerlumpten und schmutzigen Flickenkostüm latschte er den Gang hinunter, zögerte, schüttelte verächtlich den Kopf und nahm im Zeugenstand Platz.

Der Coroner schien ungeduldig. »Wie lautet Ihr voller Name?«

»Häh?« Der alte Mann sah sich mit leeren, doch skeptischen Augen um.

»Ihr Name! Pete – und wie weiter?«

Old Pete schüttelte den Kopf. »Hab' keinen«, erklärte er. »Ich heiß' einfach Old Pete. Bin schon lange tot. Schon zwanzig Jahre bin ich jetz' tot.«

Das Publikum erstarrte, und Stapleton schaute sich verwirrt um. Ein kleiner Mann mittleren Alters, der direkt neben dem Podium gesessen hatte und dem Wortwechsel aufmerksam gefolgt war, stand unvermutet auf. »Is' schon in Ordnung, Mr. Coroner.«

»Ich höre, Mr. Hollis?«

»Ist in Ordnung«, wiederholte er mit erhobener Stimme. »Old Pete is'n bißchen verwirrt, verstehnse. Wir kennen ihn gar nich' anders, seit er vor'n paar Jahren hier aufgetaucht is'. Hat wohl 'ne Hütte da oben in den Bergen und kommt alle zwei Monate oder so nach Arroyo rein. Jagt wahrscheinlich. Über den hat man sich in Arroyo schon so manches erzählt, is 'ne Art Original, sozusagen, Mr. Coroner.«

»Verstehe. Danke, Mr. Hollis.«

Der Coroner tupfte sich den Schweiß vom feisten Gesicht, während sich der Bürgermeister von Arroyo unter zustimmendem Geraune wieder setzte. Old Pete begann zu strahlen und winkte Matt Hollis mit einer schmutzigen Hand zu. In schroffem Ton setzte der Coroner die Befragung fort. Die Antworten des Zeugen waren vage, reichten jedoch aus, um Orkins Geschichte formal zu bestätigen. Als man den Einsiedler schließlich entließ, schlurfte er blinzelnd zu seinem Platz zurück.

Als nächste trugen Mayor Hollis und Constable Luden ihre Geschichten vor – wie sie von Orkins und Old Pete aus dem Schlaf gerissen worden und zur Kreuzung gefahren seien, die Leiche identifiziert, die Nägel herausgerissen und den Körper abtransportiert hätten, wie sie bei Vans Haus haltgemacht, das Schlachtfeld im Innern und das blutige T an der Haustür gesehen hätten …

Dann rief man einen wohlbeleibten alten Deutschen mit roten Wangen auf. »Luther Bernheim.«

Dieser lächelte, ließ dabei seine Goldzähne blitzen und nahm mit schwabbelndem Bauch auf dem Stuhl Platz.

»Sie sind der Inhaber der Gemischtwarenhandlung von Arroyo?«

»Ja, Sir.«

»Haben Sie Andrew Van gekannt?«

»Ja, Sir. Er war bei mir Stammkunde.«

»Seit wann waren Sie mit ihm bekannt?«

»Ach! Seit vielen Jahren! Er war ein guter Kunde, hat immer in bar bezahlt!«

»Hat er seine Einkäufe selbst erledigt?«

»Manchmal ja. Meist hat er jedoch diesen Kling geschickt, seinen Gehilfen. Seine Rechnungen hat er jedoch immer persönlich beglichen.«

»War er ein freundlicher Mensch?«

Bernheim verzog das Gesicht. »Nun, äh … ja und nein.«

»Sie meinen, er war freundlich, hat aber persönlichen Umgang vermieden?«

»Ja, ja.«

»Würden Sie sagen, daß Van ein sonderbarer Mann war?«

»Häh? O ja, allerdings. Hat zum Beispiel immer Kaviar bestellt!«

»Kaviar?«

»Ja. Ich habe ihn eigens für Van bestellt. War der einzige Kunde, der Kaviar haben wollte – alle Sorten, zum Beispiel roten Beluga, aber meistens den schwarzen, den edelsten!«

»Mr. Bernheim, Mayor Hollis und Constable Luden, wenn Sie bitte so freundlich wären, mit mir nach nebenan zu kommen, um den Toten ordnungsgemäß zu identifizieren!«

Der Coroner verließ, von den drei Bürgern von Arroyo gefolgt, den Raum. In der Zwischenzeit erfüllte Stimmengewirr den Saal. Als die Männer zurückkamen, war die gesunde Gesichtsfarbe des armen Ladenbesitzers in einen bedenklichen Grauton übergegangen. Seine Augen verrieten nacktes Entsetzen.

Ellery stöhnte. Ein kleiner Schullehrer, der Kaviar bestellt! Vielleicht war Constable Luden ja intelligenter, als es den Anschein hatte; auf jeden Fall war Vans Vergangenheit illustrer gewesen, als sein Beruf und seine Umgebung vermuten ließen.

Man sah die hochgewachsene, hagere Gestalt des Bezirksstaatsanwalts Crumit den Gang entlang zum Zeugenstand schreiten. Eine Woge der Erregung schwappte durch das Publikum. Alles Vorangegangene war belanglos gewesen – jetzt kamen die großen Enthüllungen!

»Herr Staatsanwalt«, begann Coroner Stapleton und lehnte sich gewichtig nach vorn, »Sie haben bezüglich der Herkunft des Verstorbenen Nachforschungen angestellt?«

»Ja!«

Ellery rutschte tiefer in seinen Sitz; obwohl ihn heftige Abneigung gegen den Staatsanwalt erfaßte, lag etwas in seinem eisigen Blick, das Spannung erzeugte.

»Bitte lassen Sie uns die Ergebnisse hören!«

Der Staatsanwalt von Hancock County ergriff die Lehne des Zeugenstuhls. »Vor neun Jahren, als Andrew Van sich um eine Anstellung als Lehrer bewarb, ist er zum ersten Mal in Arroyo aufgetaucht. Seine Zeugnisse und Referenzen waren in Ordnung, und man gab ihm die Stelle. Er mietete das Haus an der Arroyo Road, zog zusammen mit seinem Hausangestellten Kling, den er mitgebracht hatte, dort ein und wechselte seinen Wohnsitz bis zu seinem Tode nicht mehr. Seinen Lehrberuf hat er zur Zufriedenheit aller ausgefüllt. Auch sein öffentliches Betragen in Arroyo war über jeden Vorwurf erhaben.« Crumit legte eine Kunstpause ein. »Meine Ermittlungsbeamten haben versucht, Vans Vergangenheit zu erhellen. Die Ermittlungen haben ergeben, daß er an einer öffentlichen Schule in Pittsburgh unterrichtet hat, bevor er nach Arroyo kam.«

»Und davor?«

»Keine Spur. Allerdings wisen wir, daß er in die Vereinigten Staaten eingebürgert wurde; seinem Antrag ist vor 13 Jahren stattgegeben worden. Die Unterlagen in Pittsburgh geben als Herkunftsland Armenien an, wo er anno 1885 geboren wurde.«

Armenien! dachte Ellery. Liegt nicht weit von Galiläa entfernt ... Seltsame Gedanken schwirrten ihm durch den Kopf. Ungeduldig tat er sie schließlich ab.

»Sie haben auch Klings Vergangenheit ermittelt, Herr Staatsanwalt?«

»Ja. Kling war ein Findelkind, das vom Waisenhaus St. Vincent in Pittsburgh in seine Obhut genommen worden war. Als er die Volljährigkeit erreicht hatte, wurde er dort als Mädchen für alles angestellt und hat so den Großteil seines Lebens verbracht. Als Andrew Van seine Stelle in Pittsburgh aufgab, um nach Arroyo zu gehen, besichtigte er das Waisenhaus und äußerte seine Absicht, jemanden bei sich anzustellen. Kling hat seinen Vorstellungen offenbar entsprochen; Van sah ihn sich sehr genau an, zeigte sich zufrieden und nahm ihn mit nach Arroyo, wo er bis zu Vans Tod auch geblieben ist.«

Ellery fragte sich, welche Beweggründe ein Mann wohl haben mußte, um seine gesicherte Existenz in einer Großstadt wie Pittsburgh zugunsten einer Provinzstelle aufzugeben. Vorstrafen? Flucht vor der Polizei? Unwahrscheinlich; Großstädte gewährten Anonymität, nicht Provinznester, wo jeder jeden kannte. Nein, der Grund lag tiefer und war in rätselhaftes Dunkel gehüllt, da war Ellery sich vollkommen sicher. Vielleicht hatte er seine Motive unwiederbringlich mit ins Grab genommen. Manche Menschen suchten nach einem verpfuschten Leben nur noch Einsamkeit. Warum sollte dies nicht auch für Andrew Van, den kaviarsüchtigen Schulmeister von Arroyo, gegolten haben?

»Was für ein Mann war Kling?« fragte Stapleton.

Der Staatsanwalt wirkte gelangweilt. »Die Leute vom Waisenhaus beschrieben ihn als ausgesprochen schlichten Menschen; mir schien, daß sie ihn für einen Kretin hielten. Ein harmloser Bursche.«

»Hat es jemals Anzeichen dafür gegeben, daß er gemeingefährlich werden könnte, Mr. Crumit?«

»Nein. Im Waisenhaus hat man ihn als gutmütig, ja phlegmatisch in Erinnerung. Zu den Waisenkindern ist er stets freundlich gewesen. Ansonsten sehr bescheiden und seinen Wohltätern gegenüber ausgesprochen respektvoll.«

Der Staatsanwalt befeuchtete seine Lippen und wirkte einen Moment lang, als warte er jetzt endlich mit den herbeigefieberten Enthüllungen auf; doch Coroner Stapleton entließ ihn eilig aus dem Zeugenstand und rief erneut den Gemischtwarenhändler von Arroyo auf.

»Sie haben Kling gekannt, Mr. Bernheim?«

»Ja, Sir.«

»Was für ein Mann war er?«

»Ruhig. Gutmütig. Dumm wie Bohnenstroh.« Jemand im Saal lachte, was Stapleton zu ärgern schien. Er lehnte sich vor. »Trifft es zu, Mr. Bernheim, daß Kling in Arroyo für seine Bärenkräfte bekannt war?«

Ellery schmunzelte. Der Coroner war ein Einfaltspinsel.

Bernheim lachte. »Ach, ja. War sehr kräftig, dieser Kling. Ein Faß voll Zucker zu heben war für den 'ne Kleinigkeit! Aber er konnte keiner Fliege was zuleide tun, Mr. Coroner. Ich erinnere mich –«

»Danke, das reicht«, fiel ihm der Coroner gereizt ins Wort. »Mayor Hollis, bitte treten Sie noch einmal in den Zeugenstand.«

Der kleine Matt Hollis begann zu strahlen. Für Ellerys Geschmack war er etwas zu schmierig.

»Sie sind der Vorsitzende des Stadtrats, Mayor Hollis?«

»Jawoll!«

»Teilen Sie den Geschworenen mit, was Sie über Mr. Van wissen.«

»Hatten nie Probleme mit dem. Hat sich aber auch aus allem rausgehalten. War mehr so'n Bücherwurm. Hockte in seiner Freizeit immer in dem netten Häuschen, das ich ihm vermietet hab', so ganz für sich. Manche dachten, der is' eingebildet; 'n paar andere dachten, das is'n Ausländer, aber ich hab' mir aus dem Gerede nie was gemacht.« Der Mayor wurde salbungsvoll. »Wollt' einfach seine Ruhe, das is' alles. Hatte nix mit den Nachbarn im Sinn? War doch sein Bier! Und wenner mit mir und Luden nich' angeln gehn wollte, dann eben nich'. Ging uns doch nix an.« Hollis lächelte und nickte. »Und er sprach 'n perfektes Englisch, wie Sie oder ich, Mr. Coroner.«

»Hat er Ihres Wissens jemals Besuch bekommen?«

»Nee. Aber genau weiß ich das natürlich nich'. War schon'n komischer Kauz«, fuhr der Mayor nachdenklich fort. »Ein paar Mal, als ich grad dienstlich nach Pittsburgh mußte, hatter mich gebeten, ihm Bücher mitzubringen – so komische Bücher, so'n hochgestochenen Kram. Philosophie, Geschichte und über die Sterne un' so Zeug.«

»Ja, ja, gewiß, alles sehr interessant, Mr. Hollis. Nun, Sie sind doch auch der Bankier von Arroyo, nicht wahr?«

»Ja, das bin ich.« Mayor Hollis errötete und sah betont bescheiden auf seine kurzen Füße herab. Ellery schloß aus dem Gesichtsausdruck des Mayors, daß er in Arroyo wohl so gut wie alles war.

»Hatte Andrew Van bei Ihrer Bank ein Konto?«

»Hatte er nich'. Hat sein Gehalt regelmäßig in bar abgeholt, aber ich glaub nich', daß er's in 'ner anderen Bank deponiert hat. Das weiß ich, weil ich ihn zweimal danach gefragt hab' – sozusagen im Interesse meiner Bank, Sie verstehn –, aber er hat nur geantwortet, dasser sein Geld zu Hause aufbewahrt.« Hollis zuckte mit den Schultern. »Traute den Banken nicht, sagt er. Na ja, jeder, wie er will. Ich hätte ihm da auch nich' reinreden wollen –«

»War dieser Umstand in Arroyo allgemein bekannt?«

Hollis zögerte. »Ähm – kann schon sein, hab' ich vielleicht 'n paar Leuten was von erzählt. Außerdem glaub' ich, daß sowieso jeder hier von seiner Marotte wußte.«

Der Mayor wurde aus dem Zeugenstand entlassen und Constable Luden erneut aufgerufen.

Der Constable kam mit steifer Haltung den Gang hoch, wie jemand, der seine eigenen Ansichten darüber hat, wie solche Untersuchungen durchzuführen waren.

»Sie, Constable, haben am Freitag, dem ersten Weihnachtstag, Andrew Vans Haus durchsucht?«

»Jawoll!«

»Haben Sie dort Bargeld vorgefunden?«

»Nee.«

Die versammelte Menge schien nach Luft zu schnappen. Ein Raubüberfall! Ellery runzelte die Stirn. Darauf konnte er sich nun überhaupt keinen Reim machen. Erst war ein Verbrechen begangen worden, das religiösem Wahn entsprungen zu sein schien, und nun kam ein simpler Diebstahl hinzu. Das paßte nicht zusammen. Er lehnte sich erneut vor …

Ein Mann trug etwas zum Podium. Es handelte sich um ein billiges, verbeultes Blechkästchen von grüner Farbe, dessen Schloß verbogen war und funktionslos herabhing. Der Coroner nahm es dem Gerichtsdiener ab, öffnete es und hielt es verkehrt herum hoch. Es war leer.

»Constable, erkennen Sie dieses grüne Blechkästchen wieder?«

Luden schniefte. »Na klar«, antwortete er mit seiner rauhen Baßstimme. »Genauso hab' ich's in Vans Haus gefunden. Is' ganz klar seine Geldkassette.«

Der Coroner hielt es den Geschworenen hin, allesamt einfache Landleute, die nun den Hals danach reckten. »Die Geschworenen möchten bitte dieses Beweisstück zur Kenntnis nehmen … Sie können jetzt gehen, Constable. Ich rufe den Postmeister von Arroyo in den Stand!«

Ein verhutzelter alter Mann sprang in den Zeugenstand.

»Hat Andrew Van viel Post bekommen?«

»Näh«, entgegnete der Postmeister. »Manchmal hatter Reklame für Bücher geschickt bekomm', aber sons' war fast nie was für ihn dabei.«

»Hat er in der Woche vor seinem Tod Briefe oder Päckchen bekommen?«

»Näh!«

»Hat er selbst häufiger Briefe verschickt?«

»Näh, auch kaum. Nur ab und zu mal. Die letzten drei, vier Monate jedenfalls nich' mehr.«

Der Gerichtsmediziner, Dr. Strang, wurde aufgerufen. Als sein Name fiel, erhob sich unter den Zuschauern wildes Geflüster. Er wirkte unansehnlich und schlurfte mit unfreundlichem Gesichtsausdruck so gemächlich den Gang entlang, als hätte er alle Zeit der Welt.

Als er sich gesetzt hatte, fragte der Coroner: »Dr. Strang, wann haben Sie die Leiche zum ersten Mal untersucht?«

»Zwei Stunden nach ihrer Entdeckung.«

»Können Sie den Geschworenen mitteilen, wann ungefähr der Tod eingetreten ist?«

»Ja. Der Mann muß zwischen sechs und acht Stunden tot gewesen sein, als er an der Kreuzung gefunden wurde.«

»Das würde also bedeuten, daß der Mord Heiligabend um Mitternacht herum verübt wurde?«

»Das ist anzunehmen.«

»Gibt es Einzelheiten, den Zustand der Leiche betreffend, die für die Verhandlung von Belang sein könnten?«

Ellery schmunzelte. Coroner Stapleton war offenbar zu seiner Hochform aufgelaufen. Seine Sprache war nun von hochoffizieller Erhabenheit, und das Publikum schien, den aufgerissenen Mündern nach zu urteilen, gebührend beeindruckt zu sein.

Dr. Strang schlug die Beine übereinander und antwortete gelangweilt: »Außer der Wunde am Hals, wo der Kopf abgetrennt wurde, und den Durchbohrungen an Händen und Füßen gab es keinerlei Anzeichen von Gewalt.«

Der Coroner erhob sich bis zur Hälfte; sein Bauch sackte schwer und plump auf den Pultrand. »Dr. Strang«, fragte er heiser, »welchen Schluß ziehen Sie daraus?«

»Daß das Opfer eine Schädelfraktur oder einen Kopfschuß erlitten hat. Andere Anzeichen von Gewalteinwirkung gibt es nicht.«

Ellery nickte; der traurig dreinblickende Landarzt war ein kluger Kopf.

»Ich nehme weiter an«, fuhr der Mediziner fort, »daß das Opfer bereits tot war, als man den Hals abtrennte. Die Beschaffenheit der

Wunde am Halsansatz läßt darauf schließen, daß zu diesem Zweck ein scharfer Gegenstand gedient hat.«

Der Coroner ergriff einen Gegenstand auf seinem Pult und hob ihn hoch. Es handelte sich um eine bedrohlich wirkende langschäftige Axt, deren Schneide an den Stellen aufblitzte, die nicht blutverschmiert waren. »Dr. Strang, würden Sie es für möglich halten, daß mit dieser Waffe der Kopf des Opfers vom Körper getrennt wurde?«

»Ja.«

Der Coroner wandte sich nun den Geschworenen zu. »Dieses Beweisstück ist in der nach hinten gelegenen Küche von Andrew Vans Haus gefunden worden. Die Axt lag auf dem Boden; an derselben Stelle, an der auch der Mord verübt worden ist. Ich bitte um besondere Aufmerksamkeit angesichts der Tatsache, daß sich keine Fingerabdrücke auf der Mordwaffe befinden. Der Mörder hat also entweder Handschuhe getragen oder die Waffe nach der Tat sorgsam abgewischt. Es steht fest, daß die Axt Eigentum des Ermordeten war. Sie diente dem vermißten Kling zum Holzhacken und wurde zu diesem Zweck in der Küche aufbewahrt … Das reicht, Dr. Strang. Colonel Pickett, bitte treten Sie in den Zeugenstand!«

Der Chef der West Virginia State Police – ein hochgewachsener Mann mit soldatischem Schneid – kam der Aufforderung nach.

»Colonel Pickett, was haben Sie zu berichten?«

»Arroyo und Umgebung abgesucht«, erwiderte der Colonel in militärischem Stakkato, »aber vom Kopf des Ermordeten keine Spur. Auch der vermißte Kling scheint spurlos verschwunden. Zumindest jedoch haben wir seine Personenbeschreibung an die angrenzenden Staaten gesandt. Es wird nach ihm gefahndet.«

»Soweit mir bekannt ist, Colonel, hat man Sie mit der Aufgabe betraut, den letztbekannten Bewegungen sowohl des Ermordeten als auch des Vermißten nachzuspüren. Bitte lassen Sie uns die Ergebnisse hören!«

»Andrew Van ist zuletzt um vier Uhr nachmittags am vierundzwanzigsten Dezember, einem Donnerstag, lebend gesehen worden. Er hat Rebecca Traub, wohnhaft in Arroyo, aufgesucht, um ihr mitzuteilen, daß die Schulleistungen ihres Sohnes William in besorgniserregendem Maße nachließen. Nachdem er das Haus verlassen hatte, ist er, soweit wir wissen, von niemandem mehr lebend gesehen worden.«

»Und Kling?«

»Kling ist zuletzt von Timothy Traynor gesehen worden, einem Farmer, der zwischen Pughtown und Arroyo Land besitzt. Er kaufte einen Sack Kartoffeln, bezahlte in bar und trug ihn über seiner Schulter davon.«

»Ist der Kartoffelsack auf Vans Grundstück gefunden worden? Das, Colonel, könnte insofern bedeutsam sein, als sich so feststellen ließe, ob Kling das Haus je erreicht hat.«

»Ja, und zwar ungeöffnet. Traynor ist sich sicher, daß es sich um denselben Kartoffelsack handelt, den er Kling an jenem Nachmittag verkauft hat.«

»Haben Sie darüber hinaus noch etwas zu berichten?«

Colonel Pickett ließ seinen Blick über das Publikum schweifen, bevor er antwortete. »Allerdings!«

Im Gerichtssaal herrschte Totenstille. Ellery überkam ein mattes Lächeln. Der Augenblick der großen Enthüllungen war also endlich gekommen.

Colonel Pickett lehnte sich vor, um dem Coroner etwas zuzuflüstern. Stapleton blinzelte mit den Augen, schmunzelte, wischte sich über die feisten Wangen und nickte. Die Spannung stieg, und die Zuschauer rutschten unruhig auf ihren Stühlen hin und her. Gelassen gab Pickett jemandem im hinteren Teil des Saals Zeichen.

Daraufhin erschien ein hochgewachsener Polizist in Uniform, der eine seltsame Gestalt am Arm mit sich zerrte. Es handelte sich um einen kleinen alten Mann mit zerzaustem braunem Haar und einem zottigen Bart gleicher Farbe. Seine kleinen funkelnden Augen waren die eines Fanatikers. Seine Haut, schmutzig bronzefarben, wirkte derart sonnen- und wettergegerbt, als hätte er sein ganzes Leben im Freien verbracht. Ellery kniff die Augen zusammen, als er die Kleidung des Mannes studierte: Der Mann trug schlammverschmierte Khaki-Shorts und einen alten grauen Rollkragenpullover. Seine nackten, von grau schimmernden Venen durchzogenen Füße steckten in eigentümlichen Sandalen. In einer seiner Hände trug er einen bemerkenswerten Gegenstand – eine Art Zepter, dessen Spitze die handwerklich unbeholfene, offenbar handgeschnitzte Darstellung einer Schlange zierte.

Sein Erscheinen rief auf der Stelle einen Tumult und lautes Gelächter hervor. Der Coroner hämmerte wie ein Wahnsinniger um Ruhe.

Dem Polizisten und seinem skurrilen Schützling folgte ein junger Mann mit blassem Gesicht und ölverschmiertem Overall. Offenbar war er den meisten Zuschauern wohlbekannt, denn es reckten sich ihm im Vorbeigehen verstohlen Hände entgegen, die ihn ermutigend zu tätscheln versuchten, während andere Zuhörer im Saal offen auf seine gekrümmte Gestalt zeigten. Die drei passierten die Öffnung im Gitter vor dem Zeugenstand und setzten sich. Der bärtige Alte befand sich offenbar in den Klauen entsetzlicher Ängste; seine Augen flackerten wild, und das sonderbare Zepter zuckte in seiner Hand.

»Ich rufe Caspar Croker in den Zeugenstand.«

Der blasse junge Mann im ölverschmierten Overall schluckte, erhob sich und trat vor.

»Sie betreiben eine Tankstelle mit Werkstatt an der Main Street in Weirton?« fragte der Coroner.

»Ja, klar, aber Sie kennen mich doch, Mr. –«

»Bitte beantworten Sie die Frage«, unterbrach Stapleton barsch. »Berichten Sie den Geschworenen, was sich um dreiundzwanzig Uhr an Heiligabend ereignet hat.«

Croker holte tief Luft, sah sich um, als erhoffte er sich von der Menge einen letzten Zuspruch, und antwortete: »Ich hab' meinen Laden Heiligabend dichtgemacht – wollte halt feiern. Ich wohn' in einem Haus direkt hinter meiner Tankstelle. Um elfe nachts, während ich mit meiner Frau im Wohnzimmer sitze, hör' ich auf einmal einen gräßlichen Krach, so 'ne Art Hämmern. Hörte sich so an, als käm's von meiner Tankstelle her, also bin ich raus. Stockfinster war's dazu.« Er schluckte erneut und fuhr hastig fort. »Nun, da war 'n Mann draußen, der gegen die Tür hämmerte. Als er mich sah –«

»Einen Augenblick, Mr. Croker. Wie war der Mann gekleidet?«

Der Garagenbesitzer zuckte die Achseln. »War so dunkel, daß ich nichts erkennen konnte. Hatte ja auch kein Grund 'n mir näher anzugucken.«

»Haben Sie dem Mann direkt ins Gesicht gesehen?«

»Ja, Sir. Er stand ja direkt unter meiner Nachtleuchte. Der hatte sich völlig eingemummt – war ja auch 'ne Schweinekälte draußen – aber ich hatt' schon den Eindruck, daß er nich' erkannt werden will. Nun ja, also er war glattrasiert und mehr 'n dunkler Typ, sah mir nach'm Ausländer aus, obwohl er fließend Englisch sprach.«

»Auf welches Alter würden Sie ihn schätzen?«

»Mitte Dreißig, schätzungsweise. Vielleicht auch jünger oder älter. Schwer zu sagen.«

»Was wollte er von Ihnen?«

»Er wollte nach Arroyo gefahren werden.«

Im Gerichtssaal war es so still geworden, daß Ellery das asthmatische Schnaufen des beleibten Mannes in der Reihe hinter ihm deutlich hören konnte. Die Zuschauer waren vor Anspannung auf die vordere Kante ihrer Sitze gerutscht.

»Was geschah dann?« fragte der Coroner.

»Nun ja«, erwiderte Croker mit mehr Nachdruck. »Das Ganze gefiel mir gar nich'. War ja schließlich Heiligabend, und ich mußte meine Frau allein lassen un' all das. Aber dann hat er seine Brieftasche rausgeholt und mir zehn Dollar geboten, wenn ich ihn rüberfahre. Wissense, für'n armen Mann wie mich is' das 'ne Menge Geld, und da hab' ich eben gesagt, also gut, mach' ich.«

»Sie haben ihn also gefahren?«

»Ja, Sir, hab' ich. Bin also zurück, um meinen Mantel überzuwerfen, hab' meiner Frau gesagt, daß ich in 'ner halben Stunde oder so zurück bin, hab' die alte Karre rausgeholt, er is' reingeklettert, un' dann sind wir los. Ich hab' ihn gefragt, wo er denn in Arroyo genau hin will, und er hat mich gefragt, ob's da nich' 'ne Kreuzung gibt, wo die Straße nach Arroyo auf die von New Cumberland nach Pughtown trifft. Ja, sag' ich, die gibt's. Sagt er dann: Genau da will ich hin. Dann hab' ich ihn also dahin gefahren, er is' ausgestiegen, hat mir den Zehner gegeben, und ich bin auf der Stelle umgedreht un' nach Hause. War mir eh nich' geheuer, das Ganze.«

»Haben Sie gesehen, was er tat, nachdem Sie ihn dort abgesetzt hatten?«

Croker nickte eifrig. »Klar hab' ich ihn über die Schulter weg im Auge behalten. Wär fast im Graben gelandet. Er is' zu Fuß die Straße nach Arroyo runter. Ich hab' gesehn, dasser schwer gehinkt hat, Sir.«

Der bärtige Alte neben dem Polizeibeamten stöhnte laut auf, und seine Augen rollten wild umher, als ob er nach einer Fluchtmöglichkeit suchte.

»Auf welchem Bein, Mr. Croker?«

»Na, auf dem linken. Ist jedenfalls auf dem rechten aufgetreten.«

»Und dann haben Sie ihn nie wiedergesehen?«

»Nein, Sir. Hatt' ihn auch vorher noch nie gesehen.«

»Danke, das reicht.«

Erleichtert verließ Croker den Zeugenstand und eilte den Gang hinauf, um hinter der Tür zu verschwinden.

»Nun«, sagte Coroner Stapleton, während er den kleinen Alten anstarrte, der mit fieberndem Blick auf seinem Sitz kauerte. »Sie da, treten Sie in den Stand!«

Der Polizist erhob sich und zerrte den alten Zottelbart auf die Füße. Der gnomenhafte Mann leistete keinerlei Widerstand, doch in seinen irren Augen spiegelte sich Angst. Der Polizist plazierte den Mann mit einer ruppigen Bewegung auf dem Zeugenstuhl und zog sich dann auf seinen eigenen Platz zurück.

»Wie heißen Sie?« fragte Coroner Stapleton.

Eine Woge von Gelächter schwappte durch das Publikum, als seine sonderbare Erscheinung in so exponierter Stellung voll zur Geltung kam. Es schien Ewigkeiten zu dauern, bis im Saal wieder Ruhe eingekehrt war. Unterdessen schaukelte der Zeuge auf seinem Stuhl herum und murmelte vor sich hin. Ellery drängte sich der beklemmende Eindruck auf, daß der Mann bete; er schien die Schlange anzubeten, die sein Zepter krönte.

Stapleton wiederholte nervös seine Frage. Der Zeuge hielt sein Zepter nun mit ausgestrecktem Arm und warf seine knochigen Schultern zurück. Es schien, als zöge er Würde und Kraft aus dieser Pose. Dann sah er Coroner Stapleton direkt in die Augen und erwiderte mit schriller, doch klarer Stimme: »Ich bin, den man Haracht nennt, der Gott der Mittagssonne. Ra-Haracht, der Falke!«

Es folgte Schweigen. Coroner Stapleton schreckte zurück, als hätte der Zeuge in unverständlichem Kauderwelsch Drohungen gegen ihn ausgestoßen. Die Zuschauer starrten fassungslos nach vorn, um schließlich in hysterisches Gelächter auszubrechen, das unbestimmter Angst entsprang. Der alte Mann wirkte zutiefst unheimlich; er strahlte eine Ernsthaftigkeit aus, die zu verbissen war, um vorgetäuscht zu sein.

»Wer?« fragte der Coroner verunsichert.

Der Mann, der sich Haracht nannte, verschränkte die Arme, das Zepter fest im Griff, vor seiner eingefallenen Brust und machte keinerlei Anstalten zu antworten.

Stapleton wischte sich über die Wangen und schien nicht so recht zu wissen, wie er nun fortfahren sollte. »Äh – welchem Beruf gehen Sie nach, Mr. – Mr. Haracht?«

Ellery glitt tiefer in seinen Sitz und schämte sich für den Coroner. Langsam wurde es peinlich.

Haracht entgegnete mit unbewegten Lippen: »Ich bin der Heiland der Schwachen. Ich mache Kranke wieder gesund. Ich bin, der Manzet steuert, die Barke des Sonnenaufgangs. Ich bin, der Mesenktet steuert, die Barke des Sonnenuntergangs. Manche nennen mich Horus, der Gott der Horizonte. Ich bin der Sohn von Nut, der Göttin des Himmels, Frau des Qeb, Mutter von Isis und Osiris. Ich bin der höchste Gott von Memphis, eins mit Etom –«

»Halt!« brüllte der Coroner. »Colonel Pickett, was soll dieser Unsinn? Hatten Sie mir nicht versichert, dieser Verrückte hier hätte etwas Entscheidendes zur Verhandlung beizutragen? Ich –«

Der Chef der State Police stand hastig auf. Der Mann, der sich Haracht nannte, wartete ruhig; den ersten Schrecken schien er überwunden zu haben, als ahne er irgendwo im Hinterkopf, daß er das Geschehen in der Hand hatte.

»Ich bitte um Entschuldigung, Mr. Coroner«, entgegnete der Colonel eilig. »Ich hätte Sie vorwarnen sollen. Dieser Mann ist nicht ganz richtig im Kopf. Vielleicht ist es besser, wenn ich Sie und die Geschworenen darüber informiere, wovon er lebt. Das würde Ihnen gezieltere Fragen ermöglichen. Er zieht als eine Art Wunderheiler durch die Lande, vollgepinselt mit Sonnen und Sternen und Monden und seltsamen Zeichnungen von ägyptischen Pharaonen. Er hält sich für die Sonne oder so, ist aber absolut harmlos. Zieht – wie die Zigeuner – mit einem alten Gaul und Wohnwagen von Stadt zu Stadt. In Illinois, Indiana, Ohio und West Virginia war er schon. Predigt und verkauft eine Art Wundermittel, das Haar –«

»Es ist das Elixier der Jugend«, warf Haracht gewichtig ein. »Pures Sonnenlicht in Flaschen gefüllt. Ich bin der Erwählte, und ich verkündige das Sonnenevangelium. Ich bin Mentu und Atmu und –«

»Es handelt sich um gewöhnliches Dorschleberöl, soweit ich informiert bin«, erklärte Colonel Pickett grinsend. »Keiner weiß, wie er wirklich heißt. Er hat seinen Namen vermutlich selbst vergessen.«

»Ich danke Ihnen, Colonel«, entgegnete der Coroner um Würde bemüht …

Ellery fieberte vor Spannung – er hatte soeben eine Entdeckung gemacht. Das armselige Zepter in der Hand des Geisteskranken hatte er als Uräus erkannt, das Schlangenzepter des höchsten Gottes der alten Ägypter und ihrer Könige. Zunächst hatte er es der Schlange wegen für einen behelfsmäßigen Heroldsstab gehalten; aber der Stab Merkurs war immer mit Flügeln versehen. Dieser hier jedoch, er verengte angestrengt die Lider, war mit einer primitiven Sonnenscheibe ausgestattet, die sich über der Schlange oder den Schlangen erhob … das Ägypten der Pharaonen! Einige der Namen, die der kleinwüchsige Eiferer hatte fallenlassen, waren ihm vertraut: Horus, Nut, Isis, Osiris. Auch die anderen Bezeichnungen klangen, aller Absurdität zum Trotz, ebenfalls ägyptisch … Ellery richtete sich hoch auf.

»Äh – Haracht, oder wie immer Sie sich nennen«, fuhr der Coroner fort, »haben Sie die Aussage von Casper Croker vernommen, die einen glattrasierten dunkelhaarigen Mann, der hinkte, betraf?«

Der Blick des bärtigen Zeugen wurde auf einmal klarer; gleichzeitig schien jedoch auch die Angst wieder von ihm Besitz zu ergreifen. »Der – der hinkende Mann«, stammelte er. »Ja.«

»Kennen Sie jemanden, auf den diese Beschreibung paßt?«

Ein weiteres Zögern. »Ja.«

»Na also, Haracht«, stöhnte der Coroner, »warum denn nicht gleich.« Seine Stimme klang nun heiter und freundlich. »Wer ist dieser Mann, und woher kennen Sie ihn?«

»Er ist mein Priester.«

»Priester!« Aus der Menge kam ein leises Murmeln. Ellery hörte den beleibten Herrn in der Reihe hinter sich fluchen: »Verdammte Gotteslästerung, Herrgott noch mal!«

»Sie meinen, er – assistiert Ihnen?«

»Er ist mein Jünger. Mein Priester. Der Hohepriester des Horus.«

»Ja, ja, gewiß«, entgegnete Stapleton ungeduldig. »Wie heißt er?«

»Velja Krosac.«

»Hm«, erwiderte der Coroner stirnrunzelnd. »Schon wieder ein fremdländischer Name, so, so. Ein armenischer?«

»Es gibt nur ein wahres Volk – die Ägypter«, entgegnete Haracht ungerührt.

»Ja, ja«, fuhr Stapleton wütend fort. »Wie wird der Name geschrieben?«

Colonel Pickett antwortete: »Das haben wir alles bei den Akten. Er schreibt sich V-e-l-j-a K-r-o-s-a-c. Wir haben in der Wohnwagenküche des Mannes Beweismaterial mit schriftlicher Erwähnung des Namens sichergestellt.«

»Wo ist dieser Vel-Velja Krosac?« fragte der Coroner.

Haracht zuckte die Schultern. »Er ist fortgegangen.« Ellery entging nicht, daß in seinem sturen Blick erneut die Angst aufflackerte.

»Wann war das?«

Wieder Schulterzucken.

Colonel Pickett kam erneut zu Hilfe. »Es ist vielleicht günstiger, Mr. Stapleton, wenn ich selbst Bericht erstatte, um den Fortgang der Verhandlung zu beschleunigen. Krosac hat, soweit wir wissen, seine Identität stets getarnt. Seit etwa zwei Jahren ist er mit diesem Mann herumgezogen. Seltsamer Knabe, fungierte als eine Art Manager und machte Werbung für den Verein. Den religiösen Mumpitz überließ er diesem Haracht hier, der ihn irgendwo im Westen aufgegabelt haben muß. An Heiligabend waren sie das letzte Mal zusammen. Sie kampierten in der Nähe von Hollidays Cove« – das lag ein paar Kilometer von Weirton; Ellery entsann sich gewisser Wegweiser. »Krosac ist dann um zehn Uhr herum verschwunden; und dieser Sowieso hier behauptet steif und fest, ihn seither nicht mehr gesehen zu haben. Zeitlich kommt das etwa hin.«

»Und von Krosac fehlt jede Spur?«

Der Colonel wirkte auf einmal gereizt. »Bislang ja«, gab er schroff zurück. »Wie vom Erdboden verschluckt. Aber wir werden ihn finden. Fliehen kann er nicht. Die Personenbeschreibungen von Krosac und Kling sind raus.«

»Haracht«, begann der Coroner, »sind Sie jemals in Arroyo gewesen?«

»Arroyo? Nein.«

»So weit nördlich sind sie in West Virginia nie gewesen«, fügte der Colonel erklärend hinzu.

»Was wissen Sie über Krosac?«

»Er hat den wahren Glauben gefunden«, antwortete Haracht bedächtig. »Er kniet in frommer Andacht vor dem Altar. Er hat teil an *kuphi* und lauscht den heiligen Schriften mit erleuchtetem Geist. Er ist der Stolz und die Herrlichkeit –«

»Schon gut«, unterbrach der Coroner voll Überdruß und wandte sich dem Polizisten zu. »Führen Sie ihn hinaus.«

Der Polizist grinste, erhob sich, packte den knochigen Zwerg am Arm und zerrte ihn aus dem Zeugenstand. Als die beiden in der Menge verschwunden waren, hörte man den Coroner erleichtert aufatmen.

Ellery tat es ihm nach. Sein Vater hatte recht behalten. Es hatte den Anschein, als ob er hier nichts mehr verloren hätte und besser nach New York zurückkehren sollte – wenn auch nicht gerade mit eingezogenem Schwanz, so doch zumindest mit Armsündermiene. Der ganze Vorgang war so verrückt, die ganze Affäre so unbegreiflich, so bar jeder Logik, daß sie ins Farcenhafte abglitt. Und doch – es gab ihn ja, diesen grausam verstümmelten Toten, der an einem Wegweiser gekreuzigt …

Gekreuzigt! Er fuhr zusammen und atmete laut. Kreuzigung – Altes Ägypten. Wo nur war er auf diese merkwürdige Sache gestoßen?

Die Verhandlung lief nun schneller ab. Colonel Pickett präsentierte eine Reihe von Gegenständen, die in Harachts Wohnwagen gefunden und von diesem als Eigentum Krosacs ausgewiesen worden waren. Sie waren für die Verhandlung ohne Wert; taugten weder als direkte Beweisstücke noch als Schlüssel zur Herkunft oder Identität des Mannes. Es hatte sich kein Foto des Gesuchten gefunden, wie der Coroner betonte, was die Ergreifung des Mannes nicht gerade einfacher machte. Es kam erschwerend hinzu, daß auch keine Proben seiner Handschrift vorlagen.

Weitere Zeugen wurden in den Zeugenstand gerufen und Nebensächlichkeiten festgehalten. Niemand jedoch hatte Andrew Vans Haus an Heiligabend beobachtet oder Krosac gesehen, nachdem Croker ihn an der Kreuzung abgesetzt hatte. Vans Haus war das einzige Gebäude, das in der Nähe der Kreuzung lag, und niemand war in jener Nacht daran vorbeigekommen … Die Nägel, die in Vans Körper getrieben worden waren, stammten aus seiner eigenen Werkzeugkiste, die er normalerweise im Küchenschrank aufbewahrt hatte. Wie sich herausstellte, hatte Kling sie vor längerer Zeit in Bernheims Laden gekauft; die meisten hatten dazu gedient, einen Holzschuppen zusammenzunageln.

Ellery kam aus langer Gedankenverlorenheit wieder zu sich, als Coroner Stapleton sich erhob. »Meine Damen und Herren Geschworenen«, sagte er, »Sie waren Zeugen dieser Verha-«

Ellery sprang auf. Stapleton unterbrach seine Rede und drehte sich verärgert zu Ellery herum. »Ja, Mr. Queen? Sie wagen es, hier einfach –«

»Bitte warten Sie noch einen Augenblick, Mr. Stapleton«, sagte Ellery eilig, »bevor Sie sich an die Geschworenen wenden. Ich habe etwas entdeckt, was meiner Überzeugung nach für die Verhandlung wichtig ist.«

»Was?« brüllte Staatsanwalt Crumit, indem er von seinem Sitz hochfuhr. »Etwas Neues entdeckt?«

»Nichts Neues, Herr Staatsanwalt«, gab Ellery zurück. »Ganz im Gegenteil: Etwas sehr Altes. Älter noch als das Christentum.«

»Also hören Sie mal«, erwiderte Coroner Stapleton – die Zuschauer reckten die Hälse und flüsterten, und die Geschworenen hatten sich von ihren Plätzen erhoben, um den unerwarteten Zeugen zu bestaunen – »was soll der Unsinn, Mr. Queen? Was soll denn bitte das Christentum mit dem Fall zu tun haben?«

»Nichts, hoffe ich.« Ellery rückte das Pincenez auf seiner Nase gerade. »Das augenfälligste Merkmal dieses abscheulichen Verbrechens, wenn ich es einmal so formulieren darf«, sagte er streng, »ist in der gesamten Verhandlung nicht einmal zur Sprache gekommen! Ich beziehe mich auf die Tatsache, daß der Mörder, wer auch immer er sein mag, den Tatort voller Absicht mit dem Buchstaben oder Symbol T übersät hat. Die T-Form der Kreuzung. Die T-Form des Wegweisers. Die T-Form der Leiche. Das T, das mit dem Blut des Opfers an dessen Haustür geschmiert wurde. All diese Auffälligkeiten haben bei der Presse große Beachtung gefunden – zu Recht!«

»Ja, ja«, unterbrach Staatsanwalt Crumit mit höhnischem Unterton. »Das alles ist uns bekannt. Worin also besteht Ihre bedeutsame Entdeckung?«

Ellery starrte Crumit nieder, bis er rot anlief und sich setzte.

»Es besteht kein zwingender Zusammenhang – wie ich leider gestehen muß. Aber haben Sie jemals die Möglichkeit in Erwägung gezogen, daß das Symbol T sich nicht notwendig auf das Alphabet beziehen muß?«

»Worauf wollen Sie hinaus?« fragte Coroner Stapleton verunsichert.

»Ich nehme an, daß dem T-Symbol religiöse Bedeutung zukommt.«

»Religiöse Bedeutung?« wiederholte Stapleton.

Ein korpulenter Herr mit Priesterkragen erhob sich aus der Menge. »Wenn ich die Ausführungen dieses kundigen Herrn hier einmal unterbrechen darf«, sagte er bissig. »Ich bin Pastor und kenne die Heilige Schrift; von einer religiösen Bedeutung des T-Symbols ist mir nichts bekannt!«

Jemand aus der Menge brüllte: »Dem hamses aber gegeben, Herr Pfarrer!« Der Pastor errötete und setzte sich.

Ellery schmunzelte. »Der gelehrte Gottesmann möge bitte zur Kenntnis nehmen, daß die religiöse Bedeutung in folgendem besteht: Eines der vielen Kreuzsymbole mit religiöser Bedeutung ist T-förmig. Es nennt sich *Tau*-Kreuz oder *crux commissa.«*

Der Pastor erhob sich erneut von seinem Platz. »Schon«, konzedierte er, »das stimmt. Aber, mein Herr, es ist ursprünglich kein christliches Kreuz, sondern ein heidnisches Symbol gewesen!«

Ellery lachte leise. »Ganz recht, Herr Pfarrer. Aber war nicht auch das lateinische Kreuz jahrhundertelang bei vorchristlichen Völkern in Gebrauch? Das Tau-Kreuz ist wiederum noch etliche Jahrhunderte älter als das uns allen vertraute lateinische Kreuz. Es soll ursprünglich eine Art Phallussymbol gewesen sein … Entscheidend aber ist folgendes.«

Alle hielten den Atem an, als er seine Rede unterbrach, um tief Luft zu holen. Dann wandte er sich wieder dem Coroner zu und sagte betont: »Für das Tau- oder T-Kreuz gibt es noch eine andere Bezeichnung – man nennt es auch das ägyptische Kreuz!«

ZWEITER TEIL

Die Kreuzigung eines Millionärs

»Wenn jemand, der nicht zu den gewöhnlichen Kriminellen zählt, ein Verbrechen begeht, ist der Polizeibeamte gut beraten, äußerste Vorsicht walten zu lassen. Keine der Regeln, die er gelernt hat, wird sich noch anwenden lassen, und der Erfahrungsschatz, den er über die Jahre angesammelt hat, wird ihm rein gar nichts mehr nützen.«

DANILO RIEKA

3. Professor Yardley

Und das war es dann. Unglaublich, ungeheuerlich – aber das war es. Die geheimnisvolle Verbindung, die Ellery vor der versammelten Gemeinde Weirton gezogen hatte, half nicht, Licht in die Angelegenheit zu bringen; im Gegenteil – der Fall erschien um so rätselhafter. Was Ellery selbst betraf, so tröstete er sich mit dem Gedanken, daß Wahnsinnstaten sich ohnehin jeder Logik entzogen.

Wenn er dem Fall schon nicht gewachsen war, dann galt das in gesteigertem Maße für Coroner Stapleton, Staatsanwalt Crumit, Colonel Pickett, die Geschworenen, die Bürger von Arroyo und Weirton und die Reporterschwärme, die sich am Verhandlungstag in der Stadt eingefunden hatten. Angeleitet vom Coroner, der mannhaft der Versuchung widerstand, sich für eine zwar naheliegende, aber völlig unbewiesene Lösung zu entscheiden, kratzte sich die Jury verlegen den kollektiven Kopf und fällte das Urteil: »Tod durch einen oder mehrere Unbekannte.«

Die Reporter schlichen noch ein, zwei Tage in der Stadt herum; Colonel Pickett und Staatsanwalt Crumit sah man immer seltener, und schließlich nahm auch die Presse keine Notiz mehr von dem Mord – das Todesurteil über den Fall war gesprochen.

Ellery kehrte mit einem stoischen Achselzucken nach New York zurück. Je länger er über dem Rätsel brütete, desto mehr neigte er der Ansicht zu, daß die Lösung verblüffend einfach sein mußte. Es gab keinen Grund, den zahlreichen Indizien zu mißtrauen; sie verwiesen sicher nicht auf den Kern des Geschehens, waren aber auch keinesfalls einfach so abzutun. Es mußte ihn geben, diesen englischsprechenden Ausländer Velja Krosac, eine Art Scharlatan, der sich aus dunklen Beweggründen das Ziel gesetzt hatte, den ebenfalls fremdstämmigen Schulmeister ums Leben zu bringen. Seiner Vorgehensweise war nicht unbedingt Bedeutung beizumessen, so interessant sie auch aus kriminologischer Sicht sein mochte. Sie war nichts als der zwar grauenerregende, aber kranke Ausdruck einer zerstörten Seele, in der der

Wahnsinn loderte. Das genaue Motiv, das den Mörder zu der Bluttat getrieben hatte – ob es sich nun vollkommen in der abseitigen Fantasie eines Psychopathen verlor, ob es in religiösem Fanatismus oder Blutrache begründet war – würde sich wohl nie mehr klären lassen. Krosac, der seine schaurige Mission erfüllt hatte, war natürlich über alle Berge und hatte vermutlich auf dem Seeweg Kurs auf sein Heimatland genommen. Ja, und Kling, der Hausangestellte? Der war ohne Zweifel zum Opfer der Umstände geworden; der Mörder hatte ihn vermutlich gleich miterledigt, weil der Unglückliche zum Tatzeugen geworden war oder Krosacs Gesicht gesehen hatte. Wie dem auch immer sein mochte – Krosac mußte einen einschlägigen Grund gehabt haben, ihn zum Schweigen zu bringen. Es war ja kaum anzunehmen, daß jemand, der nicht einmal davor zurückschreckte, seinem Opfer den Kopf abzuschlagen, um seiner Rache die angestrebte Symbolik zu verleihen, zu zimperlich war, einen Zufallszeugen zu beseitigen.

Mit derlei Gedanken kehrte Ellery schließlich nach New York zurück, um sich den spitzen Bemerkungen und Sticheleien seines Vaters auszusetzen.

»Daß ich's so hab' kommen sehen, brauche ich ja nicht eigens zu erwähnen«, sagte der alte Mann mit einem Grinsen über den Tisch hinweg, während sie am Abend von Ellerys Heimkehr ihr Dinner einnahmen, »aber die Moral von der Geschicht –«

»Wäre?« entgegnete Ellery, indem er ein Kotelett in Angriff nahm.

»Folgendes: Mord ist Mord; und 99,9 Prozent aller Morde, die auf der Erdkugel begangen werden, du Grünschnabel, sind kinderleicht zu erklären. Da ist nichts Geheimnisumwittertes, falls du verstehst, was ich meine.« Der Inspector strahlte. »Ich weiß wirklich nicht, was du in dieser gottverlassenen Gegend erreichen wolltest. Jeder einfache Streifenpolizist hätte dir gleich sagen können, wie die Sache ausgehen wird.«

Ellery legte die Gabel neben den Teller. »Aber mit logischem –«

»Alles hirnrissig«, schnaubte der Inspector. »Sieh lieber zu, daß du etwas Schlaf bekommst.«

Ein halbes Jahr später hatte Ellery den bizarren Mord von Arroyo vollkommen aus dem Blick verloren. Schließlich gab es eine Menge zu tun. Im Gegensatz zur Schwesterstadt Philadelphia war New York nicht gerade ein Hort brüderlicher Nächstenliebe; Tötungsdelikte fielen zuhauf an, der Inspector ermittelte fieberhaft und hatte seinen Sohn dabei stets im Schlepptau. Der brachte seine einzigartigen Fähigkeiten zum Einsatz, sobald ein Fall sein spezielles Interesse geweckt hatte.

Erst im Juni, sechs Monate nach der Kreuzigung von Andrew Van in West Virginia, trat das damalige Geschehen wieder mit Macht in sein Bewußtsein.

Am Mittwoch, dem zweiundzwanzigsten Juni, saßen Ellery und Inspector Queen gerade beim Frühstück, als es an der Tür läutete und Djuna, Haushaltshilfe der Queens, ein Telegramm für Ellery in Empfang nahm, das der Bote ihm präsentierte.

»Merkwürdig«, murmelte Ellery, während er das gelbe Kuvert öffnete. »Wer zum Teufel schreibt mir so früh am Morgen?«

»Von wem isses?« fragte der Inspector, der gerade auf einem Bissen Toast herumkaute.

»Es ist von –« Ellery faltete das Blatt Papier auf und starrte auf die getippte Unterschrift. »Von Yardley!« rief er freudig überrascht und grinste seinen Vater an. »Professor Yardley, du weißt doch. Einer von meinen Profs an der Uni.«

»Ich weiß, wen du meinst. Das war doch dieser Altertumsfritze, nicht wahr? Der war doch mal ein Wochenende bei uns zu Besuch. Ein ziemlich häßlicher alter Knabe mit Kinnbart, wenn ich mich recht entsinne.«

»Eine absolute Kapazität! Solche wie den gibt's heutzutage kaum noch«, sagte Ellery. »Mein Gott, das muß Jahre her sein, daß ich das letzte Mal von ihm gehört habe! Aber warum schreibt –«

»Schlage vor, daß du erst einmal den Text liest«, unterbrach der alte Herr milde. »Es ist die allgemein übliche Methode herauszufinden, warum dir jemand schreibt. Also manchmal bist du wirklich dümmer, als die Polizei erlaubt!«

Während der Inspector jedoch Ellerys Gesicht beobachtete, verlor sich sein Augenzwinkern. Dem jungen Herrn war der Unterkiefer heruntergefallen.

»Was ist los?« fragte der Inspector besorgt. »Jemand gestorben?« Er hatte den kleinbürgerlichen Aberglauben bewahrt, daß Telegramme nichts Gutes verhießen.

Ellery schob den gelben Zettel über den Tisch, sprang vom Stuhl auf, warf Djuna seine Serviette zu und stürzte ins Schlafzimmer, wobei er sich bereits seinen Morgenrock vom Leibe riß.

Der Inspector las:

DACHTE NACH ALL DEN JAHREN JETZT IST DER ZEITPUNKT DAS ANGENEHME MIT DEM NÜTZLICHEN ZU VERBINDEN STOP STATTEN SIE MIR DOCH DEN LANGVERSPROCHENEN BESUCH AB STOP SAFTIGER MORD DIREKT GEGENÜBER STOP HEUTE MORGEN PASSIERT UND ÖRTLICHE POLIZEI NOCH NICHT HIER STOP HÖCHST INTERESSANT STOP MEIN NACH-

BAR AN TOTEMPFAHL AUF SEINEM GRUNDSTÜCK GEKREUZIGT STOP KOPF FEHLT STOP ICH ERWARTE SIE HEUTE
YARDLEY

4. Bradwood

Lange bevor der alte Duesenberg sein Ziel erreichte, war unübersehbar, daß etwas Außergewöhnliches vorging. Den Long Island Highway, auf dem Ellery in gewohnt halsbrecherischer Geschwindigkeit entlangraste, teilte er sich mit Schwärmen von uniformierten Polizisten, die ausnahmsweise überhaupt keine Noitz von dem ernsten, großen jungen Mann nahmen, der mit hundert Sachen an ihnen vorbeidonnerte. Ellery hoffte, daß ihn endlich jemand anhalten möge, damit er seinem Widersacher auf zwei Rädern ein hämisches »Spezialeinsatz!« entgegenschleudern konnte; denn er hatte seinen Vater so lange bearbeitet, bis der sich telefonisch nach dem Leichenfund erkundigt und Inspector Vaughn von der Bezirkspolizei Nassau mitgeteilt hatte, daß sein »berühmter Sohn«, wie er raffiniert unaufdringlich formuliert hatte, bereits unterwegs sei und er doch hoffe, daß man dem jungen Helden entsprechende Freiheiten einräumen würde, zumal dieser im Besitz hochbrisanter Informationen sei, wie sich der alte Herr ausdrückte, die für Inspector Vaughn und den Staatsanwalt sicherlich von Interesse seien. Mit Bezirksstaatsanwalt Isham hatte er ebenfalls telefoniert, seine Laudatio wiederholt und die damit verbundenen Hoffnungen bekräftigt. Ein offenbar sehr mitgenommener Isham hatte gemurmelt: »Für mich ist jede Nachricht eine gute Nachricht; schicken Sie ihn vorbei!« und versprochen, daß man am Tatort nichts verändern würde, bevor Ellery dort aufkreuzte.

Es war um die Mittagszeit, als der Duesenberg schließlich in eine der gepflegten Privatstraßen von Long Island einbog und prompt von einer Motorradstreife zum Geschwindigkeitsduell gefordert wurde.

»Bradwood hier entlang?« brüllte Ellery.

»Kann schon sein«, brüllte der Polizist zurück. »Aber für Sie ist die Reise hier zu Ende! Drehen Sie um, und fahren Sie nach Hause, und zwar dalli!«

»Inspector Vaughn und Staatsanwalt Isham erwarten mich!« parierte Ellery grinsend.

»Oh! Sie sind Mr. Queen? Entschuldigen Sie, Sir. Fahren Sie weiter!« Ellery gönnte sich den Triumph, gab unverzüglich Gas und hielt fünf Minuten später zwischen zwei Anwesen. Der mit Polizeifahrzeugen vollgestellten Einfahrt nach zu schließen, handelte es sich bei dem einen um Bradwood, wo der Mord geschehen war; das andere mußte, da es direkt gegenüber lag, folglich seinem Freund und früheren Lehrer Professor Yardley gehören.

Dieser höchstselbst, ein häßlicher, schlaksiger Mann, der stark an Abraham Lincoln erinnerte, eilte Ellery, der gerade aus seinem Duesenberg sprang, entgegen und ergriff seine Hand.

»Queen! Wie schön, Sie wiederzusehen!«

»Ganz meinerseits, Professor! Gott, das ist Jahre her! Was hat Sie denn nach Long Island verschlagen? Zuletzt hieß es noch, Sie leben nach wie vor auf dem Campus und martern die Studenten!«

Der Professor grinste in seinen kurzen schwarzen Bart hinein. »Ich habe diesen Tadsch Mahal da drüben« – Ellery wandte sich um und erblickte Turmspitzen und eine bzyantinische Kuppel, die die Bäume überragten – »von einem völlig verrückten Freund gemietet. Diese Scheußlichkeit hat er sich hingestellt, weil er 'nen Orientfimmel hat. Ist gerade auf einem Streifzug durch Kleinasien. Ich arbeite diesen Sommer hier. Mit hat halt immer die nötige Ruhe gefehlt, mein Werk über die Ursprünge der Atlantis-Sage endlich abzuschließen. Sie erinnern sich an die Ausführungen Platons dazu?«

»Und ob«, schmunzelte Ellery, »auch an Bacons *New Atlantis,* aber mein Interesse galt immer mehr dem literarischen als dem wissenschaftlichen Aspekt.«

Yardley gab einen Grunzlaut von sich. »Immer noch derselbe vorlaute Grünschnabel, wie ich sehe. So bin ich denn in diese Sache hineingeraten.«

»Was um alles in der Welt hat Sie auf mich gebracht?«

Sie schritten gemeinsam die mit Fahrzeugen vollgestellte Einfahrt von Bradwood hoch. Vor ihnen lag ein großes, im Kolonialstil erbautes Haus, dessen riesige Säulen in der Mittagssonne schimmerten.

»Der lange Arm des Zufalls«, erwiderte der Professor trocken. »Ich habe Ihren Werdegang interessiert verfolgt, wie Sie sich sicher denken können. Ihre Erfolge haben mich immer sehr fasziniert; und so habe ich denn die Berichte über diesen außergewöhnlichen Mordfall in West Virginia vor fünf oder sechs Monaten auch geradezu verschlungen.«

Ellery sah sich genau um, bevor er reagierte. Bradwood war eine bis ins letzte Detail durchdachte Anlage – der Wohnsitz eines reichen Mannes. »Ich hätte eigentlich wissen sollen, daß Ihren Augen, die Tausende von Papyri und Stelen untersucht haben, so leicht nichts entgeht. Sie haben also den hochdramatischen Bericht über meinen netten kleinen Abstecher nach Arroyo gelesen?«

»Allerdings. Das hochdramatische Scheitern inklusive.« Der Professor lachte. »Zugleich jedoch hat mich zutiefst befriedigt, daß Sie die Grundregel angewandt haben, die ich dem Sturkopf Queen so lange vergeblich gepredigt hatte – immer zum Ursprung zurück! Das ägyptische Kreuz? In diesem Falle, fürchte ich, ist leider der Hang zum Theatralischen mit Ihnen durchgegangen und die wissenschaftliche Wahrheit dabei auf der Strecke geblieben … Nun, da wären wir.«

»Worauf wollen Sie hinaus?« fragte Ellery und schaute verwirrt. »Das *Tau*-Kreuz ist doch ein primitives ägyptisches –«

»Das diskutieren wir später. Ich nehme an, Sie möchten mit Isham sprechen. Er ist so freundlich gewesen, mich hier ein bißchen herumschlendern zu lassen.«

Der Bezirksstaatsanwalt von Nassau County, ein gedrungener Mann mittleren Alters mit wässrigen blauen Augen und einem im Schwund begriffenen Kranz grauer Haare auf dem Kopf, stand auf den Stufen der ausladenden Veranda und war offenbar in eine hitzige Debatte mit einem großgewachsenen, muskulösen Mann in Zivil verwickelt.

»Ähm – Mr. Isham«, begann Professor Yardley, »das ist mein Schützling, Ellery Queen.«

Die beiden Männer drehten sich flugs herum. »Ah ja«, sagte Isham in einem Ton, der verriet, daß seine Gedanken woanders waren. »Wie erfreulich, daß Sie dazugestoßen sind, Mr. Queen. Ich wüßte zwar nicht, wie Sie uns im Augenblick behilflich sein könnten, aber –« Er zuckte mit den Schultern. »Darf ich vorstellen – Inspector Vaughn von Nassau County.«

Ellery begrüßte beide mit Handschlag. »Ich habe Ihre Erlaubnis, mich ein wenig umzusehen? Sie haben mein Wort, daß ich Ihnen nicht im Weg sein werde.«

Inspector Vaughn bleckte seine braunen Zähne. »Da gibt's nicht viel Weg. Wir treten vollkommen auf der Stelle, Mr. Queen. Möchten Sie sich das Hauptbeweisstück ansehen?«

»Das wäre zumindest so üblich. Kommen Sie, Professor.«

Die vier Männer stiegen die Stufen der Veranda hinab und folgten einem Kiesweg, der um den Ostflügel des Hauses herumführte. Ellery begann zu ahnen, welch ungeheure Ausmaße das Grundstück besaß. Das Hauptgebäude, so sah er nun, lag auf einer Anhöhe genau in der Mitte zwischen der Straße, in der er seinen Duesenberg geparkt hatte, und einer vom Hauptgebäude aus sichtbaren Bucht, in der sich das Wasser sonnenglitzernd kräuselte. Das Gewässer, so erläuterte Staatsanwalt Isham, war ein Nebenarm des Long Island Sound und nannte sich Ketcham's Cove. Jenseits der Bucht zeichnete sich die bewaldete Silhouette einer kleinen Insel ab. Oyster Island, bemerkte der Professor, beherberge eine Schar von …

Ellery sah ihn fragend an, doch Isham winkte gereizt ab: »Später.« Yardley zuckte die Achseln und sah davon ab, seinen Satz zu vollenden.

Der Kiesweg führte sie von dem Kolonialbau fort; und nach nicht einmal zehn Metern waren sie bereits von Wald umgeben. Dreißig Meter weiter gelangten sie zu einer Lichtung, in deren Mitte ein groteskes Objekt stand.

Die Männer hielten schweigend inne, wie Menschen gewöhnlich innehalten, wenn sie direkt mit gewaltsamem Sterben konfrontiert werden. Um das Objekt herum waren Polizeibeamte zugange; Ellery jedoch sah nichts anderes als die schaurige Skulptur.

Es handelte sich um einen etwa drei Meter hohen, holzgeschnitzten Pfahl, der einmal leuchtend bunt bemalt gewesen sein mußte; die Farben waren jedoch verblaßt und das Holz so fleckig und verformt, als habe der Pfahl jahrhundertelang dem Wetter trotzen müssen. Das Schnitzwerk bestand aus fratzenhaften Masken und seltsamen Fabeltieren, über denen ein grob geschnitzter Adler mit gesenktem Kopf und ausgebreiteten Schwingen thronte. Die Schwingen waren so flach, daß der Pfahl samt der ausgebreiteten Schwingen, wie Ellery sofort auffiel, stark an ein großes T erinnerte. Vom Pfahl herab hing die enthauptete Leiche eines Mannes, dessen Arme mit einem dicken Seil an den Adlerschwingen festgebunden waren.

Die Füße waren etwa einen Meter über dem Erdboden in ähnlicher Weise am Längspfahl befestigt. Der markante hölzerne Schnabel des Adlers befand sich nur wenige Zentimeter über dem blutigen Loch zwischen den Schultern des Toten. Der gräßliche Anblick hatte zugleich etwas Pathetisches wie Grauenvolles; und von der verstümmelten Leiche ging eine erschreckende Hilflosigkeit aus – die anrührende Ohnmacht einer geköpften Flickenpuppe.

»Tja«, sagte Ellery mit zittriger Stimme. »Netter Anblick, was?«

»Entsetzlich«, sagte Isham leise. »So was habe ich mein Lebtag noch nicht gesehen. Da gefriert einem das Blut.« Er schüttelte sich. »Kommen Sie, bringen wir es hinter uns!«

Sie traten näher an den Pfahl heran. Ellery bemerkte auf der Lichtung in ein paar Metern Entfernung ein strohgedecktes Gartenhaus, dessen Eingang ein Polizist bewachte, und widmete seine Aufmerksamkeit wieder dem Toten. Es handelte sich um die Leiche eines Mannes mittleren Alters mit ausgeprägtem Schmerbauch und knorrigen alten Händen. Der Tote trug graue Flanellhosen, ein am Halse offenes

Seidenhemd, weiße Socken und Schuhe und eine samtene Rauchjacke. Vom Halsansatz bis zu den Füßen war die Leiche über und über mit Blut beschmiert, als habe man sie in einem Faß voller Blut gebadet.

»Ein Totemsbaum, nicht wahr?« fragte Ellery Professor Yardley, als sie unterhalb der Leiche vorbeigingen.

»Totempfahl ist der gängige Ausdruck«, antwortete Yardley ruhig. »Ich bin zwar kein Totemismus-Experte, aber dieses Exemplar hier ist entweder sehr früh nordamerikanisch oder eine geschickte Nachahmung, habe ein derartiges noch nie gesehen. Der Adler versinnbildlicht den Adler-Clan.«

»Ich nehme an, die Identität der Leiche steht fest?«

»Ja«, entgegnete Inspector Vaughn, »Sie blicken auf die sterblichen Überreste von Thomas Brad, dem Eigentümer von Bradwood, einem millionenschweren Teppichimporteur.«

»Aber die Leiche ist noch nicht abgenommen worden«, wandte Ellery geduldig ein. »Wie können Sie da sicher sein?«

Isham wirkte überrascht. »Das ist okay. Es ist Brad. Wir haben die Kleidung überprüft, und der Bauch ist ja wohl kaum zu übersehen!«

»Stimmt allerdings. Wer hat die Leiche entdeckt?«

Inspector Vaughn erstattete Bericht. »Sie wurde um halb acht in der Frühe von einem Hausangestellten, Fox, gefunden, der hier gärtnert und auch als Chauffeur arbeitet. Fox wohnt in einer Waldhütte auf der anderen Seite des Hauses. Als er heute morgen wie üblich zum Hauptgebäude ging, um den Wagen für Lincoln – Jonah Lincoln gehört zu den Leuten, die hier wohnen – aus der Garage im Rückteil des Hauses zu holen, war Lincoln noch nicht fertig. Fox begab sich in der Zwischenzeit auf diese Seite, um nach ein paar Blumen zu schauen, und stieß so auf die Leiche. Bei dem Anblick ist ihm speiübel geworden, wie er sagt.«

»Kann ich mir gut vorstellen«, bemerkte Professor Yardley, der allerdings selbst erstaunlich wenig Berührungsängste zeigte. Er untersuchte gerade mit konzentrierter Sachlichkeit den Totempfahl samt seiner grausigen Last, als handele es sich um einen historischen Fund.

»Nun«, fuhr Inspector Vaughn fort, »er hat sich dann zusammengerissen und ist zum Haus zurück. Das Übliche halt – hat das Haus alarmiert, niemand hat etwas angefaßt. Lincoln, ein zwar nervöser, aber auch besonnener Bursche, hat sich um alles gekümmert, bis wir angerückt sind.«

»Und wer ist Lincoln?« fragte Ellery freundlich.

»Der Hauptgeschäftsführer von Brads Firma. Brad & Megara, wissen Sie«, erläuterte Isham, »die Teppichriesen. Lincoln wohnt hier. Soweit ich weiß, hat Brad ihn sehr gemocht.«

»Ein zukünftiger Teppichmagnat, sozusagen. Und Megara – wohnt der auch hier?«

Isham zuckte die Achseln. »Wenn er nicht gerade auf See ist. Ist irgendwo auf einer Kreuzfahrt, schon seit Monaten unterwegs. Brad war der aktive Partner.«

»Dann ist ja anzunehmen, daß der reisefreudige Mr. Megara für den Totempfahl verantwortlich ist.«

Ein schmächtiger Mann trottete den Weg entlang auf sie zu. Er hatte eine schwarze Tasche bei sich.

»Das ist Doc Rumsen«, sagte Isham sichtlich erleichtert. »Der Gerichtsmediziner von Nassau County. Hi, Doc, na schauen Sie sich das mal an!«

»Mach' ich längst«, entgegnete Dr. Rumsen barsch. »Man könnte glatt meinen, man befände sich in den Schlachthöfen von Chicago.«

Ellery sah sich den Toten näher an. Er schien vollkommen starr zu sein. Dr. Rumsen betrachtete die Leiche mit routiniertem Blick und schnaubte verächtlich. »Los, holen Sie ihn schon runter. Oder erwarten Sie, daß ich zu ihm raufklettere?«

Inspector Vaughn machte zwei Detectives Zeichen, die sich daraufhin mit aufgeklappten Messern in Bewegung setzten. Einer von ihnen verschwand im Gartenhaus und kehrte mit einem stabilen Stuhl zurück, postierte ihn neben dem Totempfahl, stellte sich auf die Sitzfläche und brachte sein Messer in Position.

»Durchschneiden, Chief?« fragte er, bevor er die Klinge ansetzte, um das Seil am rechten Arm zu durchtrennen. »Vielleicht wär's günstiger, das Seil ganz zu lassen. Den Knoten krieg' ich schon auf.«

»Durchschneiden«, erwiderte der Inspector scharf, »ich will mir den Knoten ansehen. Könnte ein Hinweis sein.«

Weitere Männer kamen dazu. Während sie ihre traurige Pflicht erfüllten, herrschte Totenstille.

»Ganz nebenbei gefragt«, murmelte Ellery, während sie der Kreuzesabnahme zusahen, »wie hat der Mörder es fertiggebracht, die Leiche da hochzuhieven und die Handgelenke in mehr als zweieinhalb Metern Höhe an den Adlerschwingen zu befestigen?«

»Genauso, wie der Kollege es gerade vorexerziert«, erwiderte der Staatsanwalt trocken. »Wir haben einen blutbefleckten Stuhl von derselben Form wie diesen hier im Gartenhaus gefunden. Entweder waren's zwei, oder der Kerl, der für das Schlachtfest verantwortlich ist, ist ein Hüne. Die Leiche da hochzuwuchten war sicher kein Kinderspiel, selbst wenn er auf einem Stuhl gestanden hat.«

»Wo haben Sie den Stuhl gefunden?« fragte Ellery nachdenklich. »Im Gartenhaus?«

»Ja. Muß ihn zurückgestellt haben, als er mit der Schweinerei fertig war. Im Gartenhaus befinden sich noch einige andere Gegenstände, Mr. Queen, um die wir uns kümmern sollten.«

»Da wäre noch etwas, was Sie interessieren könnte«, sagte Inspector Vaughn, als der Leichnam endlich von seinen Fesseln befreit im Gras lag. »Das hier.«

Er entnahm seiner Tasche einen kleinen scheibenförmigen roten Gegenstand und drückte ihn Ellery in die Hand. Es handelte sich um einen hölzernen Dame-Spielstein.

»Hm«, murmelte Ellery, »reichlich prosaisch. Wo haben Sie den gefunden, Inspector?«

»Auf dieser Lichtung hier. Im Kies, etwa einen Meter rechts vom Pfahl.«

»Und was macht Sie so sicher, daß der Stein etwas zu sagen hat?« Ellery drehte ihn in seinen Fingern nach allen Seiten.

Vaughn schmunzelte. »Wir haben ihn im Kies gefunden. An seiner Beschaffenheit läßt sich jedoch ablesen, daß er nicht lange dort gelegen haben kann, wie Sie sehen. Außerdem springt einem ein roter Gegenstand auf dem sauberen grauen Kies doch sofort ins Auge! Fox schaut jeden Tag in jedem Winkel des Grundstücks nach dem rechten; folglich ist es sehr unwahrscheinlich, daß der Stein gestern schon tagsüber hier gelegen hat, was Fox seiner Aussage nach für ausgeschlossen hält. Mir war auf Anhieb klar, daß das Ding etwas mit den Vorgängen letzte Nacht zu tun haben muß – im Dunkeln unsichtbar.«

»Hervorragend, Inspector!« schmunzelte Ellery zurück. »Sie sprechen mir aus der Seele.« Als er Vaughn den Spielstein zurückgab, stieß Dr. Rumsen völlig unprofessionell eine Reihe höchst farbiger Flüche aus.

»Was ist los?« fragte Isham, indem er hinzueilte. »Etwas gefunden?«

»Zur Hölle will ich fahren, wenn das nicht das Seltsamste ist, was ich je gesehen habe!« schimpfte der Gerichtsmediziner. »Schauen Sie sich das mal an!«

Der Leichnam von Thomas Brad lag etwa einen Meter vom Totempfahl entfernt wie eine umgestürzte Marmorstatue im Gras. Er war unnatürlich starr. Die Leichenstarre hält noch an, dachte Ellery. Wie der Tote so dalag und seine Arme noch immer ausstreckte, fühlte sich Ellery in erschreckendem Maße an die Leiche von Andrew Van erinnert, die er ein halbes Jahr zuvor in Weirton besichtigt hatte – wenn man einmal von den Kleidern und dem Schmerbauch absah. Beide, so dachte er bitter, waren so zurechtgemetzelt worden, daß sie ein T bildeten … Ellery schüttelte den Kopf und bückte sich ebenfalls, um nachzusehen, was Dr. Rumsen so verstört hatte.

Der Mediziner hatte die rechte Hand des Toten angehoben und wies auf deren wächsern bläuliche Innenfläche. In der Mitte befand sich ein kreisförmiger roter Abdruck, den ein Stempel kaum exakter hätte prägen können; lediglich an den Rändern war die Farbe ganz leicht verwischt.

»Was zum Teufel soll ich dazu sagen?« brummte Dr. Rumsen. »Blut ist es nicht. Sieht eher wie Farbe aus. Aber fragen Sie mich bitte nicht, wie die dahin kommt!«

»Ihre Vermutung«, sagte Ellery bedächtig, »scheint sich zu bestätigen, Inspector. Der Spielstein – die rechte Seite des Totempfahls – die rechte Hand des Toten ...«

»Herrgott, ja!« entfuhr es Inspector Vaughn. Er holte den Spielstein erneut hervor und drückte ihn dem Toten in die Hand. Stein und Abdruck paßten nahtlos zusammen. Vaughn erhob sich mit einer Mischung aus Triumph und Verwirrung. »Aber was zum Teufel –«

Isham schüttelte den Kopf. »Ich glaube nicht, daß das irgendwas zu sagen hat, Vaughn. Sie haben Brads Bibliothek noch nicht gesehen. Dort haben wir das zugehörige Damespiel gefunden. Aber das werden Sie ja selbst sehen, wenn wir das Haus besichtigen. Aus irgendeinem Grunde hatte Brad zum Zeitpunkt seiner Ermordung eben einen Spielstein in der Hand, ohne daß der Täter das wußte. Als der Tote dann am Pfahl festgezurrt wurde, muß er ihm aus der Hand gefallen sein. Das ist das ganze Geheimnis.«

»Das Verbrechen ist also im Haus verübt worden?« fragte Ellery.

»Aber nein! Im Gartenhaus da drüben. Dafür haben wir genug Beweise. Wie wir gesehen haben, gibt es für den Spielstein eine harmlose Erklärung. Daß er so verblaßt ist, läßt sich ebenfalls erklären. Vermutlich haben Schweiß und Körperwärme dafür gesorgt, daß die rote Farbe in seiner Hand zerlaufen ist.«

Sie ließen Dr. Rumsen, von schweigenden Detectives umringt, neben der grotesken Gestalt im Gras zurück, um das Gartenhaus zu besichtigen. Es lag nur ein paar Schritte vom Totempfahl entfernt. Ellery ließ seine Blicke nach oben und seitwärts schweifen, bevor er durch den niedrigen Eingang trat.

»Hmm, keine elektrische Außenbeleuchtung. Ich frage mich –«

»Der Täter muß eine Taschenlampe benutzt haben. Vorausgesetzt natürlich«, erläuterte der Inspector, »daß der Mord im Dunkeln verübt worden ist. Sobald Dr. Rumsen die ungefähre Todeszeit ermittelt hat, klärt sich das von selbst.«

Der Wachposten am Eingang salutierte und trat zur Seite. Sie gingen hinein. Das kleine Gartenhaus war rund gebaut und mit seinem unbehauenen Holz, dem zugespitzten Strohdach und den halbhohen Wänden, die in umranktes Gitterwerk übergingen, ländlicher Lebensart nachempfunden. Innen befand sich ein grober Holztisch mit zwei Stühlen. Einer davon war mit Blut befleckt.

»Ziemlich eindeutig«, sagte Staatsanwalt Isham verhalten und wies in die Mitte des Raumes.

Auf dem Holzboden hatten getrocknete Blutmassen einen klumpigen, rötlich braunen Fleck hinterlassen.

Professor Yardley zeigte nun erste Anzeichen von Nervosität.

»Das – äh – ist doch wohl kein menschliches Blut, dieser entsetzliche Matsch –«

»Und ob es das ist«, brummte Vaughn. »Die Riesenlache ist nur dadurch zu erklären, daß hier Brads Kopf abgetrennt worden ist.«

Ellery fixierte mit seinem Adlerblick den Holzboden. Jemand hatte unterhalb des rustikalen Tisches mit kühnem Schwung ein großes T aus Blut auf den Boden geschmiert.

»Nicht gerade eine Augenweide«, sagte er leise und mußte hart schlucken, als er seinen Blick von dem blutigen Symbol abwandte. »Mr. Isham, wie erklären Sie sich das T auf dem Boden?«

Der Staatsanwalt breitete hilflos die Hände auseinander. »Das kann ich Sie genauso fragen, Mr. Queen! Ich bin weiß Gott ein alter Hase, und Sie haben, soweit ich weiß, ebenfalls genug Erfahrung. Zweifeln Sie auch nur im mindesten daran, daß wir es mit der Tat eines Geistesgestörten zu tun haben?«

»Nein, kein vernünftiger Mensch wird daran zweifeln. Sie haben vollkommen recht, Mr. Isham. Ein Totemsbaum! Gut gewählt, nicht wahr, Professor?«

»Pfahl. Sie vermuten eine etwaige religiöse Bedeutung?« Yardley zuckte die Achseln. »Ich befürchte, daß die wilde Mischung aus nordamerikanischem Fetischismus, christlichen Elementen und privatem Phalluskult die Fantasie selbst eines Geisteskranken überstrapaziert.«

Vaughn und Isham starrten den Professor verständnislos an. Weder Ellery noch Yardley klärten sie auf. Ellery bückte sich und betrachtete einen Gegenstand, der am Boden lag. Es handelte sich um eine langstielige Bruyèrepfeife, die sich in der Lache aus geronnenem Blut befand.

»Die haben wir uns längst vorgenommen«, sagte Inspector Vaughn. »Fingerabdrücke drauf. Sind Brads. Ist ja auch seine Pfeife. Er hat sich hierhin zurückgezogen, um in Ruhe zu rauchen. Wir haben sie extra für Sie wieder an den Fundort zurückgelegt.«

Ellery nickte. Die Pfeife war von ungewöhnlicher Form; ihren Kopf, halbgefüllt mit kalter Asche, schmückte ein kunstvoll gearbeiteter Neptunskopf mit Dreizack. Auf dem Boden des Gartenhauses, direkt neben dem Pfeifenkopf, hatte sich, wie Vaughn betonte, Asche von ähnlicher Farbe und Beschaffenheit gefunden; als ob die Pfeife heruntergefallen und die Asche sich dabei verstreut hätte.

Ellery streckte seine Hand aus, um nach dem schmucken Kleinod zu greifen, hielt aber plötzlich inne und sah den Inspector an.

»Sind Sie absolut sicher, daß die Pfeife dem Opfer gehört hat? Ich meine, haben Sie die Hausbewohner dazu vernommen?«

»Wenn Sie mich so fragen, nein«, erwiderte Vaughn pikiert. »Ich wüßte allerdings nicht, warum wir Zweifel haben sollten. Immerhin, seine Finger –«

»Und seine Rauchjacke hatte er ebenfalls an«, warf Isham eifrig ein. »Andere Tabakwaren, zum Beispiel Zigaretten und Zigarren, haben wir nicht bei ihm gefunden. Mir ist absolut unverständlich, warum Sie glauben –«

Professor Yardley schmunzelte in seinen Bart hinein, und Ellery antwortete ruhig: »Ich glaube gar nichts. Ist nur so eine Gewohnheit von mir, Mr. Isham. Vielleicht –«

Er hob die Pfeife vom Boden auf und klopfte vorsichtig die Asche auf die Tischfläche. Als sich nichts mehr löste, untersuchte er den Kopf noch einmal und stellte fest, daß eine Schicht angeschmorten Tabaks dort haftengeblieben war. Dann entnahm er seinem Taschenset eine Klarsichthülle und füllte sie mit den Tabakresten aus dem Pfeifenkopf. Die anderen Männer sahen ihm schweigend zu.

»Wie Sie sehen«, sagte er, während er aufstand, »nehme ich nichts so leicht als Selbstverständlichkeit hin. Damit möchte ich nicht andeuten, daß die Pfeife nicht Brad gehört hätte. Der Tabak darin könnte jedoch höchst aufschlußreich sein. Nehmen wir einmal an, daß die Pfeife zwar Brad gehört, er jedoch den Tabak seines Mörders geraucht hätte, was keinesfalls ungewöhnlich wäre. Wie Sie sehen, ist dieser Tabak hier im Gegensatz zum üblichen Verfahren würfelförmig geschnitten, wie Ihnen vielleicht aufgefallen ist. Nun untersuchen wir Brads Tabakvorräte. Ist würfelförmiger darunter? Wenn ja, dann ist es seiner, und er hatte ihn nicht von seinem Mörder. Verloren haben wir dabei nichts, es ist lediglich unsere Vermutung bestätigt. Finden wir aber keinen würfelförmig geschnittenen Tabak, dann ist mit einiger Wahrscheinlichkeit anzunehmen, daß der Tabak von Brads Mörder stammt. Ein wichtiger Anhaltspunkt … Oh, entschuldigen Sie bitte meine Geschwätzigkeit.«

»Ausgesprochen interessant«, murmelte Isham.

»Die Detailarbeit der wissenschaftlichen Detektion«, schmunzelte Professor Yardley.

»Was halten Sie bislang von dem Fall?« fragte Vaughn.

Ellery polierte die Gläser seines Pincenez; seine markanten Züge spiegelten Gedankenverlorenheit. »Es wäre lächerlich, zu diesem Zeitpunkt konkretere Überlegungen anzustellen als etwa folgende: Entweder hat der Täter Brad bereits ins Gartenhaus begleitet, oder er hat es nicht; das läßt sich bislang nicht eindeutig feststellen. Wie auch immer – als Brad seine Gärten durchquerte, um zum Gartenhaus zu gelangen, befand sich ein roter Spielstein in seiner Hand, den er aus einem besonderen Grund aus seiner Villa, oder wo auch immer sich der übrige Teil des Spiels befindet, mitgenommen hat. Im Gartenhaus ist er dann angefallen und ermordet worden. Möglicherweise hat sein Mörder ihn angegriffen, während er rauchte; die Pfeife fiel ihm aus dem Mund und zu Boden. Vielleicht spielte er geistesabwesend in einer seiner Hosentaschen mit dem Spielstein. Während er ermordet, enthauptet und schließlich hochgestemmt und festgebunden wurde, blieb der Stein fest in seinem verkrampften Griff. Irgendwann muß dann der Stein heruntergefallen und auf dem Kiesboden davongerollt sein, ohne daß der Mörder es bemerkt hätte … Warum Brad allerdings den Spielstein überhaupt zum Tatort mitgebracht hat, scheint mir die entscheidende Frage zu sein. Die Antwort darauf dürfte ein Schlaglicht auf den Fall werfen … Noch keine sehr erhellende Analyse, was, Professor?«

»Wer schon hätte das Wesen des Lichts ergründet?« murmelte Yardley.

Dr. Rumsen betrat wichtigtuerisch das Gartenhaus und verkündete: »Ich bin soweit.«

»Wie lautet das Urteil, Doc?« fragte Isham ungeduldig.

»Keinerlei Anzeichen von Gewalt am Rumpf des Toten«, entgegnete Dr. Rumsen in unangenehmem Ton. »Es ist anzunehmen, daß er eine tödliche Kopfverletzung erlitten hat.« Ellery fuhr zusammen; er meinte, Dr. Strang zu hören, der vor einem halben Jahr im Gerichtssaal von Weirton ausgesagt hatte.

»Ist es Ihrer Meinung nach möglich, daß er erdrosselt worden ist?« fragte Ellery.

»Kann ich jetzt noch nicht beurteilen. Aber das wird die Obduktion anhand des Lungenbefunds zeigen. Der Körper ist vom simplen *rigor mortis* so steif. Die Leichenstarre wird auch noch etwa zwölf bis vierundzwanzig Stunden anhalten.«

»Wie lange ist er schon tot?« fragte Inspector Vaughn.

»Seit etwa vierzehn Stunden.«

»Dann war es also schon dunkel!« rief Isham aus. »Der Mord muß um zweiundzwanzig Uhr herum verübt worden sein.«

Dr. Rumsen zuckte die Achseln. »Lassen Sie mich bitte meinen Bericht beenden; ich habe mir schließlich auch meinen Feierabend verdient. Feuermal etwa zwanzig Zentimeter über dem rechten Knie. Das wär's.«

Als sie das Gartenhaus verließen, bemerkte Inspector Vaughn: »Mein Gott, das erinnert mich an etwas, Mr. Queen. Hat nicht Ihr Vater am Telefon erwähnt, Sie hätten Informationen für uns?«

Ellery sah Professor Yardley durchdringend an, und Yardley gab den Blick zurück. »Ja«, erwiderte Ellery, »die habe ich, Inspector. Kommt Ihnen irgend etwas an diesem Verbrechen sonderbar vor?«

»Alles an diesem Mord ist verrückt«, knurrte Vaughn. »Aber was genau meinen Sie?«

Ellery kickte gedankenverloren einen Kieselstein aus dem Weg. Schweigend ließen die Männer den Totempfahl hinter sich; die Leiche von Thomas Brad, die nun bedeckt war, wurde gerade auf eine Bahre gehoben und ins Haus getragen.

»Haben Sie jemals darüber nachgedacht«, fuhr Ellery fort, »warum ein Mann geköpft und an einem Totempfahl gekreuzigt worden sein könnte?«

»Sicher«, entgegnete Vaughn gereizt, »aber was bringt uns das? Es ist verrückt, das ist es!«

»Sie haben also«, entgegnete Ellery, »die vielen Ts nicht bemerkt?«

»Die vielen Ts?«

»Zunächst bildet der Pfahl selbst mit seinem Längsbalken und den ausgebreiteten Adlerschwingen ein T.« Die Männer fixierten ihn aus Augenschlitzen. »Ebenso die Leiche: Kopf vom Rumpf abgetrennt, ausgestreckte Arme, Beine zusammen.« Die Schlitze verengten sich weiter. »Und schließlich das T, das der Täter mit dem Blut seines Opfers auf den Boden geschmiert hat.«

»Natürlich ist uns das aufgefallen«, entgegnete Isham skeptisch, »aber –«

»Absurderweise«, fuhr Ellery mit freudlosem Gesichtsausdruck fort, »beginnt auch das Wort Totem mit T.«

»Alles Quatsch«, ereiferte sich der Staatsanwalt. »Bloßer Zufall. Auch der Totempfahl und die Leiche – es ist eben so passiert und nicht anders.«

»Zufall?« Ellery seufzte. »Würden Sie es auch als Zufall bezeichnen, wenn ich Ihnen erzählte, daß vor einem halben Jahr in West Virginia ein Mord verübt worden ist, zu dessen Besonderheiten die Kreuzigung des zuvor enthaupteten Opfers an einem T-förmigen Wegweiser zählte, der wiederum an einer T-förmigen Kreuzung stand. Nicht zu vergessen das T, das der Mörder mit dem Blut des Toten an die Tür seines kaum hundert Meter entfernten Hauses geschmiert hatte?«

Inspector Vaughn schien es die Sprache verschlagen zu haben, und Staatsanwalt Isham wurde sichtlich blasser. »Soll das ein Scherz sein?«

»Ich muß mich schon sehr über Sie wundern«, sagte Professor Yardley ruhig. »Immerhin sind Sie Profis. Sogar ich – ein blutiger Laie – weiß von dem Fall. Die Meldung sorgte landesweit für Schlagzeilen.«

»Wo Sie das jetzt so sagen«, murmelte Isham, »meine ich, mich vage zu erinnern.«

»Aber – mein Gott, Mr. Queen!« rief Vaughn. »So was ist doch einfach nicht möglich! Das … das kann einfach nicht sein!«

»Doch, doch«, sagte Ellery leise. »Den Fall hat es wirklich gegeben. Und da gab es auch diesen sonderbaren Alten, der sich Ra-Haracht oder Haracht nannte …«

»Über genau den wollte ich sowieso noch mit Ihnen sprechen«, bemerkte Professor Yardley.

»Haracht!« entfuhr es Inspector Vaughn. »So heißt doch dieser Verrückte, der auf Oyster Island eine Nudistenhorde um sich geschart hat!«

5. Innere Angelegenheiten

Vaughn hatte den Spieß herumgedreht; nun war es Ellery, der seine Verblüffung nicht zu verbergen vermochte. Der zottelbärtige Fanatiker in der Nachbarschaft! Der heißeste Krosac-Zeuge fand sich in der Nähe des Tatorts eines Verbrechens wieder, das dieselbe unverwechselbare Handschrift aufwies wie der Mord von Arroyo. Das war zu schön, um wahr zu sein.

»Ich frage mich, ob die anderen auch hier sind«, bemerkte er, als sie die Stufen der Veranda betraten. »Es kann nämlich gut sein, daß wir es mit dem zweiten Akt einer tödlichen Tragödie zu tun haben – in derselben Besetzung! Haracht …«

»Ich habe bisher keine Gelegenheit gefunden, es Ihnen zu sagen«, meinte Yardley niedergeschlagen. »Aber eigentlich müßten Sie mit Ihren ägyptologischen Vorahnungen schon längst zu demselben Schluß gekommen sein wie ich.«

»So schnell?« fragte Ellery zögerlich. »Was meinen Sie?«

Ein einziges Grinsen überzog Yardleys markantes Gesicht.

»Dieser Haracht, so wenig ich auch dazu neige, mit Anschuldigungen um mich zu werfen … Nun ja, immerhin scheinen Kreuzigungen und Ts den Weg dieses Herrn zu pflastern, oder sehe ich das falsch?«

»Sie vergessen Krosac«, gab Ellery knapp zurück.

»Mein lieber Junge«, protestierte der Professor gekränkt, »Sie sollten mich besser kennen … Etwas Wesentliches dieser Art vergesse ich nie. Aber inwiefern widerlegt Krosacs Existenz meine Vermutung? Immerhin gibt es doch, soweit ich weiß, so etwas wie Komplizen. Und wir haben da einen großen und kräftigen Burschen der primitiveren Sorte –«

Inspector Vaughn kam zu ihnen auf die Veranda gehetzt und unterbrach das Gespräch, als es gerade interessant zu werden begann.

»Ich lasse Oyster Island jetzt überwachen«, keuchte er. »Das Risiko ist zu groß. Sobald wir hier fertig sind, verhören wir den Haufen da drüben.«

Den Staatsanwalt hatte die rasche Abfolge der Ereignisse in einen Alarmzustand versetzt. »Habe ich richtig verstanden – der Geschäftsführer von diesem Haracht war der Hauptverdächtige im Fall Arroyo? Wie zum Teufel sah der Kerl denn aus?« Isham hatte Ellery während seiner Fallschilderung geradezu an den Lippen gehangen.

»Es liegt eine vage Beschreibung vor, die allerdings nicht ausreichen wird, um ihn ausfindig zu machen; brauchbar ist lediglich die Beobachtung, daß der Mann hinkt. So einfach, Mr. Isham, liegt die Sache nicht; bislang ist der Mann, der sich Haracht nennt, der einzige, der den mysteriösen Krosac identifizieren könnte. Aber wenn unser Freund, der Sonnengott, nicht mitspielt ...«

»Lassen Sie uns hineingehen«, brummte Vaughn. »Mir dröhnt ja jetzt schon der Schädel. Ich will endlich konkrete Zeugenaussagen!«

Im Salon der Kolonialvilla erwartete die Männer ein trauerumflortes Häuflein. Die drei Menschen, die sich mühsam erhoben, als Ellery und die Männer den Raum betraten, hatten gerötete Augen, verhärmte Gesichter und waren so nervös, daß ihre Bewegungen aus kontinuierlichen Zuckungen bestanden.

»Äh – kommen Sie herein«, sagte der Mann mit heiserer, gebrochener Stimme. »Wir haben auf Sie gewartet.« Er war groß, schlank und zugleich kräftig und mochte etwa Mitte Dreißig sein. Ein Neuengländer, seinen kantigen Gesichtszügen und dem leichten Näseln nach zu schließen.

»Guten Tag«, sagte Isham bedrückt. »Mrs. Brad, darf ich vorstellen, Ellery Queen, der eigens aus New York gekommen ist, um uns zu assistieren.«

Ellery murmelte die üblichen Kondolenzformeln, ohne daß sie sich die Hand gaben. Margaret Brad bewegte sich, als irre sie durch die Schrecken eines Alptraums. Sie war eine Frau von fünfundvierzig, hatte sich jedoch gut gehalten und konnte mit ihren festen Rundungen durchaus als gereifte Schönheit gelten. Mit unbewegten Lippen antwortete sie: »Ich danke Ihnen ... daß Sie da sind, Mr. Queen. Ich –« Ohne den Satz zu vollenden, wandte sie den Kopf, als hätte sie bereits vergessen, was sie sagen wollte, und setzte sich hin.

»Und das ist die – Mr. Brads Stieftochter«, fuhr der Staatsanwalt fort. »Miss Brad – Mr. Queen.«

Helene Brad schenkte Ellery ein bitteres Lächeln, nickte Professor Yardley zu und gesellte sich schweigend zu ihrer Mutter. Sie war ein junges Mädchen mit klugen, recht schönen Augen, leicht rötlichem Haar und offenen Gesichtszügen.

»Nun?« fragte Lincoln. Seine Stimme hatte sich immer noch nicht gefestigt.

»Wir kommen voran«, murmelte Vaughn. »Mr. Queen – Mr. Lincoln ... Mr. Queen muß noch über einiges ins Bild gesetzt werden, und mit unserer Unterhaltung vorhin waren wir auch noch nicht fertig.« Sie nickten ernst, als spielten sie in einem Drama mit. »Wollen Sie das selbst in die Hand nehmen, Mr. Queen? Legen Sie los!«

»O nein«, antwortete Ellery, »ich melde mich schon zu Wort, wenn ich etwas zu sagen habe. Tun Sie so, als wäre ich gar nicht da.«

Inspector Vaughn stand groß und beherrschend neben dem Kamin, hatte die Hände hinter dem Rücken und fixierte mit seinen Augen Lincoln. Isham setzte sich hin und wischte sich über die kahle Fläche auf seinem Kopf. Der Professor seufzte, ging leise zu einem der Fenster und schaute auf den Vorgarten und die Einfahrt hinunter. Im Haus war es so still wie nach einem lauten Fest – oder einer Beerdigung. Keine Geschäftigkeit, kein Weinen, keine Hysterie. Außer Mrs. Brad, ihrer Tochter und Jonah Lincoln war kein anderer Angehöriger des Haushalts – das Personal etwa – erschienen.

»Nun, zunächst einmal«, begann Isham müde, »müssen wir die Sache mit den Theaterkarten von gestern Abend klären, Mr. Lincoln. Wenn Sie bitte so freundlich wären, uns die Geschichte von Anfang an zu erzählen!«

»Ach ja ... die Theaterkarten.« Lincoln starrte derart glasig die Wand über Ishams Kopf hinweg an, daß man meinen konnte, einen Soldaten mit akuter Kriegsneurose vor sich zu haben. »Gestern hat Tom Brad von seinem Büro aus Mrs. Brad angerufen und ihr mitgeteilt, daß er Karten für ein Broadwaystück für sie, Helene und mich erstanden habe und ich die Damen in der Stadt treffen solle. Er selbst werde nach Hause fahren. Dasselbe trug er mir persönlich ein paar Minuten später auf. Es schien ihm viel daran zu liegen, daß ich die Damen ausführte. Ich konnte nicht ablehnen.«

»Hätte es denn einen Grund gegeben?« fragte der Inspector zurück.

Lincoln verzog keine Miene. »Es war untypisch für ihn, zu diesem Zeitpunkt einen solchen Auftrag zu erteilen. Es hatte Ärger im Büro gegeben, weil mit der Buchführung etwas nicht stimmte; und ich wollte eigentlich länger bleiben, um die Sache mit unserem Buchprüfer durchzugehen. Ich habe Tom noch daran erinnert, aber er sagte nur, ich solle mir darüber keine Gedanken machen.«

»Und das verstehe ich einfach nicht«, fügte Mrs. Brad tonlos hinzu, »als hätte er uns loswerden wollen.« Plötzlich begann sie zu zittern, woraufhin Helene ihr beruhigend auf die Schulter klopfte.

»Mrs. Brad, Helene und ich haben dann im Longchamps zu Abend gegessen«, fuhr Lincoln angespannt fort. »Danach sind wir dann zum Theater –«

»Zu welchem?« fragte Isham.

»Zum Park-Theater, wo ich die Damen dann allein gelassen habe «

»Oho!« warf der Inspector dazwischen. »Wollten also doch noch ein bißchen fleißig sein, was?«

»Ganz recht. Ich habe mich von den Damen verabschiedet und ihnen versprochen, sie nach der Vorstellung abzuholen, und bin zum Büro zurück.«

»Wo Sie mit Ihrem Buchprüfer gearbeitet haben, Mr. Lincoln?« fragte Vaughn sanft.

Lincoln starrte ihn an. »Ja … mein Gott!« Plötzlich warf er den Kopf zurück und schnappte wie ein Ertrinkender nach Luft. Niemand sagte etwas. Dann sprach er ruhig weiter, als sei nichts geschehen. »Ich habe bis zum späten Abend gearbeitet und bin dann zum Theater zu-«

»Ist der Buchprüfer auch so lange geblieben?« fragte der Inspector im selben verhaltenen Ton.

Lincoln fuhr zusammen. »Nein, warum?« Er schüttelte benommen den Kopf. »Wie meinen Sie das? – Nein, er ist um acht herum gegangen. Ich habe allein weitergearbeitet.«

Der Inspector räusperte sich; seine Augen funkelten gefährlich. »Wann haben Sie die Damen vom Theater abgeholt?«

»Um viertel vor zwölf«, entgegnete Helene Brad unvermittelt. Sie klang ruhig und gefaßt. Dennoch sah ihre Mutter sie scharf an.

»Lieber Inspector Vaughn, ich finde Ihre Verhörmethoden ungeheuerlich! Sie schwärzen hier einfach so Jonah an und versuchen, ihn als Lügner – und weiß der Himmel, was sonst noch – hinzustellen.«

»Die Wahrheit hat noch keinem geschadet«, gab Vaughn kühl zurück. »Fahren Sie fort, Mr. Lincoln.«

»Mrs. Brad und Helene warteten bereits im Foyer auf mich. Wir sind dann nach Hause –«

»Mit dem Wagen?«

»Nein, mit der Long-Island-Bahn. Als wir aus dem Zug stiegen, war Fox nicht mit dem Wagen zur Stelle. Wir sind dann mit dem Taxi nach Hause gefahren.«

»Mit dem Taxi?« murmelte Vaughn. Er stand eine Weile nachdenklich da und verließ dann ohne ein Wort den Raum. Die Frauen des Hauses und Lincoln starrten ihm ängstlich nach.

»Weiter«, drängte Isham, »ist Ihnen etwas Ungewöhnliches aufgefallen, als Sie nach Hause kamen? Stimmte etwas nicht? Wie spät war es?«

»Genau kann ich das nicht mehr sagen. Um eins herum, nehme ich an.« Lincoln ließ die Schultern hängen.

»Es war schon nach eins, Jonah«, sagte Helene. »Du erinnerst dich nur nicht mehr genau.«

»Ja. Aber alles schien in Ordnung. Der Pfad zum Gartenhaus –« Lincoln zitterte. »Wir haben einfach keinen Anlaß gehabt, dort nachzusehen. War bei der Stockfinsternis ohnehin nichts zu erkennen. Wir sind einfach zu Bett gegangen.«

Inspector Vaughn kam leise wieder herein.

»Mrs. Brad, wie konnte Ihnen eigentlich entgehen«, fragte Isham, »daß Ihr Mann nicht in seinem Bett geschlafen hat, wie Sie vorhin gesagt haben?«

»Wir schlafen – schliefen in angrenzenden Zimmern«, erwiderte sie mit blutleeren Lippen. »Ich hätte also gar nichts bemerken können, wie Sie sehen. Helene und ich sind auf unsere Zimmer gegangen … Erst als Fox uns heute morgen weckte, haben wir erfahren, was – was mit Thomas passiert ist.«

Inspector Vaughn machte ein paar Schritte und beugte sich vor, um Isham etwas ins Ohr zu flüstern. Der Staatsanwalt nickte geistesabwesend.

»Seit wann wohnen Sie hier, Mr. Lincoln?« fragte Vaughn.

»Schon seit langem. Wie lange genau, Helene?« Der hochgewachsene Neuengländer wandte sich um und sah Helene direkt in die Augen. Als sich ihre Blicke trafen, spiegelte sich Zuneigung darin. Lincoln spannte die Schultern an und atmete tief durch. Sein glasiger Blick verschwand.

»Seit acht Jahren, meine ich, Jonah.« Ihre Stimme zitterte, und zum ersten Mal füllten sich ihre Augen mit Tränen. »Ich war noch ein Kind, als du und Hester hergekommen seid.«

»Hester?« fragten Vaughn und Isham im gleichen Augenblick. »Wer ist die Dame?«

»Meine Schwester«, entgegnete Lincoln mit nunmehr fester Stimme. »Wir haben früh die Eltern verloren. Seitdem habe ich sie immer im Schlepptau.«

»Wo ist sie? Warum ist sie uns nicht vorgestellt worden?«

»Sie ist auf der Insel«, sagte Lincoln ungerührt.

»Oyster Island?« fragte Ellery träge. »Wie interessant. Sie ist aber nicht zufällig den Sonnenanbetern beigetreten, Mr. Lincoln?«

»Wie – wie haben Sie das herausgefunden?« rief Helene aus. »Jonah, du hast doch nicht etwa –«

»Meine Schwester«, begann Lincoln umständlich, »ist der Typ Frau, der auf so was fliegt. Dieser alte Spinner, der sich Haracht nennt, hat die Insel von den Ketchams gemietet – ältere Leute; sie wohnen auch dort – und diesen Hokuspokus angefangen – eine Art Sonnen- und ähm

– Nacktkult ...« Etwas schien ihm die Kehle zuzuschnüren. »Ja, und Hester begann sich für ... die Leute auf der Insel zu interessieren, und wir hatten eine heftige Auseinandersetzung darüber. Aber, stur wie sie ist, ist sie einfach von Bradwood abgehauen und hat sich der Nudistenkolonie angeschlossen. Diese verdammten Scharlatane!« preßte er ungehalten hervor. »Es würde mich nicht im Geringsten wundern, wenn sie etwas mit dieser grauenvollen Angelegenheit zu tun hätten.«

»Schlau kombiniert, Mr. Lincoln«, murmelte Professor Yardley.

Ellery hüstelte höflich und wandte sich an die schreckensstarre Mrs. Brad. »Ich hoffe, es macht Ihnen nicht viel aus, wenn ich Ihnen ein paar persönliche Fragen stelle.« Sie sah zu ihm auf und senkte dann den Blick auf ihre Hände im Schoß. »Soweit wir wissen, ist Miss Brad Ihre Tochter und die Stieftochter Ihres verstorbenen Mannes. Waren Sie in zweiter Ehe verheiratet, Mrs. Brad?«

Die attraktive Frau bejahte.

»War auch Ihr Mann vor Ihnen schon einmal verheiratet?«

Sie biß sich auf die Lippen. »Wir – wir waren zwölf Jahre verheiratet. Tom – er hat nie viel über seine erste Frau gesprochen. Ich weiß nur, daß er sie in Europa geheiratet hat. Sie ist wohl sehr jung gestorben.«

»Ts, ts«, sagte Ellery, der mitfühlend die Stirn runzelte. »In welchem Teil Europas, Mrs. Brad?«

Sie sah ihn an und errötete leicht. »Ich weiß es nicht genau. Thomas war Rumäne. Vermutlich – hat er dort geheiratet.«

Helene Brad machte eine mißbilligende Kopfbewegung. »Also wirklich! Sie traktieren uns hier mit lächerlichen Nebensächlichkeiten. Was macht es schon aus, wo Leute vor Urzeiten hergekommen sind oder wen sie geheiratet haben? Warum kümmern Sie sich nicht darum, den Mörder zu finden?«

»Mir will die Vermutung nicht aus dem Kopf, Miss Brad«, antwortete Ellery mit einem traurigen Lächeln, »daß die Geographie dieses Falles von immenser Wichtigkeit sein könnte ... Ist Mr. Megara ebenfalls Rumäne?«

Mrs. Brad sah ihn verständnislos an. »Grieche«, antwortete Lincoln knapp.

»Was in aller Welt –«, begann der Staatsanwalt hilflos. Inspector Vaughn grinste. »Grieche, so, so. Aber ansonsten sind Sie alle gebürtige Amerikaner?«

Sie nickten. Helenes Augen funkelten wütend; sogar der Rotschimmer in ihrem Haar leuchtete intensiver. Sie sah zu Jonah hinüber, als erwarte sie Protest von ihm. Er jedoch blieb stumm und blickte nur auf seine Fußspitzen hinunter.

»Wo steckt dieser Megara überhaupt?« fuhr Isham fort. »Irgendwer hat doch gesagt, er sei auf einer Kreuzfahrt. Mit 'nem Luxusdampfer um die Welt, oder wie darf ich das verstehen?«

»Nein«, erwiderte Lincoln zögernd. »Nichts dergleichen. Mr. Megara ist eine Art Abenteurer und Hobbyentdecker. Er besitzt eine eigene Jacht, mit der er die meiste Zeit des Jahres über die Meere segelt. Er verabschiedet sich einfach und bleibt dann drei oder vier Monate auf dem Wasser.«

»Wie lange ist er dieses Mal schon unterwegs?« fragte Vaughn.

»Fast ein Jahr.«

»Wo hält er sich auf?«

Lincoln zuckte die Achseln. »Ich habe keine Ahnung, er schreibt ja nie. Schneit einfach so herein, ohne Ankündigung. Ich habe mich allerdings auch schon gefragt, warum er diesmal so lange fortbleibt.«

»Ich meine mich zu erinnern«, fügte Helene stirnrunzelnd hinzu, »daß er in die Südsee wollte.« Ihre Augen leuchteten, und ihre Lippen bebten. Ellery, der sie aufmerksam beobachtete, fragte sich, warum.

»Wie heißt seine Jacht?«

Helene trat die Röte ins Gesicht. »Die *Helene*«.

»Dampfgetrieben?«

»Ja.«

»Befindet sich an Bord ein Funkgerät?« fragte Vaughn.

»Ja.«

Der Inspector kritzelte mit hochbefriedigter Miene etwas in sein Notizbuch. »Und er segelt selbst?« fragte er, während er schrieb.

»Natürlich nicht! Er beschäftigt einen Kapitän mit Besatzung – Captain Swift, mit dem er schon seit Jahren über die Weltmeere segelt.«

Ellery setzte sich unvermittelt hin und streckte seine langen Beine aus. »Hätte mich auch gewundert … Wie lautet Megaras Vorname?«

»Stephen.«

Isham gab einen Unmutslaut von sich. »Herrgott noch, warum können wir nicht einfach beim Wesentlichen bleiben! Wie lange waren Brad und Megara Geschäftspartner beim Teppichimport?«

»Sechzehn Jahre«, antwortete Jonah. »Haben die Firma zusammen gegründet.«

»Mit einigem Erfolg, nicht wahr? Gab es nie finanzielle Schwierigkeiten?«

Lincoln schüttelte den Kopf. »Beide haben ein beträchtliches Vermögen angehäuft. Die Depression ist zwar auch an unserer Firma nicht spurlos vorbeigegangen, aber das Geschäft ist stabil geblieben.« Er unterbrach seine Rede, und ein seltsamer Ausdruck trat in sein unverbrauchtes schlankes Gesicht. »Ich glaube keinesfalls, daß finanzielle Probleme das Tatmotiv bilden.«

»Schön«, brummte Isham. »Worin könnte dann Ihrer Meinung nach das Tatmotiv bestehen?«

Lincoln schloß den Mund.

»Sie halten aber nicht etwa für möglich«, fragte Ellery lässig, »daß es religiöser Natur sein könnte?«

Lincoln blickte ihn irritiert an. »Das habe ich so nicht gesagt. Aber das Verbrechen – die Kreuzigung ...«

Ellery setzte sein charmantes Lächeln auf. »Ganz nebenbei gefragt – welcher Konfession hat Brad angehört?«

Mrs. Brad, deren üppiger Rücken noch immer durchgedrückt war – Brust vorgewölbt, Kinn erhoben – antwortete leise: »Er hat einmal erwähnt, daß er griechisch-orthodox erzogen worden sei. Er war allerdings nicht fromm, hielt nicht viel vom kirchlichen Ritus; manche haben ihn für einen Atheisten gehalten.«

»Und Megara?«

»Der glaubt an rein gar nichts.« Etwas in ihrem Tonfall erzeugte bei den anderen warnende Blicke. Doch ihr Gesicht blieb ausdruckslos.

»Griechisch-orthodox«, äußerte Professor Yardley nachdenklich, »das ist mit Rumänien gut vereinbar ...«

»Sie sind auf der Suche nach Unstimmigkeiten?« murmelte Ellery.

Inspector Vaughn hustete, wobei ihn Mrs. Brad angespannt beobachtete. Sie schien die nächste Frage zu wittern. »Wies der Körper Ihres Mannes unveränderliche Kennzeichen auf, Mrs. Brad?«

Helene wandte würgend den Kopf ab. Mrs. Brad stammelte. »Er hatte ein Feuermal am rechten Oberschenkel.«

Der Inspector seufzte erleichtert. »Das hätten wir also. Und nun, Leute, kommen wir zum Kern der Sache. Wie steht es mit Feinden? Wer könnte ein Interesse daran gehabt haben, Brad aus dem Weg zu räumen?«

»Vergessen Sie für den Augenblick mal die Kreuzigung und all das«, fügte der Staatsanwalt hinzu. »Wer hatte ein Mordmotiv?«

Mutter und Tochter sahen einander tief in die Augen und wandten sich aber fast auf der Stelle wieder voneinander ab. Lincoln starrte weiter stur auf den Orientteppich herab – ein erlesenes Stück. Wenn man die Lebensbaumornamentik dieses Prachtstücks betrachtete, so ergab sich, wie Ellery fand, angesichts des ermordeten Besitzers ein unglücklicher Kontrast zwischen Symbol und Realität ...

»Nein«, sagte Mrs. Brad, »Thomas war ein glücklicher Mensch. Er hatte keine Feinde.«

»Zählen gelegentlich nahezu Fremde zu Ihren Gästen?«

»Nein, nie. Wir haben hier sehr abgeschieden gelebt, Mr. Isham.« Wieder schwang in ihrer Stimme etwas mit, was bei den anderen scharfe Blicke provozierte.

Ellery stöhnte. »Erinnert sich jemand von Ihnen zufällig an die Anwesenheit eines hinkenden Mannes – als Gast zum Beispiel?«

Sie schüttelten – wie auf Befehl – gleichzeitig die Köpfe. »Mr. Brad kannte niemanden, der hinkte?« Wieder einträchtiges Kopfschütteln.

Mrs. Brad wiederholte dumpf: »Thomas hatte keine Feinde«, als sei es ihr wichtig, diesen Umstand besonders zu betonen.

»Du vergißt da etwas, Margaret«, wandte Lincoln ein. »Romaine.«

Er sah Mrs. Brad durchdringend an. Helene warf Lincoln einen Blick voller Schrecken und Mißbilligung zu; sie biß sich auf die Lippen, und Tränen traten in ihre Augen. Die vier Männer folgten dem Geschehen mit wachsendem Interesse und der Gewißheit, daß in den Zwischentönen Ungutes lauerte, etwas Schwärendes, das den Familienverband befallen hatte.

»Ja, Romaine«, sagte Mrs. Brad, indem sie ihre Lippen befeuchtete; ihre Körperhaltung war seit zehn Minuten wie festgefroren. »Das hatte ich ganz vergessen. Da gab es einen Streit.«

»Wer zum Teufel ist Romaine?« fragte Vaughn.

Lincoln erwiderte mit leiser Stimme: »Paul Romaine. Haracht, der Verrückte von Oyster Island, bezeichnet ihn als seinen ›Ersten Jünger‹.«

»Ah!« sagte Ellery und schaute Yardley an. Der Professor zog vielsagend die Schultern hoch und grinste.

»Sie haben einen Haufen Nudisten um sich geschart. Nudisten!« rief Lincoln verbittert aus. »Haracht ist ein harmloser Spinner und meint es wahrscheinlich ernst; aber dieser Romaine ist ein Scharlatan, die übelste Sorte von Hochstapler. Er blendet durch seinen Körper, der nichts ist als die Maske einer verderbten Seele!«

»Und doch«, murmelte Ellery, »hat Oliver Wendelt Holmes empfohlen: ›Leg dir ein schön'res Äußres, meine Seele, zu!«

»Sicher«, sagte Inspector Vaughn, der bemüht war, seinen aufgebrachten Zeugen zu beschwichtigen. »Verstehe. Aber wie war das mit dem Streit, Mr. Lincoln?«

Das hagere Gesicht begann zu zucken. »Romaine kümmert sich um die ›Gäste‹ auf der Insel; er ist derjenige, der den Laden erst in Schwung bringt. Er hat einen Haufen Idioten an der Angel, die ihn entweder als Götzen verehren oder so verklemmt sind, daß der alleinige Gedanke, nackt herumzurennen ...« Er brach seine Rede abrupt ab. »Entschuldigt bitte, Helene – Margaret. Ich sollte nicht reden. Hester ... Die Anwohner hier lassen sie ja in Ruhe, das muß ich zugeben. Aber Tom und Dr. Temple denken genauso wie ich.«

»Hmm«, brummte der Professor. »Mich hat erst gar keiner gefragt.«

»Dr. Temple?«

»Unser östlicher Nachbar. Man hat sie splitternackt auf der Insel herumtollen sehen – wie die Schweine, und, wissen Sie – wir sind anständige Leute hier.« Ah, dachte Ellery, also sprach der Puritaner. »Tom ist der Eigentümer des gesamten Landstreifens, der die Bucht säumt; und er sah es als seine Pflicht an einzuschreiten. So ist er mit Romaine und Haracht aneinandergeraten. Soweit ich weiß, hatte er vor, sie mit rechtlichen Mitteln von der Insel zu vertreiben, und das hat er ihnen auch angedroht.«

Vaughn und Isham tauschten Blicke, bevor sie zu Ellery hinüberschauten. Die Brads, Mutter und Tochter, waren sehr ruhig; nur Lincoln, der eben seinen ganzen angestauten Haß artikuliert hatte, wirkte unsicher und beschämt.

»Nun, damit werden wir uns später befassen«, sagte Vaughn heiter. »Habe ich das richtig verstanden – diesem Dr. Temple gehört das östlich angrenzende Grundstück?«

»Es gehört ihm nicht, er hat es von Thomas gepachtet.« Mrs. Brad schien erleichtert zu sein. »Er lebt schon lange hier, ein Militärarzt im Ruhestand. Er und Thomas waren gute Freunde.«

»Und wer bewohnt das westlich angrenzende Grundstück?«

»Ein britisches Ehepaar namens Lynn – Percy und Elizabeth.«

Helene murmelte: »Ich habe die beiden letzten Herbst in Rom kennengelernt, und wir haben uns gleich sehr gut verstanden. Als die beiden andeuteten, die Staaten besuchen zu wollen, habe ich ihnen vorgeschlagen, mich in mein Heimatland zu begleiten und für die Dauer ihres Aufenthaltes meine Gäste zu sein.«

»Wann genau sind Sie aus Europa zurückgekehrt, Miss Brad?« fragte Ellery.

»Um Thanksgiving herum. Die Überfahrt haben wir zusammen gemacht, uns dann aber in New York getrennt. Sie sind eine Weile herumgereist, um etwas von Land und Leuten zu sehen. Im Januar sind sie dann bei uns angekommen. Sie waren vollkommen begeistert von der Gegend –« Lincoln brummte, und Helene errötete. »O doch, Jonah! Sogar so sehr, daß sie, um unsere Gastfreundschaft nicht zu strapazieren – vollkommen unnötig, aber man weiß ja, wie eigensinnig die Briten sein können – darauf bestanden, das Haus im Westen zu mieten, das Vater gehörte. Und seitdem wohnen sie hier.«

»Schön, schön, mit denen werden wir uns auch noch unterhalten«, sagte Isham. »Aber noch einmal zu diesem Dr. Temple. Mrs. Brad, Sie sagten, er und Ihr Mann seien gut miteinander bekannt gewesen. Wahre Freundschaft, hm?«

»In dieser Richtung werden Sie nicht fündig werden, Mr. Isham, falls das eine Anspielung sein sollte. Ich persönlich habe Dr. Temple nie besonders gemocht; aber er ist ein aufrechter Mann, und Thomas, der ein Menschenkenner war, wäre für ihn durchs Feuer gegangen. Sie haben viele Abende beisammen gesessen und Dame gespielt.«

Professor Yardley stöhnte gelangweilt angesichts der feierlich aufgezählten Tugenden und Laster seiner Nachbarn, wo er selbst doch eine wesentlich tiefgreifendere Analyse hätte bieten können.

»Dame!« rief Inspector Vaughn. »Na endlich! Wer hat noch mit Mr. Brad gespielt – oder war dieser Dr. Temple sein einziger Partner?«

»O nein! Wir haben alle hin und wieder mit ihm gespielt.«

Vaughn wirkte enttäuscht. Professor Yardley rieb sich den schwarzen Lincolnbart. »Ich fürchte, da sind Sie auf dem Holzweg, Inspector. Brad war verteufelt gut und hat jeden, der herkam, genötigt, eine Partie mit ihm zu spielen. Beherrschte jemand die Regeln nicht, so bestand er – mit einer Engelsgeduld allerdings – darauf, sie ihm beizubringen. Ich fürchte«, er lachte, »daß ich der einzige Gast war, der seinen Überredungskünsten widerstanden hat.« Ein ernster Ausdruck überschattete seine Züge, und er verstummte.

»Er war ein Ausnahmespieler«, fügte Mrs. Brad mit einem andeutungsweise stolzen Lächeln hinzu. »Der Landesmeister selbst hat mir das einmal gesagt.«

»Sie gehören also auch dieser Spielerklasse an?« fragte Isham.

»Aber nein, Mr. Isham. Wir hatten den Meister letzte Weihnachten zu Gast, und Thomas und er haben ununterbrochen am Brett gesessen. Wie er mir sagte, stand es ständig unentschieden.«

Ellery sprang auf; sein markantes Gesicht verriet innere Anspannung. »Ich habe den Eindruck, daß wir die guten Leute mit unserer endlosen Fragerei sinnlos schikanieren. Ein paar Fragen noch, und wir werden Sie nicht mehr belästigen, Mrs. Brad. Haben Sie jemals den Namen Velja Krosac gehört?«

Mrs. Brad wirkte ehrlich ratlos. »Vel-, was für ein seltsamer Name! Nein, Mr. Queen, habe ich nicht.«

»Sie, Miss Brad?«

»Nein.«

»Sie, Mr. Lincoln?«

»Nein.«

»Haben Sie jemals den Namen Kling gehört?«

Alle schüttelten den Kopf.

»Andrew Van?«

Wieder Fehlanzeige.

»Arroyo, West Virginia?«

Lincoln sagte leise: »Was soll das sein? Ein Spiel?«

»In gewisser Weise«, schmunzelte Ellery. »Also keiner von Ihnen?«

»Nein.«

»Gut. Folgende Frage können Sie aber sicher beantworten: Wann genau hat dieser Fanatiker namens Haracht Oyster Island in Beschlag genommen?«

»Ja, das«, sagte Lincoln. »Im März.«

»Hatte er diesen Paul Romaine dabei?«

Ein Schatten fiel über Lincolns Gesicht. »Ja.«

Ellery polierte sein Pincenez, setzte es wieder auf seinen geraden Nasenrücken und lehnte sich nach vorn. »Sagt Ihnen der Buchstabe T etwas?«

Sie starrten ihn entgeistert an. »T?« wiederholte Helene. »Was in aller Welt meinen Sie?«

»Offenbar nicht«, bemerkte Ellery, während Professor Yardley lachte und ihm etwas ins Ohr flüsterte. »Nun gut. Mrs. Brad, hat Ihr Mann jemals von seiner rumänischen Heimat erzählt?«

»Nein, hat er nie. Ich weiß nur, daß er vor achtzehn Jahren aus Rumänien eingewandert ist, zusammen mit Stephen Megara. Sie waren in ihrem Heimatland Freunde oder Geschäftspartner gewesen.«

»Woher wissen Sie das?«

»Ja, woher schon? Thomas hat es mir erzählt.«

Ellerys Augen begannen zu leuchten. »Entschuldigen Sie bitte meine Neugier, es könnte aber wichtig sein ... War Ihr Mann wohlhabend, als er einwanderte?«

Mrs. Brad wurde rot. »Ich weiß es nicht. Als wir heirateten, war er es.«

Ellery schaute nachdenklich drein. Mehrere Male vernahm man von ihm ein »Hmm«, dann schüttelte er zufrieden den Kopf und wandte sich an den Staatsanwalt: »Mr. Isham, wenn Sie mir einen Atlas besorgen, werde ich Sie für einige Zeit in Ruhe lassen.«

»Einen Atlas!« Der Staatsanwalt ließ den Unterkiefer fallen; sogar Professor Yardley schien verwirrt. Inspector Vaughn stand der Unmut ins Gesicht geschrieben.

»Wir haben einen in der Bibliothek«, antwortete Lincoln tonlos und verließ das Wohnzimmer.

Ellery marschierte auf und ab; ein entrücktes Lächeln belebte seine Lippen. Die anderen beobachteten ihn, ohne folgen zu können. »Mrs. Brad, sprechen Sie Griechisch oder Rumänisch?«

Sie schüttelte den Kopf. Lincoln kam zurück und hielt ein großes, blau eingebundenes Buch in Händen. »Mr. Lincoln«, begann Ellery, »Sie arbeiten in einem Unternehmen mit, dessen Geschäftskontakte sich auf den europäischen und asiatischen Raum erstrecken. Sprechen oder verstehen Sie Griechisch oder Rumänisch?«

»Nein. Es besteht für uns keine Notwendigkeit, Fremdsprachen zu benutzen. Unsere Geschäftsstellen in Europa und Asien verkehren in Englisch mit uns, desgleichen unsere hiesigen Händler.«

»Verstehe.« Ellery wiegte gedankenverloren den Atlas. »Ich bin fürs erste fertig, Mr. Isham.«

Der Staatsanwalt gestikulierte kraftlos mit der Hand. »Mrs. Brad, wir werden unser Möglichstes tun, obwohl es, ehrlich gesagt, verdammt trübe aussieht. Mr. Lincoln und Mrs. Brad, bitte bleiben Sie jederzeit für uns erreichbar, und verlassen Sie das Grundstück bis auf weiteres nicht.«

Die Brads und Jonah zögerten, blickten einander an, erhoben sich und verließen dann schweigend den Raum.

Im selben Augenblick, da sie zur Tür hinaus waren, warf sich Ellery in einen der Sessel und schlug den blauen Atlas auf. Professor Yardley wirkte verdutzt; Isham und Vaughn tauschten hilflose Blicke. Ellery jedoch ließ sich volle fünf Minuten Zeit, den Atlas zu studieren. Er schlug drei verschiedene Karten auf, dann das Register, und untersuchte die aufgeschlagenen Seiten akribisch. Während er suchte, hellte sich seine Miene auf.

Er plazierte den Atlas mit geübter Vorsicht auf der Sessellehne und stand auf. Alle Augen waren erwartungsvoll auf ihn gerichtet.

»Ha«, lachte er, »hab' ich's doch gleich vermutet«, und wandte sich dem Professor zu. »Ein erstaunlicher Zufall, falls es einer ist. Aber das mögen Sie entscheiden … Professor ist Ihnen etwas an den Namen der *dramatis personae* aufgefallen?«

»An den Namen, Queen?« Yardley schien ehrlich verwirrt.

»Ja, Brad – Megara. Brad – Rumäne. Megara – Grieche. Na, fällt der Groschen?«

Yardley schüttelte den Kopf; Vaughn und Isham zuckten die Schultern.

»Denn sehen Sie«, begann Ellery, während er sein Zigarettenetui hervorholte und sich mit kurzen, kräftigen Zügen eine ansteckte. »Es sind doch immer wieder Kleinigkeiten wie diese, die das Leben erst interessant machen. Ich habe einen Freund, der sich hingebungsvoll einem albernen Hobby widmet – der Geographie. Der Allmächtige allein weiß, warum er zu jeder denkbaren Gelegenheit sein Spiel spielt. Bei Brad war es Dame, bei vielen anderen ist es Golf – nun, bei meinem Freund ist es die Geographie. Er hat es so weit perfektioniert, daß er Tausende von Namen kleinerer Orte auswendig kennt. Neulich zum Beispiel …«

»Sie halten uns zum Narren!« schnaubte Professor Yardley. »Kommen Sie endlich zur Sache!«

Ellery gönnte sich ein breites Grinsen. »Thomas Brad war Rumäne. In Rumänien gibt es eine Stadt namens Brad. Sagt Ihnen das etwas?«

»Nicht die Bohne!« knurrte Vaughn.

»Stephen Megara ist Grieche. In Griechenland gibt es eine Stadt namens Megara!«

»Und wenn schon«, murmelte Isham.

Ellery faßte Isham am Arm. »Und jetzt stellen Sie sich einmal vor, ich erzähle Ihnen, daß der Mann, der scheinbar in keiner Verbindung zu unserem Teppichmillionär und seinem segelfreudigen Kompagnon steht – der arme Lehrer aus Arroyo, Andrew Van …«

»Sie wollen doch nicht etwa –«

»Vans Einwanderungspapiere geben als Herkunftsland Armenien an. Dort gibt es eine Stadt namens Van. Und einen See nebenbei auch noch.« Ellerys Anspannung löste sich, und er begann zu lächeln. »Und wenn in drei Fällen – zwei direkt korreliert, der dritte über die Mordmethode – dasselbe Phänomen zu beobachten ist –« Ellery zuckte die Schultern. »Wenn das Zufall ist, dann bin ich die Königin von Saba.«

»Sicherlich bemerkenswert«, murmelte Professor Yardley. »Sieht bei oberflächlicher Betrachtung so aus, als sollten Nationalitäten glaubhaft gemacht werden.«

»Als wären die Namen falsch – einfach einem Atlas entnommen.« Ellery paffte einen Kringel. »Interessant, was? Drei Herren offenbar ausländischer Herkunft haben sich veranlaßt gesehen, ihre wahren Namen abzulegen und, der Sorgfalt nach zu schließen, mit der sie – wie Sie schon sagten – ihre vermeintliche Staatsangehörigkeit glaubhaft machten, auch ihren jeweiligen Geburtsort zu verschleiern.«

»Himmel«, stohnte Isham, »und was haben Sie sonst noch auf Lager?«

»Eine noch erstaunlichere Beobachtung«, fuhr Ellery unbekümmert fort. »Wenn Van, Brad und Megara ihre Namen geändert haben, sollte man annehmen, daß sich der vierte Akteur in diesem Mordsdrama, der abgetauchte Krosac, seinen Namen ebenfalls aus dem Atlas herausgepickt hat. Doch nichts dergleichen; zumindest gibt es weder in Europa noch in Nahost eine Stadt namens Krosac. Keine Stadt, keinen See, keinen Berg, nichts. Woraus wir schließen?«

»Drei Decknamen«, murmelte der Professor, »und ein anscheinend echter. Der Inhaber des vermutlich echten Namens hatte nachweislich mit der Ermordung eines der beiden Aliasse zu tun. Vielleicht … Queen, mein Junge, sieht ganz so aus, als hätten wir bald den Schlüssel zu den Hieroglyphen.«

»Sie«, bemerkte Ellery freudig, »verfolgen also auch mit mir die ägyptische Spur?«

Yardley stutzte. »Also wirklich! Mein lieber Junge, kann man als Lehrer denn keine Metaphern mehr verwenden, ohne direkt wörtlich genommen zu werden?«

6. Dame und Pfeifen

Die Männer hingen schweigend ihren Gedanken nach, während sie das Wohnzimmer verließen und Isham den Weg zum Arbeitszimmer des verstorbenen Hausherrn wies, das im rechten Flügel des Hauses lag. Ein Beamter paradierte auf dem Flur vor der geschlossenen Tür zur Bibliothek auf und ab. Als sie davor stehenblieben, erschien von irgendwo aus dem Rückteil des Gebäudes eine untersetzte Matrone in raschelndem Schwarz.

»Ich bin Mrs. Baxter«, erklärte sie eilfertig. »Möchten sich die Herren vielleicht ein wenig stärken?«

Inspector Vaughn begann zu strahlen. »Sie müssen ein verkleideter Engel sein. Ich selbst hätte das glatt vergessen! Sie sind die Wirtschafterin, nicht wahr?«

»Ja, Sir. Möchten die anderen Gentlemen auch etwas zu sich nehmen?«

Professor Yardley schüttelte den Kopf. »Es würde sich für mich nicht gehören, die Gastfreundschaft des Hauses in Anspruch zu nehmen. Ich wohne direkt gegenüber und bin außerdem sicher, daß die alte Nanny bereits mehr als wütend über meine lange Abwesenheit ist. Ich hör' sie schon ›Essen wird kalt‹ maulen. Ich sollte jetzt besser gehen … Queen, Sie sind mein Gast, vergessen Sie das nicht.«

»Müssen Sie wirklich schon fort?« fragte Ellery. »Ich hatte mich schon auf eine längere Unterredung gefreut …«

»Bis heute abend dann.« Der Professor winkte mit dem Arm. »Ich nehme erst mal das Gepäck aus Ihrer Rostlaube und stelle sie dann in meine Garage.« Mit einem Lächeln verabschiedete er sich von den beiden Kriminalbeamten und machte sich davon.

Das Mittagessen war eine triste Angelegenheit; aufgetragen wurde in einem freundlichen Eßzimmer, allein für die drei Männer – niemand sonst im Haus schien den Gedanken an Essen einladend zu finden –, und die meiste Zeit kauten sie schweigend vor sich hin. Mrs. Baxter servierte ihnen persönlich.

Ellery kaute mechanisch; sein Gehirn schien sich gleich einem Planeten um die eigene Achse zu drehen und schleuderte dabei den einen oder anderen fruchtbaren Gedanken hervor. Doch er behielt sie für sich. Nur einmal klagte Isham mit Inbrunst über seinen Ischias. Im Haus war es still.

Um zwei verließen sie dann das Eßzimmer und kehrten in den rechten Flügel des Hauses zurück. Die Bibliothek erwies sich als sehr geräumig, der Arbeitsraum eines gebildeten Mannes. Sie war im Grundriß quadratisch; und ihren makellosen Holzboden bedeckte bis auf einen etwa ein Meter breiten Rand ein dicker chinesischer Teppich. Zwei Wände füllten eingebaute Bücherregale vom Boden bis zu den Deckenbalken. In einer Nische, die man aus dem Winkel, den zwei Wände bildeten, ausgespart hatte, stand ein kleiner Flügel mit nachgedunkelter Elfenbeintastatur, die Tastatur offen, der Schalldeckel aufgeklappt – offenbar so, wie Thomas Brad ihn am Abend hinterlassen hatte. Ein niedriger runder Lesetisch, den Zeitschriften und Raucheraccessoires bedeckten, stand in der Mitte des Raumes. Vor einer der Wände streckte sich ein Diwan, dessen vordere Beine auf dem Teppich ruhten; an der Wand gegenüber befand sich ein offener Sekretär. Ellery fiel auf, daß auf seiner Klappe, für alle sichtbar, zwei Tintenfäßchen, rot und schwarz, standen; beide, so registrierte er beiläufig, waren fast voll.

»Ich habe den Sekretär mit einer Lupe untersucht«, sagte Isham, indem er sich auf den Diwan fallen ließ. »War natürlich das erste, was wir gemacht haben. Es war ja denkbar, daß Brads persönlicher Schreibtisch Dokumente enthält, die unsere Ermittlung voranbringen.« Er zuckte mit den Schultern. »Pech. Ist alles so unschuldig wie das Tagebuch einer Nonne. Was den übrigen Raum angeht – doch das sehen Sie ja selbst; sonst nichts Persönliches hier. Aber die Tat ist ja ohnehin im Gartenhaus verübt worden. Das einzig Interessante hier ist das Damebrett.«

»Seit wir«, fügte Inspector Vaughn hinzu, »den roten Spielstein in der Nähe des Totempfahls gefunden haben.«

»Sie haben auch den Rest des Hauses durchsucht, nehme ich an?« fragte Ellery, während er umherspazierte.

»Allerdings! Routinedurchsuchung, Brads Schlafzimmer und so weiter. Absolut nichts von Belang.«

Ellery wandte seine Aufmerksamkeit dem runden Lesetisch zu. Er holte aus seiner Tasche den durchsichtigen Umschlag mit den Tabakresten aus der Pfeife, die man auf dem Boden des Gartenhauses gefunden hatte, schraubte die große Tabakdose auf, die auf dem Tisch stand, und vergrub seine Hand darin. Als er sie wieder herauszog, kam eine

Handvoll Tabak zum Vorschein, der in Farbe und Schnitt – der seltene Würfelschnitt – mit dem Tabak aus der Pfeife übereinstimmte.

Er lachte auf. »Na ja, immerhin gibt es jetzt keine Zweifel mehr, was das Kraut angeht. Schon wieder ein Schuß in den Ofen! Wenn diese Dose Brad gehört hat, dann war es sein Tabak.«

»Hat sie«, fügte Isham hinzu.

Ohne spezielle Absicht zog Ellery eine kleine Schublade auf, die sich unterhalb der runden Tischplatte abgezeichnet hatte. Sie war, wie er feststellte, mit einer ansehnlichen Pfeifensammlung vollgestopft. Alle waren Wertstücke, oft benutzt, aber auch samt und sonders konventionell geformt – die üblichen Köpfe mit geradem oder gebogenem Stiel. Meerschaum-, Bruyère- und Bakelitpfeifen; zwei waren dünnstielig und sehr lang – alte englische Tonpfeifen.

»Hmm«, murmelte er, »Mr. Brad hat zum Kreis der Kenner gehört. Dame und Pfeifen gehören ja bekanntlich zusammen. Wundert mich nur, daß kein Hund vor dem Kamin liegt. So kommen wir nicht weiter.«

»Ist noch eine solche darunter?« fragte Vaughn und holte die Pfeife mit dem Neptunkopf hervor.

Ellery schüttelte den Kopf. »Wie kommen Sie auf so was? Kein Mann schafft sich zwei davon an. Ein Etui gibt es auch nicht. Wenn man die zwischen den Zähnen hält, muß man ja einen Krampf im Kiefergelenk kriegen. Wird ein Geschenk gewesen sein.«

Ellery wandte sich nun dem Hauptbeweisstück zu. Es befand sich links vom offenen Sekretär an der gleichen Wand, und dem Diwan gegenüber.

Die Vorrichtung war genial zu nennen: Ein Tisch mit Damebrett, den man, wie man sehen konnte, zusammenklappen und in einer flachen Nische in der Wand verschwinden lassen konnte, mit der er durch Scharniere verbunden war. Ein Rolladen, der sich jetzt über der Nische befand, konnte heruntergelassen werden, um die gesamte Vorrichtung zu tarnen. Darüber hinaus gab es zwei Wandsitze, einer an jeder Seite des Tisches, die man ebenso hochklappen konnte.

»Brad muß in der Tat spielsüchtig gewesen sein«, bemerkte Ellery. »Wer sonst würde sich schon so etwas einbauen lassen? Hmm … Ich nehme an, der Tisch ist so, wie er ihn zurückgelassen hat. Hier ist doch nichts berührt worden?«

»Jedenfalls nicht von uns«, erwiderte Isham gleichgültig. »Sehen Sie selbst, was Sie damit anfangen können.«

In die Tischplatte, ein glänzendes Stück handwerklicher Kunst, waren die üblichen vierundsechzig weißen und schwarzen Quadrate eingelegt, die eine prachtvolle Umrahmung aus Perlmutt umschloß. Auf jeder Spielerseite befand sich ein breiter Rand als Ablage für die

Spielsteine, die nicht im Spiel waren. Auf der Seite zum Sekretär hin lagen neun rote Steine verstreut – die Steine, die Schwarz aus dem Feld geschlagen hatte. Gegenüber fanden sich drei schwarze Steine, die Rot erobert hatte. Auf dem Brett selbst, das den Spielstand erkennen ließ, standen drei schwarze »Damen« – zwei schwarze Steine übereinander – und drei einfache schwarze Steine, ebenso zwei einfache rote Steine; einer davon stand auf der Grundlinie der schwarzen Partei.

Ellery betrachtete sorgsam Brett und Umrandung.

»Wo ist das Kästchen für die Steine?«

Isham wies mit dem Fuß auf den Sekretär. Auf dessen Klappe lag eine billige Pappschachtel, leer.

»Elf rote Steine«, sagte Ellery und starrte an die Wand. »Es müßten natürlich zwölf sein. Einen roten Stein von gleicher Beschaffenheit haben wir in der Nähe des Totempfahls gefunden.«

»Genau«, stöhnte Isham. »Wir haben im Haus kein anderes Damespiel gefunden. Also stammt der einzelne Stein von diesem Spiel hier.«

»Sieht so aus«, murmelte Ellery. »Interessant, hochinteressant.« Er besah sich die Steine von neuem.

»Ach ja?« bemerkte Isham säuerlich. »In spätestens einer Minute werden Sie anders denken. Ich weiß, was Sie vermuten; doch Sie irren sich. Warten Sie, bis wir Brads Butler hier haben.«

Er ging zur Tür und befahl dem Wachposten: »Holen Sie diesen Stallings noch mal. Den Butler.«

Ellery zog die Augenbrauen hoch, sagte aber nichts. Er ging zum Sekretär hinüber und nahm die Schachtel zur Hand. Isham grinste nur. »Und das auch«, sagte er unvermittelt.

»Die Frage verfolgt mich, seit ich den Raum betreten habe«, bemerkte Ellery unbeirrt. »Warum benutzt ein leidenschaftlicher Spieler, der keine Kosten und Mühen scheut, wenn es darum geht, sich eine so raffinierte Mechanik einbauen zu lassen, billige Holzsteine?«

»Das erfahren Sie in einer Minute. Da ist nichts Geheimnisvolles dabei, das kann ich Ihnen versichern.«

Der Wachhabende öffnete die Tür vom Flur aus und ließ einen großen, hageren Mann mit hohlen Wangen und ausdruckslosen Augen hinein. Er war in schlichtem Schwarz gekleidet und strahlte eine gewisse Unterwürfigkeit aus.

»Stallings«, begann Isham ohne Umschweife. »Ich möchte, daß Sie den Herren gegenüber Ihre Aussagen von heute morgen wiederholen.«

»Selbstverständlich, Sir«, erwiderte der Butler mit weicher, angenehmer Stimme.

»Erstens: Wie erklären Sie sich die Tatsache, daß Mr. Brad mit diesen billigen Holzsteinen gespielt hat?«

»Die Erklärung ist sehr einfach, Sir, wie ich vorhin schon sagte. Mr. Brad« – Stallings stieß einen Seufzer aus und hob die Augen zur Decke – »war immer nur das Beste gut genug. Diesen Tisch und die Sitze hier hat er eigens für sich anfertigen und die Wand aushöhlen lassen, um ihn dort montieren zu können. Zur gleichen Zeit hat er ein sehr teures Damespiel, kunstvoll geschnitzte Figuren aus Elfenbein, erstanden, die er schon seit Jahren in Gebrauch hatte. Es ist noch nicht lange her, daß Dr. Temple das Spiel so bewundert hat, daß Mr. Brad, wie er mir eines Tages erzählte« – Stallings seuftze wieder –, »ihm eine Überraschung bereiten wollte, indem er ihm ein Duplikat schenkte. Es ist erst zwei Wochen her, daß er seine Figuren zu einem Spezialisten in Brooklyn gebracht hat, um die vierundzwanzig Figuren duplizieren zu lassen. Sie sind immer noch nicht zurück, und er hat sich in der Zwischenzeit mit den billigen Holzsteinen begnügt.«

»Und nun, Stallings«, sagte der Staatsanwalt, »berichten Sie uns, was gestern abend passiert ist.«

»Jawohl, Sir.«

Stallings befeuchtete seine Lippen mit der Zungenspitze. »Bevor ich mich gestern abend auf den Weg machte, wie Mr. Brad mir aufgetragen hatte –«

»Augenblick«, unterbrach Ellery scharf. »Er hat Ihnen gestern abend aufgetragen, das Haus zu verlassen?«

»Ja, Sir. Als Mr. Brad gestern abend aus der Stadt heimgekommen ist, hat er Fox, Mrs. Baxter und mich hierher gerufen.« Stallings mußte, von Erinnerungen überwältigt, schlucken. »Mrs. Brad und Helene waren schon fort – zum Theater, soweit ich mich entsinne. Mr. Lincoln hatte sowieso nicht vor, zum Abendessen nach Hause zu kommen … Mr. Brad wirkte sehr erschöpft. Er steckte mir zehn Dollar zu und gab Fox, Mrs. Baxter und mir für nach dem Abendessen frei. Er wolle den Abend allein verbringen. Fox könne den kleinen Wagen nehmen. So sind wir dann gefahren.«

»Verstehe«, sagte Ellery leise.

»Und jetzt die Geschichte mit dem Damespiel, Stallings!« soufflierte Isham.

Stallings nickte mit seinem länglichen Kopf. »Bevor ich also das Haus verließ – Fox und Mrs. Baxter warteten bereits im Wagen in der Einfahrt auf mich – bin ich noch einmal in die Bibliothek zurück, um nachzufragen, ob noch etwas zu erledigen wäre, bevor wir losführen. Aber er beharrte auf seinem Nein und befahl mir – sehr nervös, wie mir schien – mit den anderen loszufahren.«

»Sie sind ein guter Beobachter!« sagte Ellery lächelnd.

Stallings schien geschmeichelt. »Ich versuche mein Bestes, Sir. Nun, wie ich Mr. Isham schon heute morgen erzählt habe, fand ich Mr. Brad am Damebrett vor; er spielte sozusagen gegen sich selbst.«

»Dann hatte er also gar keinen Gegner«, brummte Inspector Vaughn. »Warum zum Teufel haben Sie mir das nicht gleich gesagt?«

Der Staatsanwalt breitete hilflos seine Hände auseinander, und Ellery fragte: »Wie genau meinen Sie das, Stallings?«

»Nun, Sir, er hatte sowohl die schwarzen als auch die roten Steine aufgestellt; er spielte also beide Seiten und begann gerade mit der Eröffnung. Zuerst machte er einen Zug auf seiner Seite; dann dachte er eine Weile nach und machte einen Zug auf der anderen Seite. Ich habe allerdings nur zwei Züge mitbekommen.«

»Ah ja«, sagte Ellery mit gespitzten Lippen. »Auf welchem Stuhl saß er denn?«

»In dem hier auf der Seite des Sekretärs. Machte er aber einen roten Zug, stand er auf, setzte sich auf den gegenüberliegenden Stuhl und betrachtete das Brett von der anderen Seite aus, wie es seiner Gewohnheit entsprach.« Stallings machte ein schmatzendes Geräusch. »Mr. Brad war ein sehr guter Spieler, sehr konzentriert. Er hat sehr oft auf diese Weise allein geübt.«

»Das wär's denn. Diese ganze Dame-Geschichte gibt nichts her!« Isham stöhnte. »Und jetzt zu Ihnen, Stallings.«

»Jawohl, Sir«, antwortete der Butler. »Wir sind also alle in die Stadt gefahren. Fox hat Mrs. Baxter und mich am Roxy abgesetzt und versprochen, daß er uns nach der Vorführung wieder dort abholen würde. Ich weiß nicht, wo er hingegangen ist.«

»Und ist er dann pünktlich zur Stelle gewesen?« fragte Inspector Vaughn, auf einmal sehr aufmerksam.

»Leider nein, Sir. Wir haben eine halbe Stunde auf ihn gewartet; aber als er dann noch immer nicht kam, haben wir gedacht, er muß einen Unfall gehabt haben oder sonstwie aufgehalten worden sein. So haben wir dann den Zug genommen und sind vom Bahnhof aus mit dem Taxi nach Hause.«

»Aha, mit dem Taxi.«

Der Inspector wirkte amüsiert. »Da haben die Jungs am Bahnhof gestern ja ganz schön Umsatz gemacht, was? Um wieviel Uhr sind Sie zu Hause angekommen?«

»Um Mitternacht, vielleicht auch ein bißchen später. Genauer kann ich das leider nicht mehr sagen.«

»War Fox zurück, als Sie nach Hause kamen?«

Stallings schien peinlich berührt. »Ich fürchte, das entzieht sich meiner Kenntnis, Sir. Er wohnt in der kleinen Hütte am Ufer der

Bucht. Selbst wenn dort Licht gewesen wäre, hätten die Bäume uns die Sicht versperrt.«

»Nun, darum kümmern wir uns noch. Sie haben sich Fox noch nicht vorgenommen, Isham, oder?«

»Hatte noch keine Gelegenheit.«

»Einen Augenblick, bitte«, sagte Ellery. »Stallings, hat Mr. Brad gestern abend angedeutet, daß er Besuch erwartet?«

»Nein, Sir. Er hat bloß gesagt, er wolle den Abend allein verbringen.«

»Hat er Sie, Fox und Mrs. Baxter oft auf diese Weise abends entlassen?«

»Nein, Sir. Es war das erste Mal.«

»Eines noch.« Ellery ging zu dem runden Lesetisch und klopfte mit den Fingerspitzen auf die große Dose »Wissen Sie, was hier drin ist?«

Stallings wirkte erstaunt. »Aber sicher, Sir! Mr. Brads Tabak.«

»Gut! Ist dies der einzige Vorrat an Pfeifentabak im Haus?«

»Ja, Sir. Mr. Brad war mit seinem Tabak sehr eigen; er hat sich seine Sorte extra in England mischen lassen und von dort importiert. Etwas anderes hat er nie geraucht. Und wenn Sie es genau wissen wollen«, sagte Stallings in einem Anfall von Vertraulichkeit, »Mr. Brad hat immer darüber geklagt, daß es keinen amerikanischen Tabak gebe, der sein Geld wert sei.«

In Ellery blitzte ein abwegiger Gedanke auf. Andrew Van und sein Kaviar; Thomas Brad und sein importierter Tabak ... Er schüttelte den Kopf.

»Noch etwas, Stallings. Inspector, würden Sie Stallings bitte die Pfeife mit dem Neptunkopf zeigen?«

Vaughn zog die kunstvoll geschnitzte Pfeife erneut hervor. Stallings betrachtete sie einen Moment und nickte dann. »Ja, Sir, die habe ich hier schon gesehen.«

Die drei Männer stöhnten unisono. Die Schicksalsgöttin schien sich mit der Schuld gegen die Sühne verbündet zu haben. »Aber natürlich«, knurrte Isham. »Hat wohl Brad gehört, oder?«

»Da bin ich ganz sicher, Sir«, antwortete der Butler. »Es ist allerdings nicht so, daß er eine Pfeife, welche auch immer, sehr lange am Stück geraucht hätte. Er pflegte zu sagen, daß eine Pfeife, ähnlich einem Menschen, ab und zu einen Urlaub brauche. Seine Schublade ist voll von wertvollen Pfeifen, Sir. Diese hier erkenne ich aber sofort wieder, Sir. Habe sie schon oft gesehen, allerdings nicht in letzter Zeit, wenn ich mich recht besinne.«

»Gut, gut. Wir sind mit Ihnen fertig.« Stallings verbeugte sich einmal steif, war wieder ganz Butler und verließ den Raum.

»Das mit dem Damespiel wäre also geklärt«, murmelte der Inspector, »das mit den Pfeifen und dem Tabak auch. Reine Zeitverschwendung. Aber immerhin haben wir eine interessante Spur, was Fox betrifft.« Er rieb sich die Hände. »Sieht doch eigentlich gar nicht so schlecht aus. Den Haufen von Oyster Island nehmen wir uns gleich vor. Gibt viel zu tun heute, Männer!«

»Schätze, morgen auch noch«, schmunzelte Ellery. »Wie in den guten alten Zeiten.«

Jemand klopfte, Inspector Vaughn ging zur Tür und unterhielt sich minutenlang im Flüsterton mit einem seiner Leute und nickte wiederholt. Endlich schloß der Inspector die Tür und kehrte zu den anderen zurück.

»Was ist los?« fragte Isham.

»Nichts. Lauter Fehlanzeigen, fürchte ich. Meine Männer berichten, daß sie auf dem Grundstück nichts gefunden habe. Nichts und wieder nichts. Mensch, das gibt es doch gar nicht!«

»Wonach haben Sie denn gesucht?« fragte Ellery.

»Nach dem Kopf, Mann, nach dem Kopf!«

Eine längere Zeit sagte niemand etwas, und der kalte Hauch der Tragödie wehte sie wieder an. Wenn man in den sonnendurchfluteten Garten blickte, war es kaum zu glauben, daß der Herr dieser luxuriösen, friedvollen Idylle wie ausgeblutetes Vieh in der Bezirksleichenhalle lag und sich in nichts mehr von einem aus dem Long Island Sound gefischten Landstreicher unterschied.

»Und sonst?«

»Meine Männer haben die Leute von der Eisenbahn vernommen«, sagte Vaughn ruhig. »Und jeden Anwohner im Umkreis von acht Kilometern. Es geht um mögliche Besucher, Mr. Queen. Nach den Aussagen von Lincoln und Stallings zum gestrigen Abend scheint es ja mehr als wahrscheinlich, daß Brad gestern abend Besuch erwartet hat. Ein Mann schickt doch nicht einfach so Ehefrau, Stieftochter, seinen Geschäftsführer und das Personal fort, wenn da nicht was faul ist. Und außerdem ist das vorher nie vorgekommen!«

»Allzu wahr«, sagte Ellery. »Sie haben vollkommen recht, Inspector. Brad muß gestern abend Besuch erwartet haben, das steht außer Frage.«

»Aber nicht einer der Befragten konnte uns einen Anhaltspunkt liefern. Selbst die Schaffner und die Bahnhofsbeamten erinnern sich an keinen Fremden, der gestern abend um neun herum mit dem Zug angekommen wäre. Nachbarn?« Der Inspector zuckte die Schultern. »Davon konnten wir uns sowieso nichts versprechen. Hier kann jeder kommen und gehen, ohne eine Spur zu hinterlassen.«

»Aber das war doch klar«, unterbrach der Staatsanwalt. »Sie versuchen das Unmögliche, Vaughn. Niemand, der krumme Sachen vorhatte, wäre so dumm gewesen, hier auszusteigen. Er wäre eine Station früher oder später ausgestiegen und den Rest gelaufen.«

»Und wenn der Mörder mit dem Wagen gekommen wäre?« fragte Ellery.

Vaughn schüttelte den Kopf. »Das haben wir schon heute morgen untersucht. Aber auf dem Grundstück liegt Kies; und die Schnellstraßen sind asphaltiert, was uns nicht die Bohne weiterhilft; es hat auch nicht geregnet oder so. Die Möglichkeit besteht natürlich trotzdem.«

Ellery dachte angestrengt nach. »Es gibt da noch eine andere Möglichkeit, Inspector, den Sound, die Meerenge!«

Der Inspector starrte aus dem Fenster. »*Daran* haben wir natürlich nicht gedacht«, sagte er mit einem häßlichen Lachen. »Welch ein Kinderspiel! Da mietet jemand ein Boot in Connecticut oder in New York – ein Motorboot ... Zwei meiner Leute verfolgen die Spur gerade.«

Ellery begann zu grinsen. »*Quod fugit, usque sequor,* was, Inspector?«

»Häh?«

Isham stand auf. »Laßt uns verdammt noch mal weitermachen. Wir haben genug Arbeit vor uns!«

7. Fox und die Engländer

Sie gerieten immer tiefer in den Nebel hinein. Von nirgendwo kam ein Licht.

Es war nicht zu erwarten, daß Mrs. Baxter, die Wirtschafterin, etwas Bedeutsames beizutragen hatte. Und doch war es im Namen der Gründlichkeit notwendig, sie zu verhören. Sie kehrten also zum Arbeitszimmer zurück und brachten die unangenehme Pflicht hinter sich. Mrs. Baxter bestätigte lediglich Stallings Aussage. Nein, Mr. Brad hatte nichts von Besuch gesagt. Nein, als sie Mr. Brad allein das Abendessen serviert habe, habe er nicht besonders aufgeregt gewirkt. Vielleicht ein wenig geistesabwesend. Ja, Fox habe sie am Roxy abgesetzt. Ja, sie und Stallings seien mit der Bahn und dann mit dem Taxi nach Bradwood zurückgekehrt und kurz nach Mitternacht angekommen. Nein, sie glaube nicht, daß Mrs. Brad und die anderen schon zu Hause gewesen seien, aber da sei sie sich nicht sicher. War das Haus dunkel? Ja, Sir. Haben Sie etwas Ungewöhnliches beobachtet? Nein, Sir.

Gut, Mrs. Baxter ... Die ältliche Wirtschafterin entschuldigte sich eilig, und der Inspector stieß einige Flüche aus.

Ellery sah dem Schauspiel zu und schien zur Unzeit fasziniert von einem weißen Fleck auf einem seiner Fingernägel. Der Name Andrew Van ging ihm nicht aus dem Kopf.

»Mir reicht's«, sagte Isham. »Laßt uns Fox vernehmen!«

Isham und Vaughn stürzten aus dem Haus; Ellery schlenderte hinterdrein, schnupperte nach den Junirosen und fragte sich, wann seine Kollegen mit der Schattenboxerei aufhören würden, um endlich den vielversprechenden, bewaldeten Flecken Erde – Oyster Island – in Angriff zu nehmen.

Isham führte die Männer auf einem schmalen Kiespfad um den linken Flügel des Hauses herum; bald waren sie von einem wild belassenen Wäldchen umgeben. Noch ein paar Schritte, und die Bäume wichen einer Lichtung, auf deren Mitte ein freundliches kleines Blockhaus stand. Ein Polizist vor der Hütte nahm ein Sonnenbad.

Isham klopfte an die schwere Holztür, und eine dunkle Männerstimme rief. »Kommen Sie schon herein!«

Als sie eintraten, stand er vor ihnen aufgepflanzt und ballte die Fäuste. Sein Gesicht war von blassen Flecken geradezu marmoriert. Er war groß, hager und gerade gewachsen. Als er jedoch sah, wer seine Besucher waren, ließ er die Schultern hängen, löste die Fäuste und griff nach der Lehne des selbstgebauten Stuhls, vor dem er stand.

»Fox«, begann Isham in Kommandoton. »Ich hatte heute morgen noch keine Gelegenheit, mit Ihnen zu sprechen.«

»Ja, Sir«, antwortete Fox. Seine Blässe war, wie Ellery erstaunt feststellte, keine vorübergehende, sondern die natürliche Gesichtsfarbe des Mannes.

»Wir wissen, wie Sie die Leiche gefunden haben«, fuhr der Staatsanwalt fort, indem er sich in den einzigen anderen Stuhl fallen ließ, den es in der Hütte gab.

»Ja, Sir«, stammelte Fox, »es war einfach entsetz-«

»Wir möchten noch ein paar Dinge von Ihnen wissen«, sagte Isham tonlos. »Warum haben Sie Stallings und Mrs. Baxter gestern draufgesetzt, wo sind Sie hingegangen, und wann waren Sie wieder zu Hause?«

Seltsamerweise wurde der Mann nicht noch fahler im Gesicht, er wich auch nicht zurück. »Ich bin nur ein bißchen in der Stadt herumgefahren«, sagte er, »um kurz vor Mitternacht war ich wieder in Bradwood.«

Inspector Vaughn baute sich vor Fox auf und packte mit einer Hand seinen schlaffen Arm. »Schauen Sie«, sagte er beinahe freundlich. »Wir haben kein Interesse daran, Ihnen Dinge zu unterstellen, die Sie nicht getan haben. Wenn Sie jetzt schön brav die Wahrheit erzählen, lassen wir Sie auch in Ruhe.«

»Die Wahrheit können Sie haben«, erwiderte Fox. Ellery meinte, in Tonfall und Aussprache des Mannes Spuren höherer Bildung herausgehört zu haben, und beobachtete ihn mit wachsendem Interesse.

»Na also«, lobte Vaughn. »Wie vernünftig von Ihnen. Und jetzt vergessen Sie einmal das Märchen vom Herumfahren. Geben Sie sich 'nen Ruck, Mann, und spucken Sie's aus! Wo sind Sie hingefahren?«

»Also gut«, erwiderte Fox mit derselben tonlosen Stimme. »Ich bin die Fifth Avenue herunter, durch den Park und dann längere Zeit auf dem Riverside Drive geblieben. Es war schön draußen, und ich habe die frische Luft genossen.«

Der Inspector ließ seinen Arm fallen und grinste zu Isham hinüber. »Er hat die frische Luft genossen! Warum haben Sie dann Stallings und Mrs. Baxter nicht vom Kino abgeholt?«

Fox' breite Schultern zuckten nur eine Spur. »Weil mich keiner drum gebeten hat.«

Isham sah zu Vaughn hinüber, und der zu Isham. Ellery jedoch behielt Fox im Auge, und er staunte nicht schlecht, als er sah – unglaublich, aber wahr –, daß dem Mann Tränen in die Augen schossen.

»Okay«, sagte Isham schließlich, »dann bleiben Sie eben bei der Geschichte. Aber gnade Ihnen Gott, wenn wir Ihnen etwas anderes nachweisen können! Wie lange arbeiten Sie schon hier?«

»Seit dem Ersten des Jahres, Sir.«

»Referenzen?«

»Ja, Sir.« Schweigend drehte er sich um und ging zu einer alten Kommode. Er wühlte in einer der Schubladen und kehrte mit einem blütenweißen, offensichtlich sorgfältig aufbewahrten Umschlag zurück.

Der Staatsanwalt riß ihn auf, überflog den Brief und reichte ihn Vaughn. Der Inspector las ihn gründlicher, schnipste ihn schließlich auf den Tisch und verließ überraschend die Hütte.

»Scheint in Ordnung zu sein«, sagte Isham, als er aufstand. »Ach, noch etwas. Sind Sie, Stallings und Mrs. Baxter die einzigen Hausangestellten hier?«

»Ja, Sir«, antwortete Fox, ohne den Blick zu heben. Er nahm den Umschlag und den Brief und drehte sie wieder und wieder in seinen Fingern.

»Ähm – Fox«, begann Ellery. »Haben Sie gestern nacht, als Sie zurückkamen, irgend etwas Ungewöhnliches bemerkt?«

»Nein, Sir.«

»Sie bewegen sich fürs erste nicht vom Fleck, verstanden?« sagte Isham und verließ die Hütte. Vaughn schloß sich ihm an, doch Ellery blieb noch einen Moment im Türrahmen stehen. Fox hatte sich nicht gerührt.

»Der lügt, daß sich die Balken biegen«, sagte Vaughn so laut, daß Fox es in seiner Hütte hören mußte. »Wir überprüfen das mit gestern abend sofort.« Ellery zuckte zusammen. Das Vorgehen der beiden Beamten fand er ausgesprochen rücksichtslos; und er konnte die Tränen in Fox' Augen nicht vergessen.

Schweigend gingen sie in westliche Richtung. Fox' Hütte lag nicht weit von der Ketcham's Bay; durch die Bäume hindurch sahen sie, während sie sich vorarbeiteten, bereits das in der Sonne glitzernde Blau. Nicht weit von der Hütte kamen sie auf eine schmale Straße. Nirgendwo waren Zäune.

»Gehört alles noch Brad«, brummte Isham. »Hat es aber nicht für notwendig gehalten, sein Grundstück einzuzäunen. Das Haus, das diese Lynns gemietet haben, muß hinter der Straße liegen.«

Sie überquerten die Straße und kämpften sich durch den dunklen, hohen Wald. Es dauerte geschlagene fünf Minuten, bis Vaughn endlich den Fußweg fand, der sie durchs dichte Unterholz nach Westen führte. Als der Weg sich nach einer Weile verbreiterte, wurde der Baumbewuchs spärlicher; und bald sahen sie ein halb zugewachsenes, flaches Steinhaus, das einsam inmitten der Bäume stand. Ein Mann und eine Frau saßen auf der offenen Veranda. Der Mann stand hastig auf, als er die drei Besucher erblickte.

»Mr. und Mrs. Lynn?« fragte der Staatsanwalt und blieb vor der Veranda stehen.

»Höchstpersönlich«, antwortete der Mann. »Mein Name ist Percy Lynn. Das ist meine Frau ... Kommen die Herren von Bradwood?«

Lynn war ein großer brünetter Engländer mit markanten Gesichtszügen, kurzgeschnittenem, pomadiertem Haar und verschmitzten Augen. Elizabeth Lynn war blond und fett, das permanente Lächeln in ihrem Gesicht wirkte wie angeklebt.

Isham nickte, und Lynn fragte: »Nun, meine Herren, wollen Sie nicht zu uns heraufkommen?«

»Danke«, antwortete der Inspector. »Aber wir müssen gleich weiter. Die Neuigkeiten haben Sie schon gehört?«

Der Engländer nickte ernst; das Lächeln seiner Frau allerdings verblaßte keinen Augenblick. »Furchtbar«, sagte Lynn. »Ich weiß es von einem Polizisten, auf den ich getroffen bin, als ich die Straße entlangging. Er hat mir von der Tragödie erzählt.«

»Natürlich«, fügte Mrs. Lynn mit schriller Stimme hinzu, »haben wir bislang noch keinen Besuch dort gemacht.«

»Natürlich nicht«, stimmte ihr Mann zu.

Einen Augenblick herrschte Schweigen; Isham und Vaughn verständigten sich mit den Augen. Die Lynns rührten sich nicht; von der Pfeife, die der Mann in der Hand hielt, kräuselte sich eine kleine Rauchfahne zu seinem Gesicht hoch.

Plötzlich begann er mit der Pfeife zu gestikulieren. »Tun Sie schon Ihre Arbeit, Gentlemen. Ich weiß genau, wie verdammt unangenehm das alles ist. Sie sind von der Polizei, nehme ich an?«

»Sind wir«, erwiderte Isham. Es schien ihm zu passen, daß Lynn das Gespräch an sich riß; Vaughn hielt sich schweigend im Hintergrund. Ellery hingegen war vollkommen fasziniert von dem widerwärtigen Dauerlächeln im Gesicht der Frau. Dann mußte er schmunzeln; er wußte nun, warum sie so penetrant lächelte – Mrs. Lynn trug ein Gebiß.

»Ich nehme an, daß Sie unsere Pässe sehen wollen«, fuhr Lynn leise fort. »Überprüfen der Nachbarn und Freunde und so, nicht wahr?«

Die Pässe waren in Ordnung.

»Sie möchten bestimmt auch wissen, wie es kommt, daß wir – Mrs. Lynn und ich – hier wohnen …« bemerkte der Engländer, als Isham ihm die Pässe zurückgab.

»Das hat uns bereits Miss Brad erzählt«, sagte Isham und machte plötzlich zwei Schritte auf sie zu. Die Haltung der Engländer wurde steifer. »Wo sind Sie gestern abend gewesen?«

Lynn räusperte sich geräuschvoll. »Ja – natürlich. Nun, wir waren in der Stadt …«

»New York?«

»Genau. Wir haben dort zu Abend gegessen und uns dann ein ziemlich idiotisches Stück angeschaut.«

»Wann waren Sie wieder daheim?«

Mrs. Lynn schrillte unerwartet: »Oh, überhaupt nicht. Wir haben in einem Hotel übernachtet. Es war schon viel zu spät, um –«

»Wie hieß das Hotel?«

»Das Roosevelt.«

Isham grinste. »Und wie spät war es da?«

»Oh, schon nach Mitternacht«, antwortete der Engländer. »Wir haben nach der Vorstellung noch eine Kleinigkeit gegessen und –«

»Schon in Ordnung«, sagte Isham. »Kennen Sie die Leute hier in der Umgebung?«

Sie schüttelten gleichzeitig die Köpfe. »Kaum jemanden«, sagte Lynn. »Außer den Brads, diesem interessanten Professor Yardley und Dr. Temple. Sonst niemanden.«

Ellery setzte ein schmeichlerisches Lächeln auf. »War einer von Ihnen zufällig einmal auf Oyster Island?«

Der Brite lächelte zurück. »Daneben, Sportsfreund. Nudismus ist für uns nichts Neues. Haben wir seinerzeit in Deutschland ausgelebt.«

»Außerdem«, fügte Mrs. Lynn hinzu, »diese Leute auf der Insel –« Sie schüttelte sich angewidert. »Ich war ganz einer Meinung mit dem armen Mr. Brad, daß sie von der Insel verschwinden sollten.«

»Hmm«, brummte Isham. »Haben Sie irgendeine Theorie, wie es zu dem Mord kommen konnte?«

»Bedaure, nein. Wir haben nicht die geringste Ahnung. Kann einem angst und bange von werden. Dieses – ähm – unzivilisierte Benehmen … entspricht leider ganz dem Bild, das man sich in Europa ohnehin von Ihrem großartigen Land macht.«

»Tja, leider«, sagte Isham trocken. »Ich danke Ihnen … Kommen Sie.«

8. Oyster Island

Ketcham's Cove war wie ein unregelmäßiger Halbkreis aus dem Ufer von Thomas Brads Grundstück herausgebrochen. In der Mitte der halbmondförmigen Bucht schaukelte ein Ponton auf dem Wasser, an dem einige Motorboote und eine Barkasse festgetäut waren. Ellery, der mit den Männern zusammen der Straße in westlicher Richtung bis zum Ufer gefolgt war, stand nun auf einem kleineren Anlegesteg mehrere hundert Meter von der Hauptanlegestelle entfernt. In wenig mehr als einem Kilometer Entfernung ragte Oyster Island aus dem Wasser. Das Ufer der Insel sah aus, als hätte man sie gewaltsam dem Festland entrissen und als hätte sie sich bei diesem Prozeß ein wenig verformt. Ellery konnte zwar die Rückseite der Insel nicht sehen, aber es war anzunehmen, daß sie ihren Namen ihrer Muschelform verdankte.

Oyster Island hob sich wie ein grünes Juwel vom türkisfarbenen Wasser des Long Island Sound ab. Soweit man aus der Entfernung erkennen konnte, schien sie dicht bewaldet zu sein. Die wilden Bäume und Sträucher reichten beinahe bis ans Wasser heran. Doch nein … Dort war ein kleiner Anlegesteg auszumachen. Wenn er sich sehr konzentrierte, konnte Ellery seine verwitterten grauen Konturen erkennen. Doch weitere Spuren menschlicher Besiedelung waren nicht zu sehen.

Isham stieg zu Ellery auf den Steg und rief eine Polizeibarkasse herbei, die in mäßigem Tempo zwischen der Insel und dem Festland hin und her tuckerte. Westlich davon sah Ellery das Heck eines weiteren Polizeibootes; es patrouillierte, wie Ellery schloß, an der Rückseite der Insel entlang.

Die Barkasse, der Isham Zeichen gegeben hatte, schoß auf das Festland zu und machte an der Anlegestelle fest.

»Nun, dann mal los!« Vaughn stieg voller Tatendrang ins Boot. »Kommen Sie, Mr. Queen! Gut möglich, daß der Spuk hier bald ein Ende hat!«

Kaum waren Ellery und Isham ins Boot gesprungen, da drehte es in großem Bogen und nahm direkten Kurs auf die große Auster.

Während sie näher kamen, konnten sie die Insel deutlicher erkennen; auch das Festland ließ sich vom Wasser aus besser überblicken. Nicht weit von ihrem Anlegesteg lag, wie sie jetzt sahen, ein weiterer im Westen, den offenbar die Lynns benutzten. Ein Ruderboot, das dort festgemacht war, blich in der Sonne vor sich hin. Im Osten befand sich in gleicher Entfernung ebenfalls ein Steg.

»Dort wohnt Dr. Temple, nicht wahr?« fragte Ellery.

»Ja. Das muß seine Anlegestelle sein.« Die allerdings war verwaist.

Die Barkasse durchpflügte das Wasser mit hoher Geschwindigkeit. Während sie nun den kleinen Hafen der Insel ansteuerten, ließen sich bereits Einzelheiten erkennen. Sie beobachteten schweigend, wie Oyster Island größer und größer wurde.

Plötzlich sprang Inspector Vaughn auf und brüllte: »Da drüben ist was im Gange!«

Entgeistert starrten sie auf die Anlegestelle. Gerade war ein Mann mit einer Frau auf den Armen, die hilflos zappelte und schwache Schreie ausstieß, aus dem Unterholz gewankt und in einen kleinen Außenborder gesprungen, der, wie nun sichtbar wurde, an der Westseite des baufälligen Stegs festgemacht war. Der Mann setzte die Frau ruppig auf die Sitzbank im Bug, ließ den Motor an, legte ab und steuerte direkt auf die Polizeibarkasse zu. Die Frau war zusammengesackt und gab keinen Laut mehr von sich. Einen Augenblick lang, als der Mann noch einmal zur Insel zurücksah, war sein tiefgebräuntes Gesicht zu erkennen.

Keine zehn Sekunden nach dieser überstürzten Flucht – wenn es überhaupt eine solche gewesen war – sprang ein zweiter Mann aus dem Gebüsch hervor und nahm die Verfolgung auf.

Der Mann war nackt – ein großer, breiter, braungebrannter Kerl mit kräftiger Muskulatur und wehender schwarzer Mähne. Tarzan, dachte Ellery, und er wäre absurderweise kaum erstaunt gewesen, wenn er im Buschwerk auch seinen schwerfälligen berüsselten Begleiter erspäht hätte. Doch wo war nur der Lendenschurz geblieben? ... Sie hörten ihn nun vor Enttäuschung fluchen, als er am Ufer angelangt war und ihm nichts weiter übrig blieb, als dem davonstiebenden Boot wütend hinterherzustarren. So blieb er eine Weile mit hängenden Armen stehen; er schien sich seiner Nacktheit nicht im geringsten zu schämen; das einzige, was ihn zu interessieren schien, war das Motorboot. Auch der Mann im Boot schaute zurück und bemerkte offenbar gar nicht, wo er hinsteuerte.

Der Nackte verschwand so plötzlich, daß Ellery zweimal hinsehen mußte. Er hatte sich mit einem schnellen Sprung vom Rand der Anlegestelle abgestoßen und war wie eine Harpune ins Meer geglitten. Als er einen Moment später wieder auftauchte, sah man ihn wie verrückt in Richtung Motorboot zu kraulen.

»Dieser Idiot!« brüllte Isham. »Glaubt er, er kann das Motorboot einholen, oder was?«

»Der Motor ist ausgefallen«, bemerkte Ellery trocken.

Isham, plötzlich verunsichert, starrte angestrengt auf das kleine Boot. Es trieb etwa einhundert Meter vom Ufer entfernt hilflos auf dem Wasser, und der Mann werkelte wie ein Besessener an seinem verstummten Motor herum.

»Schnell!« rief Inspector Vaughn dem Kapitän der Polizeibarkasse zu. »Dem Kerl da hinten trau' ich nicht!«

Der Motor des Polizeibootes brummte auf, und die Sirene schickte ein tiefes Heulen übers Wasser. Hinter der Insel hörte man das Echo. Der Mann im Boot schien die Barkasse erst jetzt zu bemerken; sowohl er als auch der Mann im Wasser hielten inne, um das Sirenengeheul zu orten. Der Schwimmer, der sich nicht mehr vom Fleck bewegt hatte, starrte einen Moment lang auf das Polizeiboot, schüttelte wild das Wasser aus seinen langen Haaren und tauchte ab. Als er kurze Zeit später wieder an die Oberfläche kam, begann er erneut zu kraulen; doch nun schwamm er zurück zur Insel, als wäre der Teufel hinter ihm her.

Das Mädchen auf der Ruderbank richtete sich auf und blickte sich um. Der Mann sank erschöpft gegen die Heckplanken und winkte dem Polizeiboot zu.

Im selben Augenblick, in dem Barkasse und Motorboot endlich Seite an Seite lagen, erreichte der Schwimmer das Ufer der Insel. Ohne sich noch einmal umzusehen, verschwand er im Gestrüpp.

Als das Polizeiboot gerade am antriebslosen Außenborder anhakte, warf der Mann seinen Kopf in den Nacken und begann lauthals zu lachen – es war ein volles, herzhaftes Lachen, das Erleichterung und Freude verriet.

Der Mann, dessen Alter man schwer schätzen konnte, war dünn und drahtig, hatte bräunliches Haar und ein Gesicht, das nur die tropische Sonne viele Jahre lang so dunkel, ja fast purpurfarben gebrannt haben konnte. Seine Augen wirkten wie ausgebleicht – wassergrau, fast ohne Farbe. Sein Mund wirkte eisern; die Kiefermuskeln zeichneten sich unter seinen purpurnen Wangen wie Stahlträger ab. Insgesamt eine beeindruckende Persönlichkeit trotz seiner Flucht, befand Ellery, als er dem Mann zusah, wie er sich in seiner ekstatischen Freude auf den Holzplanken wälzte.

Das Mädchen, das der Mann entführt hatte, konnte nur Jonah Lincolns aufsässige Schwester Hester sein; die junge Frau sah ihm sehr ähnlich. Sie war nicht hübsch, hatte aber eine blendende Figur, wie die verlegenen Männer vom Polizeieinsatz gezwungen waren festzustellen, obwohl sie eine Herrenjacke um ihre Schultern drapiert hatte. Der fröhliche Bootsbesitzer hatte, wie Ellery bemerkte, keine an. Unter der Jacke war sie notdürftig mit schmutzigem Leinen bedeckt, als hätte jemand den ersten greifbaren Stoffetzen über ihre Blöße geworfen.

Sie erwiderte die Blicke der Männer aus beunruhigten blauen Augen, wurde plötzlich rot, ließ ihren Kopf hängen und begann zu zittern. Ihre Hände rutschten kraftlos in ihren Schoß.

»Worüber, verdammt noch mal, lachen Sie eigentlich?« fragte der Inspector gereizt. »Wer sind Sie überhaupt? Und was haben Sie sich dabei gedacht, diese Frau hier zu entführen?«

Der Mann ohne Jacke wischte sich eine Träne von der Wange. »Ich kann Ihnen Ihr Mißtrauen nicht verdenken«, japste er. »Himmel, war das komisch!« Er schüttelte die letzten Spuren von Heiterkeit aus seinem dunklen Gesicht und stand auf. »Entschuldigen Sie bitte. Mein Name ist Temple; das ist Miss Hester Lincoln. Ich danke Ihnen für unsere Errettung!«

»Kommen Sie an Bord«, brummte Vaughn.

Isham und Ellery halfen der stummen Frau ins Polizeiboot.

»Augenblick mal«, fuhr Temple dazwischen, und sein Blick verriet aufkeimenden Argwohn. »Wer sind Sie überhaupt?«

»Polizei! Kommen Sie schon!«

»Polizei!« Temple verengte skeptisch die Augen, während er in die Barkasse stieg. Einer der Beamten befestigte die Fangleine an Temples Außenborder. Dr. Temple schaute von Vaughn zu Isham und dann zu Ellery hinüber. Die junge Frau war in einen der Sitze gerutscht und starrte auf den Boden.

»Sagen Sie, was ist denn passiert?«

Staatsanwalt Isham klärte ihn auf. Dr. Temple wurde leichenblaß; und Hester Lincoln riß entsetzt die Augen auf.

»Brad!« wiederholte Dr. Temple leise. »Ermordet … Das gibt's doch nicht … Gestern morgen noch habe ich ihn gesehen, und –«

»Jonah«, stammelte das zitternde Mädchen. »Ist er okay?«

Keiner antwortete ihr. Dr. Temple nagte auf seiner Unterlippe herum; seine farblosen Augen schienen auf einmal nachdenklich. »Waren Sie schon – bei den Lynns?« fragte er mit einem seltsamen Unterton.

»Warum sollten wir?«

Temple zögerte, dann lächelte er und zuckte die Achseln. »Ach, nur so. War nur so eine Frage … Der arme Tom.« Er setzte sich hin und ließ seinen Blick über das Wasser zur Insel gleiten.

»Kurs auf Brads Anlegestelle!« befahl Vaughn. Sofort beschrieb die Barkasse eine scharfe Kurve und steuerte wieder auf das Festland zu.

Ellery entdeckte die eigenwillige Silhouette des Professors, der auf dem Anlegesteg stand, und winkte ihm zu. Professor Yardley winkte schlaksig zurück.

»Und jetzt, Dr. Temple«, sagte der Staatsanwalt, »reden wir einmal Tacheles! Was sollte das ganze Theater mit der Entführung, und wer zum Henker ist der nackte Idiot, der Sie verfolgt hat?«

»Zu dumm auch ... Na ja ... Es ist vielleicht besser, wenn ich direkt mit der Wahrheit herausrücke. Hester, bitte verzeih mir!«

Das Mädchen sagte nichts; die Nachricht vom Tod des Thomas Brad schien sie gelähmt zu haben.

»Miss Lincoln«, fuhr der braungebrannte Mann fort, »ist, sagen wir, ein wenig kopflos gewesen. Sie ist noch sehr jung; und junge Menschen sind leicht zu verführen.«

»Ach, Victor«, stöhnte das Mädchen unendlich traurig.

»Jonah Lincoln«, fuhr Dr. Temple angestrengt fort, »hat sich nicht – wie soll ich das sagen – hat gegenüber seiner Schwester – wie ich es sehe – versagt.«

»Wie du es siehst«, ergänzte das Mädchen erbittert.

»Ja, Hester, weil ich –« Er nagte wieder auf seiner Lippe herum. »Auf jeden Fall war ich, als eine Woche verstrichen und Hester immer noch nicht von der verdammten Insel zurück war, zu dem Schluß gekommen, daß jemand sie schleunigst zur Vernunft bringen müsse. Da kein anderer sich dazu berufen fühlte, habe ich die Aufgabe übernommen. Nudismus!« schnaubte er verächtlich. »Pervers so was; erst recht, wie die Leute drüben ihn praktizieren. Schließlich hat man als Arzt so seine Erfahrungen. Das ist ein Haufen von Betrügern, die sich mit dem Schamgefühl anständiger Leute eine goldene Nase verdienen.«

»Victor Temple!« fauchte das Mädchen. »Ist dir eigentlich klar, was du da sagst?«

»Entschuldigen Sie bitte«, wandte der Inspector ein. »Aber es würde mich schon interessieren, was Sie das angeht, wenn Miss Lincoln beschließt, nackt auf der Insel herumzulaufen. Immerhin dürfte sie volljährig sein.«

Dr. Temple verzog den Mund. »Wenn Sie es unbedingt wissen wollen«, antwortete er zornig, »dann nehmen Sie bitte zur Kenntnis, daß ich mich berechtigt sehe einzugreifen, weil sie in geistiger und seelischer Hinsicht noch ein Kind, eine Heranwachsende ist. Sie hat sich von seiner Tarzanmasche und seinen schmierigen Schmeicheleien verführen lassen.«

»Sie sprechen von Paul Romaine, nehme ich an?« fragte Ellery mit einem nüchternen Lächeln.

Der Arzt nickte. »Dreckskerl! Er ist das lebende Aushängeschild dieser hirnverbrannten Sonnenanbeter – nichts gegen die Sonne als solche, aber … Nun ja, ich bin also heute morgen rüber, um die Insel auszukundschaften. Zwischen Romaine und mir gab es ein kleines Gerangel. Wie die Wilden! Das muß zum Schreien komisch gewesen sein! Zunächst einmal sah es jedoch verdammt ernst aus, schließlich ist er viel kräftiger als ich. Als ich merkte, daß ich nicht gegen ihn ankam, habe ich mir Miss Lincoln geschnappt und gemacht, daß ich fort kam.« Er grinste ironisch. »Wenn Romaine nicht gestolpert und mit seinem Dickschädel gegen einen Felsen gekracht wäre, hätte ich, fürchte ich, eine ordentliche Tracht Prügel bezogen. Soweit also die Geschichte von der rätselhaften Entführung.«

Hester starrte ihn düster an; sie zitterte immer noch vor Schrekken.

»Trotzdem sehe ich immer noch nicht ein«, begann Isham, »mit welchem Recht –«

Dr. Temple erhob sich und blickte Isham böse an. »Das geht Sie nun wirklich nichts an, wer immer Sie auch sein mögen! Aber bitte: Ich beabsichtige, die junge Dame eines Tages zum Traualtar zu führen; da kann ich doch nicht tatenlos zusehen, wenn dieser –« Er schluckte. »Sie liebt mich, weiß es nur noch nicht. Aber, das schwöre ich Ihnen, ich werde dafür sorgen, daß sie es merkt!«

Er sah sie eindringlich an, und einen Augenblick lang schien in ihren Augen ein bestätigendes Funkeln zu liegen.

»Das«, sagte Ellery trocken, »ist wahre Leidenschaft.«

Isham schüttelte den Kopf.

Ein Polizist holte die Leinen der Barkasse ein. Professor Yardley rief: »Hallo, Queen! Bin noch mal zurück, um zu sehen, wie Sie vorankommen … Tag, Temple. Stimmt was nicht?«

Dr. Temple nickte. »Ich habe gerade Hester gekidnappt. Die Herren hier wollen mich dafür hängen.«

Yardleys Lächeln verblaßte. »Oh, das tut mir aber leid …«

»Professor – Sie kommen besser mit«, sagte Ellery. »Wir werden auf der Insel Ihre Hilfe brauchen.«

»Großartige Idee!« befand Vaughn. »Dr. Temple, Sie haben Brad gestern noch gesehen?«

»Nur ganz flüchtig, als er gerade in Richtung Stadt losfuhr. Auch Montag abend, vorgestern, habe ich ihn gesehen. Er war so wie immer. Ich begreife es einfach nicht! Haben Sie denn schon einen Verdacht?«

»Die Fragen stelle ich«, brummte Vaughn. »Wie haben Sie den gestrigen Abend verbracht, Doktor?«

Temple schmunzelte. »Ich hoffe, ich bin nicht der erste, den Sie vernehmen! Ich war den ganzen Abend zu Hause; ich lebe allein. Eine Zugehfrau kommt jeden Tag zum Kochen und Putzen.«

»Wir haben ein paar Fragen zu Ihrer Person«, erklärte Isham. »Reine Formsache.«

Temple winkte ab. »Schießen Sie schon los!«

»Seit wann wohnen Sie hier?«

»Seit 1921. Ich bin aus dem Dienst ausgeschiedener Offizier; Truppenarzt, um genauer zu sein. Als der Krieg ausbrach, war ich in Italien und bin ganz in eine italienische Sanitätseinheit eingetreten. Ich war gerade aus den Windeln raus und mit dem Studium fertig. Ich habe es bis zum Major gebracht; zwei- oder dreimal verwundet – ich war im Balkankrieg dabei, und bin dort in Kriegsgefangenschaft geraten. Das war nicht lustig.« Er lächelte flüchtig. »Damit war meine Militärlaufbahn beendet. Für die Dauer des Krieges kam ich dann in ein österreichisches Internierungslager bei Graz.«

»Und nach Ende des Krieges sind Sie in die Vereinigten Staaten zurückgekehrt?«

»Ich bin erst noch ein paar Jahre herumgezogen – ich war im Krieg zu einer beträchtlichen Erbschaft gekommen – und dann erst in die Heimat zurückgekehrt. Sie wissen ja, wie es vielen von uns ergangen ist – Freunde verloren, keine Familie, das Übliche halt. Ich habe mich hier niedergelassen und spiele seitdem den Großgrundbesitzer.«

»Ich danke Ihnen, Doktor«, sagte Isham deutlich herzlicher. »Wir setzen Sie hier ab und –« Ihm schien plötzlich ein Gedanke gekommen zu sein. »Sie, Miss Lincoln, kehren besser zu Brads Villa zurück. Könnte sein, daß es auf der Insel gleich ordentlich kracht. Ich werde aber dafür sorgen, daß Sie Ihre Sachen wiederbekommen.«

Hester Lincoln hielt ihren Blick gesenkt, ihre Stimme verriet jedoch unnachgiebige Sturheit: »Ich werde nicht hierbleiben. Ich gehe zurück!«

Dr. Temple hörte auf zu lächeln.

»Zurück!« brüllte er. »Hast du den Verstand verloren, Hester? Nach allem, was gewe-«

Sie warf mit einer plötzlichen Bewegung das Jackett ab. Die Sonne brannte auf ihre nackten, gebräunten Schultern nieder, und ihr Blick loderte nicht minder heiß. »Ich werde mir weder von dir noch von sonst jemandem vorschreiben lassen, was ich zu tun oder zu lassen habe, Dr. Temple! Ich gehe zurück; und Sie werden mich nicht daran hindern. Wagen Sie es ja nicht!«

Vaughn blickte hilflos zu Isham, der leise vor sich hin schimpfte.

Ellery beschwichtigte: »Immer ruhig Blut! Ich schlage vor, daß wir alle zurückfahren. Wird bestimmt amüsant!«

Und so durchpflügte die Barkasse einmal mehr die Wasser der Ketcham's Bay, diesmal allerdings erreichte sie das kleine Dock ohne Zwischenfall. Sie gingen an Land, wobei Hester jede Hilfestellung verweigerte, und erschraken. Vor ihnen stand ein Gespenst.

Ein greisenhafter Zwerg mit verfilztem Haar und braunem Bart, dessen ausgemergelten Körper ein leuchtend weißes Gewand umhüllte, fixierte sie mit fanatischen Augen. Seine Füße steckten in eigenartigen Sandalen. In seiner rechten Hand hielt er einen kuriosen Stab, den eine primitive, grob geschnitzte Schlange krönte … Er trat aus dem Busch hervor, drückte die mageren Schultern durch und sah die Neuankömmlinge hoheitsvoll an.

Hinter ihm tauchte der muskulöse Schwimmer auf; er hatte in der Zwischenzeit eine kurze weiße Hose und ein Unterhemd übergestreift. Seine Füße waren noch nackt.

Einen Augenblick lang beäugte man sich feindselig; dann jedoch lächelte Ellery in freundlicher Ehrerbietung. »Na, wenn das nicht der erhabene Haracht persönlich ist!« Professor Yardley schmunzelte in seinen Bart hinein.

Der schmächtige Geist fuhr zusammen. Seine Augen wandten sich Ellery zu; es spiegelte sich jedoch keinerlei Erkennen darin.

»Ja, so lautet mein Name«, verkündete er mit schneidender Krächzstimme. »Seid ihr gekommen, um vor dem Altar zu beten?«

»*So* sehe ich aus, du armseliger Spinner!« fauchte Inspector Vaughn, machte einen Schritt vorwärts und packte Haracht beim Arm. »Du bist der Oberboß von diesem Zirkus, Freundchen, stimmt's? Wo ist deine Hütte? Wir müssen mit dir reden!«

Haracht sah sich ratlos nach seinem Begleiter um. »Paul, siehst du nicht? Paul!«

»Der Name muß es ihm angetan haben«, murmelte der Professor. »Was für ein Jünger!«

Paul Romaine stierte Dr. Temple haßerfüllt an; dieser ließ sich nicht lumpen und gab den Blick ebenso liebevoll zurück. Hester hatte sich, wie Ellery nun auffiel, seitwärts in die Büsche geschlagen.

Haracht wandte sich wieder um. »Wer seid ihr? In welcher Mission seid ihr hier? Wir sind eine friedliche Gemeinschaft!«

Isham schnaubte verächtlich, und Vaughn höhnte: »Kann kein Wässerchen trüben! – Jetzt hör mal zu, Opa! Wir sind von der Polizei – klar? – und wir ermitteln in einer Mordsache!«

Der kleine Greis zuckte zurück, als ob Vaughn ihn geschlagen hätte, und keuchte: »Wieder, wieder und wieder!«

Nun erwachte Paul Romaine zum Leben; er fegte Haracht achtlos zur Seite und baute sich vor dem Inspector auf. »Sie reden mit mir, klar?

Der Alte ist ein bißchen überspannt. Sie suchen einen Mörder? Tun Sie das von mir aus! Aber was hat das, bitteschön, mit uns zu tun?«

Ellery sah ihn bewundernd an; der Mann besaß den geschmeidigen, kraftvollen Körper eines Raubtiers. Angesichts seiner Virilität erübrigte sich die Frage, warum frustrierte Frauen reihenweise ihr Herz an ihn verloren.

»Wo sind Sie und dieser Spinner gestern abend gewesen?« fragte Isham in ruhigem Ton.

»Hier auf der Insel natürlich. Wer ist ermordet worden?«

»Das wissen Sie nicht?«

»Nein! Wer?«

»Thomas Brad.«

Romaine verengte die Lider. »Brad! Nun ja, das hat er vielleicht nicht anders verdient … Aber was wollen Sie von *uns*? Uns betrifft das nicht. Wir haben nichts mit den alten Heulsusen vom Festland zu tun. Wir wollen einfach nur unsere Ruhe!«

Inspector Vaughn schob Isham sanft beiseite. Der Inspector war ebenfalls ein ordentliches Kaliber von einem Mann; seine und Romaines Augen trafen sich auf gleicher Höhe, während sie sich gegenseitig taxierten. »Uns gefällt Ihr Ton nicht, mein Lieber«, knurrte Vaughn, während er seine Fingernägel in Romaines linkes Handgelenk grub. »Sie haben das Vergnügen mit dem Bezirksstaatsanwalt und dem Polizeichef von Nassau County persönlich! Und jetzt sind Sie ein braver Junge und beantworten höflich unsere Fragen!«

Romaine wollte sich losreißen, aber Vaughns Griff blieb eisern. »Also gut«, zischte er, »wenn Sie dann besser schlafen können. Ich frage mich nur, wann man uns endlich in Ruhe läßt! Was wollen Sie wissen?«

»Wann haben Sie und dieser Schrumpfkopf hinter Ihnen zum letzten Mal die Insel verlassen?«

Haracht heulte auf: »Paul, komm da weg! Das sind Ungläubige!«

»Sei still! … Der Herr hier hat die Insel nicht verlassen, seit wir hier sind. Ich selbst bin vor einer Woche das letzte Mal rübergefahren, um Vorräte heranzuschaffen.«

»Na, also! Warum denn nicht gleich?« Der Inspector ließ Romaine los. »Und jetzt vorwärts, Marsch! Wir wollen uns euren Tempel ansehen, oder euer Hauptquartier, oder wie immer ihr dazu sagt!«

Im Gänsemarsch folgten sie der schrägen Gestalt des Alten auf einem Fußweg, der direkt vom Ufer durch das Unterholz ins Herz der Insel führte. Es war unnatürlich still; es schien kaum Insekten noch Vögel auf der Insel zu geben; geschweige denn Menschen. Romaine stapfte gleichgültig durch das Gehölz und schien Dr. Temple vollkommen vergessen zu haben. Der folgte ihm, ohne einmal den Blick von seinem muskulösen Rücken abzuwenden.

Offenbar hatte Romaine vor Ankunft der Polizei die anderen Sonnenanbeter gewarnt; denn als sie aus dem Wald auf eine große Lichtung kamen, auf der ihr Haus stand – ein mit losen Latten verkleideter, riesiger Holzbau –, wurden sie bereits von den Mitgliedern des Nudistenvereins erwartet, doch alle waren bekleidet. Die Warnung mußte jedoch kurzfristig erfolgt sein, denn die Novizen – etwa zwanzig Männer und Frauen jeden Alters und Typs – trugen nur Kleiderfetzen am Leibe. Romaine gab einen unverständlichen Befehl; und wie eine Horde Höhlenmenschen verkrochen sie sich in verschiedenen Winkeln des Holzbaus.

Der Inspector sagte nichts; Verletzungen des öffentlichen Anstands interessierten ihn im Moment nicht.

Haracht schwebte unbekümmert voraus, hielt seinen hausgemachten Uräus hoch und murmelte Gebetsformeln. Er führte die Besucher die Stufen des Hauptgebäudes zum Allerheiligsten hinauf. Es handelte sich um eine Anlage von ungeheuren Ausmaßen, die mit astronomischen Karten, Gipsstatuen der falkenköpfigen ägyptischen Gottheit Horus, Rindergehörn, einem Sistrum, einer emblematischen Weltscheibe, die den Sockel eines Throns bildete, sowie einer Art Kanzel ausgestattet war. Um diese Kanzel standen seltsame Holzliegen herum, auf die sich zumindest Ellery keinen Reim machen konnte ... Die Anlage war nicht überdacht, und die späte Nachmittagssonne malte lange Schatten an die Wände. Haracht steuerte direkt auf seinen Altar zu, als ob er dort Sicherheit fände. Ohne die Besucher zu beachten, begann er, seine knochigen fleischlosen Arme zum Himmel reckend, eine seltsame Sprache zu murmeln.

Ellery sah Professor Yardley fragend an, der, hochgewachsen und häßlich, wie er war, ein wenig seitab stand und aufmerksam lauschte. »Ganz außergewöhnlich«, murmelte er. »Der Mann ist ein lebender Anachronismus. Einen Menschen des zwanzigsten Jahrhunderts fließend Altägyptisch sprechen zu hören ...«

Ellery war verblüfft. »Wollen Sie damit sagen, daß der Mann weiß, was er da redet?«

Yardley lächelte melancholisch und flüsterte: »Er ist zwar geisteskrank, aber die Gebete sind authentisch ... Er selbst nennt sich Ra-Haracht. In Wirklichkeit ist – oder war – er einer der bedeutendsten Ägyptologen der Welt!«

Je länger er der sonoren Stimme lauschte, desto heftiger schüttelte Ellery den Kopf.

»Ich hatte Ihnen das eigentlich schon länger sagen wollen; aber ich hatte ja noch keinerlei Gelegenheit, Sie unter vier Augen zu sprechen. Ich habe ihn sofort wiedererkannt, als ich vor einigen Wochen aus reiner Neugier rübergerudert bin … Sonderbare Geschichte. Sein Name ist Stryker … Er hat einen schweren Sonnenstich erlitten, während er im Tal der Könige Ausgrabungen leitete, und sich nie wieder davon erholt. Was für ein Schicksal!«

»Und was soll das sein, was er da murmelt?« fragte Ellery ungläubig.

»Er intoniert gerade ein priesterliches Gebet an Horus – in der hieratischen Sprache. Dieser Mann«, betonte Yardley ernst, »war eine absolute Koryphäe. Natürlich wirft er jetzt alles durcheinander; und sein Gedächtnis ist auch nicht mehr, was es einmal war. Die Geisteskrankheit hat seine einmaligen Kenntnisse zu einem abenteuerlichen Konglomerat verschmolzen. Im streng wissenschaftlichen Sinne gibt es einen solchen Sakralraum gar nicht – alles ist durcheinandergewürfelt. Das Sistrum und das Rindergehörn sind Isis geweiht, der Uräus ist das Wahrzeichen der Gottheit; aber es finden sich auch Horuselemente. Was das übrige Inventar angeht, so nehme ich zum Beispiel an, daß die Gläubigen während der Gottesdienste auf den Holzliegen ruhen …« Der Professor zuckte die Schultern. »Die unmotivierten Zusammenstellungen sind der Nachhall einer zerstörten Intelligenz.«

Haracht ließ die Arme wieder sinken und nahm aus einer Nische hinter dem Altar ein sonderbares Gefäß, besprengte seine Lider mit dem Inhalt und stieg schweigend von der Kanzel herunter. Er lächelte sogar ein wenig und schien klarer zu sein als sonst.

Ellery beobachtete ihn aus gänzlich neuer Perspektive. Ob nun krank oder nicht – seit Haracht als ehemalige Kapazität gelten mußte, stellten sich die Probleme ganz neu. Während er sein Gedächtnis durchforstete, tauchten vage Bilder darin auf. Vor Jahren, als er noch zur Schule ging … Ja, das war derselbe Mann, über den er gelesen hatte. Stryker, der Ägyptologe! Murmelte nun eine Sprache vor sich hin, die seit Jahrtausenden ausgestorben war …

Als Ellery sich herumdrehte, sah er schräg gegenüber, auf der anderen Seite des Altarraums in einer Tür, Hester Lincoln, nun mit Bluse und kurzem Rock angetan. Ihr derbes, doch weißes Gesicht verriet eiserne Entschlossenheit. Ohne Dr. Temple eines Blickes zu würdigen, durchquerte sie den Raum und gesellte sich offen zu Paul Romaine. Sie nahm Romaines Hand. Der jedoch lief zu aller Erstaunen krebsrot an und tat einen Schritt zur Seite. Dr. Temple schmunzelte.

Inspector Vaughn verlor allmählich die Geduld; entschlossen marschierte er auf Stryker zu, doch Ra-Haracht blieb vollkommen ruhig und musterte ihn neugierig. »Können Sie mir ein paar einfache Fragen beantworten?«

Der alte Mann nickte kurz. »Fragen Sie!«

»Wann haben Sie Weirton, West Virginia, verlassen?«

Sein Blick flackerte. »Nach dem *Kuphi*-Ritus vor fünf Monden.«

»Wann?« brüllte Vaughn.

Professor Yardley hustete höflich. »Ich glaube, ich kann Ihnen erklären, was er meint. Der *Kuphi*-Ritus, wie er ihn nennt, wurde von den pharaonischen Priestern bei Sonnenuntergang vollzogen. Es handelte sich um eine ausgefeilte Zeremonie, bei der *Kuphi*, aus etwa sechzehn Zutaten wie Honig, Wein, Harz, Myrrhe und so weiter hergestellt, in einem bronzenen Räuchergefäß zusammengerührt wurde, während die heiligen Schriften verlesen wurden. Er bezieht sich wohl auf eine ähnliche Sitzung, die vor etwa fünf Monden abgehalten worden ist – im Januar also.«

Professor Vaughn nickte, und Stryker lächelte dem Professor anerkennend zu.

»Krosac!« rief Ellery so plötzlich in die Stille hinein, daß alle zusammenfuhren.

Seine Augen leuchteten erwartungsvoll, während er die Reaktion des Sonnengottes und seines Geschäftsführers abwartete.

Strykers Lächeln erstarb, die Muskeln um seinen Mund herum begannen zu zucken, und er strebte zu seinem Altar zurück. Romaine blieb ungerührt; seinem Gesichtsausdruck nach zu urteilen, war er gar erstaunt.

»Tut mir leid«, sagte Ellery leise. »Ich habe das manchmal. Fahren Sie fort, Inspector.«

»Das war gar keine schlechte Idee«, grinste Vaughn. »Haracht, wo ist Velja Krosac?«

Stryker leckte sich die Lippen. »Krosac … Nein, Nein! Ich weiß es nicht. Er ist vom Glauben abgefallen. Er ist fortgelaufen.«

»Wann haben Sie sich denn diesem Spinner angeschlossen?« fragte Isham und wies mit dem Zeigefinger auf Romaine.

»Wer zum Teufel ist Krosac?« grollte Romaine. »Ich weiß nur, daß ich im Februar auf den Alten getroffen bin und von seiner Idee fasziniert war.«

»Wo war das?«

»In Pittsburgh. Das war meine Chance«, fuhr Romaine mit einem Achselzucken fort. »Wenn man einmal«, er senkte seine Stimme, »von dem esoterischen Quatsch absieht … Der zieht zwar bei den simplen Gemütern, aber mir geht es nur darum, Leute dazu zu kriegen, ihre muffigen Kleider auszuziehen und Sonne an ihre Haut zu lassen.

Schauen Sie mich doch einmal an!« Er atmete tief ein, und seine breite Brust blähte sich auf wie ein Ballon. »Wie Sie sehen, bin ich kerngesund. Nichts ist wohltuender, als die Sonnenstrahlen auf und unter die Haut zu lassen …«

»Ja, ja«, winkte der Inspector ab, »ich kenn' das Reklamegeschwätz. Hören Sie, ich trage Kleider, seit ich die Wiege verlassen habe und könnte Sie trotzdem so umpusten, wenn ich wollte! Wie genau sind Sie nach Oyster Island gekommen?«

»Mich umpusten – daß ich nicht lache!« Romaines Muskeln schwollen an. »Kommen Sie schon, probieren Sie's mal! Ich –«

»Es war der Wille der Götter!« krächzte Stryker eifrig.

»Der Wille der Götter?« Isham runzelte die Stirn. »Was meint er denn jetzt schon wieder?«

Stryker wich zurück. »Der Wille der Götter!«

»Hören Sie nicht hin!« sagte Romaine. »Wenn er anfängt zu bocken, bekommen Sie kein vernünftiges Wort aus ihm heraus. Als ich mich ihm anschloß, hat er dasselbe Zeug gefaselt. Es sei der Wille der Götter, daß wir auf die Insel gehen.«

»Das war, bevor er Sie zur – äh – Vizegottheit gekürt hat, wie?« fragte Ellery.

»Ja.«

Das Gespräch war in eine Sackgasse geraten. Es war unübersehbar, daß von dem sonnenversengten Ägyptologen keine verwertbaren Aussagen mehr zu erwarten waren. Romaine wußte nichts von den Ereignissen, die ein halbes Jahr zurücklagen – oder gab vor, nichts davon zu wissen.

Die weiteren Ermittlungen ergaben, daß dreiundzwanzig Nudisten auf der Insel lebten, zum größten Teil aus New York, die sich von diesem zweifelhaften Arkadien aufgrund raffiniert aufgemachter Anzeigen und der persönlichen Missionsarbeit Romaines hatten ködern lassen. Die Anreisemöglichkeiten stellte die örtliche Eisenbahn; mit dem Taxi ging es dann weiter zu einem öffentlichen Anlegesteg am äußeren Ende von Dr. Temples Grundstück. Ketcham, der Eigentümer der Insel, setzte sie dann für ein geringes Fährgeld in einem altertümlichen Ruderboot über.

Der alte Ketcham lebte offenbar mit seiner Frau auf dem östlichen Zipfel der Insel.

Der Inspector machte die Runde bei den dreiundzwanzig nunmehr verängstigten, zum Sonnen- und Nacktkult Neubekehrten – und Angst war noch eine gelinde Untertreibung! Nun, da ihr Ausflug ins verbotene Reich der Sinnlichkeit durch die polizeilichen Ermittlungen ans Licht der Öffentlichkeit gezerrt war, schienen sich die meisten ihrer selbst aufs Äußerste zu schämen. Einige erschienen in voller Montur und zogen ihr Handgepäck hinter sich her. Der Inspector jedoch schüttelte mit grimmiger Miene den Kopf; keiner durfte die Insel verlassen, bevor er nicht persönlich die Erlaubnis dazu erteilt hatte. Während er die Smiths, Johnsons und Browns an sich vorbei paradieren ließ und deren Namen und Adressen notierte, gönnte er sich ein süffisantes Grinsen.

»Hat jemand von Ihnen gestern die Insel verlassen?« fragte Isham.

Alle schüttelten kurz den Kopf; seit Tagen, so schien es, hatte niemand einen Fuß von der Insel gesetzt.

Als die Ermittler sich zum Gehen wandten, stand Hester Lincoln noch immer neben Romaine. Dr. Temple, der dem ganzen Schauspiel schweigend zugesehen hatte, flehte: »Hester, komm mit!«

Sie schüttelte den Kopf.

»Jetzt sei doch nicht so dickköpfig. Ich kenne dich, Hester. Sei vernünftig – komm weg von dieser Bande von Gaunern, Gangstern und verklemmten Idioten!«

Romaine machte einen Satz nach vorn. »Hab' ich da recht gehört?« brummte Romaine. »Wie haben Sie uns genannt?«

»Oh, das war noch nicht alles!« Die Stimme des sonst so wohlanständigen Doktors überschlug sich vor Zorn; sein rechter Arm holte aus und traf mit einem dumpfen Knacken Romaines Kiefer.

Hester stand wie vom Donner gerührt da; ihre Lippen begannen zu beben. Dann wandte sie sich ab und lief, von Weinkrämpfen geschüttelt, in den Wald zurück.

Inspector Vaughn sprang auf; doch Romaine warf nach einem Moment der Verblüffung die Schultern zurück und lachte nur. »Mehr haben Sie nicht zu bieten?… Ich warne Sie, Temple; wenn ich Sie noch einmal auf dieser Insel erwische, brech' ich jeden ihrer verdammten Schnüfflerknochen! Und jetzt weg hier!«

Ellery schüttelte nur den Kopf.

9. Die 100-Dollar-Kaution

Der Nebel um den Fall wurde immer dichter. Die »alles entscheidenden« Verhöre der Freizeitinsulaner waren vorüber.

Die Männer verließen die Insel mit einem Gefühl der Trostlosigkeit. Ein Psychopath mit der üblichen Mischung von wirren Reden und lichten Momenten; die verwischte Spur eines verschwundenen Mannes ... Das Rätsel war unauflösbarer denn je. Alle waren der Ansicht, daß die Anwesenheit des Mannes, der sich Haracht nannte, in der Nachbarschaft von Bradwood kein Zufall war. Doch welche Verbindung konnte es zwischen dem Mord an einem Schulmeister und dem an einem Millionär, der etliche hundert Kilometer entfernt davon verübt worden war, überhaupt geben?

Die Polizeibarkasse legte ab und tuckerte am grünen Uferstreifen entlang. Am östlichsten Zipfel der Insel war ein zweiter Anlegesteg auszumachen.

»Das muß der private Anlegesteg der Ketchams sein«, sagte Vaughn, »macht sie hier fest.«

Die Insel wirkte auf der östlichen Seite noch trostloser als im Westen. Von der hölzernen Plattform, auf der sie standen, hatten sie freie Sicht auf den Sound und die New Yorker Küste im Norden. Rauher, salziger Wind wehte um ihre Nasen.

Dr. Temple, der apathisch wirkte, blieb mit Professor Yardley im Boot zurück. Staatsanwalt Isham, Vaughn und Ellery stiegen von der morschen Plattform herunter und folgten einem krummen Pfad durch den Wald. Es war kühl dort; und wenn man von dem Pfad absah – der so aussah, als habe ihn zum letzten Mal ein Indianer begangen –, wähnten sie sich in vollkommen unberührter Natur. Nach etwa einhundertfünfzig Metern jedoch trafen sie auf ein primitives Zeugnis menschlicher Zivilisation – ein Blockhaus, das aus sonnengebleichten, grob behauenen Baumstämmen gezimmert war. Neben dem Eingang saß ein großer, braungebrannter alter Mann, der friedlich eine Maiskolbenpfeife rauchte. Als er seine Besucher sah, stand er hastig auf;

seine weißen Augenbrauen bauschten sich über erstaunlich klaren Augen.

»Was machen Sie hier?« fragte er unfreundlich. »Wissense nich', daß die ganze Insel Privateigentum is'?«

»Polizei«, erwiderte Vaughn knapp. »Sie sind Mr. Ketcham?«

Der Alte nickte. »Polizei, wie? Ich wette, Se sin' den Nackedeis hinterher. Meine Frau und ich ham nix damit zu tun, verstehnse? Das Stückchen Land hier gehört mir nur zufällig. Wenn meine Pächter Mist gebaut haben, is' das denen ihr Pech –«

»Kein Mensch will Sie für irgend etwas belangen«, brummte Isham. »Aber haben Sie denn noch gar nicht gehört, daß auf dem Festland drüben ein Verbrechen begangen worden ist, genauer gesagt in Bradwood?«

»Was Se nich' sagen!« Ketcham fiel der Unterkiefer herunter; die Pfeife zwischen seinen braunen Zähnen wippte auf und ab. »Haste das gehört, Ma?« Er schaute ins Innere des Blockhauses, in dem das faltige Gesicht eines alten Weibes zwischen seinem ausgestreckten Arm und dem Türpfosten zu erkennen war. »Hat drüben in Bradwood 'n Verbrechen gegeben ... Is' das nich' schrecklich! Aber was ham wir damit zu tun?«

»Nichts – hoffe ich«, antwortete Isham düster. »Thomas Brad ist ermordet worden.«

»Aber doch nicht der gute Mr. Brad!« schrie die Stimme der Greisin in dem Blockhaus auf. Ihr Gesicht erschien im Türrahmen. »Ist das nicht schauderhaft! Aber hab' ich nich' immer gesagt –«

»Halt dich da raus, Ma«, befahl der alte Ketcham mit kaltem Blick. Der Kopf der alten Frau verschwand. »Na ja, meine Herren, ich kann nich' grad' sagen, dasses mich überrascht.«

»So!« sagte Vaughn. »Warum nicht?«

»Nu ja, da hat's schon so Sachen gegeben.«

»Wie meinen Sie das? Was für Sachen?«

Mr. Ketcham kniff ein Auge zu. »Mr. Brad un' der Bekloppte« – er wies mit einem schmutzverkrusteten Daumen über die Schulter hinter sich –, »ham sich inner Wolle gehabt, seit die Leute die Insel für die Sommersaison gepachtet ham. Die Insel gehört uns Ketchams, wissense, seit vier Generationen jetz'. Seit den alten Indianertagen, nehm' ich an.«

»Ja, das wissen wir jetzt«, unterbrach Vaughn ungeduldig. »Also hat es Brad gar nicht gepaßt, daß Haracht und seine Horde so nah an seinem Grundstück kampiert haben, was? Haben Sie –«

»Einen Moment bitte, Inspector«, sagte Ellery mit leuchtenden Augen. »Mr. Ketcham, wer hat die Insel gepachtet?«

Ketchams Maiskolben spuckte gelblichen Rauch in die Luft. »Nich' der Bekloppte. War'n Mann mit 'nem verdammt komischen ausländischen Namen. Kro-sac«, antwortete er mit einigen Schwierigkeiten, den fremden Namen auszusprechen.

Die drei Männer tauschten Blicke. Krosac – also doch noch eine Spur. Der mysteriöse hinkende Mann von Arroyo ...

»Hinkte der Mann?« fragte Ellery eifrig.

»Schaunse«, sagte Ketcham, »ich hab'n nie gesehn und kann das also nich' sagen. Aber wartense mal 'n Augenblick – ich hab' da was, wasse interessieren könnte.« Er machte auf dem Absatz kehrt und verschwand in seiner Hütte.

»Nun, Mr. Queen«, begann der Staatsanwalt nachdenklich, »sieht ganz so aus, als hätten Sie das Blatt gewendet. Krosac ... Wenn man bedenkt, daß Van Armenier und Brad Rumäne war – zumindest sind sie Mitteleuropäer gewesen – und daß Krosac untergetaucht ist, nachdem er zuletzt am Tatort des ersten Mordes gesehen worden ist ... Das ist verdammt heiß, Vaughn.«

»Sieht ganz so aus«, brummte Vaughn. »Wir müssen dringend was unternehmen ... Da ist er wieder.«

Der alte Ketcham kehrte mit rotem, schweißüberströmtem Gesicht zurück und wedelte triumphierend mit einem schmutzigen, abgegriffenen Blatt Papier in der Luft herum.

»Der Brief hier«, sagte er, »is' von diesem Kro-sac. Schaunse selbst.«

Vaughn schnappte sich den Brief; Ellery und Isham sahen ihm über die Schulter. Es handelte sich um eine maschinengeschriebene Mitteilung auf gewöhnlichem Briefpapier; als Datum war der dreißigste Oktober des vorangegangenen Jahres angegeben. Das Schreiben antwortete, wie zu entnehmen war, auf eine Anzeige in einer New Yorker Zeitung, in der Oyster Island für die Sommermonate zur Pacht angeboten worden war. Der Verfasser des Briefes hatte eine Postanweisung über 100 Dollar beigefügt als Kaution bis zum Pachtantritt, welcher am ersten März des nächsten Jahres erfolge. Die Unterschrift – Velja Krosac – war ebenfalls getippt.

»Die Postanweisung hat auch tatsächlich beigelegen, Mr. Ketcham?« fragte Vaughn sofort.

»Hatse.«

»Sehr gut«, sagte Isham händereibend. »Das Postamt, von dem der Brief abgeschickt worden ist, läßt sich ermitteln; und so kriegen wir auch den Wisch in die Finger, den Krosac dort ausgefüllt haben muß – mitsamt seiner Unterschrift. Und damit hätten wir schon 'ne ganze Menge.«

»Ich fürchte«, murmelte Ellery, »wenn Krosac, unsere ebenso geschätzte wie hakenschlagende Beute, so gerissen ist, wie sein bisheriges Vorgehen suggeriert, brauchen wir uns nicht zu wundern, wenn auf dem Postanweisungsformular die Unterschrift von Freund Haracht prangt. Schon während der Ermittlungen im Fall Van hat sich ja keine einzige Probe von Krosacs Handschrift gefunden.«

»Ist dieser Krosac am ersten März persönlich erschienen?« fragte der Staatsanwalt.

»Nein, Sir. Ein Kro-sac hat sich hier nie blicken lassen. Aber der spinnerte Alte da drüben – Har – Haracht, oder wie er sich schimpft – der is' zusammen mit diesem Romaine gekommen; se ha'm dann den Rest bar bezahlt un' ham sich drüben breitgemacht.«

Vaughn und Isham ließen das Thema Krosac fallen; es war allzu offensichtlich, daß der alte Mann nichts über ihn wußte. Der Inspector steckte den Brief ein und begann, Fragen zum Streit zwischen Brad und Haracht zu stellen. Es kam heraus, daß Brad, sobald feststand, daß die Leute wirklich splitternackt auf der Insel herumliefen, persönlich auf der Insel erschienen war, um dem einmütigen Protest der Nachbarn auf dem Festland Ausdruck zu verleihen. Haracht hatte jedoch allen Versuchen, ihn zu beschwatzen oder ihm zu drohen, eisern widerstanden; und Romaine hatte lediglich die Zähne gebleckt. Brad hatte ihnen dann in seiner Verzweiflung eine stattliche Summe in Aussicht gestellt, wenn sie ihre Zelte abbrächen.

»Wer hat den Pachtvertrag eigentlich unterschrieben?« fragte Isham.

»Das alte Stinktier«, antwortete Ketcham.

Haracht und Romaine hatten Brads Angebot abgelehnt. Schließlich hatte Brad gedroht, rechtliche Schritte gegen die Männer einzuleiten, die mit ihrem Pulk seiner Meinung nach ein öffentliches Ärgernis darstellten. Romaine hatte dagegengehalten, daß sie niemandem schadeten, daß die Insel fernab öffentlicher Verkehrswege liege und das Eiland für die Dauer des Vertrages gewissermaßen ihnen gehöre. Daraufhin hatte Brad versucht, Ketcham dazu zu bewegen, die Störenfriede unter Berufung auf nämliches Gesetz mit rechtlichen Mitteln zu vertreiben.

»Aber mir un' Mrs. Ketcham hamse ja nix getan«, lamentierte der alte Mann. »Mr. Brad hat mir dann 'nen Riesen geboten, wenn ich's mach'. Nee, Sir, sag' ich, der alte Ketcham macht so was nich', der alte Ketcham geht nich' vor'n Kadi.«

Der letzte Streit, fuhr Ketcham fort, hatte vor drei Tagen stattgefunden – am Sonntag. Brad war wie Menelaos auf seiner Fahrt nach Troja übers Wasser gebraust und hatte Stryker im Wald zur Rede gestellt. Es hatte eine hitzige Auseinandersetzung gegeben, in deren Verlauf der kleine Zottelbart sich in einen Tobsuchtsanfall hineingesteigert hatte. »Dachte schon, den trifft der Schlag«, erinnerte sich Ketcham. »Dieser Romaine – is' ja'n ziemlicher Bär von Kerl – geht dann dazwischen und brüllt Mr. Brad an, er soll abhauen. Ich hab' das nur hinterm Baum mitgekriegt, ging mich ja'n Dreck an. Mr. Brad sagt dann, er geht nich', un' Romaine packt'n beim Kragen un' sagt: ›Jetzt hauen Sie ab, oder ich verpass' Ihnen dermaßen eine, daß Ihre Alte Sie nich' mehr wiedererkennt!‹ un' Mr. Brad brüllt zurück, dasser se kleinkriegt, auch wenn's ihn den letzten Penny kostet.«

Isham rieb sich erneut die Hände. »Sie sind in Ordnung, Ketcham, ich wünschte, es gäb' hier mehr von Ihrem Schlag. Aber jetzt verraten Sie uns noch – hat noch sonst irgendwer vom Festland Streit mit Haracht und Romaine gehabt?«

»Worauf Se Gift nehm' könn'.« Ketcham strahlte vor Wichtigkeit. »Dieser Jonah Lincoln – wohnt auch in Bradwood. Der hat sich letzte Woche hier auf der Insel mit Romaine gekloppt.« Seine eingetrockneten Lippen gaben ein Schmatzgeräusch von sich. »Mann, das war'n Kampf! Wie bei den Boxmeisterschaften. Lincoln is' rüber, um seine Schwester nach Hause zu holen. Die war nämlich grad hier angekomm'.«

»Und dann?«

Der Alte wiegte den Kopf unmißverständlich; seine Augen blitzten. »Hat ja 'ne gute Figur, die Kleine. Kommt hier her un' reißt sich die Kleider vom Leib, so wahr ich Ketcham heiß', un' das vor den zwei'n. War total hysterisch, weil ihr Bruder sich eingemischt hat. Er hätt' se unter der Knute gehabt, seit se laufen kann, aber jetz' könnt' se machen, was ihr paßt ... Das war'n Theater, sag' ich Ihnen. Hab' durch die Bäume gespingst ...«

»Ketcham, du alter Bock!« krächzte eine Stimme aus dem Inneren des Blockhauses. »Du solltest dich was schämen!«

»Mm«, grunzte Ketcham ernüchtert. »Nu ja, als Lincoln dann klar wird, seine Schwester geht nich' zurück, un' sieht se da völlig nackich stehn – stellnse sich das bloß ma' vor –, un' Romaine glotzt se nich' grad unschuldig an, da schmiert er Romaine eine, un's gibt 'n Gerangel. Romaine prügelt Lincoln windelweich, aber der nimmt's hin wie'n Mann. Mut hatter ja, muß man ihm lassen. Un' dann schmeißt Romaine den armen Jung' doch einfach – platsch! – ins Wasser! Hat Bärenkräfte, der Kerl, sag' ich Ihnen!«

Von dem geschwätzigen Alten war nun endgültig nichts Interessantes mehr zu erwarten.

Die Männer kehrten zur Barkasse zurück. Sie fanden einen friedlich paffenden Professor Yardley vor, während Dr. Temple mit hochrotem

Kopf an Deck auf und ab paradierte; sein Gemütsbarometer stand auf Sturm.

»Was Neues herausgefunden?« fragte Yardley träge.

»Wenig.«

Als die Barkasse schließlich losknatterte und Kurs aufs Festland nahm, herrschte unter den Männern ein tiefes, gedankenverlorenes Schweigen.

10. Dr. Temples Abenteuer

Der Nachmittag war vorangeschritten. Staatsanwalt Isham verabschiedete sich. Der Strom der unergiebigen Aufträge, die Inspector Vaughn erteilte, und der ebenso unergiebigen Berichte, die ihn erreichten, wollte nicht abreißen. Auf Oyster Island schien alles still zu sein. Mrs. Brad hatte sich in ihr Schlafzimmer zurückgezogen – krank, wie es hieß –, und ihre Tochter Helene kümmerte sich um sie. Jonah Lincoln wanderte unruhig über das Grundstück. Überall sah man gähnende Polizisten.

Reporterschwärme kamen und gingen und erfüllten den milden Abend mit ihren Blitzlichtgewittern.

Ellery, der sich noch sehr wach fühlte, folgte Professor Yardley über die Hauptstraße und durch ein hohes Steintor auf der anderen Seite. Sie kamen auf einen Kiesweg, der sie zu Yardleys Haus führte. Beide waren sie gedämpfter Stimmung und mit ihren Gedanken beschäftigt.

Die Dämmerung setzte ein; langsam breitete sich über die Gegend eine kohlschwarze, sternlose Finsternis. Oyster Island schien in den dunklen Fluten zu versinken.

In stillschweigendem Einvernehmen berührten weder Ellery noch sein Gastgeber das heikle Thema, das sie so sehr beschäftigte. So plauderten sie über angenehmere Dinge – über die alten Zeiten an der Uni, den verkalkten Rektor, Ellerys erste Ausflüge in die Welt des Verbrechens; Yardleys gemächliche Karriere, seit sie sich aus den Augen verloren hatten … Um elf schließlich hüllte Ellery seine Lenden in einen Flanellpyjama und legte sich schlafen. Der Professor saß noch eine Stunde in seinem Arbeitszimmer, rauchte Pfeife und schrieb ein paar Briefe. Dann ging auch er zu Bett.

Es war bereits Mitternacht, als sich auf der Veranda von Dr. Temples Steinhaus etwas regte: Der Doktor persönlich, in schwarzen Hosen, schwarzem Hemd und schwarzen Mokassins, machte seine Pfeife aus, schlich lautlos von seiner Veranda herunter und verschwand im düsteren Wald zwischen seinem Haus und der östlichen Grenze von Bradwood.

Außer den unermüdlich zirpenden Grillen schien alles fest zu schlafen. Vor dem schwarzen Hintergrund des nächtlichen Waldes war er unsichtbar – ein konturloser, verstohlener Schatten –, nicht einmal seine Haut verriet ihn. Wenige Meter von der östlichen Straße entfernt, verharrte er hinter einem Baum. Jemand stampfte die Straße entlang – in seine Richtung. Dr. Temple erkannte vage die Silhouette eines uniformierten Bezirkspolizisten, der die Straße entlang patrouillierte. Der Polizist stampfte an ihm vorbei auf die Ketcham's Bay zu.

Als seine Schritte nicht mehr zu hören waren, überquerte Dr. Temple flink und leichtfüßig die Straße, fand zwischen den Bäumen Bradwoods sogleich wieder Schutz und arbeitete sich weiter lautlos in westliche Richtung vor. Er brauchte eine halbe Stunde, um das eigentliche Bradwood zu durchqueren, ohne die Aufmerksamkeit der verstreut lauernden Wachen auf sich zu lenken. Er strich am Gartenhaus, dem Totempfahl, an einem hohen Drahtzaun, der einen Tennisplatz umsäumte, an der Villa und dem Hauptweg, der zu Brads Anleger führte, und Fox' Wohnhütte vorbei, bis er an die Straße im Westen gelangte, die Bradwood vom Grundstück der Lynns trennte.

Jede Faser seines Körpers war bis zum Zerreißen gespannt. Er schlüpfte nun in den Wald hinein und arbeitete sich mit doppelter Vorsicht in dieselbe Richtung vor, bis das Haus der Lynns schwarz und bedrohlich frontal vor ihm aufragte. Temple tastete sich auf die Nordseite, wo die Bäume sehr dicht standen und fast bis ans Haus heranreichten.

Das Fenster in seiner Nähe war erleuchtet – er hockte keine zwei Meter davon entfernt hinter einer alten Platane –, die Jalousie war jedoch ganz heruntergezogen. Schlurfende Geräusche drangen aus dem Zimmer an sein Ohr. Es war das Schlafzimmer. Einmal wanderte Mrs. Lynns breiter Schatten am Fenster vorbei. Dr. Temple kroch nun, indem er vorsichtig Zentimeter um Zentimeter ertastete, auf den Knien vorwärts, bis er direkt unter dem Fenster lag.

Im selben Augenblick hörte er, wie eine Tür geschlossen wurde, und dann hörte er die Piepsstimme von Mrs. Lynn, schriller als sonst: »Percy! Hast du ihn verbuddelt?«

Dr. Temple biß die Zähne zusammen; der Schweiß lief an seinen Schläfen herunter, doch er gab keinen Laut von sich.

»Um Himmels willen, Beth, nicht so laut!« Percy Lynn klang sehr nervös. »Hier wimmelt es nur so von Bullen!«

Schritte kamen in die Nähe des Fensters; Temple schmiegte sich eng an die Hauswand und hielt den Atem an. Die Jalousie wurde hochgezogen. Lynn schaute hinaus. Sofort wurde die Jalousie wieder heruntergelassen.

»Wo?« flüsterte Elizabeth Lynn.

Dr. Temple spannte alle Muskeln an und spitzte mit höchster Konzentration die Ohren. Er zitterte vor Anstrengung. Doch so aufmerksam er auch horchte, die geflüsterte Antwort konnte er nicht verstehen ...

Dann – etwas lauter – »Sie werden ihn nie finden. Wenn wir abhauen, sind wir aus dem Schneider.«

»Aber Dr. Temple – ich hab' Angst, Percy!«

Lynn fluchte leise. »Ist ja gut, ich erinnere mich. Das war in Budapest direkt nach dem Krieg. Die Bundelein-Affäre ... Ja, verdammt, es ist derselbe Mann, das könnt' ich beschwören.«

»Er hat aber bisher den Mund gehalten«, flüsterte Mrs. Lynn. »Vielleicht hat er's ja vergessen.«

»Der nicht! Letzte Woche bei den Brads hat er mich pausenlos fixiert. Wir müssen extrem vorsichtig sein, Beth. Wir stecken verdammt tief drin.«

Das Licht ging aus, eine Sprungfeder quietschte; die Stimmen wurden zu einem unverständlichen Gemurmel. Dr. Temple verharrte noch lange regungslos unter dem Fenster, es war jedoch nichts mehr zu hören. Die Lynns hatten sich schlafen gelegt.

Er richtete sich zu voller Größe auf, horchte ein paar Sekunden und stahl sich dann in den Wald zurück. Ein geisterhafter Schatten, der von Baum zu Baum glitt ... Als er durch den Wald kam, der die mondsichelförmige Ketcham's Bay säumte, konnte er hören, wie die Wellen am Steg leckten. Einmal mehr verharrte er hinter einem Baum; schwache Stimmen drangen von der Bucht her an sein Ohr. Mit übermenschlicher Vorsicht schlich er sich näher an den Strand heran, bis das nachtschwarze Wasser zu seinen Füßen gluckste. Er kniff die Augen zusammen: Etwa drei Meter vom Steg entfernt schaukelte ein Ruderboot. Es ließen sich vage zwei Gestalten ausmachen, die in der Mitte des Bootes saßen – ein Mann und eine Frau. Die Frau hatte ihre Arme um den Mann geschlungen und flehte ihn verzweifelt an.

»Warum bist du so kalt zu mir? Nimm mich mit auf die Insel, dort sind wir sicherer – unter den Bäumen ...«

Die Stimme des Mannes antwortete gedämpft: »Du benimmst dich wie ein dummes Huhn! Es ist zu gefährlich, sag' ich dir. Ausgerechnet heute! Hast du den Verstand verloren oder was? Irgendwer wird dich vermissen, und dann sind wir dran. Ich hab' dir so oft gesagt, daß wir uns nicht mehr sehen dürfen, zumindest bis der ganze Spuk vorbei ist.«

Die Frau riß ihre Arme von dem Mann los und begann verzweifelt zu schluchzen: »Ich hab's ja gleich gewußt! Du liebst mich nicht mehr! Oh, es ist so –«

Er preßte eine Hand auf ihren Mund und flüsterte wütend: »Halt den Mund! Hier sind überall Bullen!«

Einen Moment lang entspannte sie sich in seinen Armen. Dann stieß sie ihn mit beiden Händen von sich und setzte sich langsam wieder auf. »Nein, du kriegst sie nicht! Dafür werde ich sorgen!«

Der Mann schwieg. Dann nahm er eins der Ruder und stakte das Boot an Land. Die Frau stand auf. Er schubste sie grob aus dem Boot, stieß sich hastig ab und begann, nach Leibeskräften zu rudern – in Richtung Oyster Island.

Als der Mond die Szenerie in sein Licht tauchte, erkannte Dr. Temple in dem davonrudernden Mann Paul Romaine.

Und die Frau, die zitternd und totenbleich am Ufer stand, war niemand anders als Mrs. Brad.

Dr. Temple schüttelte fassungslos den Kopf und verschwand im Wald.

11. Hussa!

Als Ellery am nächsten Morgen den Kiesweg nach Bradwood hinaufging, sah er schon von weitem den Dienstwagen des Staatsanwalts in der Einfahrt parken. Die Mienen der Beamten, die darum herumstanden, spiegelten erwartungsvolle Spannung. Da offenbar etwas Besonderes im Gange war, beschleunigte er seinen Schritt und eilte die Treppen der herrschaftlichen Veranda hinauf ins Haus.

Er fegte an einem bleichen Stallings vorbei ins Arbeitszimmer. Dort stieß er auf einen hyänenhaft grinsenden Isham und einen Inspector mit geschwollenem Kamm; beide fixierten Fox, den gärtnernden Chauffeur. Fox stand mit zusammengepreßten Händen vor Isham, wirkte jedoch sehr ruhig. Lediglich seine Augen verrieten innere Aufwühlung. Mrs. Brad, Helene und Jonah Lincoln standen wie die drei Parzen neben ihm.

»Kommen Sie nur herein, Mr. Queen«, bat Isham herzlich. »Sie kommen gerade noch rechtzeitig. Fox, wir haben Sie sowieso. Sie können also ruhig den Schnabel aufmachen.«

Ellery trat leise nach vorn. Fox rührte sich nicht. Selbst seine Lippen blieben unbewegt.

»Ich verstehe das alles nicht«, gab er schließlich schwach zurück; es war jedoch nur zu deutlich, daß er sehr wohl verstand und sich auf das Unvermeidliche gefaßt machte.

Vaughn bleckte die Zähne. »Das Theater können Sie sich sparen. Sie haben Dienstag nacht Patsy Malone aufgesucht – in der Nacht, in der Brad ermordet wurde!«

»In der Nacht, in der Sie Stallings und Mrs. Baxter am Roxy abgesetzt haben«, half Isham nach. »Das war um acht, Fox.«

Fox war wie versteinert. Seine Lippen wurden weiß.

»Nun?« höhnte der Inspector. »Was haben Sie zu Ihrer Verteidigung vorzubringen, Freundchen? Was könnte ein unschuldiger kleiner Chauffeur wohl in der Hauptzentrale eines New Yorker Obergangsters zu suchen haben, hm?«

Fox flatterte kurz mit den Augenlidern, sagte jedoch noch immer nichts.

»Sie kriegen wohl die Zähne nicht auseinander, wie?« Der Inspector ging zur Tür. »Mike, das Abdruckset!«

Auf der Stelle erschien ein Mann in Zivil. Er hatte Stempelkissen und Papier bei sich. Fox stieß einen würgenden Laut aus und stürzte zur Tür. Geistesgegenwärtig ließ der Beamte in Zivil Stempelkissen und Papier fallen und packte Fox bei den Armen; der Inspector bekam ihn an den Beinen zu fassen und brachte den wild strampelnden Mann zu Boden. Als er sah, daß alle Gegenwehr zwecklos war, ließ er sich von Vaughn wieder hochziehen, ohne weiteren Widerstand zu leisten.

Helene folgte dem Spektakel mit Entsetzen. Mrs. Brad schien ungerührt. Lincoln stand auf und drehte den anderen den Rücken zu.

»Nimm seine Abdrücke«, befahl Vaughn übellaunig. Der Zivilbeamte nahm Fox' rechte Hand, drückte seine Finger erst auf das Stempelkissen, dann mit geübten Bewegungen auf das Papier, um schließlich die Prozedur mit der linken Hand zu wiederholen. Fox wirkte sterbenskrank.

»Sofort überprüfen!« Der Zivilbeamte eilte aus dem Zimmer. »Nun, mein Lieber – nennen wir Sie vorläufig noch Fox, obwohl wir verdammt genau wissen, daß Sie anders heißen –, ich schlage vor, Sie werden jetzt endlich vernünftig und beantworten unsere Fragen. Was haben Sie bei Malone gewollt?«

Keine Antwort.

»Wie heißen Sie wirklich? Wo kommen Sie her?«

Keine Antwort. Der Inspector trat wieder zur Tür und winkte zwei Beamte zu sich, die draußen im Flur standen. »Bringen Sie ihn in seine Hütte, und lassen Sie ihn dort schmoren. Wir kümmern uns später um ihn.«

Fox hielt den Kopf gesenkt, während er zwischen den beiden Beamten hinausschlurfte. Er vermied es, Mrs. Brad oder Helene in die Augen zu sehen.

»Tja.« Der Inspector wischte sich den Schweiß von der Stirn. »Es tut mir leid, Mrs. Brad, daß wir ein bißchen grob werden mußten. Aber, das kann ich Ihnen sagen, den Unschuldsengel mimt er nur, und das auch noch schlecht.«

Mrs. Brad schüttelte den Kopf. »Ich verstehe das einfach nicht. Er ist immer ein so zuvorkommender junger Mann gewesen. So höflich. So zuverlässig. Sie glauben doch nicht etwa, daß er derjenige war, der –«

»Wenn er's war, dann gnade ihm Gott!«

»Er war's nicht, da bin ich absolut sicher«, sagte Helene schroff; sie schien Mitleid mit ihm zu haben. »Fox ist kein Gangster. Er war zwar immer sehr verschlossen, das stimmt, aber er war nie betrunken oder unfreundlich und hat auch sonst nie etwas zu wünschen übriggelassen. Außerdem ist er gebildet; ich habe ihn oft dabei überrascht, wie er anspruchsvolle Literatur gelesen hat, Lyrik und solche Sachen.«

»Die Jungs sind manchmal ganz schön gewieft, Miss Brad«, entgegnete Isham. »So, wie es aussieht, hat er Ihnen von Anfang an etwas vorgespielt. Seine Referenzen haben wir geprüft, und die waren in Ordnung. Allerdings hat er für den Mann nur ein paar Monate gearbeitet.«

»Hat den Job vielleicht nur angenommen, um eine Empfehlung zu bekommen«, sagte Vaughn. »Die beherrschen die unterschiedlichsten Tricks.« Er wandte sich Ellery zu. »Fox geht auf das Konto Ihres Vaters, Mr. Queen. Kein anderer Kollege in New York hat so viele Spitzel und Informanten wie er.«

»War mir klar, daß Dad seine Finger drin hat«, murmelte Ellery. »War der Tip denn so zuverlässig?«

»Der Informant hat Fox in Malones Zentrale hineingehen sehen, das war alles. Reicht aber vollkommen.«

Ellery zuckte die Achseln. Helene schimpfte. »Das Schlimme an euch Polizisten ist, daß ihr immer nur das Schlechteste von den Menschen denkt!«

Lincoln setzte sich und steckte sich eine Zigarette an. »Vielleicht wäre es besser, wenn wir uns da raushalten, Helene.«

»Vielleicht, Jonah, wäre es noch besser, wenn du dich um deinen eigenen Kram kümmern würdest.«

»Kinder«, begann Mrs. Brad schwach.

Ellery entfuhr ein Seufzer. »Gibt es etwas Neues, Mr. Isham? Ich habe einen Heißhunger auf Informationen.«

Der Inspector begann zu grinsen. »Da haben Sie was zu kauen!« Er zog einen Stapel vollgetippter Blätter hervor und reichte sie Ellery. »Wenn Sie damit was anfangen können, sind Sie genial. Moment …«, fügte er scharf hinzu und drehte sich zu Lincoln herum, der sich gerade erhoben hatte, um den Raum zu verlassen. »Wir brauchen Sie noch, Mr. Lincoln. Ich – äh – hätte da noch eine Frage an Sie.«

Der Inspector verstand es immer, den richtigen Zeitpunkt abzupassen; Ellery bewunderte seine Verhörmethoden. Lincoln blieb wie angewurzelt stehen; Röte stieg in sein Gesicht. Die beiden Frauen richteten sich in ihren Stühlen steif auf. Auf einmal war die Atmosphäre im Raum wie zum Zerreißen gespannt; ein Schwelbrand, der nur noch mühsam unter Kontrolle zu halten war, drohte in ein offenes Feuer auszubrechen.

»Was wollen Sie noch?« fragte Lincoln gequält.

»Warum«, entgegnete Vaughn in freundlichem Tonfall, »haben Sie uns gestern belogen, als Sie behaupteten, daß Sie, Miss Brad und ihre Mutter in der Mordnacht zusammen nach Hause gekommen seien?«

»Ich – ich verstehe nicht, was Sie meinen.«

Isham wandte sich an Mrs. Brad: »Man gewinnt den Eindruck, Sie tun alles, um die Aufklärung des Mordes an Ihrem Mann zu behindern, anstatt uns dabei behilflich zu sein, Mrs. Brad! Die Männer von Inspector Vaughn haben den Taxifahrer vernommen, der in der fraglichen Nacht zwei von Ihnen vom Bahnhof nach Bradwood gefahren hat.«

»Nur zwei?« murmelte Ellery.

»Und der hat zu Protokoll gegeben, daß lediglich Mr. Lincoln und Miss Brad in seinem Wagen saßen, Mrs. Brad!«

Helene sprang auf. Mrs. Brad hatte es die Sprache verschlagen. »Sag nichts mehr, Mama. Das ist absolut infam! Wollen Sie vielleicht andeuten, daß etwa einer von uns in den Mordfall verstrickt wäre, Mr. Isham?«

Lincoln stammelte. »Sieh mal, Helene, vielleicht sollten wir besser –«

»Jonah!« Sie starrte ihn nieder. »Wenn du es wagst, den Mund aufzumachen, dann – dann rede ich nie wieder ein Wort mit dir!«

Er biß sich auf die Unterlippe, wich ihrem Blick aus und verließ den Raum. Mrs. Brad stieß einen kleinen spitzen Schrei aus. Helene baute sich vor ihrer Mutter auf, als wollte sie sie gegen weitere Angriffe abschirmen.

»Tja«, jammerte Isham, »da haben Sie's, Mr. Queen. Mit so was muß sich unsereiner andauernd herumschlagen! Wie Sie wollen, Miss Brad. Dennoch muß ich Ihnen mitteilen, daß von nun ab jeder, ohne Ausnahme jeder, unter Verdacht steht, Thomas Brad ermordet zu haben!«

12. Der Professor erzählt

Mit dem Eifer eines Hundes, der einen Knochen im Maul trägt, kehrte Mr. Ellery Queen, der mittlerweile leicht irritierte Sonderbeaufragte, zum Haus seines Gastgebers auf der anderen Seite der Straße zurück; die Polizeiberichte hatte er bei sich. Die Mittagssonne brannte erbarmungslos auf das Pflaster. Es war zu heiß für die Kleidung, die er trug; aber das kühle Innere des Hauses versprach baldige Erlösung. Er fand den Professor in einer Umgebung vor, die aus Tausendundeinernacht zu kommen schien, eine Art Atrium mit Marmormosaiken und türkischen Arabesken, die an den Innenhof einer Zenana erinnerte; zu Ellerys besonderer Freude gehörte zur Ausstattung ein bis zum Rand mit kostbarem Naß gefüllter Swimmingpool, den ebenfalls ein Mosaikboden zierte. Der Professor, in engen kurzen Hosen, ließ seine langen Beine ins Wasser baumeln, während er friedlich an seiner Pfeife zog.

»Puh!« stöhnte Ellery. »Ich bin mehr als dankbar für Ihren kleinen Harem, Professor.«

»Wie immer«, erwiderte der Professor streng, »ist ihre Wortwahl, gelinde gesagt, sehr nachlässig. Sagen Sie bloß, Sie wissen nicht, daß man die Wohnbereiche für Männer Selamik nennt! ... Steigen Sie schon aus Ihren Kleidern, Queen, und setzen Sie sich zu mir an den Pool. Was haben Sie denn da?«

»Eine Nachricht von Garcia. Rühren Sie sich nicht von der Stelle, wir gehen die Blätter zusammen durch. Bin sofort wieder da!«

Kurze Zeit später kam Ellery ebenfalls in der Badehose zurück. Sein glatter Oberkörper glänzte vor Schweiß. Er sprang mit einem flachen Kopfsprung in den Pool und erzeugte damit eine Welle, die über den Professor hinwegschwappte und dabei seine Pfeife löschte; doch Ellery plantschte unbekümmert weiter.

»Das haben Sie – wie alles – großartig hingekriegt!« maulte Yardley. »Sie sind schon immer ein schlechter Schwimmer gewesen. Kommen Sie raus, bevor Sie mich ersäufen!«

Ellery grinste, kletterte aus dem Pool, streckte sich zu voller Länge auf dem Marmorboden aus und griff nach dem Stapel mit Berichten, den Vaughn ihm in die Hand gedrückt hatte.

»Was haben wir denn hier?« Er überflog das oberste Blatt. »Hmm. Das gibt wohl nichts her. Aber alle Achtung – der Inspector ist nicht gerade faul gewesen! Informationsaustausch mit den Kollegen von Hancock County.«

»Aha«, sagte der Professor, während er versuchte, seine Pfeife wieder anzuzünden. »So, so. Und was ist da unten seither passiert?«

Ellery stöhnte. »Zunächst einmal haben wir da den Bericht von der Obduktion der Leiche Andrew Vans; absolut uninteressant. Wenn man so viele Obduktionsberichte gelesen hat wie ich, sieht man das auf den ersten Blick ... Hier eine ausführliche Zusammenfassung der Ermittlungen im Fall Van. Nichts dabei, was ich nicht bereits gewußt hätte, oder was Sie nicht von Ihrer Zeitungslektüre her wüßten ... Ha! Was ist das? ›Auf die Anfrage‹ – lassen Sie sich das mal im Munde zergehen, klingt ganz nach unserem Freund Crumit –, ›Auf die Anfrage von Bezirksstaatsanwalt Isham hin, eine mögliche Verbindung zwischen den Mordopfern Andrew Van, dem Schulmeister von Arroyo, und Thomas Brad, einem auf Long Island ansässigen Millionär, aufzudecken, müssen wir bedauernd feststellen, daß eine solche nicht existiert; zumindest nicht, soweit sich das mittels einer sorgfältigen Überprüfung der Korrespondenz des Verstorbenen hat aufklären lassen etc. etc.‹ Sauber, was?«

»Ein Lehrbeispiel für Rhetorik!« grinste der Professor.

»Aber das wär's auch schon. *Alors,* verlassen wir Arroyo und kehren wir zur Ketcham's Bay zurück.« Ellery warf einen Blick auf das vierte Blatt. »Dr. Rumsens Obduktionsbericht zur Leiche von Thomas Brad. Auch hier nichts dabei, was wir nicht schon wüßten. Keinerlei Hinweise auf Gewalteinwirkung, keinerlei Spuren von Gift in den inneren Organen, und so weiter und so fort *ad nauseam.* Die üblichen Nebensächlichkeiten.«

»Sie haben doch Dr. Rumsen am Tag nach dem Mord gefragt, ob Brad nicht erwürgt worden sein könnte. Äußert er sich in seinem Bericht dazu?«

»Ja. Lungen zeigen keine Anzeichen eines Erstickungstodes. Ergo ist er nicht erwürgt worden.«

»Warum haben Sie eigentlich ursprünglich danach gefragt?«

Ellery machte eine wegwerfende Geste. »Nichts Weltbewegendes. Da die Leiche keine Spuren von Gewalteinwirkung zeigte, schien es mir wichtig zu wissen, wie der Mann genau gestorben ist. Schließlich muß der Kopf betroffen gewesen sein, und da liegt Erwürgen doch nahe. Rumsen sagt in seinem Bericht jedoch, daß nur ein Schlag mit einem stumpfen Gegenstand direkt auf den Schädel oder ein Kopfschuß in Frage kommen. Ersteres halte ich alles in allem für wahrscheinlicher.«

Der Professor warf mit dem Fuß eine Welle auf. »Da werden Sie wohl richtig liegen. Noch etwas?«

»Der Versuch, die Route, auf der der Mörder sein Ziel erreicht hat, zu ermitteln. Sinnlos, absolut sinnlos.« Ellery schüttelte den Kopf. »Unmöglich, eine Liste aller Personen zu erstellen, die im fraglichen Zeitraum in der Umgebung von Ketcham's Cove Züge bestiegen oder verlassen haben. Weder Streifenbeamte auf den Hauptstraßen noch Anwohner derselben haben Beobachtungen gemacht. Der Versuch, Personen ausfindig zu machen, die sich in der Mordnacht in der Nähe der Bucht aufgehalten haben, ist ebenso gescheitert ... Auch Jachtbesitzer, die Dienstag nachmittag auf dem Sund gesegelt sind, haben keine rätselhaften oder verdächtigen Vorgänge auf dem Wasser oder ein unbekanntes Boot, das den Mörder auf dem Wasserweg nach Bradwood gebracht haben könnte, beobachtet.«

»Wie Sie sagen – ein sinnloses Unterfangen.« Der Professor stöhnte. »Er kann per Zug, per Wagen oder mit einem Boot gekommen sein, und wir werden es niemals genau wissen. Vielleicht war's ja auch ein Wasserflugzeug, um das Ganze ad absurdum zu führen.«

»Warum eigentlich nicht?« schmunzelte Ellery. »Machen Sie nicht den Fehler, Unwahrscheinliches direkt für absurd zu erklären. Ich habe schon einiges Ausgefallenes erlebt. Versuchen wir es einmal hiermit.« Er überflog das nächste Blatt. »Wieder Nichtigkeiten. Bei dem Seil, mit dem Brad am Totemsbaum festgezurrt wurde –«

»Ich vermute, es ist ebenso sinnlos zu erwarten, daß Sie Totempfahl sagen«, brummte Yardley.

»Totempfahl«, fuhr Ellery gehorsam fort, »handelt es sich um eine gewöhnliche, billige Wäscheleine, die man in jedem Gemischt- oder Haushaltswarenladen bekommt. Kein Händler im Umkreis von dreißig Kilometern hat Aussagen gemacht, die auf eine heiße Spur hoffen ließen. Immerhin will Isham die Befragung von Vaughns Männern in einem größeren Radius fortsetzen lassen.«

»Gründlich sind sie ja, diese Leute«, murmelte der Professor.

»So unangenehm es mir ist, dies zuzugeben«, erwiderte Ellery mit einem breiten Grinsen. »Doch gerade solcher Routinearbeit verdanken die allermeisten Fälle ihre Aufklärung ... Der Knoten, Vaughns Lieblingsidee. Resultat gleich Null. Unfachmännisch gemacht, doch für seine Zwecke ausreichend, wie Vaughns Fachmann berichtet. Also genau die Art Knoten, die auch Sie oder ich hinbekommen würden.«

»Sie vielleicht, aber nicht ich«, sagte Yardley. »Sie wissen doch, ich bin eine Seeratte. Taue, Steks und was nicht alles.«

»H_2O haben Sie ja jetzt wieder genug um sich – im nautischen Sinne, meine ich … Ah, Paul Romaine. Interessanter Kerl. Der selbstsichere Verführer mit der praktischen Ader.«

»Ihre Neigung, die Sprache zu vergewaltigen«, sagte der Professor, »ist wirklich beklagenswert.«

»Seine Herkunft, sagt Vaughns kurzer Bericht, ließ sich leider nicht ermitteln. Mit Ausnahme der Tatsache, daß er sich unserer ägyptischen Inkarnation im Februar in Pittsburgh angeschlossen hat, wie er selbst sagt, hat sich seine Vergangenheit nicht erhellen lassen. Der Mann bleibt ein Rätsel.«

»Und die Lynns?«

Ellery legte für einen Augenblick das Blatt hin. »Ja, die Lynns«, wiederholte er leise. »Was wissen Sie über die Leute?«

Der Professor strich sich durch den Bart. »Mißtrauisch, mein Junge? Aber ich hätte mir ja denken können, daß Ihnen das auch auffällt. Sie haben einfach etwas Unechtes, Aufgesetztes an sich, obwohl ihr Betragen immer tadellos war, soweit mir bekannt ist.«

Ellery nahm das Blatt wieder zur Hand. »Na, ich vermute doch schwer, Scotland Yard findet das Betragen der Lynns nicht ganz so tadellos wie Sie … Isham hat Scotland Yard telegrafiert und bekam die Antwort – so steht es im Bericht –, daß zu einem Ehepaar namens Percy und Elizabeth Lynn, auf die die vorliegende Beschreibung passen würde, keine Daten vorliegen. Ihre Pässe sind ebenfalls überprüft worden, scheinen aber – wie zu erwarten – in Ordnung zu sein. Na ja, vielleicht tun wir ihnen ja unrecht … Scotland Yard will überprüfen, ob sie zivil- oder strafrechtlich aktenkundig sind, in der Hoffnung, auf Informationen über Aktivitäten auf englischem Boden zu stoßen. Die Lynns behaupten ja immerhin, Engländer zu sein.«

»Gott, was für ein Durcheinander!«

Ellery stand der Unmut ins Gesicht geschrieben. »Sie sprechen mir aus der Seele! Ich bin in meiner zwar kurzen, aber nicht unbedingt erfolglosen Laufbahn auf manch einen komplizierten Fall gestoßen; aber so verdammt verfahren war noch keiner … Wie ich annehme, haben Sie die neuesten Entwicklungen, soweit sie Fox, den Chauffeur, und Brad betreffen, noch gar nicht mitbekommen.« Der Professor zog die Augenbrauen hoch, und Ellery erzählte ihm, was sich eine Stunde zuvor im Arbeitszimmer von Bradwood zugetragen hatte. »Klar, oder?«

»So klar wie die Fluten des Ganges«, brummte Yardley. »Ich muß schon sagen, ich frage mich langsam …«

»Was?«

Der Professor zuckte die Schultern. »Ich mißtraue voreiligen Schlüssen grundsätzlich. Was verraten uns die gesammelten Weisheiten in Ihren Händen sonst noch?«

»Vaughn hat schnelle Arbeit geleistet. Der Portier des Park-Theater hat zu Protokoll gegeben, daß eine Frau, auf die Mrs. Brads Beschreibung zutrifft, letzten Dienstag abend das Theater während des ersten Aktes verlassen hat – um einundzwanzig Uhr etwa.«

»Allein?«

»Ja ... Aber hier haben wir noch etwas anderes. Vaughns Männer haben das Original des Postanweisungsformulars über 100 Dollar aufgetrieben, dessen Kopie in Ketchams Besitz ist. Es ist in einem Postamt in Peoria, Illinois, ausgestellt worden – auf den Namen Velja Krosac.«

»Was Sie nicht sagen!« Der Professor machte große Augen. »Dann haben sie also eine Probe seiner Handschrift!«

Ellery stöhnte. »So viel zum Thema voreilige Schlüsse, denen Sie angeblich so mißtrauen! Es war Druckschrift. Als Adresse war schlicht Peoria angegeben – offenbar hatte Strykers reisender Mannaspender dort einen Zwischenstopp eingelegt, um bei den Einheimischen ein bißchen die Werbetrommel zu rühren ... Noch etwas. Vaughns Experten sind dabei, die Bücher von Brad & Megara zu durchforsten. Klar, liegt auf der Hand. Scheint aber soweit alles korrekt zu sein. Die Firma ist renommiert und sehr wohlhabend, die Finanzen völlig in Ordnung ... Ach, übrigens – unser Globetrotter-Freund Stephen Megara, der sich's zur Zeit irgendwo in der Südsee gutgehen läßt, ist seit fünf Jahren nicht mehr aktiv am Geschäft beteiligt. Brad guckt Jonah Lincoln zwar über die Schulter, aber im Grunde schmeißt der junge Mann den Laden allein. Würde mich ja sehr interessieren, was den so nervös macht.«

»Schwierigkeiten mit seiner zukünftigen Schwiegermutter, nehme ich einmal an«, bemerkte der Professor trocken.

Ellery warf den Stapel Papier gelangweilt auf den Marmorboden des Selamik, wie Yardley die Anlage zu nennen pflegte, bückte sich jedoch auf der Stelle, um ihn wieder aufzuheben. Ein bislang übersehenes Blatt war hinten rausgefallen. »Was ist denn das?« Er überflog es mit gierigem Blick. »Bingo! Hier haben wir was!«

Yardleys Pfeife blieb in der Luft schweben. »Was?«

Ellery war aufgekratzt. »Informationen über Krosac! Dem Datum nach ein jüngerer Bericht. Offenbar hatte Crumit ihn bei seinem ersten Schreiben zurückgehalten, dann aber beschlossen, sich ganz aus der Affäre zu ziehen und den Fall dem armen Isham aufzuhalsen ...

Ermittlungsergebnisse über einen Zeitraum von sechs Monaten … Informationen in Hülle und Fülle … Velja Krosac stammt aus Montenegro!«

»Montenegro? Sie meinen gebürtig? Montenegro existiert als Staat nicht mehr, wie Sie sicher wissen«, erklärte Yardley. »Es gehört heute zu Jugoslawien. Im Jahre 1922 haben sich die Serben, die Kroaten und die Slowenen offiziell zusammengeschlossen.«

»Hmm. Crumits Nachforschungen haben ergeben, daß Krosac zu den ersten Emigranten aus Montenegro nach dem Friedensschluß von 1918 gehörte. In seinem Paß, den er bei der Einreise vorlegen mußte, war unter anderem vermerkt, daß er in Montenegro geboren wurde. Beim Grab des Pharao, der Mann nimmt endlich Gestalt an!«

»Hat Crumit seinen Werdegang seit der Einwanderung in die Vereinigten Staaten rekonstruieren können?«

»Ja, wenn auch eher abrißhaft. Er scheint von Stadt zu Stadt gereist zu sein, vermutlich um sich mit den Leuten und der Landessprache vertraut zu machen. Ein paar Jahre lang hat er dann für ein schäbiges kleines Unternehmen den Hausierer gemacht, legal allerdings, wie es scheint. Er verkaufte kitschige Handarbeitsartikel, gewebte Deckchen und andere Nippsachen.«

»Das machen sie alle«, bemerkte der Professor.

Ellery führte sich den nächsten Absatz zu Gemüte. »Vor vier Jahren ist er dann in Chattanooga, Tennessee, auf unseren Freund Haracht – oder Stryker – gestoßen, und die beiden haben sich zusammengetan. Stryker verkaufte zu der Zeit gerade seine ›Sonnenmedizin‹ – abgefülltes Dorschleberöl mit selbstgemaltem Etikett. Krosac erledigte von da an das Geschäftliche, ließ sich der Publikumswirksamkeit halber auch gleich zu seinem ›Jünger‹ machen und half dem armen Irren schließlich dabei, als Straßenprediger den Sonnen- und Gesundheitskult anzukurbeln.«

»Irgend etwas über Krosacs Bewegungen nach dem Mord von Arroyo?«

Ellerys Gesicht wurde ernst. »Nein. Er ist einfach verschwunden. Und zwar spurlos.«

»Und Kling, Vans Faktotum?«

»Auch von ihm keine Spur. Beide wie vom Erdboden verschluckt. Diese Geschichte mit Kling gefällt mir nicht. Wo zum Teufel steckt er? Wenn Krosac ihn ins Jenseits befördert hat, was ist dann aus der Leiche geworden? Wo hat Krosac sie verscharrt? Eines sage ich Ihnen, Professor, wir werden diesen Fall nicht lösen, bevor wir nicht wissen, was aus Kling geworden ist … Crumit hat einige Anstrengungen unternommen, eine etwaige Verbindung zwischen Kling und Krosac aufzudecken, aufgrund der hypothetischen Annahme natürlich, sie könnten Komplizen gewesen sein. Aber er hat keine gefunden.«

»Was nicht notwendig bedeutet, daß eine solche nicht existiert.«

»Natürlich nicht. Und wir haben auch keine Möglichkeit festzustellen, ob Krosac noch mit Stryker in Kontakt steht oder nicht.«

»Stryker ... Man könnte meinen, den hätte der göttliche Zorn getroffen«, murmelte Yardley. »Der arme Kerl.«

Ellery grinste. »Sentimentalitäten beiseite, Professor, wir haben es mit Mord zu tun! Diesem Bericht hier zufolge haben die Leute aus West Virginia Haracht identifiziert – als einen Herrn Alva Stryker, wie Crumit schreibt, ein bedeutender Ägyptologe, der – wie Sie mir ja bereits erzählt hatten – vor vielen Jahren im Tal der Könige einen Sonnenstich erlitten hat und seither geisteskrank ist. Soweit sich feststellen läßt, hat er keine Angehörigen und gilt als vollkommen harmlos. Jetzt hören Sie sich das einmal an – Crumit schreibt: ›Der Bezirksstaatsanwalt von Hancock County ist der Auffassung, daß Alva Stryker, der sich Haracht respektive Ra-Haracht nennt, im Mordfall Van nicht zum Kreis der Verdächtigen gehört, jedoch seit Jahren von skrupellosen Opportunisten umgeben ist, die seine ungewöhnliche Erscheinung sowie seine Besessenheit von einer okkulten Sonnenreligion auf perfide Art ausbeuten. Wir sind des weiteren der Auffassung, daß eine Person dieses Typs mit bislang unbekanntem Motiv für den Tod von Andrew Van verantwortlich ist. Indizien und Zeugenaussagen weisen darauf hin, daß es sich bei dieser Person nur um Velja Krosac handeln kann.‹ Sauber!«

»Sieht nach einem Indizienprozeß gegen Krosac aus!« bemerkte der Professor.

Ellery schüttelte den Kopf. »Wie auch immer – wenn Crumit sagt, Krosac ist der Mörder von Andrew Van, hat er den Nagel auf den Kopf getroffen.«

»Was macht Sie da so sicher?«

»Die Fakten. Doch die Erkenntnis, daß nur Velja Krosac als Täter in Frage kommt, ist nicht das entscheidende Puzzleteilchen in unserem Spiel. Die Crux ist« – Ellery beugte sich vor – »Wer ist Krosac?«

»Wie meinen Sie das?« fragte der Professor.

»Nur ein einziger Zeuge kennt Krosac von Angesicht zu Angesicht«, antwortete Ellery ernst, »nämlich Stryker, auf dessen Aussage kein Verlaß ist. Wer also ist Krosac? Wer ist Krosac jetzt? Er könnte jeder von uns sein.«

»Unsinn!« brummte der Professor beklommen. »Ein Jugoslawe, vermutlich mit kroatischem Akzent, der dazu noch das linke Bein nachzieht ...«

»So unsinnig ist das gar nicht, Professor. Nationalitäten verschmelzen in diesem Land sehr schnell; und wir wissen mit Sicherheit, daß Krosac während seiner Unterhaltung mit Croker, dem Tankstellenbetreiber von Weirton, fließend und akzentfrei Englisch sprach. Ich wiederhole: Er könnte mitten unter uns sein! Sie haben den Mordfall Brad nicht gründlich genug analysiert.«

»Ach nein?« zischte Yardley. »Kann ja sein. Aber eines sage ich Ihnen, junger Mann! Sie ziehen voreilige Schlüsse!«

»Das habe ich schon oft getan.« Ellery stand auf und sprang zum zweiten Mal in den Pool. Das Wasser tropfte ihm von der Stirn ins Gesicht, als er wieder auftauchte. »Ich werde ja nicht so unfair sein, darauf hinzuweisen, daß es Krosac war, der dafür gesorgt hat, daß die Sonnenanbeter in der Nachbarschaft von Bradwood kampieren – und zwar noch vor dem Mord an Van! Netter Zufall, was? – Also könnte er sehr wohl in unserer Nähe sein ... Jetzt haben Sie sich mal nicht so!« Er kletterte wieder aus dem Becken, legte sich auf den Boden und verschränkte die Hände hinter dem Kopf. »Lassen Sie uns das Ganze noch einmal durchgehen. Beginnen wir mit Krosac, Jugoslawe, der einen, sagen wir, Mitteleuropäer mit angeblich rumänischer Herkunft sowie einen anderen Mitteleuropäer mit angeblich armenischer Herkunft umbringt. Drei Mitteleuropäer also, vermutlich alle aus demselben Land; denn wie die Dinge liegen, bringt mich keiner von der Überzeugung ab, daß Van und Brad ihre wahre Herkunft verschleiert haben.«

Der Professor brummte leise und brauchte zwei Streichhölzer, um seine Pfeife anzuzünden. Ellery, auf dem warmen Marmorboden ausgestreckt, zündete sich eine Zigarette an und schloß die Augen. »Was für Tatmotive kommen da in Frage? Mitteleuropa? Der Balkan – wie jeder weiß, traditionelle Brutstätte von Aberglauben und Gewalt! Fällt Ihnen dazu etwas ein?«

»Meine Kenntnisse, den Balkan betreffend, sind weniger als rudimentär«, antwortete der Professor gleichgültig. »Die einzige Assoziation, die das Wort ›Balkan‹ bei mir auslöst, ist die Vorstellung von jenem absonderlichen, skurril anmutenden Volksglauben, der seit Jahrhunderten diesen Teil der Welt beherrscht. Muß wohl die Folge minderer Intelligenz und des Lebens in verlassenen Berggegenden sein.«

»Ha! Da sagen Sie was«, schmunzelte Ellery, »Vampirismus! Erinnern Sie sich an *Dracula,* Bram Stokers unsterblichen Beitrag zu den Alpträumen rechtschaffener Bürgersleute – die Geschichte eines Vampirs in Menschengestalt, die in Mitteleuropa spielt? Mit Enthauptungen und allem?«

»Hirngespinste«, erwiderte Yardley mit unsicherem Blick.

»Ganz recht«, entgegnete Ellery prompt. »Allein schon deshalb, weil Van und Brad keine Pflöcke ins Herz getrieben wurden. Kein Vampirist, der etwas auf sich hält, würde auf dieses nette Detail verzichten. Wären die Opfer jedoch gepfählt worden, dann wäre ich beinahe überzeugt, daß wir es mit einem abergläubischen Psychopathen zu tun hätten, der Menschen tötet, weil er sie für Vampire hält.«

»Das meinen Sie aber jetzt nicht ernst!« protestierte Yardley.

Ellery zog schweigend an seiner Zigarette. »Wenn ich das bloß wüßte! Wissen Sie, Professor, wir Kinder der Aufklärung mögen den Gedanken an Gestalten aus dem Gruselkabinett ja als indiskutabel abtun; wenn aber nun unser Mr. Krosac an Vampire glaubt und hier und da mal jemandem den Kopf abschlägt, können wir doch nicht ernsthaft die Augen vor der Realität seiner Wahnvorstellungen schließen. Das ist eine Frage des Pragmatismus. Wenn er daran glaubt …«

»Was macht eigentlich Ihr ›Ägyptisches Kreuz‹?« fragte der Professor ernst; indem er sich höher aufrichtete und herumrutschte, bis er eine bequemere Haltung gefunden hatte, als erwarte er eine längere Diskussion.

Ellery setzte sich auf und umklammerte mit den Händen seine braunen Knie. »Was soll schon damit sein? Sie haben einen Ihrer Trümpfe noch nicht ausgespielt, soviel haben Sie ja gestern schon angedeutet. Habe ich, um mich klassisch auszudrücken, einen Bock geschossen?«

Der Professor klopfte wirkungsvoll den Pfeifenkopf aus, legte die Pfeife auf den Beckenrand, wühlte in seinem schwarzen Bart und wurde auf einmal unglaublich professoral. »Mein Junge«, begann er feierlich, »Sie haben einen Narren aus sich gemacht.«

Ellery runzelte die Stirn. »Sie meinen, das *Tau*-Kreuz ist kein ägyptisches Kreuz?«

»Sie haben es erfaßt.«

Ellery wiegte sich sanft hin und her. »Die Stimme der Autorität … hmm. Sie hätten nicht zufällig Lust auf eine kleine Wette, Professor?«

»Ich gehe grundsätzlich keine Wetten ein, dazu ist mein Portemonnaie nicht dick genug … Wie sind Sie eigentlich darauf gekommen, daß die *crux commissa* auch als ›Ägyptisches Kreuz‹ bekannt sein soll?«

»Steht in der *Encyclopaedia Britannica.* Vor etwa einem Jahr habe ich im Zusammenhang mit einem Roman, an dem ich saß, über Kreuze im allgemeinen recherchiert. Ich meine, gelesen zu haben, das *Tau*- oder T-Kreuz sei ein im alten Ägypten übliches Symbol gewesen und werde daher auch gelegentlich als ›Ägyptisches Kreuz‹ bezeichnet, oder so ähnlich. Nun, wie auch immer; ich erinnere mich jedenfalls ganz klar, daß in dem Artikel über das fragliche Kreuz die Begriffe

Tau und ägyptisch in Beziehung gesetzt wurden. Wir können das gerne nachschlagen.«

Der Professor lachte. »Ich glaub's Ihnen auch so. Ich weiß ja nicht, wer den Artikel verfaßt hat; aller Wahrscheinlichkeit nach ein hochgelehrter Mann. Dennoch ist die *Encyclopaedia Britannica* wie alles Menschenwerk nicht unfehlbar; außerdem ist sie nicht immer die letzte Autorität. Ich persönlich bin zwar auch kein Ägyptenexperte, verstehen Sie mich da also nicht falsch, aber ich habe mich dennoch einige Zeit mit dem pharaonischen Ägypten beschäftigt und kann Ihnen versichern, daß ich über eine Bezeichnung wie ›Ägyptisches Kreuz‹ nie in meinem Leben gestolpert bin. Es muß sich um einen Irrtum handeln. Und doch gibt es ja etwas Ägyptisches mit T-Form …«

Ellery war verwirrt. »Ja, warum behaupten Sie dann, das *Tau* sei kein –«

»Weil es das nicht ist.« Yardley schmunzelte. »Ein bestimmter Sakralgegenstand der alten Ägypter besaß in etwa die Form eines griechischen T; in der Fachliteratur wird recht häufig auf ihn Bezug genommen; das macht ihn allerdings noch lange nicht zu einem *Tau*-Kreuz, das nämlich wiederum ein altes christliches Symbol ist. Es gibt viele Zufälle dieser Art. Beispielsweise wird das *Tau*-Kreuz auch als Antoniuskreuz bezeichnet – ganz einfach deshalb, weil es den Krücken ähnelt, mit denen der heilige Antonius üblicherweise dargestellt wird. Es ist also im gleichen Maße das Kreuz des heiligen Antonius, wie es das Ihre oder das meine ist.«

»Dann habe ich mich also komplett geirrt und das T ist gar kein ägyptisches Kreuz«, murmelte Ellery leise. »Verdammt! Daß das ausgerechnet mir passieren mußte!«

»Wir alle machen einmal Fehler«, erwiderte der Professor gönnerhaft. »Man muß allerdings fairerweise dazusagen, daß das Kreuz seit Jahrtausenden zu den gebräuchlichsten Symbolen der Menschheit gehört – und von Anbeginn in unzähligen Varianten verwendet worden ist. Ich könnte Ihnen zum Beispiel etliche ausschließlich indianische Beispiele geben, die lange vor der Invasion der Spanier datieren, aber das interessiert uns ja jetzt nicht. Entscheidend aber ist folgendes.« Der Professor kniff ein Auge zusammen. »Wenn es überhaupt ein kruziformes Symbol gibt, das man bei einiger Großzügigkeit als ›Ägyptisches Kreuz‹ bezeichnen könnte, dann ist es das *Anch.*«

»Das *Anch*?« Ellery dachte nach. »Vielleicht war es ja das, was ich die ganze Zeit im Kopf hatte. Ist das nicht das T-Kreuz mit dem Kreis obendrauf?«

Yardley schüttelte den Kopf. »Kein Kreis, mein Junge, sondern ein tropfen- oder birnenförmiges Gebilde; das *Anch* insgesamt ähnelt folglich einem Schlüssel. Man bezeichnet es als *crux ansata.* Es erscheint sehr häufig in ägyptischen Inschriften und steht für Göttlichkeit oder Königswürde und kurioserweise auch für die Macht, Leben zu erschaffen.«

»Leben zu erschaffen?« Ellerys Blick verriet, daß er etwas ausbrütete. »Guter Gott! Das ist es! Also doch ein ägyptisches Kreuz! Irgend etwas sagt mir, daß wir endgültig auf der richtigen Spur sind!«

»Reden Sie Klartext, junger Mann!«

»Ja, verstehen Sie denn nicht? – Mensch, das ist so sicher wie das Amen in der Kirche!« rief Ellery. »Das *Anch*-Symbol des Lebens. Aufrecht – der Körper. Der T-Balken – die Arme. Das birnenförmige Dingsbums obendrauf – der Kopf. Und der Kopf ist abgehackt worden! Eins sage ich Ihnen, das hat etwas zu bedeuten! Krosac hat das Symbol des Lebens absichtlich in ein Symbol des Todes verkehrt!«

Der Professor starrte Ellery einen Moment lang an, um dann in minutenlanges Hohngelächter auszubrechen. »Genial, mein Junge, teuflisch genial! Aber meilenweit daneben!«

Ellerys Begeisterung legte sich augenblicklich. »Was stimmt denn jetzt schon wieder nicht?«

»Ihre fantasievolle Theorie zu Krosacs Enthauptungsmotiv wäre allenfalls dann haltbar, wenn das *Anch* oder die *crux ansata* die menschliche Gestalt darstellte. Nur ist das leider nicht der Fall, Queen. Der Ursprung des Symbols ist erheblich prosaischer.« Der Professor gab einen Seufzer von sich. »Erinnern Sie sich an die Sandalen, die Stryker trägt? Es handelt sich dabei um Nachahmungen der typischen ägyptischen Fußbekleidung … Nun, nageln Sie mich bitte nicht darauf fest, ich bin schließlich weder Anthropologe noch Ägyptologe – doch gehen die Experten, denke ich, davon aus, daß das *Anch* die Riemen solcher Sandalen darstellt, wie Stryker sie trägt. Die Tropfenform oben käme der Schlaufe um die Knöchel gleich, der Längsbalken dem Riemenstück, das über den Fuß hinweg zwischen der großen Zehe und den anderen verläuft und vorne schließlich mit der Sohle verbunden ist – und der Querbalken den kürzeren Riemen, die zu beiden Seiten des Fußes in die Sohle übergehen.«

Ellery wirkte zutiefst geknickt. »Ich verstehe allerdings immer noch nicht, wie es dazu gekommen sein soll, daß eine Sandale die Erschaffung des Lebens darstellt, nicht einmal in einem übertragenen Sinne.«

Der Professor zuckte die Schultern. »Wort- oder Begriffsursprünge sind dem modernen Verstand nicht immer ohne weiteres zugänglich. Auch aus wissenschaftlicher Sicht ist der Punkt ungeklärt. Da aber das *Anch*-Zeichen sehr häufig in Wörtern vorkommt, die vom Verbstamm mit der Bedeutung ›leben‹ abgeleitet sind, hat sich das Kreuz allmählich zu einem Symbol für ›leben‹ bzw. ›Leben‹ entwickelt. In einem solchen Maße sogar, daß alle Ägypter das Zeichen als Schmuck trugen, Amulette aus starren Materialien wie Holz, Keramik und dergleichen – obwohl es sich bei dem ursprünglichen Material, aus dem die Sandalenriemen gefertigt waren, um speziell bearbeiteten, biegsamen Papyrus handelte. Es steht jedoch außer Frage, daß das Kreuz selbst niemals die menschliche Gestalt symbolisierte.«

Ellery polierte die beschlagenen Gläser seines Pincenez und sah dabei nachdenklich auf das sonnendurchflutete Wasser. »Nun gut«, seufzte er theatralisch, »geben wir die Anch-Theorie auf … Sagen Sie, Professor, gab es im alten Ägypten eigentlich Kreuzigungen?«

»Sie geben wohl nie auf, wie? … Nein, nicht, daß ich wüßte.«

Ellery setzte die Gläser wieder auf seinen Nasenrücken zurück. »Dann müssen wir die ägyptologische Theorie ganz aufgeben! Ich zumindest gebe sie auf. Ich habe mir einen ziemlichen Schuß in den Ofen geleistet, Professor. In letzter Zeit häuft sich das unangenehm. Bin offenbar ein wenig aus der Übung.«

»Halbwissen, mein Junge«, bemerkte der Professor, »ist, wie Pope schon sagte, eine gefährliche Angelegenheit.«

»Es gilt aber auch«, gab Ellery zurück, *»faciunt nae intelligendo, ut nihil intelligant …* Gerade indem sie Wissen anhäufen, laufen sie Gefahr, am Ende nichts zu verstehen. Das meine ich natürlich keineswegs persönlich –«

»Natürlich nicht«, erwiderte Yardley gravitätisch. »Genausowenig wie Terenz seinerzeit … Wie auch immer, meiner Meinung nach haben Sie den Fakten Gewalt angetan, sobald Sie es sich in Ihren sturen Kopf gesetzt hatten, den Fall ägyptologisch anzugehen. Sie hatten immer einen Hang zur Phantasterei, auch im Seminar schon. Als wir einmal die Ausführungen Platons und Herodots zum Ursprung der Atlantissage diskutierten –«

»Wenn ich den großen Gelehrten einmal unterbrechen darf«, fiel ihm Ellery säuerlich ins Wort, »ich versuche mich gerade an den eigenen Haaren aus dem Sumpf zu ziehen, und Sie haben nichts Besseres zu tun, als den Altphilologen herauszuhängen und klug daher zu schwätzen! – Entschuldigen Sie bitte – Wenn also Krosac, indem er seinen Opfern den Kopf abschlug und beide Tatorte mit Ts vollschmierte, ein Kreuzsymbol hinterlassen wollte, dann kann er dabei nicht das *Anch*-Kreuz, sondern lediglich das *Tau*-Kreuz im Sinn gehabt haben. Da jedoch das *Tau*-Kreuz im pharaonischen Ägypten so gut wie keine Bedeutung hatte, ist es unwahrscheinlich, daß Krosac in diese Richtung gedacht hat, obwohl er mit einem Verrückten herumzog, der einem neoägyptischen Kult frönt … Bestätigung? Ja. Thomas Brad wurde an einen Totemsbaum – pardon, Totempfahl festgebunden – ein weiteres religiöses Symbol; doch liegen Welten zwischen Indianern und Altägypten. Weitere Bestätigung: Hätte Krosac das *Anch* gemeint, hätte er seine Opfer sicher nicht geköpft … Wir müssen also die ägyptologische Theorie in Zweifel ziehen; auch für die Totem-Version spricht nichts außer der Tatsache, daß Brads Leiche an einem solchen Pfahl gekreuzigt worden ist – der vermutlich allein wegen seiner T-Form dazu herhalten mußte, und nicht obskurer religiöser Beweggründe wegen. Wir können ja nicht einmal die Kreuz-Theorie im allgemeinen Sinne erhärten … Das *Tau*-Kreuz im Christentum … Da mir nicht bekannt ist, daß Märtyrer jemals enthauptet worden wären – wieder Fehlanzeige … Ergo begraben wir am besten alle religiösen Theorien –«

»Ihr Glaubensbekenntnis«, schmunzelte der Professor, »ähnelt stark dem von Rabelais: Er glaubte an das ›große Vielleicht‹.«

»– und konzentrieren uns auf meine ursprüngliche Annahme«, fuhr Ellery mit einem reumütigen Lächeln fort.

»Und die wäre?«

»Ganz einfach, daß T wahrscheinlich T bedeutet, und nichts sonst. T im alphabetischen Sinne, T, T …« Plötzlich hielt er inne; der Professor blickte ihn erwartungsvoll an. Ellery starrte in den Pool; seine Augen jedoch sahen nichts Unschuldiges als blaues Wasser und den Sonnenschein.

»Was ist los?« wollte Yardley wissen.

»Wäre das denn möglich?« murmelte Ellery. »Nein … das wäre zu glatt. Und nicht zu belegen. Obwohl ich ja schon einmal an diese Möglichkeit …« Ellery verstummte; er hatte nicht einmal Yardleys Frage gehört. Der Professor stöhnte und griff nach seiner Pfeife. Beide schwiegen sie längere Zeit.

So saßen die beiden Männer nun da – zwei halbnackte Gestalten im idyllischen Innenhof der Villa, als plötzlich eine alte Negerin hereintrippelte. Ihr glänzendes schwarzes Gesicht verriet Empörung.

»Mr. Yaadley«, sagte sie mit sanfter, weinerlicher Stimme, »da haut uns gleich einer de Türe ein, weiler umbedink rein will.«

»Häh?« Der Professor erwachte jäh aus seinen Gedanken. »Wer ist es denn?«

»Na, der Herr vonner Polizei. Is' total aus'm Häuschen, sach ich Ihn'!«

»In Ordnung, Nanny. Laß ihn herein.«

Einen Augenblick später platzte Vaughn herein und wedelte mit einem kleinen Blatt Papier herum. »Queen!« brüllte er hochrot vor Aufregung. »Großartige Neuigkeiten!«

Ellery begann sich zu regen, doch sein Blick verriet völlige Geistesabwesenheit. »Häh? Oh, Tag Inspector. Was gibt's?«

»Da! Lesen Sie selbst!« Der Inspector schleuderte das Blatt auf den Marmorboden und ließ sich nun – brennend vor Ungeduld – am Beckenrand nieder; er schnaufte vor Erwartung wie ein Eindringling in einem *seraglio.*

Ellery und der Professor tauschten Blicke, bevor sie sich der Lektüre widmeten. Es handelte sich um einen Funkspruch von der Insel Jamaika.

HEUTE HIER ANGELEGT HABE VON BRADS TOD GEHÖRT NEHME DIREKTEN KURS AUF NEW YORK

Unter der Mitteilung prangte die Unterschrift: Stephen Megara.

DRITTER TEIL

Die Kreuzigung eines Gentlemans

»Als oberster Justizbeamter am Brüsseler Gericht habe ich herausgefunden, daß die Denkweise eines verbrecherischen Gehirns von Motiven bestimmt wird, die dem gesetzestreuen Bürger häufig unbegreiflich sind.«

Félix Brouwage

13. Neptuns Geheimnis

Stephen Megaras Jacht *Helene* segelte in Rekordgeschwindigkeit auf nördlichem Kurs von Jamaika zu den Bahamas bis in die Nähe von New Providence Island, wo sie einen ernsten Motorschaden erlitt. Captain Swift war gezwungen, Kurs auf den Hafen von Nassau zu nehmen, um sie dort reparieren zu lassen. Es dauerte mehrere Tage, bis sie wieder seetüchtig war.

Am ersten Juli – ganze acht Tage, nachdem Inspector Vaughn Megaras Funkspruch erhalten hatte – tauchte die *Helene* endlich in Sichtweite der Küste von Long Island auf. Die Polizei hatte in Zusammenarbeit mit den Zuständigen dafür gesorgt, daß Megara im New Yorker Hafen zügig abgefertigt wurde und nach nur kurzer Verzögerung den Long Island Sound ansteuern konnte. Ein Polizeischiff und eine Schar kleinerer, von Reportern gemieteter Boote, die nur mit Mühe davon abzuhalten waren, das blankgescheuerte Deck der Jacht zu entern, begleiteten die *Helene*.

Acht Tage … Acht Tage beschaulicher Ruhe ohne jedes nennenswerte Ereignis. Mit Ausnahme der Beerdigung. Doch selbst die war eine stille Angelegenheit. Brad war ohne übertriebenen Pomp auf einem Friedhof auf Long Island bestattet worden; Mrs. Brad, so berichtete die Presse, hatte die Prozedur bewundernswert gefaßt überstanden. Selbst ihre Tochter, keine Blutsverwandte des Toten, hatte erheblich mitgenommener gewirkt als die Witwe.

Die Fahndung nach Velja Krosac hatte inzwischen die Dimensionen einer landesweiten Menschenjagd angenommen; seine Beschreibung war an sämtliche Polizeihauptquartiere, Sheriffsbüros und Häfen der Vereinigten Staaten gegangen; selbst in Kanada und Mexiko hielt man die Augen offen. Trotz der feinmaschigen Netze hatte man bislang noch keinen Fisch gefangen. Krosac schien sich in Luft aufgelöst zu haben. Auch von Kling fehlte jede Spur.

Fox, der Chauffeur, schmorte noch immer unter ständiger Bewachung in seiner Hütte; zwar war er nicht offiziell verhaftet worden; und doch war er ein Gefangener – ebensogut hätte er in Sing-Sing sitzen können. Die Polizei ermittelte fieberhaft; doch war es zum Zeitpunkt von Megaras Ankunft noch immer nicht gelungen, seine Fingerabdrücke mit Hilfe der für den Osten der Staaten gültigen »Verbrecheralben« zu identifizieren. Der Inspector sandte – unbeirrbar, wie er war – Kopien an die weiter westlich gelegenen Staaten. Fox indessen schwieg eisern. Zwar beschwerte er sich nicht über die nicht ganz rechtmäßige Freiheitsberaubung; doch sein brennender Blick verriet, was in ihm vorgehen mochte. Vorsichtshalber verdoppelte der Inspector die Wachen. Vaughns souveränes Können zeigte sich darin, daß er Fox, wenn man einmal von der Bewachung absah, vollkommen ignorierte. Fox wurde weder verhört noch schikaniert; er wurde einfach sich selbst überlassen, verlor aber trotz der Isolationsfolter nicht die Nerven. Tagelang saß er schweigend in seinem Blockhaus; rührte das Essen kaum an, das man ihm aus Mrs. Baxters Küche reichte; bewegte sich kaum, ja atmete kaum.

Alle standen bereit, als am Freitag, dem ersten Juli, die *Helene* auf dem Long Island Sound durch die westliche Meerenge von Ketcham's Cove segelte und schließlich in den tiefen Wassern zwischen Oyster Island und dem Festland vor Anker ging. Auf Bradwoods Anlege-Ponton wimmelte es nur so von Polizeibeamten, die das gemächliche Manövrieren der Jacht verfolgten. Die *Helene* war strahlend weiß, elegant und schnittig. In der klaren Morgenluft waren glitzernde Messingteile und die fernen Gestalten, die an Deck entlangliefen, deutlich zu erkennen. Kleinere Boote schaukelten um ihren schlanken Körper.

Inspector Vaughn, Staatsanwalt Isham, Ellery Queen und Professor Yardley standen auf dem Kai und warteten schweigend. Nun wurde ein Beiboot seitlich heruntergelassen und klatschte aufs Wasser; mehrere Leute kletterten die eiserne Schiffsleiter herunter und stiegen hinein. Sofort setzte sich ein Polizeiboot in Bewegung, und das kleine Boot folgte ihm, während sie auf die Anlegestelle zu hielten. Die Menge rührte sich …

Stephen Megara war ein tiefgebräunter Mann von stattlichem Wuchs. Er trug einen schwarzen Schnurrbart, und seine Nase hatte eine Schlägerei offenbar nicht ungebrochen überstanden. Megara wirkte vital und finster zugleich. Mit einer schnellen, sicheren, geschmeidigen Bewegung sprang er an Land; jeder seiner Schritte war wohlgesetzt. Dieser Mann, dachte Ellery, während er ihn mit großem Interesse beobachtete, war ein Mann der Tat; Welten trennten ihn von dem schmerbäuchigen, vorzeitig gealterten Mann, wie es Thomas Brad gewesen sein mußte.

»Ich bin Stephen Megara«, sagte er mit leichtem Eton-Akzent. »Was für ein Empfangskomitee! Helene!« Er ging zuerst auf die junge Frau zu. Er nahm ihre Hände und schaute ihr zärtlich in die Augen. Die Riege der anderen Hauptdarsteller – Mrs. Brad, Jonah, Dr. Temple – ignorierte er. Helene errötete und zog ihre Hände zurück. Megara lächelte kurz, wobei sich sein Schnurrbart leicht in die Höhe zog, und flüsterte Mrs. Brad etwas ins Ohr, nickte kurz Dr. Temple zu und kehrte dann zu den Beamten zurück. »Tom ist ermordet worden? Ich stehe jedem zur Verfügung, der sich mir vorstellt.«

»Ach nee!« murmelte Isham. »Mein Name ist Isham, Staatsanwalt des Bezirks. Das ist Inspector Vaughn von der Polizei Nassau. Mr. Ellery Queen, Sonderbeauftragter. Professor Yardley, Ihr neuer Nachbar.«

Megara gab allen flüchtig die Hand. Dann wandte er sich um und winkte einen alten, unfreundlich dreinblickenden Gesellen in blauer Uniform herbei, der mit ihm in das Beiboot gestiegen war. »Captain Swift, mein Skipper.« Swifts Kiefer mahlten geräuschvoll, und seine Augen funkelten wie die Linsen eines Fernglases kristallklar in einem Gesicht, das so zerfurcht war wie das des Ewigen Juden.

»Tach«, bellte Captain Swift in die Runde und salutierte mit der linken Hand, der, wie Ellery auffiel, drei Finger fehlten. In schweigendem Einverständnis setzte sich die Gruppe schließlich in Richtung Haus in Bewegung. Captain Swift hatte den typisch rollenden Gang eines gestandenen Seemanns.

»Beschämend für mich, daß ich es erst so spät erfahren habe«, sagte Megara zu Isham im Gehen. Die Brads, Lincoln, Dr. Temple – alle folgten ihnen mit ausdruckslosen Gesichtern. »Aber ich bin monatelang auf hoher See gewesen, da ist man von der Außenwelt so gut wie abgeschnitten. War ein harter Schlag für mich, das mit Tom.« Ellery drängte sich der Eindruck auf, daß der Schlag so hart kaum gewesen sein konnte, denn Megara sprach in so sachlichem Ton über den Mord an seinem Kompagnon, als bestellte er neue Teppichlieferungen.

»Wir haben auf Sie gewartet, Mr. Megara«, begann Vaughn. »Wer könnte ein Motiv gehabt haben, Mr. Brad umzubringen?«

»Hmm«, erwiderte Megara und drehte sich kurz nach Mrs. Brad und Helene um. »Dazu würde ich mich lieber später äußern. Sagen Sie mir doch bitte erst einmal, wie es genau passiert ist.«

Isham öffnete den Mund, um zu antworten, doch Ellery kam ihm mit betont sanfter Stimme zuvor: »Haben Sie jemals von einem Mann namens Andrew Van gehört?«

Für den Bruchteil einer Sekunde nur setzte Megaras gleichmäßiger Schritt aus, doch sein Gesichtsausdruck blieb so unergründlich wie zuvor. »Andrew Van? Was soll der mit dem Mord zu tun haben?«

»Dann kennen Sie ihn!« rief Isham.

»Er ist unter ähnlichen Umständen ermordet worden wie Ihr Partner, Mr. Megara«, antwortete Ellery.

»Van also auch!« Die Gelassenheit des Seglers bröckelte sichtbar ab; in seinen Augen flackerte tiefes Unbehagen auf.

»Enthauptet und dann gekreuzigt – in Form eines T«, fuhr Ellery sachlich fort.

Diesmal blieb Megara abrupt stehen; die ganze Kavalkade hinter ihm ebenfalls. Sein Gesicht verfärbte sich unter der Maske der Sonnenbräune violett. »T!« stammelte er. »Lassen Sie uns ins Haus gehen, meine Herren.«

Während er das sagte, begann er zu zittern und ließ die Schultern hängen. Sein mahagonibrauner Teint hatte sich in gespenstische Blässe verwandelt. Er schien binnen Sekunden um Jahre gealtert zu sein.

»Haben Sie eine Erklärung für die Ts?« fragte Ellery voll gespannter Ungeduld.

»Möglicherweise ja ...« Megara schloß so plötzlich den Mund, daß die Zähne klackten, und ging weiter.

Den Rest der Strecke legten sie schweigend zurück.

Stallings öffnete die Eingangstür und hieß Megara mit seinem milden Lächeln willkommen. »Mr. Megara! Wie ich mich freue, Sie –«

Megara schob sich an ihm vorbei, ohne ihn auch nur eines Blickes zu würdigen, steuerte, von den anderen gefolgt, auf das Arbeitszimmer zu und begann, dort angekommen, schweigend auf und ab zu schreiten. Er schien über etwas nachzugrübeln. Schließlich trat Mrs. Brad auf ihn zu und legte ihm ihre rundliche Hand auf den Arm.

»Stephen ... wenn du nur dafür sorgen könntest, daß diese gräßliche –«

»Stephen, du weißt etwas!« schrie Helene.

»Wenn Sie etwas wissen, Megara, dann – um Gottes willen – sagen Sie es endlich, und lösen Sie diese unerträgliche Spannung!« zischte Lincoln in äußerst rauhem Ton. »Es ist für uns alle ein einziger Alptraum!«

Megara stöhnte und stopfte die Hände in die Taschen. »Immer mit der Ruhe! Setzen Sie sich, Captain. Tut mir leid, Sie in diesen Schlamassel hineinzuziehen.« Captain Swift blinzelte skeptisch und blieb stehen; er schien sich äußerst unwohl zu fühlen und arbeitete sich näher an die Tür heran.

»Meine Herren«, begann Megara unerwartet. »Ich glaube zu wissen, wer meinen – wer Brad ermordet hat.«

»Ach ja?« fragte Vaughn unbeeindruckt.

»Wer?« brüllte Isham.

Megara drückte seine breiten Schultern durch. »Ein Mann namens Velja Krosac. Krosac … Daran besteht für mich überhaupt kein Zweifel. T, sagten Sie? Wenn es das bedeuten soll, wovon ich ausgehe, ist er der einzige Mensch auf der ganzen Welt, der diese Bedeutung kennt. T, nicht wahr? Sozusagen der blutige Beweis dafür, daß … Aber berichten Sie mir erst genau, was geschehen ist. In beiden Fällen – Van und Brad.«

Vaughn sah zu Isham hinüber und berichtete, als der nickte, knapp, was sich in beiden Fällen jeweils ereignet hatte. Sein Bericht begann damit, wie Old Pete und Michael Orkins den Leichnam des Lehrers an der Stelle, wo die Straße nach Arroyo auf die New Cumberland-Pughtown-Schnellstraße traf, gefunden hatten. Als Vaughn erwähnte, daß der Tankstellenbesitzer Croker einen hinkenden Mann zur Kreuzung gefahren hatte, nickte Megara gedankenschwer. »Das ist er; das ist der Mann!« als wollte er letzte Zweifel vertreiben. Als Vaughns Bericht zu Ende war, blieb auf Megaras Gesicht ein bitteres Lächeln zurück.

»Ich habe die Geschichte zusammen.« Megara hatte seine stolze Haltung zurückgewonnen. Nun strahlte er wieder Mut und Entschlossenheit aus. »Erzählen Sie mir, was Sie im Gartenhaus vorgefunden haben. Irgend etwas stimmt da noch nicht …«

»Aber Mr. Megara«, protestierte Isham. »Ich verstehe nicht –«

»Bringen Sie mich sofort dorthin«, entgegenete Megara knapp und strebte zur Tür. Isham schien seine Zweifel zu haben, doch Ellery nickte ihm zu. Und so folgten sie dem Segler.

Als sie am Totempfahl vorbei zum Gartenhaus kamen, flüsterte Professor Yardley: »Na, Queen, wenn das nicht nach dem Finale aussieht!«

Ellery zuckte die Schultern. »Ich wüßte nicht, wieso. Was ich über Krosac gesagt habe, gilt immer noch. Wo zum Henker steckt er? Nur wenn es Megara gelingen sollte, ihn in seiner jetzigen Tarnung zu identifizieren –«

»Schon wieder voreilig«, schimpfte der Professor. »Wo nehmen Sie denn bitte die Gewißheit her, daß er in der Nähe ist?«

»Nirgendwoher. Aber möglich ist es allemal.«

Das Gartenhaus war mit Leinwand verhängt worden; ein Streifenbeamter hielt davor Wache. Vaughn schlug den Stoff zurück, und Megara trat, ohne zu zögern, ein. Das Innere des Häuschens war in weiser Voraussicht des Inspectors genauso belassen worden, wie die Polizei es am Morgen nach der Tat vorgefunden hatte, was sich nun, wie es schien, auszahlen sollte.

Megara schenkte jedoch nur einem Gegenstand Beachtung. Das T und die Blutlache – Zeugen des blutigen Rituals – ignorierte er zugunsten der neptunköpfigen Pfeife mit Dreizack …

»Dachte ich mir«, murmelte er leise, während er sich bückte und die Pfeife aufhob. »In dem Moment, als Sie diese Pfeife erwähnten, Inspector, wußte ich, daß etwas nicht stimmt.«
»Nicht stimmt?« Vaughn war aus dem Konzept; Ellery sah Megara aufmerksam und fragend an. »Was stimmt denn nicht, Mr. Megara?«
»Alles.« Megara betrachtete die Pfeife und schien völlig zu resignieren. »Wenn Sie denken, daß diese Pfeife hier Tom gehört hat – Nun ja, dann ist das ein Irrtum.«
»Soll das heißen«, fragte der Inspector verunsichert, »die Pfeife gehört Krosac?«
»Schön wär's!« antwortete Megara verzweifelt. »Nein. Sie gehört mir.«

Alle Anwesenden kauten eine Weile vergeblich auf dem Brocken herum, um zu sehen, ob er sich verdauen ließ. Vaughn versuchte erst gar nicht, seine Verwirrung zu verbergen. »Na ja«, stammelte er, »selbst wenn –«
»Moment mal, Vaughn«, unterbrach der Staatsanwalt hastig. »Das ist gravierender, als man zunächst meinen sollte. Mr. Megara, wir sind bisher davon ausgegangen, daß die Pfeife Brad gehört hat. Stallings hat unsere Vermutung bestätigt, obwohl, wie uns hätte klar sein sollen, eine solche Verwechslung leicht vorkommen kann. Dennoch sind Brads Fingerabdrücke darauf; und in der Mordnacht ist seine persönliche Tabakmarke darin geraucht worden. Und jetzt kommen Sie und sagen, die Pfeife gehört Ihnen. Mir will einfach nicht in den Kopf –«
Megara verengte die Augenlider; sein Tonfall blieb stur. »Ich sage doch, da stimmt etwas nicht, Mr. Isham. Die Pfeife gehört mir. Wenn Stallings behauptet, sie habe Tom gehört, dann lügt er entweder oder hat einfach angenommen, daß sie Tom gehört, weil sie ihm im Haus aufgefallen ist, bevor ich letztes Jahr losgesegelt bin. Ich hatte einfach vergessen, sie mitzunehmen.«
»Was Ihnen nicht in den Kopf will, Isham«, sagte Ellery ruhig, »ist die Vorstellung, daß ein Mann die Pfeife eines anderen geraucht haben soll.«
»Genau.«
»In der Tat lächerlich!« sagte Megara. »Tom hätte niemals meine Pfeife angerührt, auch nicht die eines anderen. Er hatte genug eigene, wovon Sie sich leicht überzeugen können, wenn Sie die Schublade seines Lesetisches im Arbeitszimmer aufziehen. Kein Mann steckt sich freiwillig die Pfeife eines anderen in den Mund, schon gar nicht Tom – er war ein Hygienefanatiker!« Er spielte geistesabwesend mit seiner

Pfeife. »Ich hab' sie vermißt, die alte Neptun … hab' sie jetzt schon fünfzehn Jahre. Tom – er wußte, wie ich an dem Ding hänge.« Er schwieg einen Moment lang. »Er hätte diese Pfeife genausowenig geraucht, wie er sich Stallings Gebiß ausgeliehen hätte.«

Keiner lachte. Ellery wirkte auf einmal sehr beflissen. »Wir haben es mit einer interessanten Sachlage zu tun, meine Herren. Endlich fällt Licht auf die Angelegenheit! Erkennen Sie denn nicht die Bedeutung der Tatsache, daß die Pfeife Mr. Megara gehört?«

»Jetzt lassen Sie doch mal Ihre ständigen Visionen im Kasten!« brummte Vaughn. »Es bedeutet nur so viel: Krosac versucht, Megara die Sache anzuhängen.«

»Falsch, Inspector«, erwiderte Ellery mit ausgesuchter Freundlichkeit. »Es bedeutet nichts dergleichen. Krosac kann sich nicht ernsthaft darauf verlassen haben, daß wir auf so etwas hereinfallen und tatsächlich Mr. Megara für den Täter halten würden. Jeder wußte doch, daß Mr. Megara Tausende von Kilometern entfernt auf hoher See weilte! Ganz zu schweigen von der Verbindung zu Vans Ermordung und den Ts, der Handschrift des Mörders … Nein.« Er wandte sich dem Segler zu, der noch immer stirnrunzelnd die Pfeife betrachtete.

»Wo waren Sie selbst, Ihre Jacht und Ihre Besatzung am zweiundzwanzigsten Juni?«

Megara drehte sich zu seinem Kapitän herum. »Auf diese Frage sind wir vorbereitet, nicht wahr, Captain?« Unter seinem Schnurrbart grinste er breit. »Also, wo waren wir?«

Captain Swift zog mit hochrotem Kopf ein Blatt Papier aus einer seiner ausgebeulten Taschen. »Hier is' die Eintragung aus mei'm Logbuch«, brummte er. »Da ham Se's schwarz auf weiß, Mister.«

Die Notiz besagte, daß die *Helene* am zweiundzwanzigsten Juni die Gatun-Schleusen im Panamakanal mit Kurs auf die Westindischen Inseln passiert hatte. Der Captain hatte eine Quittung dazugeheftet, der zu entnehmen war, daß die *Helene* die Gebühr für die Passage des Panamakanals entrichtet hatte.

»Die ganze Crew is' an Bord«, schnaufte Captain Swift. »Mein Logbuch könnse meinetwegen von vorne bis hinten durchblättern. Wir ham den Pazifik in östlicher Richtung überquert. Auf der Westpassage sind wir bis nach Australien gekommen.«

Vaughn nickte. »Niemand zweifelt daran, daß Sie die Wahrheit sagen, Captain. Trotzdem müßten wir einen Blick in Ihr Logbuch werfen.«

Megara stand breitbeinig da; und es war nicht sonderlich schwer, sich vorzustellen, wie er bei hohem Seegang auf der Brücke stand. »Keiner zweifelt an uns. Wie schön! Nicht, daß es mich kratzen würde, Sie verstehen … Wir sind dem Tod auf der Reise nicht begegnet. Das

Gefährlichste war, daß ich hinter Suva plötzlich heftige Schmerzen in der Leistengegend bekam.«

Isham wußte offenbar nicht mehr weiter, und Inspector Vaughn wandte sich an Ellery. »Nun, Mr. Queen, was spukt denn so durch Ihre Gehirnwindungen? Sie brüten doch wieder einen Ihrer genialen Einfälle aus!«

»Ich fürchte, Inspector, die Indizien sprechen nicht gerade dafür«, erwiderte Ellery, indem er auf den Eintrag im Logbuch und die Quittung deutete, »daß Krosac den Mord Megara anhängen wollte.« Er zog an seiner Zigarette, bevor er fortfuhr. »Die Pfeife …« Er schnippte die Asche seiner Zigarette in die Richtung der Bruyère-Pfeife, die Megara noch immer in Händen hielt. »Krosac muß klargewesen sein, daß Mr. Megara für die Tatzeit und darüber hinaus ein wasserdichtes Alibi hatte. Also lassen wir diese Theorie fallen. Ungeachtet dessen läßt sich aus der Tatsache, daß diese Pfeife hier Mr. Megara gehört und Brad sie niemals angerührt hätte, eine andere Theorie ableiten.«

»Brillant«, sagte Professor Yardley, »wenn es stimmt. Was für eine Theorie?«

»Brad hätte die neptunköpfige Pfeife, Eigentum seines Kompagnons, niemals geraucht. Dennoch hat dies jemand getan, das Opfer hat sie angeblich selbst in der Hand gehabt. Wenn sich nun aber Brad die Pfeife niemals in den Mund gesteckt hätte, und es doch so aussieht, als hätte er dies getan – was folgt dann daraus?«

»Genial«, murmelte der Professor. »Es sollte bloß den Anschein haben, als ob Brad sie geraucht hätte. Muß ein Kinderspiel gewesen sein, die Finger des Toten auf den Stiel zu drücken.«

»Exakt!« rief Ellery. »Ebensoleicht war es, die Pfeife so zu präparieren, daß man annehmen mußte, sie wäre benutzt worden. Vielleicht hat der Mörder sie selbst gestopft, angezündet und geraucht. Zu dumm, daß das Bertillonsystem nichts über die individuelle Mundflora aussagt; würde sich manchmal lohnen … Wer also könnte ein Interesse daran gehabt haben, es so aussehen zu lassen, als hätte Brad diese Pfeife geraucht? Sicher nur der Mörder. Warum? Um den Eindruck zu erwecken, Brad wäre in seiner Rauchjacke zum Gartenhaus spaziert, um in Ruhe ein Pfeifchen zu rauchen, wobei ihn der Mörder überfallen und ermordet hätte.«

»Klingt gar nicht so abwegig«, bestätigte Isham. »Aber warum hat Krosac Mr. Megaras Pfeife genommen? Warum nicht eine von Brads eigenen?«

Ellery zuckte die Schultern. »Dafür gäbe es eine einfache Erklärung. Wo hatte Krosac die Pfeife vermutlich her? – Aus der Schublade des Lesetisches im Arbeitszimmer! Käme das hin, Mr. Megara?«

»Dürfte wohl«, sagte Megara. »Tom hat alle seine Pfeifen dort aufbewahrt. Als er meine gefunden hatte, nachdem ich aufgebrochen war, muß er sie zu den anderen in die Schublade gelegt haben, damit sie nicht verlorengeht.«

»Danke. Krosac zieht also die Schublade auf und findet ein ganzes Arsenal von Pfeifen vor. Selbstverständlich nimmt er an, daß alle Brads Eigentum sind. Die Pfeife will er im Gartenhaus zurücklassen, um zu suggerieren, daß Brad dort geraucht hätte. Er sucht eine aus, die besonders auffällig ist, weil er klugerweise annimmt, daß die auffälligste Pfeife am leichtesten identifiziert wird. Ergo nimmt er die Neptun. Wir haben verdammtes Glück gehabt, daß er sich da vergriffen hat – am Eigentum von Mr. Megara.«

»Gut«, fuhr Ellery konzentriert fort. »Daraus ergibt sich eine interessante Folgerung. Hat sich unser Freund Krosac nicht einige Mühe gemacht, uns glauben zu machen, daß Brad überfallen und ermordet worden sei, während er im Gartenhaus rauchte? Denn, sehen Sie, hätte es keine Pfeife und keine Anhaltspunkte dafür gegeben, daß geraucht wurde, hätten wir Brads freiwillige Anwesenheit im Gartenhaus doch in Zweifel gezogen, zumal er eine Rauchjacke trug. Er hätte ja auch dort hingeschleift worden sein können. Wenn wir davon ausgehen, daß ein Mann an einem bestimmten Ort geraucht hat, nehmen wir jedoch ebenfalls an, daß er sich zumindest bis zu einem bestimmten Zeitpunkt freiwillig dort aufgehalten hat … Nun finden wir jedoch heraus, daß er dort nicht geraucht hat, der Mörder uns aber das Gegenteil suggerieren will. Die einzig logische Schlußfolgerung daraus ist: Das Gartenhaus ist nicht der Tatort. Lediglich dem Mörder liegt viel daran, daß wir dies glauben.«

Megara beobachtete Ellery mit einem nachdenklichen, ja zynischen Leuchten in den Augen. Die anderen schwiegen.

Ellery schnippte seine Zigarette durch die Tür nach draußen. »Der nächste Schritt ergibt sich von selbst. Wenn das Verbrechen nicht im Gartenhaus verübt worden ist, muß es woanders verübt worden sein. Diesen Ort müssen wir ausfindig machen und untersuchen. Die Lösung liegt natürlich auf der Hand: Der Mord ist in der Bibliothek verübt worden. Dort ist Brad zuletzt lebend gesehen worden, während er gegen sich selbst Dame spielte und, da er sämtliche potentiellen Zeugen oder Störer fortgeschickt hatte, offenbar einen Gast erwartete.«

»Einen Moment, bitte.« Megaras Mund glich einem leblosen Strich. »Ein unglaublich präziser und wortgewaltiger Vortrag, Mr. Queen. Leider aber stimmt davon nichts.«

Ellerys Lächeln verlor sich. »Wie? Ich verstehe nicht. Wo, bitte, soll denn der Haken sein?«

»Der Haken an Ihrer Analyse ist die Annahme, Krosac hätte nicht gewußt, daß die Pfeife mir gehört.«

Ellery nahm sein Pincenez ab und begann, die Linsen mit seinem Taschentuch zu polieren – ein untrügliches Zeichen dafür, daß er verwirrt, äußerst zufrieden oder aufgeregt war. »Eine bemerkenswerte Aussage, Mr. Megara, wenn Sie nicht irren. Woher sollte denn Krosac wissen, daß die Pfeife Ihnen gehört?«

»Weil er sie aus einem Etui genommen hat. Haben Sie eines in der Schublade gefunden?«

»Nein.« Ellerys Augen blitzten neugierig. »Jetzt erzählen Sie mir bloß nicht, daß Ihre Initialen auf dem Etui eingraviert waren, Sir!«

»Noch besser«, entfuhr es Megara. »Mein voller Name prangte in Goldlettern auf dem Maroquin! Als ich die Pfeife das letzte Mal sah, war sie in dem Etui, dessen Form natürlich der Pfeife angepaßt und daher genauso auffällig ist. Eine andere Pfeife hätte nicht hineingepaßt, ausgenommen eine detailgetreue Nachbildung.«

»Hervorragend!« rief Ellery mit einem schamlosen Grinsen. »Ich nehme alles zurück. Das gibt uns völlig neuen Auftrieb, Mr. Megara! Da fällt ein ganz anderes Licht auf die Sache! Stoff zum Nachdenken … Krosac wußte also, daß die Pfeife Ihnen gehört. Dennoch hat er sie bewußt im Gartenhaus zurückgelassen. Das Etui hat er verschwinden lassen – es ist nirgendwo gefunden worden. Warum? Weil wir es sonst gefunden, die augenfällige Ähnlichkeit zwischen Megaras Etui und der Form der vermeintlich in Brads Besitz befindlichen Pfeife bemerkt und sofort gefolgert hätten, daß sie ihm nicht gehörte. Indem Krosac jedoch das Etui beseitigte, konnte er uns vorübergehend vorgaukeln, die Pfeife hätte Brad gehört. Sie verstehen?«

»Warum nur vorübergehend?« fragte Vaughn.

»Ganz einfach«, erwiderte Ellery triumphierend, weil Mr. Megara zurückgekehrt ist, die Pfeife als seine eigene erkannt und uns über das fehlende Etui aufgeklärt hat. Krosac hat gewußt, daß dies unumgänglich war. Wir schließen daraus: Krosac wollte uns – solange Mr. Megara noch auf See war – in dem Glauben wissen, daß die Pfeife Brad gehört und das Verbrechen demzufolge im Gartenhaus stattgefunden hätte. Krosac hat in Kauf genommen, daß wir nach Mr. Megaras Ankunft herausfinden würden, daß das Gartenhaus nicht der Tatort war; weiterhin hat er einkalkuliert, da unausweichlich, daß wir nach dem wahren Tatort suchen würden. Warum aber sage ich: einkalkuliert? – Weil Krosac offen gestanden hätte, auf einfacherem Wege dafür zu sorgen, daß wir das Gartenhaus als Tatort angesehen hätten – nämlich, indem er eine von Brads eigenen Pfeifen genommen hätte!«

»Sie gehen also davon aus«, wandte der Professor nachdenklich ein, »daß der Mörder es geradezu darauf angelegt hat, daß wir den wahren Tatort finden? Ich verstehe nicht, warum.«

»Ergibt für mich keinen rechten Sinn«, sagte Isham kopfschüttelnd.

»Klarer geht's doch nicht«, schmunzelte Ellery. »Verstehen Sie denn nicht – Krosac wollte uns erst jetzt am wahren Tatort haben, vor einer Woche noch nicht – erst jetzt!«

»Aber, Mensch, warum?« fragte Megara ungeduldig. »Das ist doch völlig absurd.«

Ellery zuckte die Achseln. »Soweit bin ich leider noch nicht; aber glauben Sie mir, es gibt eine Antwort, Mr. Megara. Wir sollen etwas finden, während Sie in Bradwood sind, was wir nach Krosacs Regie nicht hätten entdecken dürfen, solange Sie noch irgendwo auf dem Pazifik herumgesegelt sind.«

»Quatsch«, sagte Vaughn voller Unmut.

»Was auch immer das sein soll«, fügte Isham hinzu. »Ich glaub' da nicht dran.«

»Ich schlage vor«, entgegnete Ellery, »daß wir tun, was Monsieur Krosac uns aufgetragen hat. Wenn er will, daß wir es finden, dann sollten wir uns an die Arbeit machen. Wenn Sie mir bitte zur Bibliothek folgen wollen?«

14. Das elfenbeinerne Versteck

Die Bibliothek war am Morgen, nachdem man die verstümmelte Leiche aufgefunden hatte, versiegelt worden. Nun betraten Isham, Vaughn, Megara, Professor Yardley und Ellery den Raum; Captain Swift indessen rollte zur Anlegestelle, die Brads und Lincoln hatten sich in ihre Privaträume zurückgezogen, und Dr. Temple war schon vor einiger Zeit gegangen.

Megara stand etwas abseits, während der Raum durchsucht wurde; diesmal ging die Polizei nicht mit der üblichen flüchtigen Routine vor, sondern stellte den Raum mit solcher Gründlichkeit auf den Kopf, die kein Staubkörnchen außer acht ließ. Isham entriß dem Sekretär seine Innereien und bedeckte das ausgeweidete Möbel mit verstreuten Papieren. Vaughn nahm sich das übrige Mobiliar vor, Stück für Stück. Professor Yardley ließ es sich nicht nehmen, den Musikschrank neben dem Flügel im Erker zu durchwühlen.

Die Entdeckung ließ nicht lange auf sich warten. Zumindest war es überhaupt einmal eine Entdeckung; ob es sich nun um diejenige handelte, an der Velja Krosac gelegen war oder nicht, war für den Augenblick belanglos. Die Entdeckung war von großer Bedeutung – und wurde von Ellery gemacht, während er gerade neben dem Inspector herumwühlte.

Dem Zufall – oder der Gründlichkeit – war es zu verdanken, daß Ellery den Diwan an einem Bein faßte und ein Stück von der Bücherwand wegzog, so daß er nun mit allen vier Beinen auf dem chinesischen Teppich stand, während die hinteren beiden zuvor auf dem nackten Boden gestanden hatten. Er schrie laut auf, bückte sich und untersuchte den Teil des Teppichs, den der Diwan verdeckt hatte. Isham, Vaughn und Yardley eilten auf der Stelle hinzu. Megara reckte den Hals, bewegte sich aber nicht von der Stelle.

»Was ist es?«

»So was«, murmelte der Inspector. »War ja auch kaum zu übersehen. Ein Fleck!«

»Ein Blutfleck«, verbesserte Ellery sanft. »Wir wollen doch hoffen, daß mich die Erfahrung mehr gelehrt hat als unser hochverehrter Professor.«

Sie blickten auf einen getrockneten schwärzlichen Fleck, der wie ein Wachssiegel auf den warmen Goldtönen des Teppichs haftete. Nur ein paar Zentimeter weiter befand sich ein quadratischer Abdruck im Teppich; ein Abdruck, wie er entsteht, wenn das Gewicht eines Stuhl- oder Tischbeins jahrelang auf derselben Stelle lastet. Vom Diwan konnte der Abdruck nicht stammen – seine Füße waren rund.

Ellery, der am Boden kniete, schaute einen Moment lang suchend umher. Dann fiel sein Blick auf den Sekretär an der gegenüberliegenden Wand.

»Da müßte doch –«, begann er und schob den Diwan ganz in die Mitte des Raumes. Er nickte. Einen Meter vom ersten Abdruck entfernt war sein Gegenstück zum Vorschein gekommen.

»Wie zum Teufel«, fragte sich Isham, »ist der Fleck bloß unter den Diwan gekommen? Stallings hat mir bei seiner ersten Vernehmung feierlich versichert, hier sei nichts verändert worden.«

»Das bedarf doch wohl kaum einer Erklärung, oder?« antwortete Ellery trocken, während er aufstand. »Es ist auch nichts verändert worden – außer der Lage des Teppichs. Man konnte von dem armen Mann nicht ernsthaft erwarten, daß ihm das auffällt.«

Während er den Blick noch einmal durch die Bibliothek schweifen ließ, begannen seine Augen zu leuchten. Er hatte recht gehabt; der Sekretär war das einzige Möbelstück im Raum, dessen Beine zwei Abdrücke hinterlassen haben konnten, die in Größe und Form exakt mit denen im Teppich übereinstimmten.

Er durchquerte den Raum und hob einen Fuß des Sekretärs an. Direkt darunter erschien im Teppich ein quadratischer Abdruck, der den beiden unter dem Diwan genau glich, wenn man davon absah, daß er nicht annähernd so tief oder scharf umrissen war.

»Wir machen jetzt einmal ein kleines Experiment«, sagte Ellery, während er sich voll aufrichtete. »Wir drehen den Teppich ein bißchen.«

»Drehen?« fragte Isham. »Wozu das?«

»Damit er wieder so zu liegen kommt, wie er Dienstag abend gelegen hat, bevor Krosac ihn herumgedreht hat.«

Inspector Vaughn ging ein Licht auf. »Himmel!« stöhnte er, »Ja klar! Jetzt versteh' ich! – Er wollte verhindern, daß wir den Blutfleck finden, konnte den Teppich aber nicht loswerden!«

»Das ist erst die halbe Geschichte, Inspector«, bemerkte Professor Yardley, »wenn ich Sie richtig verstanden habe, Queen.«

»Haben Sie«, erwiderte Ellery lässig. »Er brauchte bloß den Tisch aus dem Weg zu räumen. Der Rest war einfach.« Stephen Megara stand noch immer in der Ecke, lauschte schweigend, machte aber keinerlei Anstalten, den vier Männern zu helfen. Vaughn hob den runden Tisch mühelos an und stellte ihn im Flur ab. Es dauerte nicht lange, bis die vier Männer – jeder an einer der Ecken – den Teppich unter den kleineren Möbeln hervorgezogen und so gedreht hatten, daß der Teil des Teppichs, der zuvor vom Diwan verdeckt gewesen war, nun wieder dort lag, wo er in der Mordnacht gelegen hatte: auf der gegenüberliegenden Seite des Raumes. Wie sie sofort sahen, paßten die Füße des Sekretärs nahtlos in die beiden Abdrücke. Und das getrocknete Blut …

Isham war fassungslos. »Am Damebrett!«

»Hmm. Ich habe die Szene immer plastischer vor Augen«, sagte Ellery selbstzufrieden.

Der Blutfleck befand sich nun etwa sechzig Zentimeter hinter einem der Klappsitze, die zum Dametisch gehörten. Direkt daneben stand der Sekretär.

»Von hinten erschlagen«, sagte Professor Yardley, »während er mit den verflixten Klötzchen experimentierte. Hätte eigentlich damit rechnen müssen, daß ihn diese Obsession eines Tages noch in Teufels Küche bringt.«

»Was denken Sie, Mr. Megara?« fragte Ellery den schweigsamen Segler.

Der zuckte die Schultern. »Das ist Ihr Job, Gentlemen.«

»Ich glaube«, sagte Ellery, indem er sich in einem der Clubsessel niederließ und sich eine Zigarette ansteckte, »wir sparen Zeit, wenn wir das Ganze noch einmal im Schnelldurchlauf Revue passieren lassen. Wäre Ihnen das recht, Inspector?«

»Ich sehe immer noch nicht ein«, brummte Vaughn, »wozu es gut gewesen sein soll, den Teppich herumzudrehen. Wen wollte er damit täuschen? Wir hätten den Fleck nie gefunden, wenn er nicht, wie Sie gezeigt haben, vorsätzlich eine Spur zu diesem Raum gelegt hätte, indem er Mr. Megaras Pfeife zurückließ.«

»Langsam, Inspector. Lassen Sie mich einen Augenblick überlegen … Es steht jetzt fest – daran ist überhaupt nicht mehr zu rütteln –, daß Krosac die Tatsache, daß der Mord in diesem Raum hier verübt worden ist, von vornherein nicht auf Dauer verschleiern wollte; mehr noch, er hat uns ja geradezu mit der Nase darauf gestoßen – zum Zeitpunkt seiner Wahl, als er nämlich wußte, daß eine gründlichere Durchsuchung der Bibliothek den Blutfleck zutage fördern würde. Andernfalls hätte er weder die Pfeifenspur gelegt noch den Blutfleck so belassen, wie er ist. Denn sehen Sie einmal –« Ellery wies auf die offene Klappe des Sekretärs. »Hier rechts – fast genau über dem Blutfleck – standen griffbereit zwei Tintenfäßchen. Hätte nun Krosac den Teppich einfach liegenlassen und absichtlich eines der Tintenfäßchen umgekippt, wäre der Polizei kein Verdacht gekommen. Niemand hätte an der oberflächlichen Wahrheit gezweifelt. Wir wären davon ausgegangen, daß das Tintenfäßchen von Brad selbst oder jemand anderem aus Versehen umgestoßen worden wäre, und niemals auf die Idee gekommen, unter der Tinte nach Blut zu suchen … Anstatt diese einfache Lösung zu wählen, hat Krosac sich die irre Mühe gemacht, den Teppich herumzudrehen und so sicherzustellen, daß wir den Blutfleck bei der ersten Durchsuchung übersehen, durch Megara und seine Pfeife jedoch zu diesem Raum zurückgeführt werden und ihn während der zweiten Durchsuchung finden. Das Erstaunliche daran ist folgendes: Krosac hat durch sein Täuschungsmanöver nichts gewonnen – außer Zeit.«

»Schön und gut«, sagte der Professor säuerlich. »Dennoch fresse ich einen Besen, wenn Sie uns erklären können, warum wir den Fleck überhaupt finden sollten!«

»Mein liebes Professorchen«, antwortete Ellery, »immer mit der Ruhe. Jetzt rede ich! Sie sind Experte für Alte Geschichte – meine Domäne ist die Logik! Und auf diesem Gebiet lasse ich niemandem die Siegespalme! Ha! Fahren wir fort.«

Ellerys Miene wurde wieder ernst. »Kroasc wollte den Tatort nicht dauerhaft verschleiern, sondern seine Entdeckung nur hinauszögern. Warum? Darauf gibt es drei mögliche Antworten. Hören Sie jetzt genau zu – insbesondere Sie, Mr. Megara; vielleicht können Sie uns in diesem Punkt helfen.«

Megara nickte und ließ sich auf den Diwan fallen, der inzwischen wieder an seinen Platz gerückt war.

»Erstens: In diesem Raum befand sich etwas für Krosac Gefährliches, das er zu einem späteren Zeitpunkt entfernen wollte, weil er es aus irgendeinem Grunde in der Mordnacht nicht fortschaffen konnte … Zweitens: Krosac wollte etwas herbringen, das er in der Mordnacht aus irgendeinem Grund nicht herbringen konnte –«

»Moment mal, langsam«, sagte der Staatsanwalt, der Ellerys Vortrag angestrengt gefolgt war. »Beides klingt plausibel; denn in beiden Fällen hätte unsere Aufmerksamkeit dem Gartenhaus als dem vermeintlichen Tatort gegolten, nicht der Bibliothek, zu der der Mörder dann vielleicht Zugang gehabt hatte.«

»Falsch, Mr. Isham«, entgegnete Ellery. »Krosac mußte damit rechnen – selbst wenn der Fleck bei der ersten Durchsuchung übersehen worden war, wie er es geplant hatte, und das Gartenhaus als Tatort galt … Ich wiederhole: Krosac mußte damit rechnen, daß das Haus streng bewacht würde und ihn rein routinemäßige Vorsichtsmaßnahmen der Polizei daran hindern würden, etwas aus der Bibliothek fortzuschaffen oder dort hinzubringen. Es gibt jedoch ein noch viel überzeugenderes Argument gegen die beiden Hypothesen, meine Herren. Wenn Krosac vorgehabt hätte, zum Tatort zurückzukehren, und deshalb das Gartenhaus zum Tatort umdekoriert hätte, wäre es für ihn von unbestreitbarem Vorteil gewesen, die Illusion auf Dauer anzulegen. Er hätte so unbegrenzt Zeit und Gelegenheit gehabt, sich Zutritt zur Bibliothek zu verschaffen. Aber er tat etwas anderes: Er legte absichtlich eine Spur zurück zu diesem Raum, was – wenn meine bisherigen Annahmen richtig sind – das Letzte gewesen wäre, was man von ihm erwartet hätte. Ich wage folglich zu behaupten, daß beide Theorien unhaltbar sind.«

»Mir zu hoch«, brummte Vaughn angewidert, »diese Sandburgen.«

»Jetzt seien Sie einmal so gut«, monierte Isham, »die Klappe zu halten. Zugegeben, Vaughn, das sind nicht Ihre geschätzten Sing-oder-stirb-Methoden, und Mr. Queen geht reichlich unorthodox vor; aber es klingt so, als wäre er auf der richtigen Spur. Fahren Sie fort, Mr. Queen, wir sind ganz Ohr!«

»Sie dürfen sich als offiziell gerügt betrachten, Inspector«, sagte Ellery ernst. »Dritte Möglichkeit: In der Bibliothek befindet sich etwas, was auch in der Mordnacht dort war und was – jetzt kommen einige ›wasse‹ – für den Verbrecher keine Gefahr darstellt, was er nicht später fortschaffen wollte, was die Polizei finden sollte – auf das sie jedoch nicht vor Mr. Megaras Rückkehr stoßen sollte!«

»Puh«, stöhnte Vaughn. »Ich glaube, ich muß mal an die frische Luft.«

»Beachten Sie ihn einfach nicht, Mr. Queen«, beschwichtigte Isham.

Megara blickte Ellery unverwandt an. »Weiter.«

»Da wir alle keine Spielverderber sind«, fuhr Ellery fort, »werden wir so gut sein, nach dem Ding zu suchen, das wir erst finden sollten, sobald Sie, Mr. Megara, am Tatort eingetroffen sind … Wissen Sie«, fügte er nachdenklich hinzu, »meine Erfahrung lehrt mich – und das werden Sie, Inspector, mir ausnahmsweise bestätigen können –, daß einem Mörder um so mehr Fehler unterlaufen, je elaborierter er vorgeht. Ich glaube, wir brauchen den guten Stallings noch einmal.«

Der Beamte an der Tür brüllte: »Stallings!«, und der Butler eilte würdevoll herbei.

»Stallings«, begann Ellery mit Nachdruck, »Sie sind doch mit diesem Raum sehr vertraut, nicht wahr?«

Stallings hüstelte. »So gut wie Mr. Brad selbst, wenn ich das in aller Bescheidenheit anmerken darf.«

»Wir schön zu hören! Dann schauen Sie sich doch bitte einmal um.« Stallings ließ pflichteifrig seinen Blick durch den Raum schweifen. »Ist alles an seinem Platz? Ist irgend etwas neu? Befindet sich in diesem Raum etwas, was nicht hier hingehört?«

Stallings lächelte flüchtig und begann, gemessenen Schrittes den Raum zu inspizieren; er stocherte in Ecken herum, zog Schubladen auf, inspizierte das Innere des Sekretärs ... Nach zehn Minuten war er mit seinem Rundgang durch und verkündete: »In diesem Raum ist nichts verändert worden, seit ich ihn das letzte Mal betreten habe; ich meine, seit Mr. Brad ermordet worden ist ... außer der Tatsache, Sir, daß der Tisch fehlt.«

Ellery blieb hartnäckig. »Sonst ist alles in Ordnung und nichts fehlt?«

Der Butler schüttelte nachdrücklich den Kopf. »Nein, Sir. Nur der Fleck dort war noch nicht da, als ich Dienstag abend das Haus verließ. Und der Dametisch ...«

»Was ist damit?« fragte Ellery scharf.

Stallings zuckte dezent die Schultern. »Die Steine. Sie sind anders verteilt. Mr. Brad hat natürlich weitergespielt, nachdem ich den Raum verlassen hatte.«

»Na also«, seufzte Ellery erleichtert. »Scharf beobachtet, Stallings. Sie haben das Zeug zu einem Sherlock – ein fotografisches Gedächtnis! ... Das wär's.«

Stallings warf Megara, der finster zur Wand starrte, während er einen westindischen Zigarillo paffte, einen vorwurfsvollen Blick zu und verließ den Raum.

»Und jetzt«, sagte Ellery beschwingt, »an die Arbeit!«

»Wonach, bitteschön, suchen wir denn?« brummte Vaughn.

»Wenn ich das wüßte, Inspector, könnten wir uns die Mühe sparen!«

Die nun folgende Episode hätte jeden beliebigen Beobachter außerordentlich erheitert, nur Stephen Megara nicht; die Gabe zu lachen schien ihm, sofern er sie jemals besessen hatte, vollends abhanden gekommen zu sein. Vier ausgewachsene Männer, die auf allen vieren über den Teppich krochen, die Wände zu erklimmen suchten, Tapeten und Holzvertäfelungen abklopften, das Füllmaterial der Sofakissen umherstreuten, auf gut Glück an Tisch- und Stuhlbeinen zerrten – man konnte meinen, Alice' Wunderland betreten zu haben. Nach fünfzehn Minuten erfolgloser Suche erhob sich ein schwitzender, zerknautschter und sehr verärgerter Ellery aus dem Schlachtgetümmel und setzte sich neben Megara auf den Diwan. Sofort fiel er in Trance; seinem Gesichtsausdruck nach zu urteilen, zogen Schreckensbilder an ihm vorbei. Der Professor wühlte unverdrossen weiter und schien sich großartig zu amüsieren, während er mit seinen vier sperrigen Gliedmaßen auf dem Teppich herumrutschte. Dann jedoch stand er auf und streckte sich nach dem altmodischen Kronleuchter.

»Das wäre nun aber ein sehr ausgefallenes Versteck«, murmelte er, holte sich einen Stuhl und begann, in den Kristallklunkern herumzuklimpern. Einer der Drähte mußte schlecht isoliert gewesen sein; der Professor schrie plötzlich auf und plumpste zu Boden. Vaughn grunzte gereizt und hielt ein weiteres Blatt Papier gegen das Licht; offenbar von der Hypothese ausgehend, der Täter habe eine Nachricht mit unsichtbarer Tinte hinterlassen. Isham schüttelte die Vorhänge aus; die Jalousien hatte er bereits herabgelassen und in Lampen nach Hohlräumen gesucht; kurz, man erging sich in sinnloser Geschäftigkeit.

Alle Beteiligten hatten hin und wieder zu den Büchern in den eingebauten Wandregalen geschielt; doch hatte sich ihnen bislang niemand genähert. Die Aussichtslosigkeit des Unterfangens, unter Tausenden von Bänden den potentiell richtigen herauszupicken, hatte es allen verleidet, auch nur einen Anfang zu wagen.

Ellery lehnte sich zurück und keuchte: »Was für Vollidioten wir doch sind! Jagen wie die jungen Katzen unseren eigenen Schwanz … Krosac wollte, daß wir in die Bibliothek zurückkehren und hier nach etwas suchen, was wir auch finden sollen! Folglich wird er es nicht an einem Ort versteckt haben, den aufzuspüren es der vereinigten Gaben eines Houdinis und eines Bluthundes bedürfte. Er wird es jedoch auch nicht so exponiert haben, daß es uns schon beim ersten Durchgang in die Hände fällt. Ihnen, Professor, gebe ich den Rat, bei der nächsten Durchsuchung von Kronleuchtern daran zu denken, daß Krosac diesen Raum vermutlich nicht gut genug kennt, um zu wissen, welche Lampen oder Stuhlbeine Hohlräume aufweisen … Nein, das Versteck ist sorgfältig ausgetüftelt, aber leicht zugänglich.«

»Machen Sie's kurz«, blaffte Vaughn sarkastisch, »und verraten Sie's uns endlich.« Er hatte sich vollkommen verausgabt; der Schweiß lief ihm in Strömen das Gesicht herunter. »Kennen Sie hier irgendwelche Verstecke, Mr. Megara?«

Professor Yardleys Kinnbart schnellte vor wie der falsche Bart eines Pharao, als Megara verneinte.

Ellery fuhr fort: »Erinnert mich an eine ganz ähnliche Suchaktion, als vor kurzem mein Vater, der stellvertretende Bezirksstaatsanwalt Cronin und ich im Mordfall Monte Field ermittelt haben; der alte Winkeladvokat war während einer Aufführung von *Gunplay* – Sie erinnern sich? – im Roman-Theater vergiftet worden.* Wir haben es dann in –«

Die Augen des Professors begannen zu leuchten; er hastete quer durch den Raum zum Erker, in dem der Flügel stand. Nur wenige Minuten zuvor hatte sich Isham das Instrument vorgenommen; Yardley interessierte sich jedoch weder für den Resonanzkasten noch für den Klavierhocker, und schon gar nicht für den Musikschrank. Er setzte sich einfach auf den Hocker und drückte so gravitätisch, wie Ellery ihn auf dem Katheder in Erinnerung hatte, den tiefsten Ton im Bass herunter und arbeitete sich so das Manual hoch, wobei er jede Taste einzeln anschlug, bis er bei den höheren Oktaven anlangte.

»Ausgezeichnete Analysearbeit, Queen«, sagte er, während ein Ton nach dem anderen erklang. »Hat mich auf eine Idee gebracht … Angenommen, ich wäre Krosac. Ich will etwas verstecken, einen kleinen und, sagen wir, flachen Gegenstand. Ich habe nur begrenzt Zeit, und meine Vertrautheit mit dem Anwesen hält sich ebenfalls in Grenzen. Was mache ich? Wo –« Er stutzte; die Taste, die er gerade heruntergedrückt hatte, gab einen schrägen Ton von sich. Er schlug den Ton mehrmals an; als sich jedoch herausstellte, daß die Taste einfach verstimmt war, wanderten seine Finger weiter oktavaufwärts. »Krosac braucht ein Versteck, das man nicht entdecken wird, bevor er alles perfekt präpariert hat – auch nicht zufällig. Er schaut sich um – und sieht den Flügel. Das Entscheidende: Brad ist tot, die Bibliothek gehört zu seinen Privaträumen. Mit Sicherheit – überlegt er – wird niemand so pietätlos sein, in der Bibliothek eines Toten musizieren zu wollen, zumindest eine längere Zeit nicht. Ergo …«

»Genial gefolgert, Professor!« rief Ellery aus. »Das hätte glatt von mir sein können!«

Als hätte der Veranstalter persönlich dafür gesorgt, das Konzert unmittelbar nach diesem bescheidenen Programmhinweis beginnen zu lassen, schloß sich eine Entdeckung des Professors an. Die gleichmäßige Abfolge der Ganz- und Halbtonschritte riß jäh ab; Yardley war bei einer Taste angelangt, die sich partout nicht herunterdrücken lassen wollte.

»Heureka!« sagte er. Sein häßliches Gesicht spiegelte Unglauben; er wirkte wie jemand, dem man gerade einen Taschenspielertrick beigebracht hat und der nicht recht glauben konnte, daß es direkt beim ersten Mal geklappt hatte.

* Mr. Queen spielt hier auf die Untersuchung an, über die er später in seinem Roman »Der mysteriöse Zylinder« berichtete (DuMont's Kriminal-Bibliothek Band 1008).

Die Männer stürzten zum Flügel, Megara nicht weniger neugierig als die anderen. Die Taste ließ sich trotz aller professoralen Bemühungen nicht mehr als etwa einen halben Zentimeter herunterdrücken. Plötzlich blieb sie ganz hängen und ließ sich nicht einmal mehr in die Normalposition zurückbringen.

»Eine Sekunde«, sagte Ellery knapp und zog sein vom eigenen Vater mit viel Spott belegtes Taschenset hervor, entnahm ihm eine lange Nadel und begann, in den Fugen zu beiden Seiten der Taste zu stochern. Einen Augenblick später war zwischen den elfenbeinernen Tasten ein winziges Stück Papier zu sehen.

Alle seufzten im Chor auf, während Ellery das Knäuel herauspräparierte. Das Stück Papier war flach gefaltet und dann zusammengeknüllt worden; Ellery faltete es vorsichtig auseinander und breitete es auf dem Tisch aus.

Megaras Blick blieb unergründlich; die anderen jedoch waren aufs Äußerste überrascht. Nicht einmal Ellery hätte voraussagen können, welch ungewöhnlicher, wild hingekritzelter Appell sich zwischen den Tasten verborgen hatte.

AN DIE POLIZEI:
Sollte mir etwas zustoßen – und ich fürchte aus gutem Grund, daß mir ein Mordanschlag bevorsteht –, ziehen Sie bitte Erkundigungen zu dem Mord an einem Schulmeister aus Arroyo (W. Va.) namens Andrew Van ein, der letzte Weihnachten auf bestialische Weise ermordet worden ist. Man hat ihm den Kopf abgeschlagen und gekreuzigt.

Bitte benachrichtigen Sie sofort Stephen Megara, wo auch immer er sich gerade aufhalten mag, und bitten Sie ihn, umgehend nach Bradwood zurückzukehren.

Sagen Sie ihm, daß er nicht glauben soll, daß Andrew Van tot sei. Nur Stephen Megara weiß, wo er zu finden ist.

Bitte behandeln Sie dieses Schreiben absolut vertraulich, wenn Ihnen das Leben unschuldiger Menschen nicht gleichgültig ist. Unternehmen Sie nichts, bevor Megara Ihnen mitgeteilt hat, wie Sie vorgehen müssen. Sowohl Van als auch Megara brauchen jeden nur erdenklichen Schutz.

Die Sache ist von solcher Wichtigkeit, daß ich meinen Appell wiederholen muß: Bitte hören Sie auf Megara! Sie haben es mit einem Verbrecher zu tun, der vor rein gar nichts zurückschreckt!

Die Zeilen waren unterschrieben mit der, wie der direkte Vergleich mit anderen Papieren zeigte, unzweifelhaft echten Unterschrift von Thomas Brad.

15. Lazarus

Stephen Megara kochte vor Wut. Die Verwandlung dieses vitalen, selbstbeherrschten Mannes war bestürzend. Das Unfaßbare hatte ihm binnen Sekunden die Maske der Selbstbeherrschung vom Gesicht gerissen; seine Augen, die vor Ungeduld blitzten, wanderten zum Fenster, als sähen sie einen imaginären Velja Krosac hereinklettern; und dann zur Tür, an der ein gleichmütiger Posten lehnte. Er zog eine kompakte Automatic aus der Jackentasche und überprüfte ihre Mechanik mit zitternden Fingern. Er schüttelte sich, ging zur Tür und sperrte die Wache aus. Dann ging er zum Fenster und starrte hinaus. Eine Weile stand er schweigend da, lachte dann kurz und ließ die Automatic in seine Westentasche zurückgleiten.

Isham brummte: »Mr. Megara –«

Der Segler schnellte herum, zu allem bereit. »Tom war ein Schwächling«, sagte er knapp. »Mich kriegt er so nicht!«

»Wo ist Van? Wieso soll er noch am Leben sein? Was soll das Schreiben? Warum –«

»Augenblick, bitte«, unterbrach Ellery. »Nicht so voreilig, Mr. Isham. Wir haben vor dem nächsten Gang noch ordentlich zu kauen … Es ist jetzt klar, daß Brad diesen Brief an einem unmittelbar zugänglichen Ort plaziert hat – in dem Sekretär oder der Schublade im runden Tisch zum Beispiel – in der Erwartung, daß wir ihn direkt nach dem Mord finden. Auf die Gründlichkeit dieses Krosac, dem ich mit jeder Entdeckung mehr Bewunderung entgegenbringe, war er allerdings nicht gefaßt. Als Krosac Brad nun umgebracht hatte, durchsuchte er anschließend den Raum. Vielleicht ahnte er, daß ein solcher Warnbrief existierte. Wie auch immer, er hat ihn gefunden und gesehen, daß er für ihn harmlos ist –«

»Da kann ich nicht folgen«, sagte Vaughn. »Das ist doch das Letzte, was ein Mörder tun würde – eine Botschaft seines Opfers dazulassen!«

»Es bedarf wirklich keiner besonderen Geistesblitze, Inspector«, erwiderte Ellery trocken, »um zu verstehen, warum Krosac diesen vermeintlichen Fehler eingebaut hat! Wenn die Botschaft eine Gefahr für Krosacs Sicherheit gewesen wäre, hätte er sie sicher vernichtet oder zumindest mitgenommen. Doch ganz im Gegenteil; er hat das Papier nicht nur von der Vernichtung verschont; er hat es auch noch – entgegen aller normalsterblichen Vernunft, wie Sie richtig betonen – am Tatort belassen und damit seinem Opfer zur Erfüllung seines Letzten Willens verholfen.«

»Aber warum?« fragte Isham.

»Warum?« Ellerys schmale Nasenflügel blähten sich furchterregend. »Weil es ihn überhaupt nicht juckte, daß die Polizei den Brief finden würde; o nein, es war sogar von Vorteil für ihn! Hier dringen wir zum Kern des Problems vor: Was genau steht in Brads Mitteilung?« Megaras Schultern zuckten unwillkürlich; und ein finsterer Ausdruck bemächtigte sich seiner Gesichtszüge. »Daß Van noch am Leben ist und nur Stephen Megara weiß, wo wir ihn finden können!«

Professor Yardley machte große Augen. »Dieser Teufel! Er weiß selbst nicht, wo Van steckt.«

»Genau! Krosac muß in Arroyo den falschen Mann erwischt haben. Er glaubte, Andrew Van getötet zu haben; Thomas Brad war der nächste auf seiner Liste. Als er den abgehakt hatte, fand er den Brief. Darin stand, daß Van noch lebte. Wenn er jedoch vor einem halben Jahr ein Motiv hatte, Van aus dem Weg zu räumen, dann hat er es vermutlich noch immer. Wenn Van also noch lebte – und wir den armen Teufel, den er aus Versehen einen Kopf kürzer gemacht hat, einmal vernachlässigen –, mußte Krosac den echten Van ausfindig machen und endgültig erledigen. Wo aber konnte der sein? Daß er untergetaucht war – die Beine unter die Arme genommen hatte, als er erfuhr, daß ihm Krosac hinterher war und sogar bereits einen anderen Mann irrtümlich umgebracht hatte –, verstand sich von selbst.«

Ellery fuchtelte mit dem Zeigefinger.

»Vergegenwärtigen wir uns das Problem, vor dem Krosac stand. Dem Brief war nicht zu entnehmen, wo Van sich aufhält. Es stand jedoch darin, daß nur eine einzige Person Vans Versteck kennt – Megara …«

»Moment, bitte«, sagte Isham. »Ich weiß, worauf Sie hinauswollen. Aber warum zum Henker hat Krosac den Brief nicht vernichtet und einfach Megaras Ankunft abgewartet. Megara hätte uns verraten, wo Van steckt; und Krosac hätte es – wie Sie sicher vermuten – über uns irgendwie herausbekommen.«

»Oberflächlich betrachtet ein kluger Einwand! Leider aber vollkommen überflüssig.« Ellery zündete sich mit leicht zitternden Fingern eine Zigarette an. »Sehen Sie denn nicht? Wenn es keinen Brief gegeben hätte, wäre Megara nie auf den Gedanken gekommen, Vans Tod anzuzweifeln! Oder hätte es dazu Anlaß gegeben, Mr. Megara?«

»Hätte es. Aber Krosac konnte das nicht wissen.« Megaras asketischer Charakter und seine Willenskraft schwangen sogar in seiner Stimme mit.

Ellery war perplex. »Das verstehe ich jetzt nicht … Krosac wußte es nicht? Aber zumindest ist meine These belegt. Wenn Krosac den Brief der Polizei überlassen hätte – bei der ersten Durchsuchung schon, meine ich, mit der Folge, daß die Bibliothek sehr bald nach der Entdeckung der Leiche als wahrer Tatort festgestanden hätte –, wäre sofort eine Großfahndung nach Van eingeleitet worden. Krosac selbst suchte Van auch; hätte in diesem Fall jedoch mit der Polizei um die Wette suchen müssen, ohne sich dabei verdächtig zu machen, was seine eigenen Nachforschungen zu stark behindert hätte! Indem Krosac jedoch die Auffindung des Briefes hinauszögerte, schlug er zwei Fliegen mit einer Klappe: Erstens konnte er im Zeitintervall zwischen dem Mord und der Ankunft von Mr. Megara ungestört nach Van suchen; den die Polizei – noch nicht im Besitz des Briefes – für mausetot hielt. Zweitens: War es Krosac in der Zwischenzeit nicht gelungen, Van aufzuspüren, hatte er nichts dabei verloren; denn sobald Mr. Megara hier auftauchte, würde er die Pfeife identifizieren, damit neue Ermittlungen auslösen – wie geschehen –, die schließlich ergäben, daß der Mord in Wirklichkeit in der Bibliothek stattgefunden hat. Der Raum würde gründlich gefilzt werden, der Brief gefunden; Megara erführe, daß Van noch lebt, und würde der Polizei seinen Aufenthaltsort verraten … Krosac brauchte sich nur noch an uns dranzuhängen, um herauszufinden, wo Van sich versteckt!«

Megara murmelte bitter: »Vielleicht ist ja schon alles vorüber.«

Ellery fuhr herum. »Sie glauben, Krosac hat Van inzwischen gefunden?«

Megara breitete die Handflächen auseinander und zuckte die Achseln – eine europäische Geste, die so gar nicht zu diesem virilen, sehr amerikanisch wirkenden Mann paßte. »Möglich ist es. Diesem Satan ist alles zuzutrauen.«

»Hören Sie«, brummte der Inspector. »Wir vergeuden wertvolle Zeit mit unnützem Gequassel, anstatt Informationen zu sammeln. Augenblick, Mr. Queen! Hier ist kein Kaffeeklatsch! Fürs erste haben Sie genug geredet … Spucken Sie's schon aus, Megara! Welche Verbindung besteht zwischen Ihnen, ihrem Kompagnon Brad und Van?«

Der Segler zögerte einige Sekunden und stammelte schließlich: »Wir sind – wir waren –« Seine rechte Hand schnellte unwillkürlich zur ausgebeulten Jackentasche.

»Ja?« brüllte der Staatsanwalt.

»Brüder.«

»Brüder!«

Ellery starrte ungläubig auf Megaras Mund. Isham rief freudig erregt. »Dann haben Sie also richtig gelegen, Mr. Queen. Die Namen sind falsch! Von Brad, Megara und Van stimmt höchstens einer. Aber welcher –«

Megara setzte sich. »Keiner. Keiner davon. Wenn ich Ihnen erzähle –« Ein Schleier fiel über sein Gesicht; er starrte wie durch die Wände der Bibliothek hindurch in eine fremde Welt.

»Was?« fragte der Inspector.

»Wenn ich Ihnen das jetzt erzähle, werden Sie verstehen, was Sie bisher für ein unauflösbares Mysterium gehalten haben. Im gleichen Augenblick, in dem Sie mir von den Ts berichtet haben – von diesen Wahnsinns-Ts –, von den geköpften Leichen, von den ausgestreckt angenagelten Gliedmaßen, von den blutigen Ts an der Tür und auf dem Boden des Gartenhauses, von der Kreuzung, vom Totempfahl –«

»Sagen Sie bloß«, sagte Ellery forsch, »Ihr wirklicher Name beginnt mit T!«

Megara nickte schweren Hauptes. »Ja«, erwiderte er mit gesenkter Stimme. »Wir heißen Tvar. T-v-a-r …«

Für eine Weile herrschte Schweigen.

Dann hob der Professor an: »Sie haben, wie immer, recht behalten, Queen. T als Buchstabe, nichts weiter – kein Kreuz, keine Ägyptologie, keine obskure religiöse Bedeutung … Seltsam, geradezu unglaublich.«

Ellery schien ein wenig enttäuscht; dennoch fixierte er Megara mit unbewegten Augen.

»Ich glaube es einfach nicht«, brachte Vaughn voller Entrüstung hervor. »So etwas habe ich noch nie gehört.«

»Einen Mann so zurechtzuhacken, daß er die Initiale seines Nachnamens bildet!« murmelte Isham fassungslos. »Wir machen uns ja zum Gespött, wenn die Öffentlichkeit das erfährt!«

Megara sprang auf; sein Körper bebte vor Wut. »Sie kennen Osteuropa nicht!« fauchte er. »Sie haben ja überhaupt keine Ahnung! Er schleudert uns, von unbändiger Zerstörungswut getrieben, dieses T entgegen – den Anfangsbuchstaben unseres ihm verhaßten Namens! Der Mann ist nicht bei Sinnen, sage ich Ihnen! Es ist alles so klar …« Seine Wut schien sich zu legen, und er sank auf seinen Stuhl zurück. »Es ist schwer zu glauben«, fuhr er leise fort. »Nicht, was Sie jetzt denken! Es ist schwer zu glauben, daß er uns tatsächlich alle die Jahre verfolgt hat. Wie im Film! Daß er allerdings die Toten so ver-« Seine Stimme wurde wieder schneidend. »Andreja hat es gewußt.«

»Tvar«, wiederholte Ellery leise. »Und drei Decknamen über viele Jahre hinweg. Offenbar aus schwerwiegenden Gründen. Osteuropa … Vielleicht Rache, Mr. Megara?«

Megara nickte, und seine Stimme wurde melancholisch. »Ich fürchte, ja. Aber wie hat er uns gefunden? Das kann ich mir einfach nicht erklären! Als Andreja, Tomislav und ich vor Gott weiß wie vielen Jahren abgemacht haben, unsere wahre Identität geheimzuhalten, haben wir uns ebenso geschworen, niemandem, verstehen Sie, absolut niemandem unseren alten Familiennamen zu verraten. Ich könnte beschwören, daß nicht einmal Toms Frau – Margaret – oder Helene unseren Namen kennen.«

»Ihres Wissens«, fragte Ellery, »ist Krosac also der einzige, der ihn kennt?«

»Ja. Deshalb ist es mir unerklärlich, wie er uns auf die Spur gekommen ist. Allein die falschen Namen …«

»Mr. Megara«, brummte Vaughn, »ich schlage vor, wir reden endlich Tacheles! Ich brauche Fakten. Erstens – wer zum Teufel ist dieser Krosac? Was hat er gegen Sie in der Hand? Zweitens –«

»Nichts überstürzen, Vaughn«, fiel Isham dazwischen. »Ich muß die Sache mit dem T erst verdauen. Ich verstehe noch nicht ganz. Warum das T Ihres Nachnamens?«

»Um zu versinnbildlichen«, antwortete Megara mit hohler Stimme, »daß die Tvars des Todes sind! Albern, nicht wahr?« Sein ungestümes Gelächter hallte in ihren Ohren noch lange nach.

»Würden Sie Krosac erkennen, wenn Sie ihm begegneten?« fragte Ellery schließlich.

Megara kniff die Lippen zusammen. »Das ist ja das Verflixte! Seit zwanzig Jahren ist keiner von uns Krosac begegnet; und damals war er noch so jung, daß wir ihn heute nicht mehr wiedererkennen würden. Jeder von uns könnte Krosac sein. Wir sind einem Mann ausgeliefert, der so gut wie unsichtbar ist.«

»Er hinkt aber doch mit dem linken Bein?«

»Ja, als Kind hat er leicht gehinkt.«

»Das braucht aber nichts zu bedeuten«, murmelte der Professor. »Das kann genausogut ein Trick gewesen sein. Vielleicht hat er ja eine frühere körperliche Behinderung vorgetäuscht, um seine Spur zu verwischen. Zu Krosacs Verschlagenheit würde das hervorragend passen!«

Vaughn machte einen unvermittelten Schritt vorwärts und bleckte die Zähne. »Schluß jetzt mit dem nutzlosen Gewäsch! Ich will endlich harte Fakten! Hören Sie, Mr. Megara – oder Tvar, oder wie auch immer Sie sich zu nennen belieben –, warum muß Krosac unbedingt den bösen Buben mimen? Wofür, zum Henker, rächt er sich? Was für eine Geschichte steckt dahinter?«

»Das kann warten«, fuhr Ellery scharf dazwischen. »Im Augenblick interessiert nur eine Frage: Mr. Tvar, wie können Sie – wie Ihr verstorbener Bruder schreibt – wissen, wo Van sich aufhält? Sie waren über ein Jahr lang auf hoher See – ohne Verbindung zum Festland; und der Mord von Arroyo ist erst vor einem halben Jahr geschehen – letzte Weihnachten.«

»Alles vor langer Zeit abgesprochen, für den Fall, daß ...«, antwortete Megara kaum hörbar, »vor sehr langer Zeit ... Ich sagte ja bereits, ich hätte auch ohne den Brief gewußt, daß Andreja noch lebt. In Ihrem Bericht über Arroyo erwähnten Sie die Namen der beiden Männer, die den Toten an der Kreuzung gefunden haben ...«

Ellerys Augen glichen Schlitzen. »Ja?«

Megara ließ seinen Blick erneut umherschweifen, wie um sicherzugehen, daß Krosac nicht doch durch den Raum geisterte. »Und da wußte ich Bescheid. Wenn nämlich Old Pete – der Einsiedler, von dem Sie gesprochen haben – noch am Leben war, dann galt das auch für meinen Bruder Andreja Tvar.«

»Ich fürchte, ich verstehe nicht –«, begann der Staatsanwalt.

»Ich schon!« rief Ellery aus und wandte sich Professor Yardley zu. »Mensch, sehen Sie denn nicht? Andrew Van ist Old Pete!«

Bevor die anderen sich von der Überraschung erholt hatten, nickte Megara. »Sie sagen es. Er hat sich vor Jahren dieses Alter ego zugelegt, um im Ernstfall, der ja jetzt leider eingetreten ist, untertauchen zu können. Vermutlich versteckt er sich in den Bergen von West Virginia – wenn Krosac ihn nicht bereits aufgespurt hat – und hofft wider alle Vernunft, daß Krosac seinen Irrtum nicht bemerkt hat. Immerhin hat Krosac uns vor zwanzig Jahren das letzte Mal gesehen. Zumindest, soweit mir bekannt ist.«

»Nur so ist die Verwechslung zu erklären«, sagte Ellery. »Da er nicht wußte, wie sein Opfer nach zwanzig Jahren aussah, hat er den Falschen erwischt, ohne es zu merken.«

»Kling?« fragte Isham nachdenklich.

»Wen sonst?« Ellery begann zu grinsen. »Sie wollen handeln, Inspector? Bitteschön!« Er rieb sich die Hände. »Eins ist klar: Wir müssen Krosac zuvorkommen und seinen Mordplan vereiteln. Ich glaube nämlich nicht, daß Krosac Andreja schon gefunden hat. Als Old Pete ist er perfekt; ich habe damals im Gerichtssaal gesessen und nicht im mindesten daran gezweifelt, einen alten Kauz vor mir zu haben. Wir müssen Ihren Bruder sofort kontaktieren, Mr. Megara; so vorsichtig allerdings, daß Krosac – unter welcher Maske er sich auch immer verbergen mag – Andrejas Tarnung nicht durchschaut.«

»Na endlich!« sagte Vaughn mit einem mürrischen Grinsen.

Megara erhob sich und starrte glasig in die Runde. »Ich werde alles tun, was Sie von mir verlangen, Gentlemen – für meinen Bruder Andreja. Was mich selbst betrifft –«, er tätschelte unheilverkündend seine ausgebeulte Jackentasche, »soll er nur kommen! Wenn sich diese Ratte aus ihrem Loch traut, füttere ich sie mit Blei!«

16. Die Gesandten

Was sich Mrs. Brad und ihre Tochter auch einfielen ließen – es half alles nichts; Stephen Megara wollte sich partout nicht überreden lassen, die Nacht an Land zu verbringen. Den Rest des Tages verbrachte er mit den Brads und Lincoln und wirkte dank seiner überragenden Selbstbeherrschung so ausgeglichen, daß ihm nichts anzumerken war. Als jedoch die Abenddämmerung hereinbrach, wurde er unruhig und machte sich, bevor es gänzlich dunkel wurde, auf den Weg zu seiner Jacht, die in der Bucht vor Anker lag. Mit ihrem Ankerlicht strahlte sie Oyster Island an und durchdrang die tiefe Finsternis, die die Insel umgab. Da Mrs. Brad mit Megaras Rückkehr – der Rückkehr des »Kompagnons« ihres ermordeten Mannes – Trost und ein Gefühl der Sicherheit verband, war sie ihm zum Anlegesteg gefolgt und bat ihn nun flehentlich zu bleiben.

Doch Megara lehnte entschieden ab. »Ich schlafe heute nacht auf der *Helene,* Margaret. Ich habe so viele Jahre meines Lebens auf dem Boot verbracht, daß ich mich nur noch dort zu Hause fühle ... Lincoln ist doch bei euch, und –«, seine Stimme nahm einen häßlichen Klang an, »durch meine Anwesenheit wäre das Haus keinesfalls sicherer. Gute Nacht, Margaret, macht euch keine Sorgen.«

Die beiden Beamten, die sie zur Bucht begleitet hatten, beobachteten die beiden neugierig. Mrs. Brad schickte einen tränenfeuchten Blick gen Himmel und lief dann zum Haus zurück. Es war bemerkenswert, wie wenig die erst kurz zurückliegende Tragödie ihr Nervenkostüm angegriffen hatte, beinahe gleichgültig strich sie an dem Totempfahl vorbei, über dem der Adler seine Schwingen ausbreitete.

Die Männer – nunmehr Verschworene – hatten vereinbart, absolut niemanden in das Geheimnis der Gebrüder Tvar einzuweihen.

Stephen Megara verbrachte die Nacht unter Polizeischutz. Captain Swift und sein Steward tauschten fragende Blicke, während Polizeibeamte auf Deck patrouillierten. Megara schloß die Kabinentür hinter sich ab; der Wachhabende draußen konnte nicht umhin zu hören, wie sich zwei Stunden lang Schenkgeräusche mit dem Klirren von Gläsern abwechselten. Megara schien dem flüssigen Tröster mehr zu vertrauen als dem nicht unbeträchtlichen Polizeiaufgebot. Schließlich erlosch das Licht. Megara schlief so ruhig, daß die Wache die ganze Nacht hindurch keinen Laut vernahm.

Am nächsten Morgen, einem Samstag, herrschte in Bradwood hektische Aufbruchstimmung. In aller Frühe schossen zwei Polizeilimousinen die Einfahrt hinauf und parkten vor der Kolonialvilla. Inspector Vaughn stieg mit der Attitüde eines Feldherrn die Stufen der Veranda hinab und marschierte, umgeben von uniformierten Wachen, den Pfad zum Anlegesteg hinunter. Im selben Augenblick begann der Motor einer Polizeibarkasse laut zu knattern. Der Inspector, dem der Tatendrang die Röte ins Gesicht getrieben hatte, sprang in das Boot, das sofort Kurs auf die Jacht nahm.

Man gab sich keine Mühe, die Aktion zu vertuschen; sie duldete ohnehin keinen Aufschub mehr. Auf Oyster Island ließen sich einige Gestalten ausmachen, die sich aus der Deckung herausgetraut hatten und die Hälse nach der Barkasse reckten. Dr. Temple stand auf seinem Steg und hielt offen Ausschau; die Lynns hingegen waren auf den Gedanken verfallen, eine Ruderpartie vorzutäuschen, um das Boot unauffällig im Auge behalten zu können.

Der Inspector erklomm die Schiffsleiter der *Helene.*

Fünf Minuten später kam er in Begleitung von Stephen Megara, der übernächtigt aussah und nach Schnaps roch, aber dennoch Anzug und Krawatte trug, wieder herunter. Trotz der halb durchzechten Nacht folgte er Vaughn mit erstaunlicher Behendigkeit, während er seinen Kapitän kaum eines Blickes würdigte. Sie sprangen in die Barkasse, die sie zum Festland brachte.

Am Steg angelangt, wechselten sie, während die Polizeiwachen warteten, noch ein paar Worte, bevor sie sich, von Uniformierten umringt, auf den Weg zum Haus machten. Das Schauspiel hatte fast den Pomp einer Prozession.

Ein Mann in Zivil sah sie kommen, sprang aus dem Fond der Limousine, salutierte und nahm Haltung an. Unverzüglich stiegen Vaughn und Megara in den ersten Wagen ein; den zweiten bestiegen Beamte. Ihr Hupkonzert ließ keinen Zweifel daran, wer von nun an Herr der Straßen war. Sie bogen in die Einfahrt und erreichten in kürzester Zeit die Schnellstraße, die an Bradwood vorbeiführte.

Als sie am Tor angelangt waren, erwachten vier Motorräder zum Leben; zwei fuhren voraus, zwei flankierten die Limousine, der hintere Wagen bildete die Nachhut … Es war schon verwunderlich; nicht ein einziger Polizist war nach ihrem eiligen Aufbruch in Bradwood oder der angrenzenden Nachbarschaft zurückgeblieben.

Die Kavalkade donnerte die Schnellstraße hinunter und fegte alle anderen beiseite; es war nicht zu überhören, daß der lautstarke Konvoi in Richtung New York City raste …

Vaughn und Megara ließen ein Bradwood zurück, in das nun wieder Friede einkehren konnte. Die Lynns paddelten zu ihrem Steg zurück; Dr. Temple verschwand mit einer Zigarette im Mund im Wald, und Oyster Island erschien so menschenleer wie eh und je. Ketcham ruderte in einem heruntergekommenen Kahn auf das Festland zu. Jonah Lincoln setzte einen von Brads Wagen rückwärts aus der Garage und rollte die Einfahrt hinunter.

Das Haus des Professors, das ein gutes Stück von der Straße zurückstand, lag wie verlassen da, nichts regte sich.

Daß Vaughn jedoch nicht so leichtsinnig gewesen war, Bradwood unbewacht zu lassen, mußte jedem klar werden, der versuchte, die Straße, die Bradwood vom Grundstück Yardleys trennte, in die eine oder andere Richtung zu verlassen. Die Straße nämlich mündete auf beiden Seiten in eine Kreuzung ein, an die man unweigerlich kam, wenn man Bradwood zu Fuß oder mit dem Auto verlassen wollte. An beiden Kreuzungen stand – vollkommen unaufdringlich – je ein einsatzbereiter Polizeiwagen, den Vaughn mit seinen Leuten vollgestopft hatte …

Und hinter Oyster Island – vom Festland aus unsichtbar – trieb eine große Polizeibarkasse mit abgestelltem Motor in den Fluten. Die Männer an Deck vertrieben sich die Zeit mit Angeln, hatten jedoch ein scharfes Auge auf die beiden Enden der Ketcham's Bay, die jedes Boot passieren mußte, um Bradwood auf dem Wasserweg verlassen zu können …

17. Der alte Mann in den Bergen

Nicht ohne Grund erschien das Haus des Professors am Samstag morgen so still und trostlos; Yardley und seine alte Haushälterin Nanny hatten, als gehörten auch sie zur Polizei, strikte Order erhalten, das Haus nicht zu verlassen. Es wäre unvorsichtig gewesen, sich draußen blicken zu lassen, während Vaughn und Megara losfuhren; denn es war allgemein bekannt, daß Yardley einen Gast hatte – Mr. Ellery Queen, den Sonderbeauftragten aus New York City. Wenn der Professor allein spazierengegangen wäre, hätte jemand, der glaubte, auf der Hut sein zu müssen, vielleicht Argwohn geschöpft. Leider war es Yardley nicht möglich, sich in Gesellschaft seines Gastes zu zeigen, denn der war längst über alle Berge. Im selben Augenblick, in dem Megara den Polizeiwagen bestiegen hatte, war Yardleys Gast der Polizei bereits Hunderte von Kilometern von Long Island entfernt.

Ellery war raffiniert vorgegangen: Am späten Freitag abend, als die Dunkelheit Bradwood längst umfangen hatte, war Ellery in seinen Duesenberg geklettert, hatte das Anwesen des Professors verlassen und war, nahezu ohne Gas zu geben, durch die nächtliche Landschaft gehuscht. Schließlich war er – mit dem Fuß auf dem Gaspedal – in die Schnellstraße nach Mineola eingebogen. In der Stadt stieg Isham zu, und sie rasten Richtung New York.

Um vier Uhr morgens waren sie bereits in der Hauptstadt von Pennsylvania. Harrisburg lag in tiefem Schlummer, und die beiden Reisenden waren so erschöpft, daß sie, ohne sich lange zu beraten, beim Senate-Hotel haltmachten und sich schweigend in ihre Zimmer zurückzogen. Ellery hatte den Weckdienst für neun Uhr bestellt. Sie fielen in ihre Betten und schliefen wie Tote.

Um halb zehn am Samstag morgen hatten sie Harrisburg längst hinter sich gelassen und waren auf dem Weg nach Pittsburgh. Auf eine Mittagspause verzichteten sie. Der Sportwagen war mittlerweile von Staub bedeckt, und auch die beiden Männer hatte die Gewalttour sichtlich mitgenommen. Immerhin ließ sich der Duesenberg zu in seinem

Alter nicht mehr ganz selbstverständlichen Höchstleistungen anspornen; zweimal wurden sie von Polizei auf Motorrädern verfolgt, während sie mit über hundert Sachen über den Asphalt bretterten. Isham präsentierte seinen Ausweis, und sie rasten weiter ... Um drei Uhr nachmittags steckten sie im dichten Verkehr von Pittsburgh.

»Das hält ja kein Pferd aus!« nölte Isham. »Der läuft uns doch nicht weg! Sie können ja ruhig weiterhungern; aber ich muß unbedingt was zwischen die Zähne kriegen!«

Während der Staatsanwalt sich den Magen vollschlug, verloren sie wertvolle Zeit. Ellery hatte eine seltsame Erregung erfaßt. Er stocherte lustlos in seinem Essen herum, sah blaß und übernächtigt aus; doch seine Augen funkelten unnatürlich wach – ganz so, als hinge er Gedanken nach, die er vorläufig lieber für sich behielt.

Kurz vor fünf parkte der Duesenberg vor der Holzfassade, hinter der die würdigen Lenker der Geschicke von Arroyo residierten.

Als Ellery und Isham dem Wagen entstiegen, knirschten ihre Gelenke förmlich. Isham streckte sich ausgiebig, ohne die neugierigen Blicke zu bemerken, mit denen ihn ein beleibter Deutscher – in dem Ellery den ehrenwerten Bernheim, den Gemischtwarenhändler von Arroyo, wiedererkannte – und jener Einheimische im blauen Jeansanzug, der nie etwas anderes zu tun schien, als den Bürgersteig vor dem Rathaus zu kehren, musterten. Isham gähnte: »Am besten, wir bringen das gleich hinter uns. Wo sitzt der zuständige Constable, Mr. Queen?«

Ellery führte Isham zum hinteren Teil des Gebäudes, in dem sich die Amtsstube des Wachtmeisters befand, und klopfte an die Tür. »Kommense schon rein, wenn's unbedingt sein muß!« brummte eine rauchige Baßstimme.

Sie traten ein. Constable Luden hing genauso massig und verschwitzt über seinem Schreibtisch wie vor einem halben Jahr; Ellery fragte sich im stillen, ob es wohl möglich war, daß er sich seither nicht vom Fleck bewegt hatte. Als der Constable den Unterkiefer fallenließ, kamen die stumpfen gelben Hauer in seinem aufgedunsenen roten Gesicht zum Vorschein.

»Ich denk', mich tritt'n Pferd!« rief er und stand polternd auf. »Wenn das nich' Mr. Queen is'! Kommense rein, kommense! Sindse immer noch dem Kerl hinterher, der unsern Lehrer auf'm Gewissen hat?«

»Genau dem sind wir auf den Fersen, Constable«, schmunzelte Ellery. »Das ist ein Kollege von Ihnen. Darf ich vorstellen: Bezirksstaatsanwalt Isham von Nassau County, New York.«

Isham grunzte kurz, bot Luden jedoch nicht die Hand. Der Constable setzte ein breites Grinsen auf. »Im letzten Jahr hatten wir öfter ma' hohen Besuch, Mister. Se können die Nase also ruhig wieder runternehm', haha.« Isham schien seinen Ohren nicht zu trauen. »Ja, is' doch wahr … Also, was kann ich für Sie tun, Mr. Queen?«

»Dürften wir uns vielleicht erst einmal setzen? Wir sind seit Jahrhunderten mit dem Wagen unterwegs.«

»Klar doch.«

Sie nahmen Platz.

»Constable, sind Sie eigentlich diesem Bergmenschen namens Old Pete in letzter Zeit einmal begegnet?«

»Ol' Pete? – Wo Se das jetz' so fragen, ehrlich gesagt, nee«, antwortete Luden und warf Isham einen spöttischen Blick zu. »Ich hab' den Alten seit Wochen nich' geseh'n. Kommt zwar nich' oft in die Stadt rein, der Alte, mein ich', aber … Nee, also, kommt mir so vor, als hätt' ich den minnestens zwei Monate nich' geseh'n. Hat sich das letzte Mal, als er vom Berg runter is', auch ziemlich mit Vorräten eingedeckt. Aber da fragense besser Bernheim.«

»Wissen Sie zufällig«, fragte Isham, »wo sich seine Hütte genau befindet?«

»Könnte schon sein … Aber warum interessieren Se sich so für Ol' Pete? Den wollnse doch wohl nich' verhaften, den armen Schlucker! … Nich', daß mich das was anginge«, fügte Luden hinzu, als Isham die Stirn runzelte. »Bin noch nie da droben gewesen. Kenn' auch sonst kaum ein' aus der Umgebung, der ma' zu ihm rauf wär'. Die Leute erzähl'n sich Gruselgeschichten von Höhlenmenschen, weil's da droben in den Bergen viele Höhlen gibt … Ol' Petes Hütte liegt so versteckt, dasse die nie alleine finden.«

»Würden Sie uns den Weg zeigen, Constable?« fragte Ellery.

»Klaro. Wär' doch gelacht, wenn ich die nich' fänd.« Luden stand auf und schüttelte sich wie ein fetter alter Kettenhund. »Ich nehme an, Se wolln nich', daß die ganze Stadt davon erfährt?« fragte er beiläufig.

»Um Himmels willen, nein!« antwortete Isham gereizt. »Verraten Sie auch Ihrer Frau nichts davon!«

Der Constable grunzte amüsiert. »Worauf Se sich verlassen könn'. Ich hab' nämlich keine. Werd' ich dem Herrgott auch ewig dankbar für sein … Na, denn ma' los.«

Er geleitete seine Besucher jedoch nicht zum Haupteingang zurück, vor dem der Duesenberg parkte, sondern führte sie durch eine Hintertür auf eine verlassene Nebenstraße. Luden und Isham warteten, während Ellery geschwind um das Gebäude herumlief und in den Duesenberg sprang. Zwei Minuten später hielt der Wagen in der Seitenstraße und hinterließ, sobald er seine lebende Fracht geladen hatte, nichts als eine Staubwolke. Luden hatte damit vorliebnehmen müssen, Trittbrettfahrer zu spielen.

Der Constable dirigierte sie über mehrere Umwege zu einer schlammigen Straße, die ins Herz der unmittelbar vor ihnen aufragenden Berge vordrang. »Hier wird die Straße schlechter«, erklärte er. »Parkense am besten hier, den Rest machen wir zu Fuß.«

»Zu Fuß?« fragte Isham, während er den steilen Aufstieg ins Auge faßte.

»Keine Bange«, grinste Luden. »Ich trag' Sie, wennse nich' mehr können.«

Den Wagen ließen sie – hinter Buschwerk getarnt – zurück. Der Staatsanwalt sah sich um und bückte sich noch einmal, um etwas aus dem Wagen zu holen. Es war ein eingewickeltes Bündel, das Luden mit unverhohlener Neugier betrachtete; doch keiner der beiden ließ sich dazu herab, den Gegenstand zu kommentieren.

Der Constable begann, sich einen Weg durch das Dickicht zu bahnen, wobei er den Blick auf Bodenhöhe hielt; er schien jedoch nicht sonderlich bei der Sache zu sein, bis er einen zugewucherten Fußweg ausgemacht hatte. Ellery und Isham trotteten schweigend hinter ihm her. Sie stiegen höher und höher; keine Menschenseele schien dieses Stück Erde je zuvor betreten zu haben. Die Bäume waren so hoch, daß ihre Kronen Dächer bildeten und den Himmel vollständig verdeckten; die Luft war so schwül, daß alle drei Männer bereits naßgeschwitzt waren, als sie gerade einmal hundertfünfzig Meter Aufstieg hinter sich hatten. Isham begann leise vor sich hin zu fluchen.

Nach einer Viertelstunde Schinderei, in der der Weg immer schmaler und der Wald immer dichter geworden war, blieb der Constable plötzlich stehen.

»Matt Hollis hat mir den Weg ma' erklärt«, flüsterte er. »Da ungefähr musse sein!«

Vorsichtig arbeiteten sie sich weiter vorwärts, während Luden Anweisungen gab. Und – wie der gute Constable prophezeit hatte – da stand sie … Auf einer kleinen Lichtung, die unter einer massiven Felsnase gelegen war, stand eine Hütte aus rohen Baumstämmen. Knapp zehn Meter breit war die Schneise, die ihr Bewohner vorne und seitlich der Hütte in den Wald geschlagen hatte. Mit der Rückseite lehnte sie an der vorgewölbten Granitwand. Ellery traute seinen Augen kaum: Das so freigeschlagene Grundstück war vollständig mit einem hohen, mehrfach gewundenen, verrosteten und äußerst bedrohlich wirkenden Stacheldraht eingezäunt.

»Jetzt schauen Sie sich das mal an!« flüsterte Isham. »Ein Zaun ohne Eingang!«

Tatsächlich wies der Drahtzaun keinerlei Unterbrechung seiner gleichmäßigen Stachelbewehrung auf. Die Hütte innerhalb der Festung wirkte ebenfalls wenig einladend, und selbst die Rauchfahne, die sich aus dem Kamin schlängelte, wirkte düster.

»Menschenskind!« murmelte Luden. »Warum hatter sich bloß so verbarrikadiert? Muß endgültig durchgedreht sein; sag' ich doch immer.«

»Hier möcht' ich wahrhaftig keinem im Dunkeln begegnen«, murmelte Ellery. »Constable, wir müssen eine ungewöhnliche Bitte an Sie richten.«

Luden, der vielleicht witterte, daß dies seine letzte Begegnung mit dem berühmten Ellery Queen war, wurde servil. »Also, was das angeht«, brummte er, »kümmer' ich mich sowieso nur um mein' eig'-nen Kram und schweige außerdem wie'n Grab. Muß ma' in der Gegend können. Gibt etliche Schwarzbrennereien innen Bergen hier. Aber da halt' ich mich raus, is' deren Sache. Also Sir – womit kann ich Ihnen dienen?«

»Vergessen Sie unseren kleinen Ausflug«, erwiderte Isham. »Wir sind nie hiergewesen, klar? Und davon erfährt auch keiner der Kollegen in Hancock County! Den Namen Old Pete haben Sie nie gehört.«

Ludens Pranke grapschte nach einem Stück Papier, das Ellery aus seiner Brieftasche gezogen hatte.

»Mr. Isham«, sagte er feierlich. »Von jetz' an bin ich blind, taub und stumm. Sie finden alleine zurück?«

»Ja.«

»Dann Waidmanns Heil – und herzlichen Dank auch, Mr. Queen.«

Luden drehte sich auf dem Absatz herum und verschwand im Wald, ohne sich noch einmal umzusehen.

Isham und Ellery tauschten kurz Blicke, bevor sie ihre Deckung verließen und sich auf die Lichtung wagten.

Kaum hatten sie sich an den Zaun herangeschlichen – Isham war gerade im Begriff, das Bündel, das sie mit sich führten, über die höchste Stachelspitze zu heben –, als eine rauhe, gebrochene Stimme aus dem Innern der Hütte brüllte: »Halt! Zurück!«

Sie hielten inne; das Bündel fiel zu Boden. Aus dem einzigen Fenster der Hütte – das ebenfalls mit Stacheldraht geschützt war, lugte der Lauf einer Schrotflinte, der direkt auf die beiden Eindringlinge gerichtet war. Es folgte nicht etwa nervöses Gefuchtel; nein, die häßliche Szenerie blieb seltsam unbewegt. Offenbar war der Lauf der Waffe bereit zu halten, was er versprach.

Ellery schluckte, und der Staatsanwalt erstarrte förmlich zur Säule. »Das ist Old Pete«, flüsterte Ellery. »Was an dem für ein Schauspieler verlorengegangen ist!« Er lugte über den Zaun hinweg und brüllte:

»Nehmen Sie bitte einen Augenblick lang den Finger vom Abzug. Wir sind Freunde!«

Stille. Der Besitzer der Schrotflinte begutachtete seine Besucher, die ruhig dastanden.

Dann ertönte die rauhe Stimme erneut: »Ich glaub' Ihn' kein Wort! Weg hier! Ich schieße, wenn Sie nich' in fünf Sekunden die Fliege machen!«

Isham brüllte zurück: »Wir sind von der Polizei, Sie Idiot! Wir haben einen Brief für Sie dabei – von Megara! Und lassen Sie die Zicken! Es ist schließlich Ihretwegen, daß wir hier nicht gesehen werden wollen!«

Der Flintenlauf bewegte sich nicht; dafür aber erschien das zugewachsene Gesicht des Alten hinter dem Stacheldraht, und ein Paar klare Augen beäugten sie mißtrauisch. Die Unentschlossenheit des Mannes war förmlich zu riechen. Kurz darauf verschwanden Kopf und Flintenlauf plötzlich. Einen Augenblick später rüttelte es an der zugenagelten, schweren Tür, und ein bärtiger, ungewaschener, in Lumpen gehüllter Old Pete trat ins Freie. Die Schrotflinte hielt er gesenkt, doch war ihr Lauf noch immer auf die Eindringlinge gerichtet.

»Klettern Sie über'n Zaun; 'nen Eingang gibt's nich'.« Die Stimme war dieselbe; aber es schwang ein neuer Ton darin mit.

Nachdem sie eine Weile bestürzt auf den Zaun gestarrt hatten, hob Ellery äußerst vorsichtig eines seiner langen Beine, trat mit dem Fuß den untersten Draht herunter und suchte zaghaft nach einer Möglichkeit, sich festzuhalten.

»Machense schon!« brüllte Old Pete ungeduldig. »Und keine Tricks!«

Isham suchte den Waldboden nach einem Stock ab; schließlich fand er einen, spreizte damit die beiden untersten Drahtstränge auseinander; und Ellery konnte durchkriechen, nicht allerdings, ohne hängenzubleiben und sich die Schulter seines Anzugs aufzureißen. Unbeholfen folgte der Staatsanwalt nach. Keiner sagte ein Wort, denn der Flintenlauf war noch immer auf die ungebetenen Gäste gerichtet.

Sie spurteten auf den Alten los und verschwanden mit Old Pete in der Hütte. Isham warf die schwere Tür hinter sich zu und verriegelte sie. Die Behausung war äußerst primitiv, aber mit Bedacht eingerichtet worden. Den Felsboden bedeckten Strohmatten. In einer Ecke befand sich ein gut gefülltes Vorratslager; und neben dem Feuerplatz war Brennholz aufgeschichtet. Eine bassinähnliche Einrichtung an der Hinterwand der Hütte – genau gegenüber der Tür – diente offenbar als Waschgelegenheit; darüber war ein Regal angebracht, auf dem diverse Medizinfläschchen standen. Direkt über dem Becken befand sich eine kleine Handpumpe; der Brunnen lag offenbar direkt darunter.

»Den Brief!« befahl Old Pete harsch.

Isham zog ein Stück Papier hervor. Der Bergmensch hielt die Waffe noch immer so, daß die Mündung direkt auf seine Besucher zielte. Er las die Nachricht in Etappen, um sie im Auge zu behalten; nie schaute er länger als ein paar Sekunden auf das Papier. Während er las, veränderte sich jedoch sein Gebaren so sehr, daß nur noch der Bart und die zerlumpten Kleider an Old Pete erinnerten. Er lehnte die Flinte langsam gegen den Tisch und setzte sich. Den Brief hielt er noch immer in Händen.

»Dann ist Tomislav also tot«, sagte er. Seine Gäste erschraken, so verwandelt klang seine Stimme. Das hohe Krächzen des alten Einsiedlers war einem tiefen, ruhigen Bariton gewichen – der Stimme eines gebildeten Mannes in der Blüte seiner Jahre.

»Ja, ermordet«, erwiderte Isham. »Er hat eine Nachricht hinterlassen, die Sie ebenfalls lesen sollten.«

»Ich bitte darum.« Er nahm Isham den Brief aus der Hand und las ihn schnell herunter, ohne Regungen zu zeigen. Dann nickte er. »Verstehe … Nun, meine Herren, hier bin ich. Andrew Van, vormals Andreja Tvar. Und noch immer am Leben, während Tom, der alte Sturkopf –«

Seine Augen blitzten kurz, dann sprang er auf und lief zum Waschbecken. Ellery und Isham tauschten Blicke. Ein seltsamer Vogel, dieser Mann! Van riß sich den Rauschebart ab, nahm die verfilzte weiße Perücke ab und wusch sich den Klebstoff vom Gesicht … Als er zurückkam, war er nicht mehr als der alte Kauz wiederzuerkennen, der sie noch Minuten zuvor mit der Flinte bedroht hatte; er war groß, hielt sich sehr gerade, hatte dichtes dunkles Haar und das von Entbehrungen gezeichnete Gesicht eines Asketen. Die Lumpen hingen von seinem kraftvollen Körper herab, dachte Ellery – »unpassend, völlig daneben und wie ausgerenkt«, wie Rabelais es ausgedrückt hatte. »Es tut mir leid, Gentlemen, daß ich nur einen Stuhl habe. Sie sind Staatsanwalt Isham, nehme ich an, und Sie … Ich meine, mich zu erinnern, daß Sie, Mr. Queen, am Verhandlungstag im Gerichtssaal von Weirton in der ersten Reihe gesessen haben.«

»Stimmt.«

Was für ein Exzentriker! Obwohl er sich gerade dafür entschuldigt hatte, nur einen einzigen Stuhl zu besitzen, fand er offenbar überhaupt nichts dabei, selbst darauf sitzenzubleiben und seine Gäste stehen zu lassen. »Willkommen in meinem Reich! Gemütlich, was?« Sein Ton verriet Bitterkeit. »Krosac, nicht wahr?«

»Sieht ganz danach aus«, antwortete Isham leise. Sowohl er als auch Ellery waren überwältigt von der starken Familienähnlichkeit zwischen Van und Megara. »Stephen schreibt« – Van begann zu zittern –, »daß er das T benutzt hat.«

»Allerdings. Und den Toten den Kopf abgetrennt. Entsetzlich. – Ihr richtiger Name lautet also Andrew Tvar.«

Der Schulmeister lächelte matt. »In unserer Heimat hieß ich Andreja, meine Brüder Stefan und Tomislav. Als wir rüberkamen, in der Hoffnung –« Er zuckte die Schultern, richtete sich auf seinem Stuhl sehr gerade auf und klammerte sich mit beiden Händen an der ungleichmäßigen Sitzfläche fest. Er verdrehte wie ein verängstigtes Tier die Augen und ließ seinen Blick an der schweren Tür und dem stacheldrahtbewehrten Fenster entlangwandern. »Sind Sie ganz sicher«, stieß er hervor, »daß Ihnen niemand gefolgt ist?«

Isham bemühte sich, beruhigend zu klingen. »Absolut. Wir haben jede nur erdenkliche Vorsichtsmaßnahme ergriffen, Mr. Tvar. Ihr Bruder Stephen ist offen mit einer Polizeieskorte auf einer der Schnellstraßen von Long Island nach New York City gebracht worden – übrigens in Begleitung von Inspector Vaughn, der für den Bezirk Nassau zuständig ist.« Der Lehrer nickte zögerlich. »Sollte Krosac ihnen – in welcher Verkleidung auch immer – gefolgt sein, sind ihm einige unserer Männer, die überall entlang der Strecke postiert waren, längst auf der Spur. Mr. Queen und ich sind gestern nacht heimlich losgefahren.«

Andreja Tvar nagte an seiner schmalen Oberlippe. »Es hat uns eingeholt … Es – Es reichen keine Worte, um Ihnen begreiflich zu machen, wie entsetzlich es ist, nach Jahren unbestimmter Angst endlich das Gespenst vor sich zu sehen … Wollen Sie unsere Geschichte hören?«

»Meinen Sie nicht auch«, erwiderte Ellery trocken, »daß wir angesichts der Umstände sogar ein Recht darauf haben?«

»Doch, doch«, antwortete der Lehrer. »Stephen und ich brauchen jede nur mögliche Hilfe … Was hat er Ihnen bisher erzählt?«

»Lediglich, daß Sie, Brad und er Brüder sind«, antwortete Isham. »Nicht aber, was uns eigentlich interessiert –«

Andrew Van stand auf; seine Augen wurden hart. »Ich sage kein Wort mehr! Ich sage gar nichts mehr, solange ich Stephen nicht gesehen habe.«

Die Veränderung in seiner Mimik und Haltung war so plötzlich eingetreten, daß Ellery und Isham völlig verdutzt waren. »Aber, Mann, warum?« stöhnte Isham. »Wir haben viele hundert Kilometer zurückgelegt, um herzukommen –«

Der Mann schnappte sich seine Flinte, und Isham machte unwillkürlich einen Schritt rückwärts. »Ich behaupte nicht, daß Sie die Unwahrheit sagen. Stephens Handschrift ist echt, und die von Tom ebenfalls.

Trotzdem läßt sich so etwas arrangieren. Ich habe mir nicht die komplizierte Doppelidentität und all das ausgedacht, um am Ende auf einen dummen Trick hereinzufallen. Wo ist Stephen jetzt?«

»In Bradwood«, erwiderte Ellery ruhig. »Wir spielen hier nicht Räuber und Gendarm, Mr. Van. Lassen Sie doch endlich die alberne Knarre! Mr. Megara hat gleich vermutet, daß Sie erst reden, wenn Sie Ihren Bruder wiedersehen; und wir haben entsprechend vorgesorgt. Wir haben vollstes Verständnis für Ihr Mißtrauen und stehen allen Vorschlägen Ihrerseits offen gegenüber, nicht wahr, Mr. Isham?«

»Es ist genauso, wie er sagt«, brummte der Staatsanwalt und nahm das Bündel an sich, das er den Berg hochgeschleppt hatte. »Was sagen Sie dazu, Mr. Tvar?«

Der Mann betrachtete unsicher das Bündel; man sah, daß er eine Weile mühsam gegen seine Neugier ankämpfte – und schließlich verlor.

»Machen Sie es auf!«

Isham riß das braune Packpapier auf: Das Bündel enthielt eine vollständige Polizeiuniform des Bezirks Nassau mitsamt Schuhen und Revolver.

»Vollkommen unverdächtig«, bemerkte Ellery. »Wenn wir in Bradwood ankommen, gehören Sie zur Polizei. Da wimmelt's nur so von Beamten; und ein Mann in Uniform ist sowieso immer nur ein Mann in Uniform, Mr. Tvar.«

Der Lehrer schritt seinen Steinfußboden nervös auf und ab. »Die Hütte aufgeben ...«, murmelte er. »Ich bin hier monatelang sicher gewesen. Ich –«

»Der Revolver ist geladen«, erwiderte Isham. »Und Sie haben genug Ersatzmunition im Gürtel. Was kann Ihnen denn schon zustoßen, wenn Sie eine Waffe mit sich führen und außerdem von zwei erfahrenen Männern begleitet werden?«

Van wirkte verlegen. »Sie müssen mich für einen Feigling halten, Gentlemen ... Also gut.«

Er begann, sich die Lumpen vom Körper zu reißen – darunter trug er saubere Unterwäsche, wie sie bemerkten, ohne von solchen Absonderlichkeiten noch überrascht zu sein. Recht unbeholfen begann er dann, sich die Uniform anzuziehen.

»Paßt«, bemerkte Ellery. »Megara hatte recht mit der Größe.«

Der Schulmeister sagte nichts ... Als er nun endlich in voller Montur dastand und der Revolver im Halfter schwer von seiner Hüfte herabhing, hatte er eine ganz andere Präsenz: Er war groß, kräftig und sah sogar ausgesprochen gut aus. Mit einer Hand tastete er nach seiner Waffe und streichelte sie, als flöße sie ihm Zuversicht ein.

»Ich bin soweit«, verkündete er schließlich mit fester Stimme.

»Gut!« Isham ging zur Tür; Ellery schaute aus dem verdrahteten Fenster. »Luft rein, Mr. Queen?«

»Sieht so aus.« Isham entriegelte die Tür, und sie huschten ins Freie … Die Lichtung wirkte friedlich und verlassen; gerade übergoß die Sonne die bereits nebelverhangenen Bergrücken mit ihrem letzten Gold. Ellery kroch zwischen den unteren Drahtsträngen hindurch, und Isham folgte ihm unbeholfen. Nun standen sie da und beobachteten, wie ihr uniformierter Schützling mit – wie Ellery sich eingestehen mußte – beneidenswerter Behendigkeit über den Zaun kletterte.

Andrew Tvar hatte die Tür verriegelt. Noch immer schlängelte sich die graue Rauchfahne aus dem Kamin. Jeder, der sich in den Wäldern herumtrieb, mußte die kleine Festung für bewohnt und uneinnehmbar halten.

Die drei Männer spurteten auf den Wald zu, dessen Dunkel sie bald gnädig umfing, und stiegen entlang der verwilderten Fährte vorsichtig den Hang hinunter, bis sie bei den Büschen anlangten, hinter denen der alte Duesenberg wie ein treuer Hund auf sie gewartet hatte. Sie begegneten niemandem mehr.

18. Fox bricht sein Schweigen

Ellery und Isham hatten sich zwar Freitag nacht heimlich aus dem Staub gemacht und waren auch den ganzen Samstag über fortgeblieben; das bedeutete jedoch nicht, daß in Bradwood alles ruhig geblieben wäre. Als Inspector Vaughn und Megara mit unbekanntem Ziel losgefahren waren, schien die ganze Nachbarschaft hinter den Gardinen gestanden zu haben; jedenfalls war ihr plötzlicher Aufbruch in aller Munde. Selbst Oyster Island war aufgeschreckt; Hester Lincoln hatte den langen, mühseligen Weg durch den Wildwuchs von Harachts »Tempel« bis zur Ostspitze der Insel zurückgelegt, um den alten Ketcham zu fragen, was eigentlich vor sich ging.

In Bradwood jedoch regte sich bis zur Rückkehr von Vaughn und Megara nichts. Professor Yardley hatte sein Versprechen gehalten, sich hinter den Mauern seines bizarren Palastes zu verschanzen.

Am Samstag mittag – Ellery und Isham waren zu diesem Zeitpunkt zwischen Harrisburg und Pittsburgh mit halsbrecherischer Geschwindigkeit durch den Süden von Pennsylvania gebraust, um möglichst früh in Arroyo einzutreffen – war die aufsehenerregende Kavalkade – Vorhut und Flanken bildeten Motorräder; die zweite Limousine gab Rückendeckung – in die Einfahrt von Bradwood eingebogen und zum Halten gekommen. Die Wagentür flog auf, und Inspector Vaughn sprang heraus. Megara folgte langsam nach und sah sich argwöhnisch um. Sofort schirmten ihn seine Leibwachen ab, und die Prozession setzte sich in Bewegung. Als sie an Bradwoods Anlegesteg ankamen, wartete bereits sein eigenes Boot auf ihn. Ein Polizeiboot lotste Megara zur *Helene,* der nun die Leiter hochstieg und im Innern des Schiffes verschwand. Das Polizeiboot begann Runden um die Jacht zu drehen.

Ein Polizist, der zuvor noch faul im Schaukelstuhl auf der Veranda der Kolonialvilla gesessen hatte, sprang auf und übergab dem Inspector einen Umschlag. Vaughn, der an diesem Morgen besonders hilflos gewirkt hatte, schnappte nach dem Umschlag wie nach einem Rettungsring. Während er las, überzog ein Grinsen sein Gesicht; alle Zweifel waren von ihm gewichen.

»Vor einer halben Stunde per Eilbote gebracht worden«, erklärte der Polizist.

In der Eingangstür erschien Helene Brad, und der Inspector stopfte sich den Umschlag hastig in seine Jackentasche.

»Was geht hier eigentlich vor?« fragte sie aufgebracht. »Wo ist Stephen? Nach all dieser Geheimniskrämerei sind Sie uns einige Erklärungen schuldig, Inspector!«

»Mr. Megara ist auf seiner Jacht«, blaffte Vaughn. »Und im übrigen bin ich Ihnen gar nichts schuldig. Wenn Sie mich bitte ent-«

»Gar nichts werde ich!« Helene war außer sich. »Sie und Ihre Meute sind die reinsten Rüpel! Wo sind Sie und Megara heute morgen hingefahren?«

»Tut mir leid«, sagte Vaughn. »Bitte, Miss –«

»Stephen sieht krank aus. Haben Sie ihn Ihren berüchtigten Verhörmethoden unterzogen?«

Vaughn grinste. »Na, na! Sie müssen nicht alles glauben, was die Zeitungen schreiben! Alles Quatsch. Krank sieht er aus, sagen Sie. Stimmt. Er klagt über starke Schmerzen in der Leistengegend.«

Helene stampfte mit dem Fuß auf. »Unmenschen, allesamt! Ich werde sofort Dr. Temple bitten, zur Jacht rauszufahren und ihn zu untersuchen!«

»Von mir aus, bitte«, erwiderte der Inspector. »Vielleicht gar keine so schlechte Idee.« Er wirkte zutiefst erleichtert, als er die Veranda verließ, um den schmalen Pfad einzuschlagen, der an dem Totempfahl vorbeiführte. »Komm mit, Johnny. Gibt Arbeit.«

Vaughn und der Polizist marschierten durch den Wald, bis sie die Hütte erreicht hatten, in der Fox, der gärtnernde Chauffeur, eingesperrt war. Ein Mann in Zivil lehnte lässig an der Eingangstür.

»Und?« fragte Vaughn.

»Gibt keinen Mucks von sich.«

Vaughn drückte ohne viel Federlesens die Tür auf und trat ein. Seine Männer folgten ihm. Fox sah erwartungsvoll auf; sein Gesicht war blaß, verhärmt, voller Bartstoppeln, und seine Augen zierten tiefviolette Ränder. Seit Tagen war er wie ein Häftling in seiner Zelle auf und ab gegangen; als er jedoch seinen Besucher erkannte, verzog er das Gesicht, senkte den Kopf und setzte seine Runden fort.

»Ich gebe Ihnen eine letzte Chance«, sagte der Inspector barsch. »Haben Sie mir etwas zu sagen?«

Fox setzte stur einen Fuß vor den anderen, ohne einmal innezuhalten.

»Sie wollen mir also noch immer nicht erzählen, was Sie bei Patsy Malone zu suchen hatten?« Keine Antwort.

»Also gut.« Vaughn setzte sich betont lässig. »Das ist Ihr Bier – Pendleton!«

Fox stolperte kurz, fand jedoch wieder in seinen Rhythmus hinein. Sein Gesicht indes blieb ausdruckslos.

»Ist er nicht tapfer?« bemerkte Vaughn sarkastisch. »Mensch, die Nerven möcht' ich haben! Schade nur, daß Ihnen das Theater überhaupt nichts mehr nützt, Pendleton. Wir wissen alles über Sie.«

»Ich weiß nicht, wovon Sie reden«, murmelte Fox.

»Sie haben gesessen!«

»Ich verstehe nicht.«

»Rede ich chinesisch oder was? – Aber gut.« Der Inspector setzte sein wohlwollendes Lächeln auf. »Reiten Sie sich nur tiefer rein, Pendleton! Ich mache Ihnen ja nicht zum Vorwurf, daß Ihnen längere Zeit Eisengitter als Vorhänge gedient haben ...« Sein Lächeln verschwand. »Ich mein's ernst, Pendleton. Leugnen macht alles nur noch schlimmer! Sie sitzen in der Patsche. Bei Ihren Vorstrafen kann ich Ihnen nur dringend raten, endlich den Schnabel aufzumachen!«

Fox schien zu Tode geängstigt. »Ich habe nichts zu sagen.«

»Ach nein? Gut, dann machen wir es anders. Stellen Sie sich vor, gerade ist der Tresor eines Juwelierladens geknackt worden. Zufällig streunt ein der Polizei bekannter Gauner in der Gegend herum. Meinen Sie nicht, daß der uns einige Erklärungen schuldig ist? – Versuchen Sie es noch einmal!«

Der große Mann blieb stehen, stützte sich auf die Knöchel seiner Finger, die sich hell von der schwarzen Tischplatte abhoben. »Um Himmels willen, hören Sie endlich auf, Inspector! Also gut, ich bin Pendleton. Mit diesem Fall aber habe ich nichts zu tun! Ich bin absolut unschuldig! Lassen Sie mich hier –«

»Hmm«, murmelte der Inspector. »Schon besser. Jetzt wissen wir wenigstens, worüber wir uns unterhalten. Sie heißen Phil Pendleton und sind wegen Raubes zu fünf Jahren Haft verurteilt worden, die Sie im Staatsgefängnis Vandalia, Illinois, zum größten Teil abgesessen haben. Als Mithäftlinge letztes Jahr einen Asubruchsversuch unternahmen, haben Sie den Helden gespielt und einem Gefängniswärter das Leben gerettet. Der Gouverneur von Illinois hat Ihnen daraufhin die Reststrafe erlassen. Ebenfalls gesessen haben Sie wegen Körperverletzung in Kalifornien und Einbruchs in Michigan ... Wenn Sie uns die Wahrheit erzählt haben, gut. Wenn nicht, dann würde ich Ihnen dringend empfehlen, dies auf der Stelle nachzuholen. Wir machen es Ihnen so leicht wie möglich. Haben Sie Thomas Brad umgelegt?«

Der Mann, der sich Fox nannte, ließ sich resigniert in einen Stuhl fallen. »Nein«, flüsterte er. »So wahr mir Gott helfe, Inspector.«

»Wie haben Sie Ihre letzte Anstellung bekommen bei dem Mann, der Ihnen die Referenzen ausgestellt hat?«

Er antwortete, ohne aufzublicken. »Ich wollte noch einmal von vorne anfangen. Er – er hat keine Fragen gestellt. Aber das Geschäft lief schlecht, und er hat mich gefeuert. Das ist alles.«

»Sie hatten also keinen speziellen Grund, hier als Gärtner und Chauffeur anzufangen?«

»Nein. Wissen Sie, die frische Luft und die gute Bezahlung –«

»Schön, schön. Wenn wir Ihnen entgegenkommen sollen, dann müssen Sie uns allerdings verraten, was Sie bei Patsy Malone wollten. Wenn Sie keine Dinger mehr drehen – was haben Sie dann mit Malones Bande zu tun?«

Fox schwieg eine längere Weile. Dann stand er auf; sein Gesicht hatte sich wieder verfinstert. »Ich habe ein Recht, zu tun und zu lassen –«

»Natürlich haben Sie das, Pendleton«, sagte der Inspector freundlich. »Na also. Wir helfen Ihnen.«

Fox redete schnell und starrte dabei auf den Beamten im Türpfosten, ohne ihn wirklich wahrzunehmen. »Ein – ein uralter Knastkumpan hat mich hier aufgespürt. Das war Dienstag morgen. Er hat drauf bestanden, mich zu treffen. Ich sagte: ›Nein – damit will ich nichts mehr zu tun haben.‹ Da sagte er: ›Du willst doch wohl nicht, daß ich deinem Boß 'nen Tip gebe?‹ Also hab' ich's gemacht.«

Vaughn nickte, er hörte äußerst aufmerksam zu. »Weiter, Junge, weiter.«

»Er hat mir dann eine Adresse in New York genannt. Keine Namen. Dienstag abend, nachdem ich Stallings und Mrs. Baxter am Roxy abgesetzt hatte, bin ich hingefahren und habe den Wagen einen Block weiter abgestellt. Einer mit 'ner Knarre hat mich reingelassen. Dann kam – jemand hat mir einen – einen Vorschlag gemacht. Ich habe abgelehnt und gesagt, daß ich mit der Vergangenheit abgeschlossen hätte und keine Aufträge mehr annehmen wollte. Er gab mir einen Tag Bedenkzeit. Wenn ich's nicht machte, drohte er, würde er dafür sorgen, daß Mr. Brad erfährt, wer ich bin. Ich bin gegangen – das Übrige wissen Sie ja.«

»Er hat natürlich von Ihnen abgelassen, als er von dem Mord hörte«, murmelte Vaughn. »Patsy Malone, nicht wahr?«

»Ich – ich kann es nicht sagen.«

Vaughn nickte. »Wollen wohl noch immer nicht singen, hm? Was war das für ein Vorschlag?«

Fox schüttelte den Kopf. »Mehr kann ich Ihnen beim besten Willen nicht sagen, Inspector. Ich weiß ja, Sie wollen's mir leichtmachen und so – aber das wäre mein Todesurteil.«

Der Inspector erhob sich. »Verstehe. Ganz unter uns gesagt – ich würde unter diesen Umständen auch dichthalten. Klingt gar nicht gut … Ach, wo wir schon dabei sind, Fox …« Der Mann schaute plötzlich auf; auf seinem Gesicht spiegelten sich Überraschung und Dankbarkeit. »Wo waren Sie letzte Weihnachten?«

»In New York, Inspector, auf der Suche nach Arbeit. Ich habe auf Brads Anzeige geschrieben, und am zweiten Januar habe ich hier angefangen.«

»Gut.« Der Inspector seufzte. »Nun, Fox, ich kann in Ihrem Interesse nur hoffen, daß Sie uns kein Märchen aufgetischt haben. Aber meine Hände sind gebunden. Sie müssen sich weiter zur Verfügung halten – ohne Bewachung, ohne Arrest, wenn Sie verstehen. Wir werden Sie jedoch observieren; Sie brauchen's also gar nicht erst zu versuchen.«

»Eher hack' ich mir'n Bein ab, Inspector!« rief Fox voll neuerwachter Hoffnung.

»Tun Sie so, als wäre nichts gewesen. Wenn Sie wirklich sauber sind, erzähle ich Mrs. Brad nichts von unserer Unterhaltung. Von Ihren Vorstrafen erfährt sie auch nichts.«

Fox verschlug es angesichts solch unerwarteter Großzügigkeit die Sprache. Der Inspector gab den Polizisten ein Zeichen und verließ die Hütte. Fox stolperte langsam hinterher, blieb im Türrahmen stehen und sah zu, wie der Inspector mit seinen zwei Männern den Weg zum Wald zurücklief. Sein Brustkorb hob sich, und er inhalierte die warme Luft in tiefen Zügen.

Helene saß auf der Veranda des großen Hauses.

»Mußten Sie den armen Fox wieder quälen!« sagte sie trotzig und zog die Nase hoch.

»Fox geht's gut«, erwiderte Vaughn knapp; Erschöpfung und Ratlosigkeit hatten in seinem Gesicht tiefe Spuren hinterlassen. »Haben Sie Dr. Temple gefunden?«

»Dr. Temple war nicht zu Hause. Man sagte mir, er sei mit dem Motorboot draußen auf dem Wasser. Ich habe eine Nachricht hinterlassen, daß er sich bitte Stephen anschauen soll, sobald er zurück ist.«

»Draußen, sagen Sie?«

Vaughn blickte in Richtung Oyster Island und nickte melancholisch.

19. T

Um viertel nach neun am Sonntag morgen wurde Inspector Vaughn, der die Nacht in Bradwood verbracht hatte, von Stallings zum Telefon gerufen. Er schien den Anruf erwartet zu haben, tat jedoch ahnungslos und murmelte laut: »Wer das wohl sein mag.« Ob Stallings nun darauf hereinfiel oder nicht, Vaughns einsilbige Antworten – »Hmm … Ja … Nein … In Ordnung« – waren nicht gerade geeignet, seiner Fantasie Brücken zu bauen. Der Inspector hängte ein und stürzte aus dem Haus.

Um viertel vor zehn bog eine Polizeilimousine mit Staatsanwalt Isham und drei Polizisten in Bradwoods Einfahrt ein. Als die Insassen ausgestiegen waren, stürmte Vaughn auf Isham zu, ergriff seine Hände und redete im Flüsterton auf ihn ein.

Im Schatten dieses Spektakels rollte Ellerys Duesenberg ein paar Augenblicke später unbemerkt auf Yardleys Grundstück.

Auch schien niemand zu bemerken, daß einer der Polizisten, die den Staatsanwalt begleitet hatten, sich nicht so zackig bewegte wie die anderen. Er sonderte sich ab und stieß zu einer größeren Gruppe von Uniformierten, die sich nun in alle Himmelsrichtungen verstreuten.

Professor Yardley, in Hemd und Freizeithose und mit der unvermeidlichen Pfeife im Mundwinkel, begrüßte Ellery mit einem Freudenschrei im Selamik seines Hauses. »Da ist ja unser wichtigster Gast wieder!« rief er. »Verloren hatte ich dich gegeben, Sohn!«

»Wenn Sie schon in Zitierlaune sind«, schmunzelte Ellery, während er seinen Mantel abstreifte und sich auf dem marmonen Mosaikboden niederließ, »sollten Sie auch bedenken: *hospes nullus tam in amici hospitium diverti potest … odiosus sit.*«

»Warum Plautus vergewaltigen? Sie sind immerhin volle drei Tage fortgewesen!« Die Augen des Professors funkelten neugierig. »Und?«

»Wir haben ihn dabei.«

»Nein!« Yardley wurde nachdenklich. »Einer der Uniformierten? – Was für ein Coup!«

»Die Einzelheiten haben wir heute morgen in Mineola abgesprochen. Isham hat zwei Beamte und einen offiziellen Dienstwagen angefordert, Vaughn benachrichtigt; und dann haben wir uns auf den Weg nach Bradwood gemacht.« Ellery stöhnte schwach; unter seinen Augen hatten sich dunkle Ringe gebildet. »Die Fahrt! Van war etwa so mitteilsam wie eine Schlaftablette. Mensch, bin ich erledigt. Aber es bleibt einem ja nichts erspart. Sie brennen sicher darauf, dabeizusein, wenn's spannend wird!«

Der Professor stand auf. »Und ob! Auf die Folter gespannt haben Sie mich jetzt lange genug! Schon gefrühstückt?«

»Wir haben uns erst in Mineola die Bäuche vollgeschlagen. Kommen Sie!«

Sie verließen das Haus und schlenderten die Straße nach Bradwood hinunter. Als sie an der Veranda ankamen, diskutierte Vaughn noch immer mit Isham. »Ich berichte dem Staatsanwalt gerade, was wir über Fox ausgegraben haben.«

»Über Fox?«

Der Inspector faßte knapp zusammen, was die Ermittlungen über das Vorleben des Mannes erbracht hatten.

Ellery zuckte die Achseln. »Armer Teufel ... Wo ist Megara?«

»Auf seiner Jacht.« Vaughn senkte seine Stimme. »*Er* ist zum Anlegesteg runter ... Megara hatte gestern Leistenschmerzen. Miss Brad hat versucht, Dr. Temple zu holen; doch der war den ganzen Tag außer Haus. Vermutlich hat er aber heute morgen nach Megara gesehen.«

»Hat das Verhör von gestern irgend etwas gebracht?«

»Fehlanzeige. Hat nicht angebissen. Keine Namen. – Aber kommen Sie, wir sollten uns auf den Weg machen, bevor die Leute aufwachen. Noch schlafen sie offenbar alle; jedenfalls bin ich noch keinem der Herrschaften begegnet.«

Sie folgten dem Pfad, der an der Villa vorbei zum Ufer führte. Auf dem Kai standen drei Polizisten bereit; dahinter wartete eine Barkasse auf ihren Einsatz.

Niemand schenkte dem dritten Polizisten auch nur die geringste Beachtung, während Isham, Vaughn, Yardley und Ellery – gefolgt von den drei Beamten – in das Boot kletterten, das umgehend ablegte. Die Jacht lag etwa achthundert Meter entfernt.

Das Schauspiel wiederholte sich, als sie an Bord gingen: Die vier Männer stiegen die Leiter hoch; die drei Uniformierten folgten. Die in makelloses Weiß gekleideten Besatzungsmitglieder der *Helene,* die auf Deck herumstanden, hatten nur Augen für Inspector Vaughn, der ungestümen Schrittes an ihnen vorbeirauschte, als wolle er jemanden verhaften.

Captain Swift öffnete seine Kabinentür, als sie dort vorbeikamen. »Wie lange –«, begann er.

Doch Vaughn war auf beiden Ohren taub und stapfte weiter, ohne zu reagieren. Die anderen stapften brav hinterdrein. Mit geschwollenen Schläfen starrte ihnen der Captain nach, begann wortreich zu fluchen und verschwand türenschlagend wieder in seiner Kabine.

Der Inspector klopfte an die Tür der Hauptkabine. Die Tür öffnete sich nach innen; im Türspalt erschien Dr. Temples straffes, tiefgebräuntes Gesicht.

»Hallo!« sagte er. »Oh, starker Aufmarsch! Ich habe nur gerade Mr. Megara verarztet.«

»Dürfen wir hereinkommen?« fragte Isham.

»Selbstverständlich!« vernahmen sie Megaras angespannte Stimme aus dem Inneren der Kabine. Die Männer drückten sich einer nach dem anderen durch die enge Tür, ohne einen Ton von sich zu geben. Stephen Megara lag in einer schlichten Koje; er war nackt bis auf ein Tuch, das seine Lenden bedeckte. Er sah blaß und erschöpft aus, auf seiner Stirn hatten sich Schweißperlen gesammelt. Er krümmte sich und preßte die Hände gegen eine Leiste. Die Polizisten würdigte er keines Blickes, sondern fixierte mit schmerzverzerrtem Gesicht Dr. Temple.

»Was hat er, Doktor?« fragte Ellery.

»Hernia testis«, erwiderte Dr. Temple. »Kein ganz unkomplizierter Fall. Aber wir brauchen uns im Augenblick keine Sorgen zu machen. Ich habe ihm etwas gegen die Schmerzen gegeben; die Wirkung wird er gleich spüren.«

»Hab' ich mir auf dieser verdammten letzten Fahrt eingehandelt«, keuchte Megara. »Ich danke Ihnen Doktor, es geht schon besser. Bitte lassen Sie uns jetzt allein. Die Herren mochten etwas mit mir besprechen.«

Temple sah ihn einen Moment lang verständnislos an, zuckte dann mit den Schultern und nahm seine Arzttasche. »Wie Sie wünschen … Aber bitte unterschätzen Sie die Sache nicht; Sie sollten sich in jedem Fall operieren lassen, wenn auch nicht unbedingt sofort.«

Er verbeugte sich steif und verließ unverzüglich den Raum. Der Inspector folgte ihm und kehrte nicht wieder, ehe Dr. Temple in seinem Motorboot aufs Festland zu steuerte.

Vaughn schloß leise die Kabinentür hinter sich. Zwei Polizisten lehnten sich von außen mit dem Rücken dagegen.

Der dritte machte nun einen Schritt vorwärts und sah sich nervös um. Der Mann in der Koje zupfte an seinem Tuch.

Schweigend sahen sie einander an. Die Hand gaben sie sich nicht.

»Stefan«, brachte der Lehrer hervor.

»Andreja.«

Ellery hatte Mühe, ein Lachen zu unterdrücken; der Situation haftete etwas Groteskes an, so tragisch sie auch sein mochte. Diese beiden gepflegten, stolzen Männer mit den ausländischen Namen – die Jacht, das Krankenlager, die graue Uniform … Etwas Ähnliches war Ellery trotz seiner reichen Erfahrung noch nie begegnet.

»Krosac. Krosac, Andreja«, stammelte der kranke Mann. »Er hat uns gefunden, wie du immer prophezeit hast.«

Andreja Tvar entgegnete schroff: »Wenn Tom auf meinen Rat gehört hätte … Ich habe ihn letzten Dezember per Brief gewarnt. Hat er sich nicht mit dir in Verbindung gesetzt?«

Stefan schüttelte wie in Trance den Kopf. »Nein, er wußte nicht, wo er nach mir suchen sollte. Ich bin kreuz und quer über den Pazifik gesegelt … Wie geht es dir, Andr'?«

»Soweit gut. Wie lange ist es jetzt her?«

»Jahre … Fünf – sechs?«

Sie verstummten wieder. Der Inspector beobachtete die beiden aufmerksam; Isham wagte kaum noch zu atmen. Dann warf der Professor Ellery einen Blick zu, und Ellery drängte: »Die Geschichte, bitte, Gentlemen, die Geschichte. Mr. – Van …« – er zeigte auf den Schulmeister – »muß Bradwood so schnell wie möglich wieder verlassen. Jede Sekunde, die er sich hier aufhält, verschärft die Gefahr. Krosac – wer immer er auch sein mag – ist verdammt clever. Niemand weiß, ob er auf unsere kleine Modenschau wirklich hereinfällt; und wir müssen um jeden Preis verhindern, daß er Mr. Van nach West Virginia folgt.«

»Ja«, sagte Van schwerfällig. »Da haben Sie recht. Stefan, erzähl es Ihnen.«

Der Segler streckte sich auf seinem Lager aus, als hätten die Schmerzen plötzlich nachgelassen – oder als hätte er sie vor Aufregung vergessen –, und starrte an die niedrige Kabinendecke. »Wo beginne ich da am besten? Es ist alles so verdammt lang her. Tomislav, Andreja und ich waren die letzten Abkömmlinge des stolzen Tvar-Clans, einer wohlhabenden Familie, die in den Bergen Montenegros ansässig war.«

»Und lange ausgelöscht ist«, fügte Van mit eisiger Stimme hinzu.

Der kranke Mann winkte ab, als sei das nebensächlich. »Sie müssen verstehen. Auf dem Balkan sind die Menschen ausgesprochen heißblütig. Das Blut unserer Familie war so heiß, daß es leicht kochte.« Megara lachte kurz. »Unsere Erbfeinde waren die Krosacs, ein anderer Clan. Seit Generationen –«

»Eine Vendetta!« rief Yardley. »Natürlich keine italienische – aber doch so etwas wie eine Blutfehde. Das Phänomen tritt ja auch bei uns auf, zum Beispiel gibt es in den Bergen von Kentucky solche Fehden. Da hätte ich mal eher dran denken sollen.«

»Ja.« Megaras Stimme wurde schneidend. »Wir wissen bis heute nicht, was der ursprüngliche Anlaß dazu gewesen ist. Wir steckten so tief im blutigen Sumpf, daß unsere Generation gar nicht mehr danach fragte. Denn man hatte uns von Kindesbeinen an eingetrichtert –«

»Vernichtet die Krosacs!« krächzte Van.

»Wir sind die Angreifer gewesen«, fuhr Megara fort. »Dem fanatischen Blutdurst unseres Großvaters und Vaters war es zu verdanken, daß vor zwanzig Jahren nur noch ein männlicher Krosac am Leben war – Velja, der Mann, den Sie suchen ... Damals war er noch ein Kind. Er und seine Mutter waren die einzigen Überlebenden des gesamten Krosac-Clans.«

»Wie im tiefsten Mittelalter«, murmelte Van. »Absolut barbarisch! Du, Tomislav und ich haben den Mord an Vater gerächt, indem wir Krosacs Vater und zwei Onkeln aufgelauert sind und sie in einem Hinterhalt erschlagen haben ...«

»Unfaßbar!« flüsterte Ellery dem Professor zu. »Man möchte ja kaum glauben, daß man es mit zivilisierten Menschen zu tun hat.«

»Was ist aus dem Bengel, aus diesem Krosac, geworden?« fragte Isham.

»Seine Mutter ist mit ihm nach Italien geflohen und hat sich dort versteckt. Kurze Zeit später ist sie gestorben.«

»Und auf Krosac lastete der Fluch, seine Familie rächen zu müssen«, ergänzte Vaughn nachdenklich. »Bestimmt hat ihn seine Mutter noch einmal so richtig auf seine Mission eingeschworen, bevor sie starb. Sie haben die Spur des Jungen verfolgt?«

»Ja. Das mußten wir allein schon aus Selbstschutz tun. Wir wußten ja, daß er für uns eine tödliche Gefahr darstellte, sobald er erwachsen war. Die Agenten, die wir dafür bezahlten, haben ihn an mehreren Orten Europas aufgespürt; bevor er siebzehn wurde, ist er allerdings plötzlich verschwunden, und wir haben nie wieder etwas von ihm gehört – bis jetzt.«

»Sie selbst haben Krosac nie mehr gesehen?«

»Nein. Jedenfalls nicht mehr, seit er unsere alte Heimat verlassen hat. Damals war er elf oder zwölf Jahre alt.«

»Augenblick mal«, bat Ellery und legte die Stirn in Falten. »Was macht Sie eigentlich so sicher, daß Krosac Ihnen nach dem Leben trachtet? Denn – immerhin – ein Kind ...«

»Was uns so sicher macht?« Andrew Van lächelte verbittert. »Einer unserer Agenten hat es geschafft, sich das Vertrauen des Kindes zu erschleichen, während wir den Jungen beschatten ließen, und hat mit eigenen Ohren gehört, wie er bei allen Heiligen schwor, daß er uns auslöschen würde, auch wenn er uns dafür bis ans Ende der Welt verfolgen müßte.«

»Sie wollen uns im Ernst weismachen«, fragte Isham irritiert, »daß Sie nur wegen der Phantastereien eines Kindes Ihre Namen geändert haben und nach Amerika geflohen sind?«

Beiden Männern stieg die Röte ins Gesicht. »Sie haben keine Ahnung von kroatischen Familienfehden«, murmelte Megara und wich allen Blicken aus. »Vor Generationen ist ein Krosac sogar einmal einem Tvar in die Wüsten des südlichen Arabiens gefolgt …«

»Auf alle Fälle würden Sie also Krosac nicht einmal dann erkennen, wenn Sie ihm Auge in Auge gegenüberständen?« fragte Ellery.

»Nein, das ist es ja … Wir drei waren die letzten der Familie; Vater und Mutter waren tot. Da haben wir beschlossen, nach Amerika auszuwandern. Wir waren frei; nichts band uns mehr an die Heimat. Andrew und ich waren unverheiratet, und Toms Frau war nach kurzer, kinderloser Ehe gestorben.

Wir verkauften unser stattliches Erbe – riesige Güter und unsere gesamte Habe – und wanderten unter falschen Namen getrennt voneinander nach Amerika aus. Vorher hatten wir abgemacht, uns in New York zu treffen. Wir hatten ebenso abgemacht, drei verschiedene Staatsangehörigkeiten vorzutäuschen.« – Ellery fuhr zusammen, dann lächelte er. – »Unsere Namen haben wir sicherheitshalber aus dem Atlas gepickt. Von da an war ich Grieche, Tom Rumäne und Andrew Armenier; wir hätten damals unmöglich als gebürtige Amerikaner durchgehen können; man sah einfach, daß wir aus Südosteuropa stammten. Außerdem konnten wir kaum Englisch.«

»Ich habe euch immer davor gewarnt, Krosac zu vergessen«, warf der Schulmeister düster ein.

»Tom und ich – wir hatten alle eine hervorragende Erziehung genossen – haben uns sofort daran gemacht, ein Unternehmen aufzubauen. Unser Andrew hier war jedoch schon als Kind ruhelos gewesen, ein Einzelgänger; so zog er es vor, sich die Landessprache allein beizubringen und Lehrer zu werden. Alle drei haben wir natürlich die amerikanische Staatsbürgerschaft angenommen, wurden langsam zu Amerikanern und waren, während die Jahre so dahingingen, dabei, Krosac zu vergessen, zumal wir nie wieder etwas von ihm oder über ihn gehört hatten. Zumindest für Tom und mich wurde er zur Legende, zum Mythos. Wir hielten ihn für tot oder wähnten ihn auf der hoffnungslos falschen Fährte.« Megara preßte die Kiefer aufeinander. »Wenn wir nur gewußt hätten … Wie auch immer, Tom hat bald geheiratet, das Geschäft lief hervorragend, und Andrew ging nach Arroyo.«

»Wenn ihr nur auf mich gehört hättet«, zischte Van, »wäre es nie soweit gekommen, und Tom wäre heute noch am Leben. Ich habe euch immer wieder prophezeit, daß Krosac uns früher oder später finden und Rache nehmen würde!«

»Andr', bitte.« Megaras Stimme klang kalt und ungerührt; jedoch in seinen Augen flammte so etwas wie Mitleid auf, als er seinen Bruder ansah. »Ich weiß doch. Und wir haben uns nur noch selten gesehen, was du aber, wie du zugeben mußt, nicht anders gewollt hast. Wenn du ein bißchen mehr Familiensinn gehabt hättest ...«

»Dann wäre ich bei euch geblieben, damit Krosac uns alle drei auf einen Streich auslöschen konnte?« brüllte Van aufgebracht. »Warum habe ich mich wohl in dem Loch verkrochen? Ich hänge auch am Leben, Stephen, und ich war etwas klüger als ihr –«

»So klug nun auch wieder nicht, Andr'«, sagte Megara barsch. »Immerhin hat Krosac dich zuerst gefunden. Und –«

»Allerdings«, sagte der Inspector unvermittelt. »Das hat er wohl. Wenn es Ihnen nichts ausmacht, Mr. Van, lassen Sie uns erst einmal die genauen Umstände des Arroyo-Mordes klären.«

Der Schulmeister schloß, von Erinnerungen überwältigt, die Augen. »Arroyo«, begann er heiser, »war von Anfang an ein Ort des Grauens. Das Leben in ständiger Angst trieb mich vor Jahren dazu, mir eine Geheimidentität – Old Pete – zuzulegen, hinter der ich mich verbergen konnte, falls es Krosac gelingen sollte«, er öffnete die Augen und schnaubte verächtlich, »mich zu finden. Ich habe mir dann diese verlassene Berghütte eingerichtet, die ich bei einer Höhlenwanderung zufällig entdeckt hatte, sie mit Stacheldraht eingezäunt und mir in Pittsburgh die Verkleidungsutensilien gekauft. Wenn ich als Lehrer Ferien hatte oder nicht viel zu tun war, bin ich heimlich zur Hütte hochgestiegen, habe mich als Old Pete verkleidet und bin durch die Straßen von Arroyo geschlendert, um mich in dieser Rolle den Leuten ins Gedächtnis einzuprägen. Tom und Stephen hatten dafür nur Spott übrig und erklärten mich für kindisch. War ich kindisch, Stephen? Oder denkst du da nicht inzwischen anders drüber? Denkst du nicht vielleicht auch, daß Tom in seiner Gruft zutiefst bedauert, daß er meinem Beispiel nicht gefolgt ist?«

»Ist ja gut, Andr'«, beschwichtigte Megara. »Schweif nicht ab. Erzähl, was passiert ist.«

Der exzentrische Lehrer drehte mit den Händen auf dem Rücken seiner geborgten Uniform eine Runde durch die Kabine ... und erzählte dann eine abenteuerliche Geschichte.

Als das Weihnachtsfest nahte – begann er mit der durchdringenden Stimme, die so typisch für ihn war –, fiel ihm plötzlich auf, daß er über zwei Monate nicht mehr als Old Pete in der Stadt gewesen war. Eine solche lange Abwesenheit mochte jedoch ein paar Einheimische – Constable Luden etwa – dazu veranlassen, nach dem alten Einsiedler zu suchen und seine Hütte zu durchforsten, was für ihn fatale Folgen gehabt hätte. Alles wäre aufgeflogen … Zwischen Weihnachten und Neujahr konnte er seine winzige Dorfschule endlich über eine Woche schließen, um wenigstens einige Tage lang als Lumpenmann durch Arroyo zu schlendern. Bei früheren Gelegenheiten hatte er vor seinen Ausflügen ins Eremitendasein immer verlauten lassen, er werde übers Wochenende verreisen.

»Wie haben Sie denn Kling, Ihrem Hausangestellten, Ihre wiederholte Abwesenheit erklärt?« fragte Ellery. »Oder war er eingeweiht?«

»Himmel, nein! Er war strohdumm, halb schwachsinnig eben. Ich habe ihm bloß gesagt, ich führe nach Wheeling oder Pittsburgh.«

An Heiligabend erklärte er Kling, er werde die Festtage in Pittsburgh verbringen, und machte sich auf den Weg zu seiner Hütte, in der er sein Lumpenkostüm aufbewahrte, und verwandelte sich in Old Pete. Am nächsten Morgen – dem Weihnachtsmorgen – war er sehr früh aufgestanden und hinunter nach Arroyo getrottet, um seine leere Speisekammer aufzufüllen. Er wußte, daß er sich bei Bernheim eindecken konnte, obwohl sein Laden über die Festtage eigentlich geschlossen war. Als er an der einschlägigen Kreuzung anlangte, machte er – allein, um halb sieben in der Frühe – die grausige Entdeckung der gekreuzigten Leiche, begriff sofort, was die diversen Ts zu bedeuten hatten, und rannte die gut hundert Meter zu seinem Haus. Das Schlachtfeld, das der Mörder zur allgemeinen Ansicht hinterlassen hatte, jagte ihm einen Schauer über den Rücken; ihm war allzu klar, daß Krosac aus schierem Zufall in der Nacht zuvor bei ihm aufgetaucht war, den armen Kling – in der Meinung, er sei Andreja Tvar – niedergemacht, ihm den Kopf abgeschlagen und ihn an dem Wegweiser gekreuzigt hatte.

Er dachte fieberhaft nach. Was tun? Eine unerwartet großzügige Schicksalslaune hatte dazu geführt, daß Krosac nun glauben mußte, seine schauerliche Mission, soweit sie Andreja Tvar betraf, erfüllt zu haben; warum sollte er ihn dieser Illusion berauben? Indem er sich für immer in die Lumpen Old Petes hüllte, konnte es ihm gelingen, nicht nur Krosac, sondern auch die Einheimischen in dieser gottverlassenen Gegend zum Narren zu halten …

Glücklicherweise handelte es sich bei dem Anzug, den Kling getragen hatte, als er ermordet wurde, um einen abgetragenen eigenen, den er ein paar Tage zuvor Kling vermacht hatte. Er wußte, daß die Einwohner von Arroyo den Anzug zweifelsfrei ihrem Schulmeister

Andrew Van zuordnen würden; wenn er zusätzlich ein paar Gegenstände in die Taschen steckte, die die Leiche als Andrew Van auswiesen, würde er als eindeutig identifiziert gelten.

Nachdem er seine Kleider nach Briefen und Schlüsseln durchsucht hatte, schlich er zur Kreuzung zurück, entfernte aus den Taschen der Leiche alles, was auf Kling hindeutete – der Mann in Uniform zitterte noch immer, wenn er sich dieser grausigen Aufgabe entsann –, stattete den Toten mit Vans Sachen aus und schlug sich dann weiter oben in die Büsche. Dort verbrannte er vorsichtig Klings Habseligkeiten und wartete darauf, daß jemand vorbeikam.

»Warum denn das?« fragte Vaughn. »Warum sind Sie nicht schleunigst zu Ihrer Hütte zurück?«

»Weil ich unbedingt in die Stadt mußte«, antwortete Van mit der allergrößten Selbstverständlichkeit, »um meine Brüder irgendwie zu warnen. Wenn ich jedoch einfach so in die Stadt gegangen wäre, ohne ein Wort über die Leiche an der Kreuzung zu verlieren, hätte ich mich sofort verdächtig gemacht, weil man an der Kreuzung vorbei muß, um in die Stadt zu gelangen. Wenn ich in die Stadt ging und meine Entdeckung allein meldete, zog ich damit vielleicht ebenfalls den Verdacht auf mich. Paßte ich jedoch den nächsten ab, der vorbeikam – irgendeinen harmlosen Zeitgenossen –, dann konnte ich die Leiche mit ihm zusammen ›entdecken‹ und gefahrlos in die Stadt zurückkehren, um meine Vorräte aufzustocken und gleichzeitig meine Brüder zu benachrichtigen.«

Er brauchte nur etwa eine Stunde zu warten, da tuckerte Michael Orkins, der Farmer, in seinem klapprigen Auto auf die Kreuzung zu. Old Pete winkte Orkins zu, der hielt an und ließ ihn einsteigen. Dann fanden Sie die Leiche …

»Den Rest«, sagte Van nüchtern, »kennt Mr. Queen von der Gerichtsverhandlung her.«

»Und es ist Ihnen gelungen, Ihre Brüder zu warnen?« fragte Isham.

»Ja. Als ich mich kurz in meinem Haus umsah, nachdem ich Klings Leiche an der Kreuzung gefunden hatte, habe ich hastig einen kurzen Brief an Tomis hingekritzelt – den Mann, den Sie als Thomas Brad kennen. Daß ich etwas in den Briefkasten der Post warf, als wir daran vorbeikamen, blieb in der Aufregung unbemerkt. Ich habe Tom kurz geschildert, was geschehen war, und ihn vor Krosac gewarnt, den ich bereits auf seinem Rachefeldzug gen Osten wähnte. Ich schrieb ihm auch, daß ich von nun an vollständig in die Rolle Old Petes zu schlüpfen gedachte und bitte weder er noch Stephen dieses Geheimnis irgend jemandem preisgeben sollten. Ich zumindest hatte vor, mich vor Krosac zu schützen, denn ich war tot.«

»Verdammtes Glück hast du gehabt«, versetzte Megara bitter. »Als es Tom nicht gelungen war, mich zu kontaktieren, nachdem er deinen Brief erhalten hatte, muß er den Brief an die Polizei geschrieben haben – als eine letzte Warnung an mich für den Fall, daß ihm etwas zustoßen sollte, bevor ich nach Bradwood zurückkehrte.«

Die Brüder waren blaß und angespannt; beiden war die Krise deutlich anzumerken, die sie durchmachten. Auch Megara war vollends in Krosacs Bann geschlagen. Vom Deck dröhnte das schmutzige Lachen eines Mannes herein, das sie in Alarmzustand versetzte, bevor sie merkten, daß lediglich ein Besatzungsmitglied der *Helene* einen der Polizisten verulkte.

»Schön und gut«, sagte Isham schließlich, ohne seine Hilflosigkeit verbergen zu können. »Nur kommen wir so nicht weiter. Was Krosac angeht, haben wir es immer noch mit einem Phantom zu tun.«

»Aus Ihnen spricht der Pessimist«, bemerkte Ellery, »allerdings nicht ganz zu Unrecht. Gibt es Leute, die von der Tvar-Krosac-Fehde wissen? Meine Herren, ich nehme an, daß Ermittlungen in dieser Richtung den Kreis der Verdächtigen vielleicht etwas einengen könnte.«

»Niemand außer uns weiß davon«, entgegnete Van deprimiert. »Ich habe niemandem auch nur ein Sterbenswörtchen davon erzählt.«

»Es gibt keine schriftlichen Zeugnisse davon?«

»Nein.«

»Gut«, sagte Ellery. »Dann bliebe nur noch Krosac selbst als potentieller Verbreiter der Geschichte übrig. Vorstellbar wäre es, wenn auch nicht wahrscheinlich. Warum hätte er jemanden einweihen sollen? Krosac ist heute ein erwachsener Mann – und zudem vom Vergeltungswahn besessen. Seine Rachepläne betrachtet er doch sicher als persönliche Angelegenheit; so etwas delegiert man nicht, und Komplizen braucht man dazu ebenfalls nicht. Sehe ich das richtig, Mr. Megara?«

»In Montenegro jedenfalls nicht«, antwortete der Segler niedergeschlagen.

»Für jeden, der sich mit der Psychologie der Blutfehde auskennt«, dozierte Professor Yardley, »ist es axiomatisch, daß lediglich ein Mitglied der Familie die Schande beseitigen kann. Das gilt besonders für die alten Balkanfehden, bei denen es noch um einiges bestialischer zuging als bei unseren.«

Ellery nickte. »Hätte also Krosac irgend jemandem in diesem Land etwas verraten? Wohl kaum. Denn dieser Jemand hätte sofort immense Macht über ihn gehabt; zumindest aber hätte es eine unnötige Spur mehr gegeben; und Krosac ist, der Umsicht nach zu urteilen, die er bisher seiner Monomanie zum Trotz bewiesen hat, äußerst vorsichtig … Wenn wir nun aber – obwohl das unrealistisch ist – einmal annehmen, es gibt einen Komplizen: Was hätte er ihm schon zu bieten?«

»Gute Frage«, räumte Isham ein.

»Allein schon die Tatsache, daß er aus der Blechdose in Mr. Vans Haus alles Bargeld herausgenommen hat –«

»In der Dose waren einhundertvierzig Dollar«, murmelte Van.

»– zeigt, daß Krosac knapp bei Kasse war und mitgehen ließ, was ihm in die Hände fiel. Das Haus Ihres Bruders Tomislav hingegen ist nicht ausgeraubt worden. Krosac hatte also keinen Komplizen, weil der sich die Gelegenheit, Beute zu machen, sicher nicht hätte entgehen lassen. Nicht Habgier, sondern Rachsucht ist Brad zum Opfer gefallen … Gibt es weitere Anhaltspunkte dafür, daß kein Komplize existiert? Ja. Als Kling ermordet wurde, hat sich nur ein Fremder in der Umgebung der Kreuzung blicken lassen – und das war Velja Krosac.«

»Was wollen Sie damit beweisen?« brummte Vaughn.

»Einfach nur, daß Krosac mit großer Wahrscheinlichkeit allein arbeitet und auch niemanden eingeweiht hat; denn sein Motiv ist absolut persönlich, sein Vorgehen pathologisch, und er hat nicht zu verschleiern versucht, daß er als einsamer Rächer unterwegs ist. Bedenken Sie bitte, daß Krosac seine Morde quasi unterschrieben hat, indem er beide Tatorte mit seinen Ts dekoriert hat. Das muß ihm auch klar gewesen sein, ob er nun bei Sinnen ist oder nicht; und es erscheint wenig glaubhaft, daß sich – besonders nach dem ersten Mord – jemand mit einem solchen Mann verbünden würde – mit einem so durchtriebenen und dreisten Irren.«

»Und wieder ist das Ergebnis gleich Null«, brummte der Inspector. »Was nützt es uns schon, über einen theoretischen Komplizen zu spekulieren, wenn wir bei der Suche nach dem Haupttäter keinen Schritt vorangekommen sind, Mr. Queen?«

Ellery zuckte mit den Schultern; es war offensichtlich, daß seiner Meinung nach die theoretische Eliminierung eines potentiellen Komplizen oder Mitwissers von hochrangiger Bedeutung war.

Staatsanwalt Isham schritt zwischen den Brüdern rastlos auf und ab. »Hören Sie«, sagte er dann. »Wir sollten uns nicht so schnell damit zufriedengeben, daß ein Mann einfach so verschwindet, ohne eine Spur zu hinterlassen! Wir müssen Genaueres darüber wissen, wie er aussieht. Gut, Sie können uns nicht sagen, wie Krosac heute aussieht. Aber seine generelle Erscheinung werden Sie uns vielleicht noch beschreiben können – ich denke da zum Beispiel an unveränderliche Merkmale …«

Die Brüder sahen einander an. »Das Hinken«, sagte Van schulterzuckend.

»Das habe ich Ihnen doch schon erzählt«, warf Megara ärgerlich ein. »Als Kind hatte er einen leichten Hüftschaden – nichts Ernstes, aber er hat ein bleibendes Hinken auf dem linken Bein davon zurückbehalten.«

»Bleibend?« fragte Ellery.

Die Tvars blickten ratlos drein.

»Es ist immerhin nicht auszuschließen, daß er sich in den zwanzig Jahren an der Hüfte hat operieren lassen. Was wiederum ein Beweis seiner Gerissenheit wäre, wenn wir uns die Aussage von Croker, der Garagenbesitzer von Weirton, in Erinnerung rufen. Krosac wußte ja, daß Sie ihn als hinkendes Kind in Erinnerung hatten; er könnte also, wie Professor Yardley vermutet, das Hinken nur vorgetäuscht haben … vorausgesetzt natürlich, daß es in der Zwischenzeit behoben worden ist.«

»Das Hinken kann auch genausogut echt sein«, protestierte der Inspector. »Warum zum Teufel stellen Sie jeden kleinsten Beweis, den wir haben, in Frage, Mr. Queen –«

»Oh, also gut«, erwiderte Ellery trocken. »Krosac hinkt. Aber was haben Sie davon, Inspector?« Er schmunzelte. »Ob er nun wirklich hinkt oder nicht; er wird es zumindest jedesmal dann tun, wenn er einen seiner seltenen Auftritte wagt.«

»Wir haben genug Zeit verschwendet«, brummte Vaughn. »Doch eines steht fest: Sie, Gentlemen, müssen von jetzt an ganz besonders vorsichtig sein und sich schützen, wo Sie nur können. Mr. Van, Sie kehren am besten umgehend nach Arroyo zurück und verstecken sich da. Ich schicke Ihnen ein halbes Dutzend Männer mit auf den Weg nach West Virginia, die in Ihrer Nähe bleiben werden.«

»Um Himmels willen«, stöhnte Ellery entsetzt. »Ist Ihnen nicht klar, was Sie damit täten? Sie würden Krosac direkt in die Hände arbeiten! Wir können davon ausgehen, daß unser Täuschungsmanöver funktioniert hat und Krosac noch immer nicht weiß, wo Andreja Tvar ist, obwohl er vermutlich raus hat, daß er noch lebt. Wenn wir einen solchen Zirkus machen, wird sich Krosac – sofern er auf der Lauer liegt – seinen Teil denken. Und er wird auf der Lauer liegen.«

»Was also schlagen Sie vor?« fragte Vaughn aggressiv.

»Mr. Van sollte so unauffällig wie möglich zu seiner Hütte eskortiert werden – von einem Mann, nicht sechsen. Dann können Sie auch gleich eine ganze Armee mitschicken! Und er muß allein gelassen werden. Als Old Pete ist er sicher. Je weniger Aufhebens wir davon machen, desto besser für Mr. Van.«

»Und Mr. Tvar – ich meine – Mr. Megara?« stotterte Isham. Es schien ihm Schwierigkeiten zu bereiten, sich für einen der zwei zur

Auswahl stehenden Namen zu entscheiden. »Sollen wir ihn auch sich selbst überlassen?«

»Natürlich nicht! Krosac erwartet doch, daß Megara von uns bewacht wird, also lassen wir ihn bewachen, und zwar so demonstrativ wie möglich!«

Während ihr Schicksal verhandelt wurde, schwiegen die Brüder und tauschten nur gelegentlich verstohlene Blicke; Megaras ernstes Gesicht verfinsterte sich zunehmend, während der Schulmeister mit verkniffenen Augen unruhig hin und her lief.

»Gibt es außerdem noch etwas, was Sie, Gentlemen, besprechen möchten, bevor Sie sich wieder trennen müssen?« fragte Isham. »Die Zeit drängt.«

»Ich habe es mir überlegt«, murmelte Van. »Ich-ich glaube, es wäre sehr unklug, nach West Virginia zurückzukehren. Ich habe das unbestimmte Gefühl, daß Krosac ...« Seine Stimme versagte. »... Ich werde dieses verfluchte Land verlassen und bis ans andere Ende der Welt –«

»Nein!« entgegnete Ellery mit fester Stimme. »Sollte Krosac den Verdacht hegen, daß Sie sich als Old Pete verkleiden, dann würden Sie ihm seine Sache erheblich erleichtern, wenn Sie Ihre Tarnung aufgäben und überstürzt die Flucht anträten. Er bräuchte Ihnen nur zu folgen. Sie müssen sich weiterhin als Old Pete verkleiden, bis wir ihm auf der Spur sind – oder zumindest bis es Hinweise darauf gibt, daß er Ihre Maske durchschaut hat.«

»Ich dachte ...« Van befeuchtete seine Lippen. »Ich bin kein sehr wohlhabender Mann, Mr. Queen. Sie halten mich wahrscheinlich für einen Feigling. Aber ich habe Jahrzehnte in Angst gelebt – in Angst vor dieser Bestie ...« Seine dunklen Augen flackerten unheimlich. »Mein Bruder Tomislav hat mir einiges Geld vermacht. Aber ich werde das Erbe ausschlagen, ich will das Geld nicht. Ich möchte nur noch fort von hier ...« Die Widersprüchlichkeit in Vans Worten rief bei allen Befremden hervor.

»Nein, Andr'«, beschwichtigte Megara. »Wenn du das Land verlassen willst – gut, das mußt du selber wissen. Das Geld jedoch ... Ich werde es dir vorstrecken; du wirst es brauchen, wo immer du hingehst.«

»Wieviel ist es?« fragte Vaughn argwöhnisch.

»Wenig.« Megaras Züge verhärteten sich. »Fünftausend Dollar. Tom hätte es sich sehr gut leisten können ... Aber Andreja ist eben der Jüngste; und die Vorstellungen von der Erbfolge und solchen Angelegenheiten waren in der alten Heimat sehr rigide. Ich selbst –«

»Ihr Bruder Tom war der Älteste?« fragte Ellery.

Megara wurde rot. »Nein, das bin ich. Ich werde dafür sorgen, daß du einen gerechten Anteil bekommst, Andr' –«

»Das können Sie regeln, wie Sie wollen«, brummte Vaughn. »Aber es wäre verdammt leichtsinnig abzuhauen. Da hat Mr. Queen vollkommen recht.«

Der Schulmeister erblaßte. »Ja, wenn Sie wirklich meinen, er weiß nicht –«

»Woher denn, zum Teufel?« fuhr ihn Vaughn gereizt an. »Aber bitte; wenn Sie sich dann wohler fühlen, kann Mr. Megara dafür sorgen, daß Sie Ihr Geld bekommen und es gleich mitnehmen. Wenn Sie irgendwann unbemerkt verschwinden wollen, dann wenigstens nicht ohne einen Pfennig in der Tasche. Mehr können wir nicht für Sie tun.«

»Wenn ich meine Ersparnisse in der Hütte dazurechne«, murmelte Van, »käme da schon ein ordentliches Sümmchen zusammen. Genug, um hinzugehen, wo immer ich will … Also gut. Ich kehre nach Arroyo zurück. Und – ich danke dir, Stephen.«

»Vielleicht«, begann der Segler lahm, »brauchst du auch mehr. Ich könnte dir ja das Doppelte –«

»Nein.« Der Schulmeister versteifte seine Haltung. »Ich will nur, was mir zusteht. Ich bin, wie du weißt, Stephen, immer meinen eigenen Weg gegangen.«

Megara ächzte, als er aus der Koje kroch, um an seinen Schreibtisch zu gehen. Er setzte sich und begann zu schreiben. Andreja Tvar lief unruhig auf und ab; nun, da man über sein Schicksal verfügt hatte, schien ihn nichts mehr zu halten. Schließlich erhob sich Megara mit einem Scheck in der Hand.

»Du wirst dich bis morgen früh gedulden müssen, Andr'«, sagte er. »Ich werde den Scheck selbst einlösen. Du kannst dir das Geld morgen auf dem Rückweg nach West Virginia abholen.«

Van blickte sich nervös um. »Ich muß jetzt gehen. Wo kann ich die Nacht über bleiben, Inspector?«

»Meine Leute werden sich um Sie kümmern.«

Die Brüder sahen einander noch einmal lange in die Augen. »Paß gut auf dich auf, Andr'.«

»Und du auf dich.« Beide hielten den Blick; die unsichtbare Mauer zwischen den beiden versprach einen Augenblick lang in sich zusammenzufallen. Aber sie hielt stand. Megara wandte sich ab, und der Schulmeister schlurfte mit hängenden Schultern zur Tür.

Als sie wieder an Land waren und Andreja Tvar mit einem Trupp Polizeibeamten davonmarschiert war, fragte Ellery: »Ist Ihnen auch etwas aufgefallen? – Natürlich ist es das, überflüssige Frage. Warum waren

Sie, Mr. Isham, so irritiert über den Grund, den die Gebrüder Tvar für ihre Flucht aus Montenegro angegeben haben?«

»Weil die Geschichte lächerlich ist. Fehde oder nicht – niemand kann mir weismachen, daß drei erwachsene Männer ihre Heimat verlassen und sich falsche Namen zulegen, weil irgendein kleiner Bengel gedroht hat, sie umzubringen.«

»Ganz Ihrer Meinung.« Ellery inhalierte die laue Waldluft in tiefen Zügen. »Ich frage mich, warum Sie, Inspector, die beiden nicht auf der Stelle wegen Falschaussage verhaftet haben.« Vaughn schnaubte nur. »Sieht ganz so aus, als hätte diese Flucht – obwohl die Krosac-Geschichte zweifellos wahr ist – handfestere Gründe gehabt als die Angst vor der Vergeltung eines Elfjährigen, nicht wahr?«

»Worauf wollen Sie hinaus, Queen?« fragte der Professor irritiert. »Ich verstehe nicht –«

»Aber das liegt doch vollkommen auf der Hand! Warum sollten denn, wie Mr. Isham sagt, drei erwachsene Männer ihr Heimatland verlassen und unter falschen Namen über den großen Teich fliehen? Na?«

»Die Polizei!« dröhnte Vaughn.

»Exakt! Sie sind geflohen, weil sie mußten, und zwar – das sage ich Ihnen – vor einer sehr viel konkreteren Gefahr als dem kleinen Krosac! An Ihrer Stelle, Inspector, würde ich mich schleunigst darum kümmern, was die europäischen Kollegen an Aktenmaterial haben!«

»Ein Telegramm nach Jugoslawien«, sagte der Inspector. »Ausgezeichnete Idee! Erledige ich noch heute abend.«

»Wie Sie sehen«, bemerkte Ellery Professor Yardley gegenüber, »ist das Leben voller absurder Überraschungen. Da fliehen sie vor einer faktischen Gefahr, und zwanzig Jahre später holt sie die potentielle ein.«

20. Zwei Dreiecke

Als Ellery, Professor Yardley, Isham und Vaughn den Ostflügel des Hauses umrundeten, hörten sie jemanden hinter sich rufen. Wie auf Befehl drehten sie sich um: Es war Dr. Temple.

»Na, hat der Kriegsrat erfolgreich getagt?« lachte er; seinen Arztkoffer hatte er irgendwo abgestellt und spazierte nun ein Pfeifchen paffend den Weg hinunter.

»Äh – ja«, erwiderte Isham.

Im selben Augenblick schoß der hochgewachsene Jonah Lincoln um die Ecke und prallte mit Ellery zusammen; Jonah machte vor Schreck einen Satz rückwärts und murmelte eine Entschuldigung.

»Temple!« rief er aufgeregt, ohne die anderen zur Kenntnis zu nehmen. »Was ist mit Megara los?«

»Kein Grund zur Beunruhigung, Mr. Lincoln«, entgegnete der Inspector kühl. »Megara hat einen Leistenbruch, das ist alles. Warum sind Sie denn so außer sich?«

Jonah wischte sich keuchend den Schweiß von der Stirn. »Hören Sie, hier gehen lauter rätselhafte Dinge vor sich, und keiner hält es für nötig, uns aufzuklären! Haben wir überhaupt keine Rechte mehr, oder wie dürfen wir das verstehen? Ich habe mitbekommen, wie Sie mit ihrem Pulk Dr. Temple zur Jacht gefolgt sind, und da dachte ich schon –«

»Daß Mr. Megara etwas zugestoßen sein könnte?« ergänzte Isham. »Nein, es ist so, wie Inspector Vaughn sagt.«

»Gott sei Dank!« Das angestaute Blut wich aus Lincolns scharfen Zügen, und er beruhigte sich etwas. Dr. Temple paffte friedlich und völlig unbeeindruckt vor sich hin. »Man weiß ja nie ... Hier geht es zu wie in einem Gefängnis«, murmelte Jonah. »Sie haben alles versucht, meine Schwester daran zu hindern, Bradwood zu betreten. Sie ist gerade von Oyster Island zurück und der Mann –«

»Miss Lincoln ist zurückgekommen?« fragte der Inspector.

Dr. Temple nahm die Pfeife aus dem Mund. Gelassen war er nun nicht mehr. »Wann?« fragte er fordernd.

»Vor ein paar Minuten. Der Polizeibeamte wollte nicht –«

»Allein?«

»Ja. Sie –« Lincoln kam nicht dazu, seiner Entrüstung endlich Ausdruck zu verleihen. Sein Mund stand offen und schien sich nie wieder schließen zu wollen. Auch die anderen waren wie gelähmt.

Von irgendwo im Haus kam ein hysterisches, schrilles Lachen.

»Hester!« rief Dr. Temple und schoß, indem er Lincoln unsanft zur Seite stieß, um die Ecke.

»Um Gottes willen«, flüsterte Isham heiser. »Was zum Teufel war das?«

Lincoln rappelte sich hoch und stürzte dem Arzt hinterher. Ellery war ihm augenblicklich auf den Fersen, und auch die anderen hechelten hinterdrein.

Der Schrei war aus dem oberen Stock des Hauses gekommen. Als sie in der Eingangshalle anlangten, ließen sie einen leichenblassen Stallings hinter sich. Der runde Kopf von Mrs. Baxter reckte sich aus einer Hintertür.

Im oberen Stock befanden sich die Schlafzimmer. Als sie dort ankamen, sahen sie gerade noch, wie der drahtige Doktor in einem der Zimmer verschwand. Das hysterische Lachen hielt an; stoßartig preßte es eine Frau aus ihren Lungen hervor.

Sie fanden Dr. Temple, der Hester Lincoln in seinen Armen hielt, ihr zerzaustes Haar glättete und beruhigend auf sie einsprach. Das Gesicht des Mädchens war purpurrot angelaufen; ihre Augen schienen nichts zu sehen. Ihr Mund war aufgerissen und häßlich verzerrt. Das Mädchen schien jegliche Kontrolle über seine Stimmbänder verloren zu haben.

»Ein hysterischer Anfall!« schnaufte der Doktor über seine Schultern hinweg. »Helfen Sie mir, sie aufs Bett zu tragen!«

Vaughn und Jonah sprangen auf die junge Frau zu, woraufhin ihr Gekreisch doppelte Lautstärke annahm und sie sich mit Händen und Füßen zu wehren begann. Im selben Moment gewahrte Ellery tippelnde Schritte im Flur. Als er sich umdrehte, sah er Mrs. Brad im Negligé vor sich stehen; auch Helene erschien im Türrahmen.

»Was ist denn los?« keuchte Mrs. Brad. »Was ist passiert?«

Helene drückte sich an ihrer Mutter vorbei. Dr. Temple zwang das wild strampelnde Mädchen auf das Bett nieder und verpaßte ihr eine heftige Ohrfeige. Ein Schrei noch drang aus ihrer Kehle, bevor sie ganz verstummte. Hester richtete sich halb im Bett auf und starrte in das blasse, schwammige Gesicht von Mrs. Brad. Plötzlich schien sie ihre Umgebung wieder wahrzunehmen, und ein unmenschlicher Haß bemächtigte sich ihrer Züge.

»Raus hier! Sie – Sie – Gehen Sie mir aus den Augen!« schrie sie. »Ich hasse Sie, hasse Sie und alles, was Ihnen gehört. Raus hier, sage ich, raus hier!«

Mrs. Brads volle Lippen bebten. Ihre Schultern zitterten, während sie Hester fassungslos anstarrte. Dann stöhnte sie auf, drehte sich auf dem Absatz herum und stürzte hinaus.

»Sei still, Hester!« sagte Helene wütend. »Du weißt ja nicht mehr, was du redest! Hast du denn gar keinen Anstand im Leib? Sei jetzt ein braves Kind und gib endlich Ruhe!« Hesters Augen schienen sich in ihren Höhlen um die eigene Achse zu drehen; ihr Kopf fiel zur Seite, und sie sackte auf dem Bett in sich zusammen.

»Hinaus!« brüllte Dr. Temple. »Und zwar alle!«

Er legte das bewußtlose Mädchen behutsam auf den Rücken, während die anderen langsam den Raum verließen. Jonah, der zugleich verlegen und erleichtert schien, schloß leise die Tür hinter ihnen.

»Ich frage mich, was den Anfall ausgelöst hat«, sagte Isham stirnrunzelnd.

»Bei der Hysterie handelt es sich um die gängige weibliche Reaktion auf ein zutiefst aufwühlendes Erlebnis«, dozierte Ellery. »Habe ich das richtig in Erinnerung?«

»Das moralische Gewissen einer Neuengländerin«, mumelte der Professor, »in vollem Ausbruch.«

»Warum hat sie die Insel verlassen?« fragte Vaughn.

Jonah grinste schwach. »Nun, da es sowieso vorbei ist, kann ich es Ihnen auch erzählen. Hester hatte sich in diesen Widerling Romaine von Oyster Island verguckt. Aber jetzt ist sie schleunigst zurückgekommen. Es sieht ganz so aus, als habe er sich ihr – äh – unsittlich genähert.« Sein Gesicht wurde grimmig. »Ein weiteres Hühnchen, das ich mit diesem verdammten Schuft noch zu rupfen habe! Aber andererseits bin ich ihm auch zu Dank verpflichtet: Er hat ihr die Augen geöffnet und unfreiwillig dafür gesorgt, daß sie erkennt, wie weit sie vom rechten Wege abgewichen ist.«

Der Inspector bemerkte trocken: »Geht mich zwar nichts an; aber hat Ihre Schwester im Ernst geglaubt, daß er ihr Gedichte vorliest?«

Die Tür ging auf, und Dr. Temple erschien. »Der akute Anfall ist vorüber. Sie braucht jetzt vor allem viel Ruhe«, erklärte er. »Miss Brad, Sie können hereinkommen.« Helene nickte und schloß sachte die Tür hinter sich. »Sie wird wieder gesund werden. Ich gebe ihr jetzt etwas zur Beruhigung; dafür muß ich aber meine Tasche –« Hastig eilte er die Stufen hinunter.

Jonah starrte ihm nach. »Als sie vorhin zurückkam, hat sie mir versichert, sie wolle mit Romaine und dem verfluchten Nudistenkram nichts mehr zu tun haben. Sie will fort von hier – nach New York, sagt sie. Will allein sein. Das wird ihr guttun.«

»Bestimmt«, sagte Isham. »Wo ist Romaine jetzt?«

»Auf der Insel, nehme ich an. Hier hat er sich jedenfalls nicht blicken lassen, der dreckige –« Jonah verkniff sich weitere Kraftausdrücke und zuckte statt dessen mit den Schultern.

»Darf Hester Bradwood verlassen, Mr. Isham?«

»Nun … Was meinen Sie, Vaughn?«

Der Inspector massierte sein Kinn. »Spricht nichts wirklich dagegen, solange wir wissen, wo wir sie erreichen können, wenn wir sie brauchen.«

»Übernehmen Sie die Verantwortung dafür, Mr. Lincoln?«

Jonah nickte eifrig. »Sie haben mein Wort darauf!«

»Ganz nebenbei gefragt«, warf Ellery ein. »Was hat Ihre Schwester eigentlich gegen Mrs. Brad?«

Jonahs Lächeln erstarb; es war, als ginge hinter seinen Augen ein Vorhang zu. »Ich habe nicht die leiseste Ahnung«, sagte er knapp. »Ich würde dem auch keine weitere Bedeutung beimessen. Sie wußte nicht, was sie sagte.«

»Eigenartig«, sagte Ellery. »Und dabei wollte es mir so scheinen, als hätte sie ganz genau gewußt, wovon sie sprach. Ich denke, Inspector, es wäre sicher nicht verkehrt, wenn wir uns einmal mit Mrs. Brad darüber unterhielten.«

»Ich fürchte –«, begann Lincoln und starrte dann wie gebannt die Stufen hinunter.

Einer von Vaughns Leuten stand am Fuß der Treppe.

»Dieser Romaine und der Alte«, sagte er, »sind unten am Kai und wollen Sie sprechen, Chief.«

Der Inspector rieb sich die Hände.

»Na, wie gefällt uns das? In Ordnung, Bill, ich komme. Den kleinen Plausch mit Mrs. Brad müssen wir leider verschieben, Mr. Queen. Aber die läuft uns ja nicht weg.«

»Hätten Sie etwas dagegen, wenn ich mitkäme?« fragte Jonah leise. Seine rechte Faust hatte sich bereits geballt.

»Hmm«, erwiderte der Inspector, betrachtete die Faust und grinste breit. »Überhaupt nicht. Ganz im Gegenteil, Mr. Lincoln!«

So machten sie sich auf den Weg – in die Richtung, aus der sie gerade gekommen waren. In der Nähe des Tennisplatzes trafen sie auf Dr. Temple, der, offensichtlich in wichtiger Mission, mit seiner Arzttasche und einem flüchtigen Lächeln an ihnen vorbeieilte. Er war offensichtlich von seinem eigenen Grundstück im Osten nach Bradwood herübergekommen und den beiden Besuchern von Oyster Island nicht begegnet.

In Jonahs Gesicht war ein schweres Gewitter aufgezogen.

Bald ragte die mächtige, braungebrannte Gestalt Paul Romaines bedrohlich vor ihnen auf. Der knochige, vergleichsweise winzige Stryker hockte schlotternd in einem kleinen Motorboot, das am Landesteg festgemacht war. Beide Männer waren bekleidet; der unsterbliche Ra-Haracht hatte auf sein weißes Gewand und sein Zepter verzichtet, ganz so als ahne er vage, daß dieser Aufzug ihn eher sterblich denn göttlich erscheinen ließ. Das Polizeiboot schaukelte nicht weit vom Ufer auf dem Wasser, und mehrere Polizisten leisteten Romaine Gesellschaft.

Der brünette Hüne stand breitbeinig auf den Holzplanken; das lebhafte Inselgrün am Horizont und der weiße, schlanke Bootskörper der in den Fluten treibenden *Helene* bot in gewisser Weise den passenden Hintergrund. Was immer sonst von ihm zu halten war – er war sicher kein Mann, der offene Worte scheute. Dennoch war es nicht schwer, seinem unsicheren Grinsen zu entnehmen, daß er sich zur Abwechslung vorgenommen hatte, freundlich zu sein.

Ohne Umschweife begann er: »Wir wollen Sie nicht lange aufhalten, Inspector. Aber eine Sache möchten wir gerne klären.« Er klang friedfertiger als sonst, und sein Blick war fest auf Vaughn gerichtet. Es gelang ihm, Jonah Lincoln völlig zu ignorieren – der seinerseits ruhig atmete und Romaine beinahe neugierig betrachtete.

»Kommen Sie zur Sache«, brummte der Inspector. »Worum geht's?«

Romaine sah sich kurz nach der eingefallenen Gestalt hinter ihm um. »Sie haben es bald geschafft, das Geschäft Seiner Herrlichkeit vollends zu ruinieren. Noch immer halten Sie unsere Gäste auf der Insel fest.«

»Kommt Ihnen doch entgegen, oder?«

»Schon«, fuhr Romaine geduldig fort, »aber nicht so, wie wir es gerne hätten. Sie sind total verängstigt, wie ein Haufen Kleinkinder. Die wollen einfach weg, und Sie lassen sie nicht. Trotzdem geht es uns nicht um diese Leute, sondern um die potentiellen Kunden, die Sie uns verscheuchen.«

»So, so.«

»Wir bitten um Erlaubnis, die Insel zu verlassen.«

Plötzlich erhob sich Stryker in seinem Motorboot. »Das ist Verfolgung!« krächzte er. »Der Prophet gilt nirgends weniger als im eigenen Vaterland! Haracht verlangt das Recht, das Evangelium der Sonne zu predigen –«

»Ruhe!« zischte Romaine. Der verrückte Alte starrte ihn an und setzte sich wieder.

»Schwachsinn«, sagte der Professor leise; er war ganz blaß geworden. »Gesammelter Schwachsinn! Der Mann hat völlig den Verstand verloren. Zitiert Matthäus, bringt ägyptische und christliche Theologie durcheinander ...«

»Die kann ich Ihnen nicht geben«, erwiderte der Inspector ungerührt.

Romaines rassiges Gesicht wurde zur furchterregenden Fratze. Er machte einen Schritt nach vorn und ballte die Fäuste, woraufhin die Polizisten zu beiden Seiten voller Erwartung näher an ihn heranrückten. Doch kurioserweise obsiegte Romaines Bemühen um Friedfertigkeit, und die Zorneswogen glätteten sich wieder.

»Warum nicht?« fragte er und mußte gewaltig schlucken. »Sie haben nichts gegen uns in der Hand, Inspector. Wir haben uns doch mustergültig benommen, oder sehen Sie das anders?«

»Ich wiederhole mich ungern: Ich lasse Sie und den alten Ziegenbock da vorerst nicht ziehen. Klar waren Sie schön brav, aber ich brauche Sie ja nicht erst darauf hinzuweisen, daß Sie sich ohnehin am Rande der Legalität bewegen, Romaine. Wo waren Sie an dem Abend, an dem Thomas Brad ermordet wurde?«

»Wie ich schon sagte: auf der Insel.«

»Ach ja?« erwiderte der Inspector ausgesucht freundlich.

Anstatt erneut aufzubrausen, wurde Romaine – zu Ellerys Erstaunen – auf einmal sehr nachdenklich. Die Nasenflügel des Inspectors bebten; durch schieren Zufall, so schien es, war er auf etwas gestoßen. Isham öffnete den Mund, doch Vaughn stupste ihn an, und so schloß er ihn wieder.

»Nun?« brummte Vaughn. »Ich kann hier nicht bis in alle Ewigkeit rumstehen. Spucken Sie's schon aus!«

»Angenommen«, begann Romaine vorsichtig, »ich könnte zweifelsfrei beweisen, wo ich in dieser Nacht war, aufgrund der Aussage eines absolut glaubwürdigen Zeugen – wäre ich damit aus dem Schneider?«

»In einem solchen Fall«, sagte Isham, »würden wir darüber sicher noch einmal nachdenken, Romaine.«

Hinter ihnen regte sich etwas; doch nur Ellery nahm es wahr. Jonah Lincoln konnte sich offenbar nicht mehr zurückhalten; er knurrte leise und versuchte, in den Kern der Gruppe vorzustoßen. Doch ehe er dazu ansetzen konnte, spürte er Ellerys Griff um seinen Bizeps. Der Muskel spannte sich und schwoll, doch Jonah nahm rechtzeitig Vernunft an.

»Also gut«, sagte Romaine. Er war recht blaß um die Nase. »Ich hatte zwar eigentlich nicht vor, darüber zu reden, weil – nun ja, weil es von manchen Leuten mißverstanden werden könnte. Aber wir müssen endlich hier weg … Ich war –«

»Romaine!« fauchte Jonah. »Noch ein Wort, und ich bring' dich um!«

Vaughn drehte sich verärgert herum. »Na, na! Jetzt machen Sie mal halblang, Lincoln! Halten Sie sich gefälligst da raus!«

»Du hast verstanden, Romaine!«

Romaine schüttelte seinen wuchtigen Kopf und lachte nur, ein hartes, bellendes Lachen, bei dem sich Ellerys Nackenhaare sträubten. »Pah!« bellte er. »Du brauchst wohl mal wieder 'ne kalte Dusche! Hör zu: Mir verbietet hier keiner das Wort, schon gar nicht so'n Milchgesicht wie du! – So, und jetzt zu meinem Alibi, Inspector. Zwischen halb elf und halb zwölf in der Mordnacht –«

Ohne ein weiteres Wort machte Jonah einen Satz nach vorn und drosch mit den Armen um sich. Mit einem Ächzen gelang es Ellery gerade noch, mit einem Arm seinen Hals zu umschließen und ihn zurückzureißen, bis einer der Polizisten sich in das Handgemenge einmischte und Jonah in den Würgegriff nahm. Nach kurzem Kampf gab Jonah schließlich auf, er keuchte heftig und fixierte Romaine mit ohnmächtiger Mordlust.

Romaine sagte knapp: »Ich war mit Mrs. Brad auf der Insel.«

Jonah schüttelte Ellerys Arm ab. »Also gut«, sagte er kalt. »Er hat es gewagt. Dann lassen Sie ihn seine dreckige Geschichte eben erzählen.«

»Wie meinen Sie das – mit Mrs. Brad auf der Insel?« hakte der Inspector nach. »Mit ihr allein?«

»Mein Gott, seid ihr Hornochsen schwer von Begriff!« höhnte Romaine. »Genau das habe ich doch gerade gesagt! Wir haben etwa eine Stunde nah beim Ufer verbracht, unter dem Schutz der Bäume.«

»Wie ist Mrs. Brad an dem Abend zur Insel gelangt?«

»Wir waren verabredet. Ich habe am Anlegesteg von Bradwood in meinem Boot auf sie gewartet. Kurz nachdem ich festgemacht hatte, ist sie auch schon aufgetaucht. Das war kurz vor halb elf.«

Inspector Vaughn entnahm einer seiner Taschen eine traurig zugerichtete Zigarette und stopfte sie sich in den Mund. »Fahren Sie jetzt zurück zur Insel«, sagte er, »wir werden Ihre Aussage überprüfen. Und vergessen Sie Ihren Opa nicht … Und Sie, Mr. Lincoln«, brummte er, indem er Romaine den Rücken zuwandte, »dürfen dieser stinkenden Hyäne hier jetzt gern ein paar aufs Maul geben, wenn Sie möchten. Ich – äh – gehe zum Haus zurück.«

Romaine stand mit zusammengezogenen Augenbrauen auf dem Kai. Die Polizisten rückten von ihm ab. Jonah zog hastig sein Jackett aus, rollte die Hemdsärmel hoch und trat auf Romaine zu.

»Erstens«, keuchte Jonah, »weil du meine Schwester belästigt hast. Und zweitens, weil du einer sehr törichten Frau den Kopf verdreht hast … Los, wehr dich, Romaine!«

Der verrückte Alte klammerte sich an das Dollbord des Bootes und kreischte: »Paul, komm da weg!«

Romaine sah langsam in die feindseligen Gesichter um ihn herum. »Zieh mal erst deine Windeln aus!« Er zuckte mit seinen mächtigen Schultern und wollte sich schon zum Gehen abwenden.

Da krachte Jonahs Faust gegen seine Kieferknochen. Es war ein kraftvoller, gut gezielter Schlag; alle Wut, die sich in Jonah über Wochen angestaut hatte, entlud sich darin. Ein Mann von gewöhnlicher Statur wäre ohnmächtig zu Boden gegangen; Romaine jedoch war stark wie ein Bulle. Er schwankte nur leicht. Seine Augen wurden zu Schlitzen, und ein tiefes Fauchen, das ihm alle Menschenähnlichkeit nahm, drang aus seiner Kehle. Seine keulenartige Faust schnellte vor und verpaßte Jonah einen Aufwärtshaken, mit dem er ihn für Sekundenbruchteile vom Boden hochhob und ihn dann auf die hölzernen Planken krachen ließ, wo er bewußtlos liegenblieb.

Inspector Vaughn hatte seine gute Laune eingebüßt und mochte überdies nicht länger zusehen. »Zurück!« brüllte er und schoß pfeilschnell vor. Doch Romaine sprang mit erstaunlicher Behendigkeit in das Motorboot, in dem Stryker kauerte, brachte es mit seiner Wucht beinahe zum Kentern und stieß es mit einer einzigen Bewegung seiner Pranke vom Ufer ab.

Der Motor knatterte los, und das Boot zischte in Richtung Oyster Island davon.

»Macht die Barkasse klar!« befahl der Inspector ruhig. »Ihr bringt den armen Kerl zum Haus zurück. Ich bin in ein paar Minuten wieder da. Dieser Vogel braucht 'ne Lektion!«

Während die Barkasse losschäumte und die Verfolgungsjagd aufnahm, kniete Ellery neben dem geschlagenen Gladiator nieder und bearbeitete vorsichtig seine fahlen Wangen. Yardley legte sich bäuchlings auf die Planken und bespritzte sein Gesicht mit Wasser.

Die Polizisten feuerten über das Wasser hinweg den Inspector an, der wie Captain Ahab im Bug der Barkasse stand und sein Jackett abstreifte.

Ellery träufelte Wasser auf Jonahs Gesicht. »Und wieder einmal«, bemerkte er Yardley gegenüber trocken, »hat die Gerechtigkeit gesiegt. – Sie können ruhig aufwachen, Lincoln, der Krieg ist vorbei!«

Sie hatten es sich gerade auf der Veranda der Kolonialvilla bequem gemacht, als Inspector Vaughn nach einer Viertelstunde um die Ecke bog. Jonah Lincoln saß in einem Schaukelstuhl und umklammerte seinen Unterkiefer mit beiden Händen, als sei er überrascht, ihn noch am alten Platz vorzufinden. Ellery, Isham und Yardley beachteten ihn nicht; sie hatten ihm den Rücken zugekehrt und pafften friedlich vor sich hin.

Vaughns Gesicht, obwohl nicht gerade von engelsgleicher Anmut – seine Nase war blutverschmiert, und eine Platzwunde klaffte unter dem rechten Auge –, verriet dennoch, daß er mit dem Ergebnis des Zweikampfes äußerst zufrieden war.

»Hallo!« rief er vergnügt und nahm die Stufen der Veranda zwischen den großen Säulen. »Nun, Mr. Lincoln, ich hab' das mal eben für Sie erledigt. War ein harter Kampf, aber eines kann ich Ihnen versichern: Unser Herzensbrecher wird sich in den nächsten Wochen vor keinen Spiegel mehr trauen!«

Jonah stöhnte. »Ich – Himmel, ich habe einfach die Kraft nicht. Ich bin bestimmt keine Memme. Aber dieser Romaine ist – ist ein Goliath.«

»Tja, und ich war sein kleiner David.« Vaughn lutschte an einem verstauchten Fingerknöchel. »Ich hatte schon befürchtet, den Alten trifft der Schlag, schließlich habe ich seinen Lieblingsjünger versohlt! Ketzerei nennt man das, nicht wahr, Professor? Am besten lassen Sie mal Ihre Wunden säubern, Lincoln.« Er begann zu schmunzeln. »Aber zurück zur Arbeit. Sind Sie Mrs. Brad begegnet?«

Jonah stand plötzlich auf und lief ins Haus.

»Sie wird wohl noch oben sein«, erwiderte Isham.

»Dann würde ich mal vorschlagen«, sagte Vaughn, »wir unterhalten uns mit ihr, bevor Lincoln es tut. Er wirft sich als echter Gentleman vor sie, aber dies ist eine offizielle Untersuchung, und zur Abwechslung sollte uns mal einer die Wahrheit erzählen.«

Helene, so schien es, war noch immer bei Hester Lincoln. Stallings vermutete auch Dr. Temple im oberen Stockwerk; der Doktor war zumindest nicht mehr die Treppe heruntergekommen, seit er mit der Arzttasche in Hesters Zimmer verschwunden war.

Sie waren gerade rechtzeitig oben, um mitzubekommen, wie Jonah in seinem eigenen Schlafzimmer verschwand. Stallings führte sie schließlich zu einem Zimmer ganz am Ende des Flurs. Der Inspector klopfte an.

Mrs. Brad fragte leise: »Wer ist da, bitte?«

»Inspector Vaughn. Dürfen wir hereinkommen?«

»Wer? – Oh, einen Augenblick bitte!« In ihrer Stimme schwang Panik mit. Nach einer Weile öffnete sich die Tür einen Spaltbreit. Mrs.

Brads recht reizvolles Gesicht erschien im Türrahmen; ihre Augen waren feucht und angstgeweitet. »Worum geht es, Inspector? Mir – mir geht es nicht gut.«

Vaughn drückte die Tür sanft auf. »Ich weiß. Aber es ist wichtig.«

Sie trat zurück und ließ die Männer herein. Ihr Schlafzimmer strahlte überbordende Weiblichkeit aus: Es roch nach schwerem Parfüm, überall waren Spiegel, die Fenster zierten Rüschengarden, und der Schminktisch war mit Kosmetika übersät. Mrs. Brad wich immer weiter zurück und zog ihr Negligé fester um die Schultern.

»Mrs. Brad«, begann Isham, »wo waren Sie zwischen halb elf und halb zwölf in der Mordnacht?«

Sie ließ ihr Negligé los, hielt inne, schien kaum noch zu atmen. »Wie meinen Sie das?« preßte sie schließlich hervor. »Ich war mit meiner Tochter im Theater, und mit –«

»Paul Romaine«, fiel Vaughn ihr sanft ins Wort, »behauptet, Sie wären mit ihm auf Oyster Island gewesen.«

»Paul ...« Ihre dunklen Augen blickten die Männer gequält an. »Er – er behauptet das?«

»Ja, Mrs. Brad«, erwiderte Isham ernst. »Wir können uns denken, wie unangenehm die Sache für Sie sein muß, und es geht uns auch nichts an, wenn es nur das ist. Sagen Sie uns einfach die Wahrheit, und wir werden nicht mehr darauf zurückkommen.«

»Er lügt!« schrie sie und setzte sich in einen der Chintzstühle.

»Nein, Mrs. Brad. Er sagt die Wahrheit. Seine Aussage stimmt mit der Tatsache überein, daß Sie und Miss Brad zwar zusammen zum Park-Theater gefahren sind, aber nur ihre Tochter und Mr. Lincoln mit dem Taxi von dort zurückgekehrt sind. Sie stimmt ebenso mit der Tatsache überein, daß der Portier des Theaters beobachtet hat, daß eine Frau Ihrer Beschreibung in der Mitte des ersten Aktes – also etwa um neun Uhr – das Haus verlassen hat ... Romaine sagt, er sei mit Ihnen verabredet gewesen, und Sie seien auch pünktlich an der Anlegestelle erschienen.«

Die Frau hielt sich die Ohren zu. »Bitte«, stöhnte sie. »Ich war von Sinnen. Ich weiß auch nicht, wie es soweit kommen konnte. Ich habe mich benommen wie eine dumme Gans ...« Die Männer tauschten Blicke. »Hester haßt mich. Sie wollte ihn auch. Sie dachte, er – er meint es ehrlich –« Auf ihrem Gesicht erschienen Runzeln, als hätte man sie frisch eingeritzt. »Dabei ist er der falscheste Hund, den man sich überhaupt nur vorstellen kann!«

»Er wird sich bei den Damen eine ganze Weile zurückhalten müssen, Mrs. Brad«, bemerkte Vaughn mit einem Unterton der Genugtuung. »Niemand verurteilt Sie. Schließlich ist es Ihr Leben. Und wenn

Sie dumm genug waren, sich mit diesem Aufschneider einzulassen, dann sind Sie damit genug gestraft. Alles, was uns interessiert, ist folgendes: Wie sind Sie nach Hause gelangt, und was ist in der betreffenden Nacht geschehen?«

Sie rang ihre Hände und wurde von heiserem Schluchzen geschüttelt. »Ich – ich habe mich zu Beginn der Vorstellung aus dem Theater geschlichen; Helene habe ich nur gesagt, mir ginge es nicht gut, bestand aber darauf, daß sie blieb und auf Jonah wartete ... Dann bin ich zur Pennsylvania Station gelaufen und habe den ersten Zug zurück genommen. Ich hatte Glück und brauchte nicht lange zu warten. Ich – ich bin dann eine Station zu früh ausgestiegen und mit dem Taxi in die Nähe von Bradwood gefahren. Den Rest bin ich zu Fuß gelaufen. Niemand schien noch auf zu sein, so ...«

»Sie wollten verhindern«, sagte Isham einfühlsam, »daß Mr. Brad ihre Rückkehr bemerkt. Wir verstehen.«

»Ja«, flüsterte sie. Ihr Gesicht war von einem ungesunden Grau-Rot durchtränkt. »Ich habe – ihn dann am Kai getroffen.«

»Wann war das?«

»Kurz vor halb elf.«

»Sind Sie sicher, daß Sie nichts gehört oder gesehen haben? Auch, daß Sie niemandem begegnet sind?«

»Ja.« Erschrocken sah sie auf. »Oh, glauben Sie denn nicht, daß ich Ihnen – das alles – erzählt hätte, wenn ich jemanden gesehen oder etwas beobachtet hätte? Als ich zurückkam, bin ich ins Haus geschlichen und sofort in meinem Zimmer verschwunden.«

Isham wollte gerade noch eine Frage nachschieben, als leise die Tür aufging und Helene Brad erschien. Sie blieb stehen und ließ ihren Blick vom zerknirschten Gesicht ihrer Mutter zu den Männern wandern.

»Was ist hier los, Mama?« fragte sie energisch.

Mrs. Brad vergrub ihr Gesicht in den Händen und begann zu weinen.

»Also ist es heraus«, flüsterte Helene und schloß die Tür hinter sich. »Du hast es nicht für dich behalten können.« Voller Verachtung blickte sie von Vaughn zu Isham und ging zu der schluchzenden Frau hinüber. »Hör auf zu weinen, Mama. Wenn es raus ist, ist es raus; und nur der Himmel weiß, wie viele andere Frauen es schon gegeben hat, die versucht haben, romantische Gefühle wiederzubeleben und damit genauso kläglich gescheitert sind ...«

»Lassen Sie uns weitermachen«, sagte Vaughn. »Uns ist die Angelegenheit genauso unangenehm wie Ihnen, meine Damen. Woher haben Sie, Miss Brad, und Lincoln eigentlich gewußt, wo Ihre Mutter sich nachts aufgehalten hat?«

Helene setzte sich neben ihre Mutter und begann, ihren breiten Rücken zu tätscheln. »Tut mir leid, Mama … Als meine Mutter an dem Abend aus dem Theater verschwand, da – nun ja, da wußte ich es bereits, was sie aber wiederum nicht wußte. Ich hätte ja auch etwas sagen können …« Sie blickte zu Boden. »Ich beschloß, auf Jonah zu warten; uns beiden waren gewisse – äh – Dinge aufgefallen. Als er dann kam, habe ich ihm meine Beobachtung mitgeteilt, und wir sind nach Hause gefahren. Ich habe sofort hier nachgesehen, doch Mutter lag in ihrem Bett und schlief fest … Am nächsten Morgen jedoch, als Sie die – die Leiche fanden …«

»Hat Sie Ihnen alles gebeichtet?«

»Ja.«

»Wenn ich noch zwei Fragen stellen dürfte«, begann Ellery sachlich. Die großen Augen des Mädchens, die sie eindeutig von der Mutter hatte, richteten sich erstaunt auf ihn. »Wann haben Sie zum ersten Mal bezüglich ihrer Mutter Verdacht geschöpft, Miss Brad?«

»Oh!« Sie schüttelte den Kopf, als hätte sie heftige Schmerzen. »Das liegt viele Wochen zurück.«

»Glauben Sie, Ihr Stiefvater hat davon gewußt?«

Plötzlich hob Mrs. Brad den Kopf, das rotfleckige Gesicht von Tränen übersät. »Nein!« schrie sie. »Nein!«

Helene flüsterte: »Ich bin sicher, daß er nichts geahnt hat.«

»Ich denke, das reicht«, verkündete Isham und ging zur Tür. »Kommen Sie.« Er trat auf den Flur.

Benommen folgten ihm Inspector Vaughn, Professor Yardley und Ellery.

21. Der Streit der Liebenden

Ein Meer von Nichtigkeiten«, klagte Ellery am Abend, als er mit Yardley auf dem Rasen vor dessen Haus saß, von wo sie zum sternklaren Nachthimmel über Long Island aufblickten.

»Hmm«, brummte der Professor, und seine Pfeife spie glühenden Tabak aufs Gras. »Um ehrlich zu sein, Queen«, stichelte er, »hatte ich gehofft, daß Sie jetzt endlich eines Ihrer berühmten Feuerwerke abfackeln.«

»Immer mit der Geduld. Aber wenn Sie unbedingt ein Feuerwerk sehen wollen, haben Sie heute gar nicht so schlechte Karten, denn heute ist der Tag der Unabhängigkeit ... Da! Eine Leuchtkugel!«

Schweigend beobachteten sie einen langen, gleißenden Lichtpfeil, der senkrecht in den schwarzen Himmel schoß, zerbarst und in leuchtenden Farben niederregnete. Als wäre damit ein Startsignal gefallen, explodierte plötzlich ganz Long Island; und eine Zeitlang saßen sie nur da und bewunderten die Farbenpracht über der Nordküste. Jenseits des Sundes konnte man im Himmel über dem fernen New York einzelne Lichtblitze wie winzige Leuchtkäfer erkennen.

Der Professor grantelte: »Ich habe so viel überschwengliches Lob über Ihr pyrotechnisches Geschick bei Kriminalfällen gehört, daß die Realität sich vergleichsweise – entschuldigen Sie bitte das Sakrileg – ernüchternd ausnimmt. Wann legen Sie endlich los, Queen? Ich meine – wann macht Sherlock Holmes endlich Simsalabim und läßt die Handschellen klicken?«

Ellery starrte finster auf die verrückten Lichterspiele über dem großen Teich. Manchmal denke ich, ein solches Loslegen wird es nicht geben – und damit auch keine Lösung.«

»Sieht jedenfalls nicht so aus.« Yardley nahm die Pfeife aus dem Mund. »War meines Erachtens auch falsch, die Polizisten abzuziehen. Temple hat mir heute morgen davon berichtet; er sagte, der Colonel der County Polizei habe den Befehl dazu erteilt. Ich sehe noch immer nicht ein, warum.«

Ellery zuckte die Achseln. »Warum nicht? Krosac ist lediglich hinter zwei Personen her – Stephen Megara und Andrew Van, oder den Tvars, oder wie auch immer Sie sie nennen mögen; Megara ist durch die isolierte Lage auf dem Wasser und Vaughns Leute ausreichend geschützt; und Van verschanzt sich als Old Pete in den Bergen. Im Zusammenhang mit Brads Ermordung habe ich Beobachtungen gemacht, die recht aufschlußreich sein könnten, wenn man sie einander richtig zuordnete. Aber bislang fehlt mir der rote Faden.«

»Was für Beobachtungen? Ich wüßte nicht –«

»Wirklich nicht?« Ellery hielt inne, als sich ein Goldregen in den Himmel ergoß. »Sie haben also übersehen, welch ungemein interessante Geschichte allein die Damesteine erzählen?«

»Die Damesteine?« Yardleys kurzer Bart zeichnete sich umrißhaft vor dem glühenden Pfeifenkopf ab. »Ich muß zugeben, daß keines der Details, die Brads letztes Abendmahl betreffen – wenn ich so sagen darf –, mein spezifisches Interesse geweckt hätte.«

»Dann habe ich vielleicht die Chance, einen Teil meiner verlorenen Selbstachtung wiederzugewinnen«, murmelte Ellery. »Die Geschichte ist klar. Doch verflixterweise ist sie, obwohl sie schlüssiger ist als die spontanen Vermutungen von Vaughn und Isham ...« Er stand auf und rammte seine Hände in die Hosentaschen. »Wenn Sie mich bitte entschuldigen wollen? Ich muß an die Luft, meinen Kopf klar kriegen.«

»Aber natürlich.« Der Professor lehnte sich zurück, zog an seiner Pfeife und starrte Ellery mit neugieriger Verwunderung nach.

Ellery wandelte einsam im Licht der Sterne und der künstlichen Lichtblitze, die nur noch vereinzelt den Himmel erhellten. Sonst war es stockfinster, so finster wie es nur fernab der Städte wurde. Er überquerte die Straße, die Yardleys Grundstück von Bradwood trennte, tappte im Dunkeln herum, inhalierte die frische Abendluft, lauschte den Geräuschen, die von den festlich erleuchteten Booten auf dem Wasser herüberschallten und verzweifelte immer mehr an sich selbst.

Bradwood – Ellery sah zwei rauchende Polizisten, als er die Einfahrt hochstolperte – wirkte trostlos und verlassen; lediglich die Nachtleuchte auf der Veranda verriet, daß die Villa bewohnt war. Direkt zu seiner Rechten und in einigem Abstand zu seiner Linken ragten Bäume wie schwarze Riesen auf. Als er sich am Haus entlangschleichen wollte, brüllte eine der Wachen: »Halt! Wer da?«

Ellery hielt sich die Hände vors Gesicht, um den blendenden Strahl der Taschenlampe abzuwehren.

»Oh«, sagte der Polizist. »Verzeihung, Mr. Queen.« Das Licht ging aus.

»Junge, wie wachsam!« murmelte Ellery und setzte seinen Weg um das Gebäude herum fort.

Er fragte sich, warum er spontan in diese Richtung gegangen war, denn er näherte sich dem schmalen Pfad, der zu dem schaurigen Totempfahl und dem Gartenhaus führte. Angst lauerte in allen Winkeln – vielleicht war es auch nur die unbewußte menschliche Reaktion auf Schreckensstätten – und griff mit ihren langen Fingern nach ihm; er beschleunigte seinen Schritt und eilte daran vorbei. Dunkel lag der Hauptweg vor ihm.

Plötzlich hielt er inne. Nicht weit von ihm, etwa auf Höhe des Tennisplatzes, hörte er Stimmen.

Ellery Queen war zwar ein Gentleman, wie er im Buche steht, doch eines hatte er vom alten Inspector, seinem Vater, gelernt, der zwar die Sanftmut in Person war, jedoch zynisch wurde, sobald er es mit Verbrechen zu tun hatte: »Gespräche grundsätzlich belauschen!« pflegte Inspector Queen zu sagen. »Die einzigen Indizien, die wirklich etwas taugen, mein Sohn, sind Gespräche von Leuten, die sich unbeobachtet glauben. Sperr die Ohren auf, und du erfährst mehr als in hundert Verhören!«

Also blieb Ellery, der ein gehorsamer Sohn war, stehen und lauschte.

Es waren ein Mann und eine Frau, die sich unterhielten. Obwohl ihm die Stimmen bekannt vorkamen, konnte er nichts verstehen. Doch wenn er sich schon in solche Niederungen begeben hatte, dachte er bei sich, mußte auch etwas dabei herausspringen! Mit der Gewandtheit eines Indianers sprang er vom geräuschvollen Kies auf den grasbewachsenen Wegesrand und arbeitete sich auf leisen Sohlen in die Richtung vor, aus der die Stimmen kamen.

Bald wußte er, wem sie gehörten: Jonah Lincoln und Helene Brad.

Sie saßen wohl – Ellery rief sich mühsam den Grundriß der Anlage ins Gedächtnis – an einem Gartentisch auf der Westseite des Tennisplatzes. Er schlich sich bis auf einen Abstand von anderthalb Metern an sie heran und verharrte regungslos hinter einem Baum.

»Es nützt dir nichts, es abzustreiten, Jonah Lincoln«, hörte er Helene frostig sagen.

»Aber, Helene«, erwiderte Jonah gereizt. »Ich habe dir schon hundertmal versichert, daß Romaine –«

»Unsinn! So geschwätzig ist der nicht. Nur du, ja du mit deinen verschrobenen Vorstellungen und deiner – deiner jämmerlichen Feigheit ...«

»Helene!« Jonah war tödlich verletzt. »Wie kannst du nur so etwas sagen? Es stimmt zwar, daß ich mich ritterlich zeigen und es ihm tüchtig geben wollte und daß er mich dann zusammengeschlagen hat, aber ich –«

»Schon gut«, sagte sie, »vielleicht bin ich ungerecht, Jonah.« Es entstand eine Pause, in der, da war Ellery sicher, die junge Frau mit den Tränen kämpfte. »Man kann dir nicht vorwerfen, daß du es nicht wenigstens versucht hättest. Aber warum mußt du dich auch ständig einmischen!«

Ellery hatte die Szene so klar vor Augen, als wäre hellichter Tag. Der junge Mann hatte eine abweisende Haltung eingenommen.

»So ist das also!« sagte er verbittert. »Nun, mehr wollte ich gar nicht wissen. Ich mische mich also in alles ein! Und das auch noch, obwohl ich nicht zur Familie gehöre und nicht das geringste Recht dazu habe! Also gut, Helene. In Zukunft mische ich mich in nichts mehr ein. Ich gehe –«

»Jonah!« Panik erfaßte ihre Stimme. »Was soll das heißen? Ich wollte dich nicht –«

»Ich meine es ernst«, grollte Jonah. »Jahrelang hab' ich jetzt geschuftet wie ein Tier – für einen Mann, der sein Leben auf See verbringt und für einen anderen, der nur zu Hause gehockt und Dame gespielt hat! Doch damit ist es jetzt vorbei! Mit mir nicht mehr! Die verdammten Gehaltsschecks sind es nicht wert, daß ich mich weiter zum Affen mache! Ich gehe mit Hester nach New York, und das habe ich deinem verehrten Megara heute nachmittag auf seiner Jacht auch mitgeteilt! Soll er zur Abwechslung mal selber die Ärmel hochkrempeln; ich bin es leid, seine Arbeit zu tun!«

Es entstand eine kurze Pause, in der keiner der beiden etwas sagte. Ellery hinter seinem Baum seufzte. Er wußte, was nun kam.

Er hörte Helene leise ausatmen und sah im Geiste Jonahs trotzigen Gesichtsausdruck.

»Immerhin«, flüsterte sie, »kannst du nicht leugnen, daß du – Vater einiges schuldig bist. Er – er hat unendlich viel für dich getan!« Mr. Lincoln schwieg eisern. »Und Stephen – diesmal hast du es zwar nicht angesprochen, aber ich habe dir schon tausendmal versichert, daß zwischen uns nichts ist. Warum nur mußt du dauernd so gegen ihn hetzen?«

»Ich hetze gegen niemanden«, sagte Jonah.

»Und ob du das tust! Ach, Jonah …« Wieder Stille. Ellery hatte vor Augen, wie die junge Dame mit dem Stuhl näher rückte und sich wie Calypso über ihr Opfer beugte. »Ich verrate dir jetzt ein Geheimnis.«

»Hm?« Jonah war verunsichert. Doch dann winkte er ab. »Behalt es für dich, Helene; ich will darüber überhaupt nichts wissen, Helene – wenn es um Megara geht, wie ich annehme.«

»Laß die dummen Bemerkungen, Joe. Was glaubst du wohl, warum Stephen ein ganzes Jahr auf See geblieben ist?«

»Woher sollte ich das wohl wissen? Vielleicht hat ihm auf Hawaii eine Hula-Hula-Tänzerin den Kopf verdreht?«

»Jonah! Das ist unter deiner Würde! Stephen ist keiner von diesen Kerlen, und das weißt du auch … Nein, ich werde dir sagen warum: Weil er mir einen Heiratsantrag gemacht hat! So, jetzt weißt du's!«

»So, so!« grollte Jonah. »Na ja, so kann man seine junge Braut natürlich auch behandeln – einfach abhauen und ein ganzes Jahr nichts von sich hören lassen. Na, meinen Glückwunsch!«

»Aber ich – ich habe den Antrag abgelehnt!«

Ellery stöhnte leise und schlich zum Weg zurück. Die nächtliche Kulisse fand zumindest er noch immer beklemmend. Was Mr. Lincoln und Miss Brad betraf … herrschte völlige Stille. Ellery konnte sich denken, warum.

22. Post aus Europa

»Ich habe immer stärker den Eindruck«, sagte Ellery zwei Tage später, an einem Mittwoch, zu Professor Yardley, »daß der Arm des Gesetzes langsam erlahmt.«

»So?«

»Die Polizei ist mit ihrem Latein am Ende. Ich kenne die Symptome. Ich habe schließlich mein bisheriges Leben mit einem Herrn Inspector verbracht, wie Sie wissen ... Inspector Vaughn ist, gelinde gesagt, überfordert. Er hat überhaupt nichts Konkretes in der Hand. Also wirft er sich in die Pose des peitschenknallenden Gesetzeshüters, scheucht Leute herum, zwingt seine Männer zu sinnlosen Aktivitäten, schnauzt seine Freunde an, ignoriert seine Kollegen – kurz: Man könnte meinen, er hat die Tollwut.«

Der Professor lachte. »An Ihrer Stelle würde ich den Fall aufgeben. Entspannen Sie sich, und schmökern Sie ein wenig in der *Ilias* oder sonst etwas Poetischem. Sie sitzen doch mit Vaughn in einem Boot, und das einzige, was Sie von ihm unterscheidet, ist die Eleganz, mit der Sie sich um die Tatsache herumlügen, daß es sinkt!«

Ellery gab einen unartikulierten Laut von sich und schnipste seine Zigarette ins Gras.

Er war tief bekümmert; ja, er war verzweifelt. Daß der Fall sich hartnäckig jedem logischen Lösungsansatz entzog, machte ihn nur halb so krank wie die Tatsache, daß er an Ereignislosigkeit zu ersticken drohte. Wo war Krosac? Worauf wartete er?

Mrs. Brad weinte sich in der Abgeschiedenheit ihres Boudoirs die Augen rot; Jonah Lincoln war entgegen seiner Ankündigungen in die Büros von Brad & Megara zurückgekehrt und versorgte das teppichbewußte Amerika weiter mit Importen. Helene Brad schwebte entrückt durch die Szenerie und schien kaum je den Boden zu berühren. Hester Lincoln war nach einer heftigen Auseinandersetzung mit Dr. Temple mit Sack und Pack nach New York entschwunden. Dr. Temple schlich seitdem mit seiner Pfeife im Mund durch die Anlagen von Bradwood;

seine Gesichtsfarbe war dunkler denn je. Auf Oyster Island war alles still; lediglich der alte Ketcham kam gelegentlich in seinem alten Kahn herübergerudert, versorgte sich mit Lebensmitteln und nahm die Post mit auf die Insel. Fox hatte seine Arbeit wieder aufgenommen; unaufdringlich mähte er den Rasen und chauffierte die Brads.

Andrew Van hockte irgendwo in den Bergen West Virginias, und Stephen Megara blieb auf seiner Jacht. Seine Crew hatte er ausgezahlt und mit Vaughns Erlaubnis bis auf Captain Swift entlassen. Die beiden rauchenden, trinkenden, kartenspielenden Männer, die abkommandiert waren, Megara auf der *Helene* zu bewachen, hatte er mit der Begründung fortgeschickt, er könne bestens auf sich selbst aufpassen. Die Wasserpolizei patrouillierte jedoch noch immer den Sund.

Auch ein Telegramm von Scotland Yard vermochte die quälende Eintönigkeit nicht zu durchbrechen:

WEITERE NACHFORSCHUNGEN ZU PERCY UND ELIZABETH LYNN ERGEBNISLOS EMPFEHLEN DIE KOLLEGEN AUF DEM KONTINENT EINZUSCHALTEN

Also führte sich Inspector Vaughn weiterhin auf, als hätte er die Tollwut; und Staatsanwalt Isham zog sich einfach aus der Affäre, indem er sein Büro nicht mehr verließ. Ellery verschaffte sich in Yardleys Pool die nötige Abkühlung, wilderte in dessen Bibliothek und dankte den Göttern für die Gelegenheit, sich körperlich und geistig erholen zu können. Dennoch behielt er die Villa auf der anderen Straßenseite ständig im Auge.

Am Donnerstag morgen schlenderte Ellery zur Villa hinüber und sah Inspector Vaughn auf der Veranda sitzen. Er tupfte sich mit einem Taschentuch den Nacken, fächerte sich Luft zu und verfluchte die Hitze, die Polizei, Bradwood, den ganzen Fall und sich selbst in einem einzigen Atemzug.

»Noch immer nichts, Inspector?«

»Überall Fehlanzeigen.«

Helene Brad trat aus dem Haus; in ihrem weißen Organdy-Kleid wirkte sie frisch wie der Frühlingswind. Sie murmelte »Guten Morgen« und entschwand in westlicher Richtung.

»Der Presse hab' ich grad' zum soundsovielten Mal den alten Kram aufgetischt. Laufende Ermittlungen. Fortschritte. Wir ersticken noch an lauter Fortschritten, Mr. Queen! Wo zum Henker steckt Krosac?«

»Eine rhetorische Frage.« Ellery legte seine Stirn in Falten und zog an seiner Zigarette. »Offen gestanden bin ich genauso ratlos wie Sie.

Hat er aufgegeben? Nein. Ein Psychopath von diesem Kaliber gibt niemals auf. Wartet er vielleicht darauf, daß wir aufgeben und uns zurückziehen?«

»Fragen Sie mich doch so was nicht«, sagte Vaughn leise und dann lauter: »Ich kriege ihn, und wenn ich bis zum Jüngsten Tag hier hocken bleiben muß!«

Beide schwiegen. In dem Gärtchen, das von der Einfahrt gesäumt wurde, war Fox in Kordsamthosen mit einem ratternden Rasenmäher zugange.

Plötzlich schreckte der Inspector auf, und auch Ellery, der mit halb geschlossenen Augen und einer Zigarette im Mund vor sich hin gedämmert hatte, war sofort wieder wach. Das Rattern hatte aufgehört. Fox horchte – regungslos wie ein Indianer –, ließ den Rasenmäher fallen, übersprang ein Blumenbeet und spurtete los.

Ellery und Vaughn standen irritiert auf. Der Inspector brüllte: »Fox! Was ist los?«

Doch Fox rannte gestikulierend weiter, zeigte auf die Bäume und brüllte etwas Unverständliches zurück.

Dann hörten sie es auch. Ein schwacher Schrei. Er kam vom Grundstück der Lynns.

»Helene Brad«, schrie Vaughn. »Kommen Sie!«

Als sie auf die Lichtung vor dem Haus der Lynns kamen, kniete Fox am Boden und hielt den Kopf eines bewußtlosen Mannes. Helene, weiß wie ihr Kleid, stand daneben und griff sich an die Brust.

»Was ist passiert?« keuchte Vaughn. »Gott, das ist ja Temple!«

»Er – ich dachte, er ist tot«, wimmerte Helene.

Dr. Temple lag mit geschlossenen Augen im Gras. Sein Gesicht war aschfahl, und ein tiefer, blutiger Striemen zog sich über seine Stirn

»Sieht nicht gut aus, Inspector«, sagte Fox ernst. »Er kommt einfach nicht zu sich.«

»Wir tragen ihn ins Haus«, beschloß Vaughn. »Fox, besorgen Sie einen Arzt. Und Sie, Mr. Queen, helfen mir bitte, ihn rüberzutragen.«

Fox sprang auf und eilte die Steinstufen des Hauses der Lynns hoch. Ellery und Vaughn hoben den Bewußtlosen vorsichtig an und folgten ihm. Sie betraten ein gemütliches kleines Wohnzimmer – oder was davon übrig war. Der Raum sah aus, als wären wilde Horden durchgezogen. Zwei Stühle waren umgekippt; die Schubladen des Sekretärs waren herausgezogen; die Wanduhr war umgestoßen und das Glas eingeschlagen worden … Helene eilte aus dem Raum, während Ellery und Vaughn den Bewußtlosen auf das Sofa betteten, und kehrte mit einer Schüssel Wasser zurück.

Fox telefonierte wie wild. »Ich kriege Dr. Marsh, den nächsten Arzt, einfach nicht dran. Aber ich versuche –«

»Augenblick«, sagte Vaughn. »Ich glaube, er kommt zu sich.«

Helene benetzte Dr. Temples Stirn und träufelte Wasser auf seine Lippen. Er stöhnte auf, seine Augenlider zuckten; er stöhnte wieder, seine Arme zitterten, und er machte einen schwachen Versuch, sich aufzusetzen.

»Ich –«

»Nicht sprechen«, sagte Helene sanft. »Legen Sie sich wieder hin, und ruhen Sie ein wenig.« Dr. Temple sank ächzend zurück und schloß die Augen.

»Na, das ist ja 'ne schöne Bescherung«, brummte der Inspector. »Wo zum Teufel stecken die Lynns bloß?«

»Dem Zustand ihres Wohnzimmers nach zu urteilen«, erwiderte Ellery trocken, »dürften sie das Weite gesucht haben.«

Vaughn stürmte in den Nebenraum. Ellery beobachtete, wie Helene Dr. Temples Schläfen streichelte. Bald hörte man die schweren Schritte des Inspectors im ganzen Haus. Fox trat an die Vordertür und blieb dort zögernd stehen.

Vaughn kam zurück, hastete zum Telefon und rief in der Villa der Brads an. »Stallings? Inspector Vaughn. Holen Sie bitte einen meiner Männer an den Apparat ... Bill? Hören Sie zu. Die Lynns haben 'nen Abgang gemacht. Sie haben die Beschreibungen. Gesucht wegen Körperverletzung. An die Arbeit! Später mehr.«

Er drückte auf die Gabel. »Verbinden Sie mich bitte mit Staatsanwalt Ishams Büro in Mineola ... Isham? Vaughn. Alles anleiern. Die Lynns sind weg.«

Er hängte ein und ging zum Sofa hinüber. Dr. Temple schlug die Augen auf und grinste schwach.

»Gott, hat der mich bös' erwischt! Hab' ich Glück gehabt, daß er mir nicht den Schädel eingeschlagen hat!«

Helene stammelte: »Ich – ich bin rübergelaufen, um den Lynns einen Morgenbesuch abzustatten.« Ihre Stimme setzte aus. »Ich verstehe das alles nicht. Als ich hier ankam, habe ich Dr. Temple da so liegen sehen –«

»Wie spät ist es?« fragte der Verletzte und richtete sich auf.

»Halb elf.«

Temple sackte wieder in sich zusammen. »Zweieinhalb Stunden lang war ich weg. Unglaublich! Ich erinnere mich, daß ich schon einmal kurz zu mir gekommen war und auf das Haus zu gekrochen bin – oder es zumindest versucht habe. Aber dann muß ich das Bewußtsein wieder verloren haben.«

Als Inspector Vaughn erneut zum Hörer griff, um seinem Oberleutnant die neuen Details durchzugeben, fragte Ellery: »Sie sind gekrochen? Dann sind Sie also gar nicht an der Stelle niedergeschlagen worden, an der wir Sie gefunden haben?«

»Woher soll ich denn wissen, wo Sie mich gefunden haben?« stöhnte Temple. »Aber wenn Sie so fragen – nein. Das ist eine lange Geschichte.« Er wartete, bis Vaughn eingehängt hatte. »Ich hatte Gründe anzunehmen, daß die Lynns nicht so harmlos waren, wie sie taten. Von dem Augenblick an, als ich sie zum ersten Mal sah, wußte ich, daß mit ihnen etwas nicht stimmte. Vor zwei Wochen habe ich mich im Dunkeln hergeschlichen und sie miteinander reden hören. Was ich aufschnappen konnte, bestärkte mich in meinem Verdacht. Lynn hatte gerade etwas vergraben ...«

»Etwas vergraben!« frohlockte Vaughn. Ellery zog die Augenbrauen zusammen und sah zum Inspector hinüber; beide dachten dasselbe. »Um Gottes willen, Temple! Warum haben Sie uns das nicht gleich gesagt? War Ihnen denn nicht klar, was das gewesen sein muß, was Lynn da vergraben hat?«

»Mir klar?« Temple starrte ihn ausdruckslos an, stöhnte auf, als der Schmerz erneut gegen seine Schläfen hämmerte. »Aber natürlich! Sie wissen es auch?«

»Ob wir es auch wissen! – Na, der Kopf! Brads Kopf!«

Dr. Temple war verblüfft. »Der Kopf«, wiederholte er langsam. »Auf den Gedanken war ich gar nicht gekommen ... Nein, ich dachte an etwas ganz anderes.«

»Woran?« fragte Ellery.

»Es war ein paar Jahre nach dem Krieg. Ich war endlich aus dem österreichischen Internierungslager entlassen worden und streifte durch Europa, um ein wenig den freien Auslauf zu genießen. In Budapest ... ja, da machte ich dann die Bekanntschaft eines gewissen Ehepaares. Wir wohnten im selben Hotel. Eines Tages fand man einen weiteren Gast des Hotels, einen deutschen Juwelier mit Namen Bundelein, gefesselt und geknebelt in seinem Zimmer; und eine wertvolle Kollektion, die er nach Berlin bringen wollte, war verschwunden. Er beschuldigte besagtes Ehepaar, das jedoch spurlos verschwunden war ... Als ich diesen Lynns hier vorgestellt wurde, war ich so gut wie sicher, daß es sich um dasselbe Paar handelte. Damals nannten sie sich Truxton – Mr. und Mrs. Percy Truxton ... Oh, mein Schädel! Gott, ich seh' immer noch Sterne. Könnte glatt als Teleskop durchgehen!«

»Ich kann es einfach nicht glauben«, murmelte Helene. »So reizende Leute! In Rom haben wir uns sofort wunderbar verstanden. Gebildet, offensichtlich wohlhabend, feine Umgangsformen ...«

»Wenn die Lynns das sind, wofür Dr. Temple sie hält«, sagte Ellery, »dann hatten sie ihre Gründe, freundlich zu Ihnen zu sein, Miss Brad. War ein Kinderspiel für die, Nachforschungen anzustellen und herauszukriegen, daß Sie die Tochter eines amerikanischen Millionärs sind. Vielleicht haben sie in Europa gerade ein Ding gedreht und ...«

»Sie haben sozusagen das Angenehme mit dem Nützlichen verbunden«, fügte der Inspector hinzu. »Wahrscheinlich haben Sie recht, Doc, und sie haben Diebesgut vergraben. Was ist heute morgen passiert?«

Dr. Temple rang sich zu einem dünnen Lächeln durch. »Heute morgen? Nun, ich habe in den vergangenen zwei Wochen immer wieder einmal hier herumgeschnüffelt ... Heute morgen bin ich hergekommen, weil ich endlich zu wissen glaubte, wo sie das Zeug verbuddelt haben; ich habe schließlich die ganze Zeit danach gesucht. Ich bin also genau zu der Stelle hin, wo ich den Schatz vermutete, und habe zu graben begonnen, als dieser Kerl plötzlich vor mir stand. Dann spürte ich nur noch einen dumpfen Schlag; ich sah einen Blitz, und dann wurde mir schwarz vor Augen – das ist alles, was ich noch weiß. Ich nehme an, Lynn, oder Truxton, oder wie auch immer er heißen mag, war mir auf die Schliche gekommen. Er wußte, das Spiel war aus. Da hat er mir eins drübergegeben, die Beute ausgegraben und sich mit seiner Alten aus dem Staub gemacht.«

Als alter Soldat wollte Dr. Temple selbstverständlich selbst laufen. Auf Fox gestützt, stolperte er aus dem Haus in den Wald; die anderen folgten. Nur knapp einhundert Meter vom Waldrand entfernt stießen sie auf ein frisch ausgehobenes, nahezu quadratisches Loch von etwa fünfunddreißig Zentimetern Seitenlänge im weichen Waldboden.

»Kein Wunder, daß Scotland Yard ihnen nicht auf die Spur gekommen ist«, bemerkte Vaughn, als sie nach Bradwood zurückliefen. »Falsche Namen ... Mit Ihnen, Temple, habe ich noch ein saftiges Hühnchen zu rupfen. Warum, bitteschön, haben Sie mir die Geschichte nicht gleich erzählt?«

»Es war mein verdammter Stolz«, murmelte der Doktor kleinlaut. »Ich wollte den Triumph allein einheimsen. Außerdem war ich nicht restlos sicher. Ich wollte schließlich keine unschuldigen Leute ans Messer liefern. Aber – lassen Sie sie nicht ungeschoren davonkommen, das ertrage ich nicht!«

»Keine Sorge. Die sind noch heute abend hinter Schloß und Riegel.«

Es stellte sich heraus, daß Inspector Vaughn den Mund etwas zu voll genommen hatte. Als die Dämmerung hereinbrach, befanden sich die Lynns noch immer in Freiheit. Sie waren spurlos verschwunden; niemand hatte ein Paar gesehen, das ihnen auch nur entfernt ähnelte.

»Müssen sich getrennt und maskiert haben«, knurrte Vaughn und sandte Telegramme an die Polizei in Paris, Berlin, Budapest und Wien.

Den ganzen Freitag über herrschte ebenfalls Flaute. Von den entflohenen Engländern fehlte noch immer jede Spur. Ihre Personenbeschreibungen wurden landesweit mitsamt ihren Paßbildern in Tausenden von Sheriffbüros und Polizeiwachen ausgehängt. Die Grenzen zu Mexiko und zu Kanada wurden besonders gut bewacht. Doch die Lynns bewiesen einmal mehr, wie schwierig es war, eine Stecknadel im Heuhaufen zu finden.

»Die müssen einen Unterschlupf für den Notfall gehabt haben«, kommentierte Inspector Vaughn niedergeschlagen. »Aber früher oder später gehen sie uns ins Netz. Sie können sich nicht ewig verstecken.«

Am Samstag morgen erreichten sie drei Telegramme aus Europa. Das erste hatte der Polizeipräfekt von Paris geschickt.

EHEPAAR IHRER BESCHREIBUNG VON PARISER POLIZEI WEGEN RAUBES UND KÖRPERVERLETZUNG SEIT 1925 ALS MR UND MRS STRANG GESUCHT

Das zweite kam aus Budapest:

PERCY TRUXTON UND EHEFRAU SEIT 1920 WEGEN JUWELENRAUB IN UNGARN GESUCHT BESCHREIBUNG PASST

Das dritte – und aufschlußreichste – hatte Wien geschickt:

EHEPAAR IHRER BESCHREIBUNG IN ÖSTERREICH ALS PERCY UND BETH ANNIXTER BEKANNT HABEN FRANZÖSISCHEN TOURISTEN UM 50000 FRANCS BETROGEN UND LETZTES FRÜHJAHR WERTVOLLE JUWELEN GESTOHLEN BEANTRAGEN SOFORTIGE AUSLIEFERUNG SOLLTEN DIE BESCHULDIGTEN SICH IN DER GEWALT DER AMERIKANISCHEN POLIZEI BEFINDEN DIEBESGUT VERSCHOLLEN

Es folgte eine detaillierte Beschreibung der gestohlenen Juwelen.

»Wir kriegen noch internationalen Ärger, wenn wir sie endlich gefaßt haben«, brummte der Inspector, während er mit Ellery und Professor Yardley auf der Veranda der Villa Bradwood saß. »Frankreich, Ungarn und Österreich!«

»Vielleicht wird der Weltgerichtshof ja eine Sondersitzung einberufen«, bemerkte Ellery.

Der Professor verzog das Gesicht. »Sie bringen mich mit Ihrer ständigen Schludrigkeit noch ins Grab! Es gibt nur einen Internationalen Gerichtshof, und es würde sich um eine außerordentliche Sitzung handeln.«

»Mein Gott«, stöhnte Ellery und verdrehte die Augen.

»Wahrscheinlich ist Budapest zuerst dran«, murmelte Vaughn, »1920.«

»Würde mich sehr wundern«, mutmaßte der Professor, »wenn Scotland Yard die nicht auch im Visier hätte.«

»Unwahrscheinlich. Die sind verdammt gründlich. Wenn die nichts Passendes haben, können Sie Gift drauf nehmen, daß in London nichts gegen sie vorliegt.«

»Wenn sie wirklich Engländer sind«, sagte Ellery, »werden sie ihre Dinger natürlich vorzugsweise im Ausland gedreht haben. Obwohl der Mann ebensogut Mitteleuropäer sein könnte, und nichts kann man sich so mühelos zulegen wie einen Oxfordakzent.«

»Eines immerhin steht fest«, befand der Inspector. »In dem würfelförmigen Kasten, den sie verbuddelt hatten, befand sich der Schmuck aus Wien. Wir verständigen sofort die Kollegen und den Verband der Juweliere. Reine Zeitverschwendung zwar, weil die beiden sicher kaum Kontakt zu amerikanischen Hehlern haben und es erst recht nicht wagen werden, sich an saubere Schmuckhändler zu wenden – außer natürlich, sie brauchen dringend Bares.«

»Ich frage mich«, sagte Ellery mit geistesabwesendem Blick, »warum Ihr Kollege in Jugoslawien noch nicht geantwortet hat.«

Im Laufe des Tages stellte sich heraus, daß die Saumseligkeit der Jugoslawen ihre Gründe hatte. Vaughn und seine Männer waren gerade damit beschäftigt, Fahndungsberichte zum Fall Lynn durchzugehen, die alle paar Minuten telefonisch oder per Telegramm eintrafen.

Bis einer der Männer mit einem weiteren Kuvert in der Hand hereinstürmte. »Telegramm, Chief!«

»Na, endlich«, murmelte Vaughn. »War auch höchste Zeit.«

In dem Telegramm jedoch, daß der Polizeiminister von Belgrad geschickt hatte, stand lediglich:

BEDAUERN VERZÖGERUNG DER RECHERCHEN ZU DEN GEBRÜDERN TVAR UND VELJA KROSAC DIE NACH ZWANZIG JAHREN DADURCH ERSCHWERT WURDEN DASS MONTENEGRO ALS SELBSTÄNDIGER STAAT NICHT MEHR EXISTIERT DIE EXISTENZ BEIDER FAMILIEN IST VERBÜRGT AUCH DIE BLUT-

FEHDE WIR VERFOLGEN DIE SPUR WEITER UND WERDEN SIE INNERHALB VON VIERZEHN TAGEN ÜBER DAS ERGEBNIS UNSERER ERMITTLUNGEN UNTERRICHTEN

23. Der Kriegsrat

Sonntag. Montag … Es war kaum zu glauben, wie wenig die Ermittlungen erbracht hatten, wie wenig die blutige Handschrift des Mörders letztlich hergab.

Dem Inspector, soviel war Ellery klar, drohte ein Schlaganfall, wenn es ihm nicht bald gelang, die weltläufigen Briten hinter Schloß und Riegel zu bringen. Um immer dieselben Fragen drehten sich die trüben Polizeikonferenzen, auf denen man Strategien erwog und sogleich wieder verwarf. Wo war Krosac? Oder – wer war der phantomhafte Hauptdarsteller dieser Schmierenkomödie, und warum schlug er nicht wieder zu? Er war weit von seinem Ziel entfernt; und es war unwahrscheinlich, daß die ständige Gegenwart der Polizei ihn davon abhielt, die beiden überlebenden Tvar-Brüder zu attackieren, zumal erwiesen schien, daß er von seiner Mission besessen war.

»Unsere Schutzmaßnahmen zugunsten von Andreja«, erklärte Ellery am Montag abend dem Professor, »waren zu perfekt. Krosacs Wartestellung ist nur noch dadurch zu erklären, daß er noch immer nicht herausgefunden hat, wo – und in welcher Maske – Van sich aufhält. Es ist uns gelungen, ihn zu täuschen –«

»Und damit auch uns selbst«, bemerkte der Professor. »Ich muß gestehen, daß ich mich inzwischen gehörig langweile, Queen. Wenn das Ihre aufregende Verbrecherjagd sein soll, dann bin ich in Zukunft vollauf damit zufrieden, historischen Quellen nachzuspüren – als Schreibtischtäter, versteht sich. Ich kann Sie nur dazu einladen; Sie werden die Rätsel der Menschheitsgeschichte unendlich viel spannender finden als schlechte Krimis wie diesen! Habe ich Ihnen jemals davon erzählt, wie Boussard, der französische Offizier, die berühmte Basaltstele – den Rosetta-Stein – im unteren Ägypten fand und damit die Ägyptologie revolutionierte? Und daß es zweiunddreißig Jahre gedauert hat, bis es Champollion gelungen ist, ihre dreifache Botschaft aus dem Zeitalter von Ptolemäus dem Fünften zu entziffern, wobei sich nämlich heraus –«

»All dies wiegt nichts«, wandte Ellery erbittert ein, »gegen Krosac. Wells muß ihn zum Vorbild gehabt haben, als er den *Unsichtbaren* schrieb.«

Gegen Abend erwachte Stephen Megara zum Leben. Er stand in der Mitte des Arbeitszimmers seines ermordeten Bruders und fixierte unversöhnlich seine Zuhörerschaft. Inspector Vaughn war ebenfalls anwesend, er saß in einem der Sheraton-Sessel, rauchte und kaute gequält an seinen Fingernägeln. Ellery saß neben Professor Yardley und fühlte sich unter den anklagenden Blicken von Stephen Megara äußerst unwohl. Helene Brad und Jonah Lincoln teilten sich die Couch; beide wirkten nervös; sie hatten ihre Hände ineinander verschlungen. Staatsanwalt Isham, den Megara aus Mineola herbeizitiert hatte, war im Türrahmen stehengeblieben, drehte Däumchen und hustete ununterbrochen. Captain Swift stand hinter seinem Arbeitgeber und fummelte unausgesetzt an seiner Mütze, während sich sein sehniger Hals an seinem steifen Kragen scheuerte. Dr. Temple, den niemand eingeladen hatte, war dennoch gebeten worden zu bleiben und hatte vor dem Kamin Stellung bezogen.

»Jetzt hören Sie bitte alle einmal zu«, begann Megara mit schneidender Stimme, »Sie ganz besonders, Inspector Vaughn und Mr. Isham! Es sind jetzt drei Wochen vergangen, seit mein – seit Brad ermordet wurde; und ich bin vor zehn Tagen nach Bradwood zurückgekehrt. Bitte teilen Sie mir Ihre Ermittlungsergebnisse mit.«

Inspector Vaughn wand sich in seinem Sheraton-Sessel. »Mir gefällt Ihr Ton nicht, Mister. Sie wissen genau, daß wir alles versucht haben, was in unseren Möglichkeiten –«

»Nicht alles«, widersprach Megara. »Nicht annähernd, Inspector. Sie kennen die Identität des Mörders. Sie haben sogar eine partielle Beschreibung von ihm. Man hätte erwartet, daß es für Sie bei Ihren Möglichkeiten ein Klacks wäre, ihn zu fassen.«

»Das – äh – ist auch nur noch eine Frage der Zeit, Mr. Megara«, versuchte Isham zu schlichten. Die kahle Stelle auf seinem Hinterkopf, die graues Haar umkränzte, war rötlich feucht. »So einfach, wie Sie denken, ist das aber leider nicht!«

Vaughn wurde sarkastisch: »Und wie Sie wissen, haben es hier nicht alle mit der Wahrheit so sonderlich genau genommen, wodurch es vermeidbare Verzögerungen gegeben hat! Keiner hat es für nötig gehalten, uns in seine miesen kleinen Geheimnisse einzuweihen!«

»Unsinn!«

Vaughn erhob sich. »Und das«, sagte er zähnefletschend, »gilt nicht zuletzt auch für Sie, Megara!«

Der Segler verzog keine Miene. Hinter ihm fuhr sich Captain Swift mit einem seiner blauen Ärmel über den Mund und stopfte seine verstümmelte Hand in eine seiner ausgebeulten Taschen. »Was soll das heißen?«

»Hören Sie, Vaughn«, begann der Staatsanwalt beunruhigt.

»Nichts ›Hören Sie, Vaughn‹! Das regle ich, Isham!«

Der Inspector machte einen Schritt vorwärts, baute sich – eine einzige Drohgebärde – vor Megara auf und kam ihm so nahe, daß sie Brust an Brust standen.

»Sie spielen mit dem Feuer, Megara. Aber bitte, ganz wie Sie wollen! Mrs. Brad hat uns ein ziemlich dreistes Märchen aufgetischt; Mr. Lincoln und ihre Tochter haben sie gedeckt. Fox' Schwindeleien haben uns ebenfalls Zeit und Nerven gekostet. Und unser Dr. Temple« – der Doktor fuhr zusammen und begann, sich mit nervösen Fingern eine Pfeife zu stopfen – »war im Besitz brisanter Informationen, wollte aber unbedingt den Helden spielen und zwei Gauner im Alleingang stellen – nicht auszudenken, was hätte passieren können! Ergebnis: Sie hauen ab, und er kriegt ordentlich eins drüber. Was er sich redlich verdient hat!«

»Sie haben«, erwiderte Megara ruhig, während er dem Inspector fest in die Augen sah, »gerade auch meine Person erwähnt. Inwiefern habe ich Ihre Ermittlungen behindert?«

»Inspector Vaughn«, begann Ellery sachte. »Meinen Sie nicht, daß Sie – ähm – vielleicht ein wenig übers Ziel hinausschießen?«

»Sie halten sich da jetzt brav raus!« brüllte Vaughn, ohne sich zu Ellery herumzudrehen. Er war zornesrot; während sich seine Halssehnen anspannten, schienen ihm die Augen beinahe aus dem Kopf zu treten. »Nun gut, Megara. Sie haben uns da neulich so eine Geschichte erzählt …«

Megara zeigte keinerlei Regung. »So?«

Vaughn bemühte sein schmutzigstes Grinsen. »Noch können Sie mich umstimmen.«

»Ich verstehe nicht, was Sie meinen«, erwiderte Megara kühl.

»Werden Sie deutlicher!«

»Vaughn!« flehte Isham.

»Ich werde so deutlich, wie es mir, verdammt noch mal, paßt! Sie wissen nur zu gut, wovon ich rede. Drei Männer haben sich vor ein paar Jahren fluchtartig ins Ausland abgesetzt. Warum?«

Megara senkte den Blick für den Bruchteil einer Sekunde. Als er jedoch zu sprechen begann, konnte er seine Verunsicherung nicht länger verbergen.

»Das habe ich Ihnen bereits erzählt.«

»Allerdings. Allerdings haben Sie das. Es geht mir jedoch nicht darum, was Sie uns erzählt haben. Es geht mir darum, was Sie uns verschwiegen haben!«

Megara trat einen Schritt zurück, zuckte mit den Schultern und schmunzelte. »Also, ich muß schon sagen, Inspector; die Ermittlungen haben Ihrem Verstand offenbar etwas zugesetzt. Ich habe Ihnen die Wahrheit erzählt. Natürlich hatte ich nicht die Zeit, Ihnen eine komplette Biografie zu liefern. Sollte ich also ein Detail vergessen haben –«

»Dann deshalb, weil Sie es für unwichtig hielten?« Vaughn lachte. »Das höre ich nicht zum ersten Mal.«

Er wandte sich um und wollte sich setzen; dann überlegte er es sich jedoch anders und drehte sich wieder zu Megara herum. »Bitte machen Sie sich klar – wenn Sie uns hier schon zur Rechenschaft ziehen –, daß unser Beruf nicht nur darin besteht, einen Mörder zu suchen. Wir müssen uns auch durch ein Wirrwarr von Motiven, verheimlichten Tatsachen und dreisten Lügen wühlen! Bitte vergessen Sie das nicht!« Er setzte sich. Seine hohlen Wangen schienen sich vor lauter Aufregung fast zu blähen.

Megara zuckte mit seinen breiten Schultern. »Ich fürchte, wir sind vom Eigentlichen abgekommen. Ich habe diesen Kriegsrat nicht einberufen, um mich herumzustreiten; und wenn ich einen solchen Eindruck erweckt haben sollte, Inspector, dann bitte ich vielmals um Entschuldigung.« Vaughn brummte unwirsch. »Ich möchte Ihnen einen konkreten Vorschlag machen.«

»Na, wunderbar«, sagte Isham herzlich und trat vor. »Großartig, Mr. Megara. Ganz in unserem Sinne. Einen konstruktiven Vorschlag können wir hervorragend gebrauchen!«

»Nun, wie konstruktiv er ist – darüber müssen Sie entscheiden!« Megara stellte sich breitbeinig in den Raum. »Wir warten alle darauf, daß Krosac wieder zuschlägt. Genau das hat er bislang nicht getan. Aber Sie haben mein Wort drauf, daß er es tun wird!«

»Wollen Sie ihm vielleicht«, höhnte der Inspector, »eine Einladung schicken?«

»Genau!« Megara sah Vaughn scharf an. »Könnten wir ihm nicht eine Falle stellen?«

Vaughn schwieg eine Weile. »Eine Falle? Wie sollte die aussehen?«

Megaras weiße Zähne blitzten auf. »So genau habe ich mir das noch nicht überlegt, Inspector. Außerdem sind Sie der Fachmann für solche Finessen … Wir verlieren nichts dabei; Krosac kommt so oder so. Auf mich hat er es abgesehen, nicht wahr? Nun, soll er mich haben … Ich nehme an, daß die ständige Polizeipräsenz ihn davon abhält, einen Versuch zu wagen. Er lauert irgendwo. Wenn Sie einen weiteren

Monat hier bleiben, wird er einen weiteren Monat in seinem Versteck lauern. Wenn Sie sich aber geschlagen geben und abziehen ...«

»Großartige Idee!« rief der Staatsanwalt. »Mr. Megara, ich gratuliere Ihnen zu diesem grandiosen Einfall! Wie beschämend für uns, daß wir nicht selbst darauf gekommen sind! Krosac wird nicht zuschlagen, solange die Polizei sein Opfer belagert, vollkommen klar –«

»Aber er wird den Teufel tun und sofort aktiv werden, sobald die Polizei auffallend plötzlich verschwunden ist«, brummte Vaughn. Nur seine Augen verrieten, daß er fieberhaft nachdachte. »Er ist ein verdammt cleverer Bursche, der riecht Lunte, da bin ich sicher ... Trotzdem ist das gar nicht so dumm, was Sie sagen«, fügte er widerstrebend hinzu. »Ich muß mir das einmal in aller Ruhe durch den Kopf gehen lassen.«

Ellery rutschte auf die Stuhlkante. »Ihr Mut ist bewundernswert, Mr. Megara. Ich nehmen an, Sie sind sich im klaren darüber, welche Folgen ein Scheitern Ihres Plans hätte?«

»Es wäre nicht das erste Risiko, das ich in meinem Leben eingehe«, erwiderte er verbittert. »Keine Angst, ich unterschätze diesen Bastard bestimmt nicht, aber da kann kaum etwas schiefgehen. Wenn wir es richtig anstellen, wird er versuchen, mich umzubringen. Und darauf werden wir vorbereitet sein, was, Captain?«

Der alte Seebär brummte: »Sie sin' noch immer mit jedem fertig geworden, notfalls mit 'nem Belegnagel. Das war mal, haha! Jetz' hab' ich ja Gott sei Dank 'ne hübsche neue Knarre, un' Sie auch, Mr. Megara. Dem Dreckskerl jagen wir ordentlich Blei in' Bauch!«

»Stephen«, flehte Helene; sie hatte ihre Hand aus der Lincolns gezogen und schaute den Segler fassungslos an. »Du kannst dich doch nicht vollkommen schutzlos diesem blutrünstigen Irren ausliefern! Bitte, mach –«

»Ich passe schon auf mich auf, Helene ... Was meinen Sie, Inspector?«

Vaughn stand auf. »Mir ist die Sache zu riskant. Verantworten könnte ich das Ganze nur, wenn wir eine Finte anwenden ... Ich würde meine Männer vom Festland und dem Sund abziehen, aber welche auf dem Boot lassen, die im Notfall –«

Megara machte eine abwehrende Geste. »Viel zu plump, Inspector. Das riecht der.«

»Hmm«, brummte Vaughn unwillig. »Geben Sie mir Zeit nachzudenken. Für den Augenblick bleibt alles beim alten. Morgen früh gebe ich Ihnen Bescheid.«

»Gut.« Megara betastete eine Tasche seiner Segeljacke. »Ich bin zu allem bereit. Ich habe nämlich nicht vor, mich für den Rest meines

Lebens wie ein feiger Waschlappen auf der *Helene* zu verschanzen. Ich will endlich wieder leben! Je eher Krosac mich angreift, desto besser!«

»Was denken Sie?« fragte Professor Yardley später, als er und Ellery am Ostflügel des Hauses standen und Megara und seinem Kapitän nachsahen, die im schwachen Licht der erleuchteten Fenster auf ihrem eiligen Weg zur Bucht gerade noch zu erkennen waren.

»Ich werde Ihnen sagen, was ich denke«, sagte Ellery voller Unmut. »Stephen Megara ist ein ausgemachter Dummkopf.«

Stephen Megara blieb nicht mehr viel Zeit, seinen Mut – oder seine Dummheit – unter Beweis zu stellen.

Als Ellery und der Professor am nächsten Morgen, einem Dienstag, in Yardleys Eßzimmer beim Frühstück saßen, kam dem lautstarken Protest der alten Nanny zum Trotz ein Mann hereingestürmt. Er hatte eine Nachricht von Vaughn dabei.

Captain Swift war ein paar Minuten zuvor gefesselt und – von einem bösen Schlag auf den Hinterkopf getroffen – bewußtlos in seiner Kabine aufgefunden worden.

Auch Stephen Megara hatte man gefunden; grausig entstellt hatte man ihn an einem der Antennenmasten oberhalb der Aufbauten gefunden – ohne Kopf.

VIERTER TEIL

Die Kreuzigung eines Toten

»Der Erfolg vieler Ermittlungen steht und fällt mit der Gabe des Detektivs, winzige Unstimmigkeiten zu registrieren. Einer der schwierigsten Fälle der Prager Polizei verdankte seine Lösung nach sechs Wochen völliger Ratlosigkeit dem Gedächtnis eines jungen Sergeanten, der sich des scheinbar belanglosen Details entsann, daß man vier Reiskörner im Hosenaufschlag des Opfers gefunden hatte.«

VITTORIO MALENGHI

24. Noch mehr Ts

Ein Nebel der Sprachlosigkeit hüllte alle diejenigen ein, die an diesem Morgen vom Festland zur *Helene* übersetzten. Es war das Schweigen von Männern, die man nach langen, ereignislosen Tagen mit dieser unerhörten Bluttat jäh aus ihrer Lethargie gerissen hatte. Ellery, dessen Teint so blaß war wie sein Leinenanzug, stand nervös an der Reling der großen Polizeibarkasse und starrte auf die Jacht, die vor ihnen ankerte. Selbst bei hohem Seegang wäre ihm nicht so übel geworden wie bei diesem Anblick; sein Magen hatte sich zusammengezogen, er mußte würgen und schmeckte gallige Säure auf seiner trockenen Zunge.

Der Professor stand neben ihm und murmelte unaufhörlich: »Unfaßbar! Entsetzlich!« Selbst die Polizisten, die sie begleiteten, waren gedrückter Stimmung. Sie betrachteten die schmucken Umrisse der Helene, als sähen sie sie zum ersten Mal.

An Deck hasteten Gestalten hin und her. Das Zentrum ihrer Aktivitäten schien der mittschiffs gelegene Aufbau zu sein; dort stand eine ganze Gruppe von Männern, die ständig anwuchs. Polizeiboote legten längsseits an, und die Beamten kletterten von Bord.

Vor dem friedvollen Morgenhimmel zeichnete sich das gespenstische, fleischgewordene T-Symbol ab. Der Schlafanzug des Toten war blutdurchtränkt. Die starre Leiche hing festgebunden am ersten der beiden Antennenmasten und erinnerte in nichts mehr an etwas Menschliches, am allerwenigsten an den vitalen, energischen Mann, mit dem sie vor gerade einmal zwölf Stunden noch gesprochen hatten. Megaras Anblick war der reinste Hohn; seine Beine, die der Mörder am Mast festgezurrt hatte, waren unnatürlich verdreht; und dennoch vermittelte dieses grauenvolle Sinnbild von Fleisch und Blut die Illusion heroischer Größe.

»Christus auf Golgatha«, flüsterte Professor Yardley. »Kaum zu fassen, kaum zu fassen, o Gott.« Aus seinen Lippen war jegliche Farbe gewichen.

»Ich bin zwar kein religiöser Mensch«, sagte Ellery gedämpft. »Aber, um Gottes willen, lassen Sie solche Blasphemien. Nein, es ist kaum zu fassen! Sie haben die düsteren Kapitel der Geschichte doch auch im Kopf – Caligula, die Wandalen, Moloch, die Assassinen, die Inquisition ... Zerstückelte, aufgespießte, gehäutete Leichen. Seitenweise Blut ... Sie lesen, nehmen die Greuel mit dem Verstand zur Kenntnis, aber Sie machen sich keine Vorstellung von dem brutalen Schrecken, der von einer bestialisch zugerichteten Leiche ausgeht, wenn man direkt mit ihr konfrontiert wird. Den meisten von uns ist auch der Einfallsreichtum unheimlich, mit dem besessene Schlächter ans Werk gehen, wenn sie sich einmal in den Kopf gesetzt haben, das Lebenslicht eines Menschen auszulöschen ... Selbst im zwanzigsten Jahrhundert haben wir trotz unserer heimischen Bandenkriege, dem Weltkrieg und den Pogromen in Europa noch immer keine klare Vorstellung von den wahren Abgründen menschlicher Zerstörungswut ...«

»Worte, nichts als Worte«, entgegnete der Professor steif. »Sie kennen sie nicht, und ich kenne sie auch nicht. Aber ich habe von Kriegsheimkehrern so manche Schauergeschichte –«

»Abwegig«, murmelte Ellery. »Zu unpersönlich. Massenpsychosen sind nie so erschreckend und satanisch wie die Blutorgien eines pathologischen Individuums. Aber mir ist – beim Leibhaftigen – schon schlecht genug. Das muß ein Ende haben!«

Keiner der beiden sagte noch etwas, bevor sie mit der *Helene* Bord an Bord lagen und schließlich die Schiffsleiter hinaufstiegen.

Von allen Männern, die sich an diesem Morgen an Deck der *Helene* aufhielten, zeigte sich Inspector Vaughn am wenigsten beeindruckt von der unwirklichen, alptraumhaften Szenerie. Für ihn waren auch solche Morde nichts als häßliche Routine, fantastische und blutige Routine, gewiß, aber so etwas gehörte halt zu seinen Pflichten. Wenn er die Augen verdrehte und leise Flüche ausstieß, dann tat er es nicht deshalb, weil Stephen Megara – in dessen lebendige Augen er noch am Vorabend gesehen hatte – wie eine schwarzrot angemalte, verstümmelte Wachsfigur am Antennenmast hing, sondern weil er außer sich war über das – wie er offenbar glaubte – schockierende Versagen seiner Untergebenen.

Er stürmte auf einen Leutnant der Wasserschutzpolizei zu. »Letzte Nacht hat sich niemand der Jacht genähert, sagen Sie?«

»Nein, Inspector. Das kann ich beschwören.«

»Jetzt mal ehrlich, Bürschchen! Jemandem muß es gelungen sein!«

»Wir haben die ganze Nacht Wache gehalten, Inspector. Aber natürlich hatten wir nur vier Boote. Theoretisch wäre es also möglich –«

»Theoretisch möglich?« spottete Vaughn. »Sie Schussel! Mensch, er war da!«

Dem Leutnant – einem sehr jungen Mann – stieg die Röte ins Gesicht. »Wir konnten nur die Nordseite bewachen, Inspector. Er könnte ja auch von Bradwood gekommen sein.«

»Wenn ich Ihre Meinung hören will, Leutnant, dann werde ich Sie vorher darum bitten!« Der Inspector erhob die Stimme. »Bill!«

Ein Mann in Zivil trat aus einer Gruppe schweigender Polizisten hervor.

»Was haben Sie zu Ihrer Verteidigung vorzubringen?«

Bill kratzte sich an seinem unrasierten Kinn und versuchte, unterwürfig dreinzuschauen. »Wir müssen ein recht großes Areal bewachen, Chief. Wenn er wirklich vom Festland gekommen ist – nun ja, Sie wissen ja selbst, wie schwer es ist, jemanden nachts im Wald zu stellen –«

»Hört zu, Leute!« Der Inspector trat einen Schritt zurück und ballte eine Faust, um sich das rechte Gehör zu verschaffen. »Ich kann jetzt keine Ausflüchte oder Grundsatzdebatten gebrauchen, klar? Alles, was ich will, sind Fakten. Wir müssen herausfinden, wie er zur Jacht gelangt ist! Wenn er von New York über den Sund gekommen ist, gut. Wenn er von Long Island gekommen ist, auch gut – obwohl es eher unwahrscheinlich ist. Er wußte ja, daß wir dort massenhaft Leute hatten. Bill, ich will, daß –«

Eine der Barkassen schoß plötzlich auf die *Helene* zu. Sie hatte ein Ruderboot im Schlepptau, das Ellery durch die blutigen Schleier vor seinen Augen hindurch vage erkannte. Ein Polizist stand auf und brüllte: »Wir haben es!«

Wie auf Befehl stürmten alle zur Reling. »Was für'n Boot ist das?« brüllte Vaughn zurück.

»Es hat herrenlos im Sund getrieben. Scheint, der Kennzeichnung nach, zum Nachbargrundstück von Bradwood zu gehören!«

Dem Inspector ging ein Licht auf. »Das Boot der Lynns! Klar doch, das muß es sein! Haben Sie irgend etwas darin gefunden, Officer?«

»Nur die Ruder.«

Vaughn redete auf den Mann, den er Bill nannte, in militärischem Stakkato ein: »Nimm zwei Jungs mit, und fahr rüber zum Grundstück der Lynns. Alles durchkämmen, besonderes Augenmerk auf den Anlegesteg und das Gelände drum herum. Auf Fußspuren achten. Sucht jeden Zentimeter ab! Schaut nach Spuren, die der Kerl auf seinem Weg zur Bucht hinterlassen hat!«

Ellery stöhnte schwach. Eine Welle der Geschäftigkeit erfaßte die Männer um ihn herum. Befehle wurden gebrüllt, und die Polizisten kletterten über Bord. Professor Yardley lehnte an der Funkkabine, über der die Antennenmasten mit Megaras Überresten aufragten. Staatsanwalt Isham hing mit grünlich angelaufenem Gesicht über der Reling. Dr. Temple rauschte in einem kleinen Motorboot auf die Jacht zu; und auf dem Kai, der zu Bradwood gehörte, hatten sich einige Männer und – den weißen Röcken nach zu schließen – auch Frauen versammelt.

Bald herrschte wieder Stille. Der Inspector gesellte sich zu Ellery und Yardley, lehnte sich mit einem Ellenbogen gegen die Kabinentür, steckte sich eine Zigarre in den Mund und schaute nachdenklich zu der hoch über ihnen schwebenden, brettsteifen Leiche auf.

»Nun, meine Herren«, sagte er. »Was sagen Sie dazu?«

»Grauenerregend«, stammelte der Professor. »Der schiere Wahnsinn. Schon wieder diese Ts.«

Ellery war überrascht. Natürlich. Vor lauter Übelkeit hatte er die Bedeutung des Antennenmastes als Instrument der Kreuzigung glatt übersehen. Der himmelwärts aufragende Stahlmast bildete mit seinem oben aufliegenden Querbalken, von dem aus die Drähte zum Gegenstück auf der gegenüberliegenden Seite des Kabinendachs verliefen, das unvermeidliche große T ... Erst jetzt sah er die beiden Männer auf dem Dach, direkt hinter dem Gekreuzigten. Einen der beiden erkannte er als Doc Rumsen, den Gerichtsmediziner; den anderen – einen dunkelhaarigen Alten, der nach Seemann aussah – kannte er nicht.

»Sie holen ihn gleich runter«, bemerkte Vaughn. »Der Mann da drüben ist ein alter Seemann und versteht 'ne Menge von Knoten. Ich wollte, daß er 'nen Blick auf die festgebundenen Gelenke wirft, bevor sie ihn abnehmen ... Na, Rollins? Wie sieht's aus?«

Der Knotenexperte schüttelte den Kopf und stand auf. »Also das kann ich Ihn' sagen; so'n Murks stammt von kei'm Seemann nich', Inspector! So was macht nur'n Anfänger. Und noch was: Das sin' dieselben Knoten wie in der Wäscheleine, die Se mir vor drei Wochen gegeben ham!«

»Sehr gut!« sagte Vaughn heiter. »Sie können ihn abnehmen, Doc.« Er wandte sich um. »Er hat wieder seine Wäscheleine benutzt – wollte wahrscheinlich keine Zeit verschwenden und nach 'nem anständigen Seil suchen; auf modernen Schiffen liegt so was nicht einfach rum. Auf jeden Fall sind die Knoten die gleichen, mit denen man auch Brad am Totempfahl festgemacht hat. Derselbe Knoten, derselbe Mann.«

»Das eine ergibt sich nicht notwendig aus dem anderen«, bemerkte Ellery. »Aber sonst haben Sie sicher recht. Was ist eigentlich genau passiert, Inspector? Soweit ich mitbekommen habe, soll auch Captain Swift betroffen sein?«

»Allerdings. Die alte Wasserratte ist noch immer nicht zu sich gekommen. Vielleicht kann er sich ja an etwas erinnern ... Kommen Sie zu uns rauf, Doc!« rief Vaughn Dr. Temple zu, der noch immer – Bord an Bord mit der Jacht – zögerlich in seinem Motorboot stand. »Wir werden Sie brauchen!« Dr. Temple nickte schließlich und erklomm die Schiffsleiter.

»Gott!« entfuhr es ihm, als sein Blick auf den Toten fiel – halb war er abgestoßen, halb gebannt – und gesellte sich zu den anderen neben der Funkkabine. Vaughn wies auf eine ihrer Wände, von wo eine Leiter zum Kabinendach hinaufführte. Dr. Temple stieg hinauf.

Ellery überkam ein irrationales Kichern; der Schock hatte sein Nervenkostüm derart angegriffen, daß er die unregelmäßig verkleckerte Blutspur an Deck vollkommen übersehen hatte. Geronnene Klumpen und Spritzer zogen sich von Megaras Kabine nach achtern zur Leiter hin, die zum Dach der Funkerkabine hinaufführte ... Auf dem Dach angelangt, wurde Dr. Temple von Dr. Rumsen und dem alten Seemann in Empfang genommen; die drei übernahmen routiniert die undankbare Aufgabe, die Leiche aus ihren Fesseln zu lösen.

»Passiert ist folgendes«, nahm Vaughn den Gesprächsfaden wieder auf. »Einer meiner Männer hat heute morgen die Leiche vom Anlegesteg in Bradwood aus erspäht. Wir sind, so schnell wir konnten, übergesetzt und haben Captain Swift zusammengebunden wie'n Suppenhuhn in seiner Kabine vorgefunden; sein Hinterkopf war voll von getrocknetem Blut. Wir haben die Wunde dann, so gut wir konnten, versorgt und ihn so hingelegt, daß er sich in Ruhe von dem bösen Schlag erholen kann. Schauen Sie doch ruhig einmal bei ihm vorbei, Doc!« brüllte er zu Dr. Temple hoch. »Sobald Sie hier durch sind, meine ich!« Temple nickte kurz, und der Inspector fuhr mit seinem Bericht fort. »Dr. Rumsen hat vorhin, als wir ankamen, schon Erste Hilfe geleistet. Soweit ich die Sache überblicke, sieht alles verdammt eindeutig aus. Gestern abend war außer Megara und Captain Swift niemand an Bord. Krosac muß es irgendwie gelungen sein, auf das Grundstück der Lynns zu gelangen, das Boot loszumachen und zur Jacht hinauszurudern. Letzte Nacht war es ausgesprochen dunkel; nur die Ankerlichter waren an. Er ist also heimlich an Bord gegangen, hat dem alten Captain eins übergebraten und ihn gefesselt. Dann ist er in Megaras Zimmer geschlichen und hat ihn einen Kopf kürzer gemacht. Megaras Kabine ist genauso blutbesudelt wie Brads Gartenhaus.«

»Irgendwo befindet sich auch ein T aus Blut, nehme ich an?« fragte Ellery.

»An der Kabinentür.« Vaughn kratzte sich an seinem Eintagebart. »Wenn ich genau drüber nachdenke, kommt es mir absolut unglaublich vor. Ich habe weiß Gott genug davon gesehen; aber etwas so Dreistes leisten sich nicht einmal die Camorra-Killer, die ihre Opfer ja immerhin auch recht appetitlich zu tranchieren und anzurichten pflegen. Aber gehen Sie doch hinein, und sehen Sie sich die Schweinerei selbst an! Oder vielleicht besser nicht. Es sieht wie im Schlachthaus aus. Er hat Megara da drinnen den Kopf abgeschlagen; und es ist genug Blut geflossen, um die ganze Jacht rot zu streichen.« Nachdenklich fügte er hinzu: »Mann, das war keine Kleinigkeit, Megaras Leiche von seiner Kabine die Leiter hoch auf das Dach des Funkerkabäuschens zu stemmen. Aber Brad an den Totempfahl zu hieven war auch nicht gerade ein Kinderspiel. Dieser Krosac muß ein ziemlicher Brocken sein!«

»Konnte er es eigentlich vermeiden, sich mit dem Blut seines Opfers zu besudeln, Inspector?« fragte Professor Yardley. »Ich meine, könnte nicht die Spur zu einem Mann in blutbefleckten Kleidern führen?«

»Nein«, sagte Ellery, bevor Vaughn antworten konnte. »Dieser Mord ist genauso wie der an Kling und der an Brad lange im voraus geplant worden. Krosac wußte, daß Massen von Blut fließen würden; also hatte er jedesmal frische Sachen dabei, um sich nach vollendeter Tat umzuziehen … Elementare Regeln der Logik, Professor. Ich vermute eher, daß wir nach einem hinkenden Mann suchen müssen, Inspector, der ein Bündel oder eine kleine Reisetasche bei sich trug. Es ist wohl kaum anzunehmen, daß er seine Ersatzkleider unter den anderen getragen hat, die mit Sicherheit Blut abbekommen würden.«

»Daran habe ich überhaupt noch nicht gedacht«, gestand Vaughn. »Absolut überzeugend. Aber ich kalkuliere besser beides ein; sicher ist sicher!« Er lehnte sich zur Seite und brüllte einem Mann in einem Polizeiboot mehrere Befehle zu; das Boot rauschte umgehend davon.

Mittlerweile hatte man den Toten abgenommen; Dr. Rumsen kniete unter dem nunmehr nackten Antennenmast und untersuchte die Leiche. Dr. Temple war schon einige Minuten zuvor vom Dach heruntergestiegen, unterhielt sich kurz mit Isham und ging dann nach achtern zu Captain Swifts Kabine. Wenig später folgten auch die anderen.

Sie fanden Dr. Temple über den bäuchlings ausgestreckten Captain gebeugt. Er lag mit geschlossenen Augen in seiner Koje. Sein zerzaustes Haar war von getrocknetem Blut auf dem Schädel ganz steif.

»Er kommt jeden Moment zu sich«, sagte der Doktor. »Hat ihn schon bös' erwischt; schlimmer als mich damals. Er kann von Glück sagen, daß er so'n zähes altes Rauhbein ist; bei zarterer Konstitution hätte das leicht eine schwere Gehirnerschütterung geben können.«

Swifts Kabine war nicht im geringsten verwüstet; der Mörder war hier offenbar auf wenig Widerstand gestoßen. Ellery bemerkte eine kleine Automatic; die in Reichweite der Koje auf einem Tisch lag.

»Magazin voll«, erklärte Vaughn, dem Ellerys Blickrichtung nicht entgangen war. »Swift hatte wohl keine Chance, schnell genug dranzukommen.«

Der alte Mann gab kehlige, würgende Laute von sich; und seine Lider hoben sich zuckend, um blicklose, glasige Augen freizugeben; sie fixierten einen Moment lang Dr. Temple; dann drehte der Captain langsam den Kopf, um die ganze Runde in Augenschein zu nehmen. Ein stechender Schmerz durchfuhr seinen Körper; er zuckte krampfartig zusammen und schloß die Augen wieder. Als er sie erneut aufschlug, war der glasige Ausdruck aus seinem Blick gewichen.

»Ganz ruhig, Captain«, sagte der Doktor. »Bewegen Sie sich nicht; wir müssen Ihnen erst noch 'nen hübschen Kopfschmuck verpassen.« Wie sie feststellten, war die Wunde bereits versorgt worden. Dr. Temple kramte im Medizinschrank herum, fand schließlich Verbandszeug und begann den Alten vor schweigendem Publikum so gründlich zu bandagieren, daß er zuletzt einem Kriegsverletzten ähnelte.

»Fühlen Sie sich jetzt besser, Captain?« fragte der Staatsanwalt, er schwitzte und schnaufte vor Ungeduld, den Captain endlich vernehmen zu können.

»Glaub' schon«, brummte der. »Was zum Teufel is'n bloß passiert?«

»Megara ist ermordet worden«, sagte Vaughn tonlos.

Der Captain kniff die Augen zusammen und fuhr sich mit seiner Zunge über die trockenen Lippen. »Hatter ihn also doch gekriegt?«

»Ja. Bitte erzählen Sie uns, woran Sie sich erinnern.«

»Is' schon morgen?«

Niemand lachte; alle wußten, was er meinte. »Ja, Captain.«

Captain Swift starrte an die Decke seiner Kabine. »Mr. Megara un' ich; wir sin' gestern abend zur *Helene* zurück. Soweit ich mich erinnern kann, war alles tipptopp. Wir ham noch'n bißchen geplaudert – Mr. Megara sagte was von 'ner Fahrt nach Afrika, wenn alles vorbei wär'. Dann sind wir in unsre Kojen gegangen – er in seine un' ich in meine. Zuerst hab' ich aber noch 'ne Runde an Deck gedreht; war'n schließlich keine Wachen da; un' ich geh' lieber auf Nummer Sicher.«

»Es gab keine Anzeichen dafür, daß sich ein Fremder an Bord aufhielt?« fragte Ellery.

»Nee«, krächzte der Captain. »Aber sicher weiß ich das natürlich nich'. Könnte sich ja auch in 'ner Kabine versteckt ham, oder auf'm Deck drunter.«

»Sie sind also schlafen gegangen«, sagte Isham ermunternd. »Wann etwa war das, Captain?«

»Um sieben Glas.«

»Also um halb zwölf«, murmelte Ellery.

»Genau. Aber ich hab' 'nen festen Schlaf. Un' ich weiß nu' wirklich nich', wie spät es war, als ich aus'm Schlaf hochgeschreckt bin. Hab' das Gefühl gehabt, daß was nich' stimmt. Hörte jemanden neben der Koje schwer atmen. Ich hab' noch nach der Pistole gegriffen, aber dann hab' ich so'n Schlag auf'n Kopf abgekriegt, daß mir die Lichter ausgegang' sind. Das is' alles, was ich noch weiß.«

»Nicht gerade ergiebig«, sagte Isham leise. »Sie haben also nicht gesehen, wer Sie niedergeschlagen hat?«

Der Captain schüttelte den Kopf. »Nee, ehrlich nich'. War stockfinster hier drinnen. Ich hab' Sternchen gesehen un' war weg.«

Die Männer ließen den alten Captain in Dr. Temples Obhut und gingen zurück an Deck. Ellery war in Gedanken versunken und suchte verzweifelt nach einem zündenden Einfall, der Erfolg blieb ihm jedoch versagt. Schließlich schüttelte er angewidert den Kopf und gab auf.

Dr. Rumsen erwartete sie bereits an Deck unterhalb des Antennenmastes. Der knotenkundige Seemann war gegangen. »Nun, Doc?« fragte Vaughn.

Der Gerichsmediziner zuckte gelangweilt mit den Schultern. »Absolut uninteressant. Wenn Sie sich noch erinnern, was ich Ihnen damals zu Brad gesagt habe, kann ich mir jedes weitere Wort sparen.«

»Auch diesmal keine Anzeichen von Gewalt?«

»Nicht unterhalb des Halses. Und darüber –« Er zuckte wieder mit den Schultern. »Bei der Leiche handelt es sich um Stephen Megara. Dieser Dr. Temple war vorhin hier oben und hat mir erzählt, daß Megara kürzlich eine Hernia testis gehabt habe. Wissen Sie da etwas von?«

»Megara hat uns selbst davon erzählt. Alles klar, Doc.«

»Die Leiche weist Anzeichen einer Hernie auf. Auf eine Sektion können wir verzichten. Dr. Temple hat ihn sich angesehen, direkt nachdem wir ihn abgenommen hatten. Er sagte mir, er habe Megaras Unterleib gründlich untersucht und könne eindeutig bestätigen, daß der Tote Megara sei.«

»Schön. Wann ungefähr ist der Tod eingetreten?«

Dr. Rumsen kniff ein Auge zusammen. »Alles in allem würde ich sagen, zwischen ein Uhr nachts und halb zwei.«

»Okay, Doc. Wir kümmern uns um die Leiche. Ich danke Ihnen.«

»Nichts zu danken.« Der Pathologe schnaubte verächtlich und stieg die Leiter hinunter. Unten wartete bereits eine Barkasse auf ihn.

»Ist irgend etwas gestohlen worden, Inspector?« fragte Ellery.

»Nein. In Megaras Brieftasche befand sich ein wenig Bargeld. Der Mörder hat es nicht mitgehen lassen. Auch den Wandsafe hat er nicht angerührt.«

»Noch etwas –«, begann Ellery, als plötzlich ein Polizeiboot auf sie zu schoß und ein Trupp schwitzender Männer an Bord der Jacht ging.

»Und?« fragte Vaughn. »Habt ihr ihn?«

Der Verantwortliche schüttelte den Kopf. »Leider nein, Chief. Und dabei haben wir das Gelände im Umkreis von drei Kilometern systematisch durchgekämmt.«

»Hat ihn wahrscheinlich im Sund versenkt«, murmelte Vaughn.

»Wovon sprechen Sie überhaupt?« fragte Isham gereizt.

»Von Megaras Kopf. Nicht, daß ich mir davon auch nur das Geringste verspräche. Ich werde auch den Sund nicht danach abfischen.«

»Ich an Ihrer Stelle«, entgegnete Ellery, »würde mir das noch einmal überlegen. Ich wollte Sie gerade fragen, wie die Suchaktion läuft.«

»Hm, wenn Sie meinen … Sie da, rufen Sie an und sagen Sie, daß wir die Schleppnetze brauchen!«

»Versprechen Sie sich wirklich etwas davon?« fragte Professor Yardley leise.

Ellery riß in einer für ihn untypischen, theatralischen Verzweiflungsgeste die Arme hoch. »Ich wäre heilfroh, wenn ich wüßte, wovon ich mir etwas verspreche und wovon nicht! Mir spukt da so ein Gedanke im Kopf herum, aber er entwischt mir immer wieder! Ich weiß, daß ich etwas Bestimmtes tun sollte … ich spüre es ganz deutlich!« Er hielt inne und steckte sich eine Zigarette in den Mund. »Sie haben schon recht«, befand er nach einer Weile. »Ich gehöre zu den jämmerlichsten Vertretern meiner Zunft.«

»Erkenne dich selbst«, erwiderte der Professor trocken.

25. Der hinkende Mann

Einer von Vaughns Leuten kam an Bord der *Helene* und übergab dem Inspector einen Umschlag.

»Was ist das?« fragte Vaughn.

»Ein Telegramm, gerade reingekommen.«

»Ein Telegramm«, wiederholte Ellery wie in Trance. »Etwa aus Belgrad, Inspector?«

Vaughn riß das Kuvert auf. »Ja …« Er übrflog den Inhalt und nickte düster.

»Gerade früh genug«, bemerkte Isham, »um uns nichts mehr zu nützen. Was steht drin?«

Der Inspector drückte dem Staatsanwalt das Blatt in die Hand. Der las laut vor:

ALTE DOKUMENTE ZUR TVAR-KROSAC-FEHDE AUFGETAUCHT STEFAN ANDREJA UND TOMISLAV TVAR HABEN KROSACS VATER UND ZWEI ONKEL VÄTERLICHERSEITS AUS HINTERHALT ERSCHLAGEN DAS HAUS AUSGERAUBT UND GRÖSSERE SUMME GESTOHLEN DANACH FLUCHT AUS MONTENEGRO STOP KLAGE VON KROSACS WITWE STOP ZU SPÄT UM TVARBRÜDER NOCH ZU ERGREIFEN SEITDEM KEINE SPUR VON TVARS BZW WITWE MIT MINDERJÄHRIGEM SOHN VELJA VOLLSTÄNDIGE ÜBERSICHT ÜBER MEHRERE GENERATIONEN LIEGT VOR BITTE ANFORDERN

Unter dem Telegramm prangte die Unterschrift des Polizeiministers der jugoslawischen Hauptstadt Belgrad.

»Na«, sagte der Professor giftig. »Dann haben Sie ja wenigstens in diesem Punkt recht behalten, Queen. Nichts als gemeine Diebe.«

Ellery lachte verbittert. »Was für ein schaler Triumph! Es bedeutet lediglich, daß Velja Krosac ein zusätzliches Motiv hatte, sich an den Tvars zu rächen – seine Familie war ausgelöscht, man hatte ihm alles

Geld gestohlen. Aber dieser Punkt ist völlig unbedeutend ... Und Megaras Geschichte von den Agenten, die sie auf Krosac angesetzt haben wollen – na ja, die stimmt vermutlich, wenn sie die Männer auch sicher nicht von Montenegro, sondern von Amerika aus per Post beauftragt haben.«

»Der arme Teufel. Irgendwie tut er mir beinahe leid.«

»Dieser Bluthund verdient kein Mitleid, Professor!« fuhr Vaughn ihn scharf an. »Natürlich hatte er ein starkes Motiv; aber ohne Motiv bringt man schließlich keinen um! Wir können doch keinen Mörder ungeschoren davonkommen lassen, bloß weil er ein nachvollziehbares Motiv hatte! ... Was haben Sie da?«

Ein anderer von Vaughns Männern überbrachte dem Inspector einen Stapel von offiziell aussehenden Briefen und Telegrammen. »Vom Sergeant, Inspector. Die Berichte von gestern nacht.«

»Hmm.« Vaughn ging die Briefe in Windeseile durch. »Über die Lynns.«

»Neuigkeiten?« fragte Isham.

»Kaum. Natürlich glauben mal wieder alle Amerikaner, die Lynns gesehen zu haben. Eine Spur kommt sogar aus Arizona! Sie bleiben dran. Eine andere aus Florida – ein Mann und eine Frau einschlägiger Beschreibung sollen in einem Auto in der Nähe von Tampa gesehen worden sein. Na ja, vielleicht ist ja was dran.« Er stopfte sich die Berichte achtlos in eine seiner Jackentaschen. »Aber ich wette, die sind in New York untergetaucht; es wäre verdammt dumm von denen, offen durch die Lande zu ziehen. Die kanadische und die mexikanische Grenze scheinen in Ordnung zu sein. Und über'n großen Teich sind sie vermutlich auch nicht ... Huhu! Bill scheint etwas gefunden zu haben!«

Der Polizist namens Bill stand auf einem Außenborder, winkte mit seiner Mütze, rief ihnen etwas Unverständliches zu und kletterte an Bord. Er strahlte wie ein Kind unterm Weihnachtsbaum.

»Chief«, rief er, sobald er an Deck war, »Sie haben mal wieder den Nagel auf den Kopf getroffen! Ziemliche Ausbeute da drüben!«

»Lassen Sie hören!«

»Zuerst haben wir das Ruderboot überprüft. Es gehört, wie Sie schon vermutet haben, zu dem Grundstück da drüben. Das Seil ist mit einem scharfen Messer durchtrennt worden. Der Knoten hängt noch immer am Anlegesteg; und das Seilstück im Boot paßt genau mit dem anderen Ende zusammen.«

»Gut, gut«, sagte Vaughn ungeduldig. »Er hat das Ruderboot genommen, das wissen wir. Haben Sie am Anlegesteg noch etwas gefunden?«

»Und ob wir das haben! Fußspuren!«

»Fußspuren?« echoten alle und spitzten erwartungsvoll die Ohren.

Bill nickte. »Direkt hinter dem Kai ist der Boden sehr weich. Wir haben dort fünf Abdrücke gefunden – drei linke und zwei rechte derselben Schuhgröße – Männerschuhe, Größe achteinhalb etwa. Wer auch immer diese Spuren hinterlassen hat, hinkt!«

»Hinkt?« fragte Yardley. »Woher wollen Sie das denn wissen?«

Bill warf dem großen häßlichen Professor einen mitleidigen Blick zu. »Also ich muß schon – Hören Sie, das ist die dümmste Frage, die ich je gehört habe! Lesen Sie keine Heftchen? Die Abdrücke des rechten Schuhs waren viel tiefer als die des linken. Sehr viel tiefer! Die rechte Ferse hatte sich regelrecht in den Boden gebohrt, während die Abdrücke des linken Schuhs nur schwach zu erkennen waren. Also hinkt er auf dem linken Bein – und zwar schwer!«

»Gute Arbeit, Bill«, sagte Vaughn, während er grimmig zum Antennenmast hochstarrte. »Sollten wir uns im Jenseits wiedertreffen, Mr. Megara, dann hören Sie bitte das nächste Mal auf mich! Keine Bewachung, was? Sie haben ja gesehen, wie weit Sie gekommen sind! ... Noch etwas, Bill?«

»Nein. Auf dem Kiesweg zwischen dem Grundstück der Lynns und auf der Schotterstraße waren natürlich keine weiteren Fußspuren mehr zu erkennen. Die Jungs verfolgen die Spur des hinkenden Mannes aber sowieso; die Fußabdrücke haben uns darin nur bekräftigt.«

Die »Jungs« hatten in der Tat nicht geschlafen. Eine neue Abordnung junger Beamter jagte über das blaue Wasser der Ketcham's Bay zur Jacht; als sie näher heran waren, erkannte man einen stark verängstigten Mann mittleren Alters, den mehrere Beamte umgaben. Er saß auf der Ruderbank und umklammerte deren Kanten fest mit beiden Händen.

»Wen zum Teufel haben die'n da aufgelesen?« brummte Vaughn.

»Kommt an Bord! Wer ist das?« brüllte er über die immer schmaler werdende Rinne zwischen den beiden Booten hinweg.

»Große Neuigkeiten, Chief!« brüllte einer der Männer in Zivil zurück. »Ein heißer Tip!«

Er half seinem Gefangenen mit einem angedeuteten Tritt sanft die Leiter hinauf; oben angekommen, zog der Mann mit einem matten Lächeln seinen leichten Sommerhut, als sei er zu einem Empfang beim Hochadel geladen. Sie begafften ihren Gast mit unverhohlener Neugier; es handelte sich um einen eher farblosen Zeitgenossen mit Goldzähnen und der Aura heruntergekommener Vornehmheit.

»Wer ist das, Pickard?« fragte der Inspector eindringlich.

»Erzählen Sie Ihre Geschichte, Mr. Darling«, erwiderte der Beamte. »Das ist der Boss.«

Mr. Darling wirkte ehrfürchtig und scheu. »Angenehm, Captain. Nun, viel gibt es da nicht zu erzählen. Ich bin Elias Darling aus Huntington, Captain. Ich besitze ein Tabak- und Schreibwarengeschäft auf der Main Street. Als ich gestern um Mitternacht den Laden schließen wollte, habe ich zufällig vor meiner Tür etwas beobachtet. Ein paar Minuten lang hatte dort eine Limousine geparkt – ein Buick, glaube ich, ja, ein Buick Sedan. Ich hatte zufällig auch beobachtet, wer den Wagen dort abgestellt hatte – ein schmächtiger Bursche mit einem Mädchen im Arm. Als ich gerade den Laden schloß, sah ich einen Mann – ziemlich groß war der – auf den Wagen zu gehen und hineinschauen. Da fiel mir auf, daß das vordere Fenster offen war, der Wagen nicht abgeschlossen. Prompt öffnete der Mann die Tür, stieg ein, ließ den Motor an und fuhr in Richtung Centerport davon.«

»Na und?« knurrte Vaughn. »Kann doch der Vater des Jungen gewesen sein – oder der Bruder, der Freund, oder irgendwer! Vielleicht war er auch von der Kreditbank und hat den Wagen gepfändet, weil der Junge mit seinen Zahlungen im Rückstand war!«

Mr. Elias Darling fiel die Panik an. »Du meine Güte«, flüsterte er. »Daran habe ich überhaupt nicht gedacht! Und dann beschuldige ich einfach … Aber bitte verstehen Sie, Captain –«

»Inspector!« brüllte Vaughn.

»Verstehen Sie, Inspector, mir kam das Ganze einfach nicht koscher vor! Ich wollte erst zur Polizei gehen, aber dann dachte ich mir, das geht dich im Grunde überhaupt nichts an. Aber ich erinnere mich genau daran, daß der Mann auf dem linken Bein gehinkt hat, und da dachte ich –«

»Was?« donnerte Vaughn. »Moment! Er hinkte, sagen Sie? Wie sah der Mann aus?«

Als Mr. Darling zu antworten begann, hingen ihm die Männer förmlich an den Lippen; alle glaubten sie, das langersehnte Wunder sei endlich geschehen. Eine Beschreibung von Krosacs Gesicht! … Doch Pickard schüttelte betrübt den Kopf, und Ellery wußte im voraus, daß Darlings Beschreibung nicht aufschlußreicher ausfallen würde als die von Croker, dem Tankstellenbesitzer von Weirton.

»Ich habe dem Herrn hier schon gesagt«, begann der Kaufmann aus Huntington, »daß ich sein Gesicht nicht gesehen habe. Aber er war groß und breitschultrig, und er hatte eine kleine Reisetasche dabei.«

Isham und Vaughn fiel ein Stein vom Herzen; der Professor schüttelte nur den Kopf. »In Ordnung, Mr. Darling«, sagte Vaughn. »Wir danken Ihnen für Ihre Mühen. Bringt Mr. Darling mit dem Polizeiwagen nach Huntington zurück, Pickard.« Pickard half dem Ladenbesitzer die Leiter hinunter und kehrte zurück, als die Barkasse Richtung Festland glitt.

»Was ist mit dem gestohlenen Wagen, Pickard?« fragte Isham.

»Na ja«, antwortete der Beamte zögerlich. »Da sind wir noch nicht viel weitergekommen. Ein Pärchen, das der Beschreibung von Darling entspricht, hat um zwei Uhr morgens einen Buick Sedan bei der Polizei von Huntington als gestohlen gemeldet – weiß Gott, wo die gesteckt haben; ich jedenfalls habe keine Ahnung! Der Junge muß wegen seiner Mieze so aufgeregt gewesen sein, daß er glatt vergessen hat, den Zündschlüssel abzuziehen.«

»Habt ihr eine Beschreibung des Wagens rausgeschickt?«

»Jawohl, Chief. Mit Nummernschild und allem.«

»Das wird uns 'nen Dreck nützen«, grummelte Isham. »Ist doch klar, daß Krosac für seine Flucht gestern nacht einen Wagen brauchte – es wäre viel zu riskant für ihn gewesen, um zwei oder drei Uhr morgens mit dem Zug zu fahren, wo sich leicht jemand an ihn hätte erinnern können!«

»Sie glauben also mit anderen Worten«, sagte Ellery, »daß Krosac den Wagen gestohlen, ihn die ganze Nacht gefahren und schließlich irgendwo abgestellt hat?«

»Er wäre jedenfalls ein verdammter Idiot, wenn er immer noch damit herumkutschieren würde!« fauchte Vaughn. »Natürlich hat er ihn abgestellt. Was haben Sie denn jetzt schon wieder daran auszusetzen, Mr. Queen?«

Ellery zuckte mit den Schultern. »Kann man hier denn keine einfachen Fragen mehr stellen, ohne daß Sie einem gleich ins Gesicht springen, Inspector? Nichts habe ich auszusetzen, soweit ich die Sache überblicke.«

»Mir scheint«, bemerkte der Profesor geistesgegenwärtig, »Krosac ist ein hohes Risiko eingegangen, indem er sich darauf verließ, in der fraglichen Zeit in der Nähe des Tatorts einen Wagen stehlen zu können.«

»Das einzige Risiko hier sind ahnungslose Laien«, erwiderte Vaughn knapp. »Unser Problem ist die unverbesserliche Gutgläubigkeit der Leute. Sie könnten allein in der nächsten Stunde ein ganzes Dutzend Autos stehlen, wenn Sie es wirklich darauf anlegen – besonders hier auf Long Island!«

»Gut kombiniert, Professor«, bemerkte Ellery hilflos. »Aber ich befürchte, der Inspector hat recht.« Er verstummte und lauschte den schlurfenden Geräuschen über ihnen. Sie blickten auf und sahen, wie der in Tücher gehüllte Körper des Ermordeten vom Dach der Funkerkabine heruntergelassen wurde. An der Reling stand wie versteinert

Captain Swift in einem ausgeblichenen alten Südwester, den er über seinen Schlafanzug gezogen hatte, und folgte mit versteinertem Blick dem makabren Vorgang. Neben ihm stand schweigend Dr. Temple und sog an seiner erloschenen Pfeife.

Ellery, Vaughn, Isham und der Professor stiegen nacheinander die Leiter hinunter und gingen an Bord der großen Barkasse, die unten auf sie wartete. Als sie losbrausten, sahen sie noch lange der *Helene* nach, die sanft auf dem Wasser schaukelte, und beobachteten, wie man Megaras Leiche auf ein anderes Boot verfrachtete. Von weitem schon konnten sie Jonah Lincolns große Gestalt an Land ausmachen; die Frauen waren verschwunden.

»Was meinen Sie, Mr. Queen?« fragte Isham nach langem Schweigen mit pathetischer Wißbegier.

Ellery wand sich verlegen und starrte zur Jacht zurück. »Ich meine, daß wir von der Lösung des Falles genauso weit entfernt sind wie vor drei Wochen. Ich zumindest bin, wie ich gestehen muß, vollkommen ratlos. Der Mörder ist Velja Krosac – das Phantom eines Mannes, der nahezu jeder von uns sein könnte. Noch immer stehen wir vor der Frage: Wer ist er wirklich?« Er nahm sein Pincenez ab und rieb sich die Augen. »Er hat unverwechselbare Spuren hinterlassen ... ja, geradezu zur Schau gestellt!« Seine Gesichtszüge verhärteten sich, und er verstummte.

»Was ist los mit Ihnen?« fragte Professor Yardley, dem der untröstliche Gesichtsausdruck seines Schützlings nicht entgangen war.

Ellery ballte eine seiner Fäuste. »Verflixt noch mal – warum komme ich bloß nicht drauf?«

26. Ellery spricht

Zügig marschierten sie durch Bradwood, um Begegnungen mit den vom Grauen gezeichneten Gestalten zu vermeiden, die sich marionettenhaft durch die Szenerie bewegten. Jonah Lincoln sagte kein einziges Wort; die jüngste Tragödie hatte ihm die Sprache verschlagen. So beschränkte er sich darauf, den anderen den Pfad hinauf zu folgen, obwohl man seiner Miene ansah, daß ihm jedwede Aktivitäten beliebig und sinnlos vorkamen. Megaras Tod schien ein unsichtbares Leichentuch über die Landschaft geworfen zu haben; makabererweise wirkte Bradwood noch trostloser als nach der Ermordung des Hausherrn. Ein kreidebleicher Fox kauerte mit dem Kopf auf den Knien auf den Stufen der Veranda. Helene saß in einem Schaukelstuhl und starrte in die Gewitterwolken, die sich am Himmel zusammenzogen, ohne auch nur eine von ihnen wahrzunehmen. Mrs. Brad war zusammengebrochen; Stallings murmelte, Dr. Temple solle doch einmal nach ihr schauen. Sie war oben in ihrem Zimmer und wurde von hysterischen Weinkrämpfen geschüttelt; doch nicht einmal Helene brachte die Kraft auf, sich um ihre Mutter zu kümmern. Aus dem hinteren Teil des Gebäudes drang Mrs. Baxters Jammern und Stöhnen.

In der Einfahrt zögerten sie kurz, setzten ihren Weg dann jedoch fort. Lincoln folgte ihnen benommen bis zum äußeren Tor und blieb dort – gegen eine Steinsäule gelehnt – zurück. Der Inspector und Isham schritten unbeirrt weiter und waren bald außer Sichtweite.

Die alte Nanny öffnete Ellery und Yardley zitternd die Vordertür. »Das is' Teufelswerk, is' das, Mister, Sie wer'n noch an meine Worte denken!«

Der Professor stürzte, ohne etwas zu erwidern, zu seiner Bibliothek, und Ellery folgte ihm, als wäre sie der einzige Zufluchtsort auf Erden.

Sie setzten sich. Doch auch hier schien eine unsichtbare Macht ihre Zungen zu lähmen. Wenn man von den Spuren absah, die der Schock auf Yardleys zerklüftetem Gesicht hinterlassen hatte, war der Ausdruck herausfordernder Gereiztheit nicht zu übersehen. Ellery sank tiefer in seinen Sessel und durchsuchte fahrig seine Taschen nach einer

Zigarette, bis Yardley ihm einen großen Kasten aus Elfenbein über den Tisch schob. »Entspannen Sie sich erst einmal«, sagte er sanft. »Sie werden schon noch drauf kommen!«

Ellery zog hektisch an seiner Zigarette. »Kennen Sie diese diffusen Gedanken, die Ihnen – ewig auf der Flucht – durch den Hinterkopf schwirren, und Sie kriegen sie doch nie zu fassen? Ein verschwommenes Bild nach dem anderen zieht an Ihnen vorbei, und es wird niemals klar? Dann wissen Sie, wie mir zumute ist. Wenn ich es bloß endlich klar vor Augen hätte ... Es ist wichtig. Ich habe das bestimmte Gefühl, daß es von überwältigender Wichtigkeit ist.«

Der Professor stopfte Tabak in seinen Pfeifenkopf. »Ein verbreitetes Phänomen. Ich habe an mir selbst beobachtet, daß es in einer solchen Situation vollkommen sinnlos ist, sich verzweifelt zu konzentrieren. Viel erfolgversprechender ist es, den vagen Gedanken vorläufig aus dem Gedächtnis zu verbannen und von ganz anderen Dingen zu sprechen. Ich bin immer noch jedesmal erstaunt darüber, wie zuverlässig diese Methode funktioniert. Es scheint fast, als könne der Gedanke es nicht ertragen, ignoriert zu werden, und als müsse er um jeden Preis wieder auf sich aufmerksam machen. Und dann erscheint aus dem Nichts, aus Nebensächlichkeiten heraus, das vollständige, klare Bild, dem Sie so lange vergeblich hinterhergejagt sind.«

Ellery äußerte einen Laut, der sich jeder Deutung entzog. Plötzlich erschütterte ein Donnerschlag das Gemäuer.

»Gerade eben noch – vor einer Viertelstunde«, fuhr der Professor mit einem melancholischen Lächeln fort, »sagten Sie, Sie seien von der Lösung genauso weit entfernt wie vor drei Wochen. Nun gut, sieht ganz so aus, als hätten Sie gründlich versagt. Dennoch haben Sie immer wieder auf ominöse Schlußfolgerungen angespielt, zu denen Sie gelangt seien, ohne daß Isham, Vaughn oder ich irgendeine Ahnung gehabt hätten, wovon Sie sprachen. Warum gehen wir sie nicht gemeinsam durch? Vielleicht hat Ihre Versteifung auf den einen Gedanken dazu geführt, daß Sie den Wald vor Bäumen nicht mehr sehen und den Überblick erst dann zurückgewinnen, wenn Sie versuchen, Ihre Gedankengänge in Worte zu fassen? Sie haben mein Wort drauf – ich habe diese Erfahrung in meinem Leben immer wieder gemacht –, es besteht ein fundamentaler Unterschied zwischen der Leblosigkeit einsamer Grübeleien und angeregten Diskussionen mit einem lebendigen, denkenden Gegenüber! Sie haben zum Beispiel von den Damesteinen gesprochen. Offenbar hat Brads Arbeitszimmer, der Dametisch, die Verteilung der Steine auf dem Brett Saiten in Ihnen zum Klingen gebracht, die bei uns anderen stumm blieben. Erklären Sie mir, woran Sie da gedacht haben!«

Unter dem Einfluß der sanften dunklen Stimme des Professors beruhigten sich Ellerys bis zum Zerreißen gespannte Nerven wieder. Er zog nun gelassener an seiner Zigarette, und die Runzeln, die sich in seine junge Stirn gefressen hatten, glätteten sich.

»Keine schlechte Idee, Professor.« Er nahm eine bequemere Sitzhaltung ein und schloß halb die Augen. »Lassen Sie es uns einmal so angehen. Was für eine Theorie haben Sie sich aus den Aussagen von Stallings und dem Dametisch, wie wir ihn vorfanden, zusammengebastelt?«

Der Professor paffte ein paar Rauchkringel zur Decke. In der Bibliothek war es deutlich dunkler geworden; die Sonne versteckte sich hinter einer grauschwarzen Wolkenbank. »Mir ist so mancher Gedanke durch den Kopf gegangen; keine meiner Theorien hätte sich jedoch durch konkrete Fakten stützen lassen. Ich sehe allerdings keinen zwingenden Grund, dem äußeren Erscheinungsbild zu mißtrauen.«

»Und das wäre?«

»Als Stallings Brad zum letzten Mal sah – und er war vermutlich der letzte, der Brad lebend gesehen hat –, saß Brad am Dametisch und spielte gegen sich selbst. Das war nichts Ungewöhnliches; Stallings hat uns bestätigt, daß Brad oft gegen sich selbst spielte und genüßlich am jeweils nächsten Zug herumknobelte – wie es nur leidenschaftliche Spieler tun –, und auch ich selbst kann das bestätigen. Es sieht so aus, als wäre es Krosac gelungen, sich Zugang zu Brads Arbeitszimmer zu verschaffen, nachdem Stallings gegangen war. Brad spielte noch immer gegen sich selbst, als der Mörder ihn angriff und tötete und so weiter. Zum Zeitpunkt seiner Ermordung hatte Brad einen der roten Steine in der Hand, womit erklärt wäre, warum wir ihn in der Nähe des Totempfahls gefunden haben.«

Ellery rieb sich müde die Stirn. »Sie sagten gerade, ›er verschaffte sich Zugang zum Arbeitszimmer‹. Was genau verstehen Sie darunter?«

Yardley grinste. »Genau diesen Punkt wollte ich gerade ausführen. Ich sagte eben, ich hätte viele, leider unbeweisbare Theorien gehabt. Eine davon war die, daß Krosac – der sich, wie Sie wiederholt betont haben, möglicherweise in allernächster Nähe aufhielt – mit dem Gast identisch war, den Brad an diesem Abend erwartete. Das würde erklären, wie er ins Haus gelangt ist. Brad wußte natürlich nicht, daß jemand, den er für einen guten Freund oder Bekannten hielt, in Wirklichkeit sein Todfeind war.«

»Unbewiesen!« Ellery stöhnte auf. »Ich kann Ihnen jederzeit eine vollständige, beweisbare Theorie konstruieren, ohne albern herumzuraten und es auf gut Glück mit der einen oder anderen Annahme zu probieren! Nein, meine Theorien basieren auf einer Kette von Schlußfolgerungen, von denen keine einzige wackelt! – Der Haken daran ist nur, daß wir damit vorerst auch nicht weiterkommen.«

Der Professor sog nachdenklich an seiner Pfeife. »Augenblick, bitte, das war noch nicht alles, was ich sagen wollte. Ich hätte da auch noch eine andere Theorie, die sich leider auch nicht mit konkreten Fakten belegen läßt, aber deswegen nicht weniger unwahrscheinlich ist als die andere. Und die wäre, daß Brad an jenem Abend zwei Gäste hatte: die Person, die er erwartete, und deretwegen er Frau, Stieftochter und Personal fortgeschickt hatte, und seinen Mörder Krosac. In diesem Fall wäre auch leicht zu erklären, warum der geladene Gast, ob er nun vor oder nach Krosac kam, als Brad bereits tot war, seinen Besuch verschwiegen hat – weil er nicht mit dem Verbrechen in Verbindung gebracht werden wollte. Ich bin sehr erstaunt darüber, daß bislang niemand an diese Möglichkeit gedacht hat. Ich warte seit drei Wochen darauf, daß Sie sie ansprechen.«

»So?« Ellery nahm sein Pincenez ab und legte es auf den Tisch; seine Augen waren rot gerändert und von Äderchen durchzogen. Plötzlich erhellte ein Blitz den Raum und tauchte die Gesichter der beiden Männer in ein gespenstisches Blau. »Große Erwartungen!«

»Jetzt sagen Sie mir bloß nicht, Sie sind tatsächlich nicht drauf gekommen!«

»O doch. Aber ich habe diesen Gedanken sofort verworfen, weil er nichts taugt.«

»Ha«, protestierte der Professor lustvoll. »Das müßten Sie schon etwas genauer ausführen! Wollen Sie mir im Ernst weismachen, Sie könnten beweisen, daß in der Mordnacht nur ein Besucher das Haus betreten hat?«

Ellery lächelte matt. »Sie bringen mich in eine unangenehme Lage, wenn Sie so fragen. Die Stichhaltigkeit einer Beweisführung hängt immerhin stärker von demjenigen ab, der sie beurteilt, als von demjenigen, der sie vorträgt … Es wird jetzt ein wenig kompliziert. Sie erinnern sich ja sicher, was dieser französische Moralist mit dem unmöglichen Namen Luc de Clapier de Vauvenargues gesagt hat: ›*Lorsqu'une pensée est trop faible pour porter une expression simple, c'est la marque pour la rejeter.*‹* Aber darauf werde ich zu gegebenem Zeitpunkt noch zurückkommen.«

Der Professor lehnte sich erwartungsvoll vor; Ellery setzte sein Pincenez zurück auf seinen Nasenrücken und fuhr dann fort: »Meine Argumentation hängt von zwei Elementen ab – von der Position der

* Wenn ein Gedanke zu diffus ist, um ihn einfach und präzise auszudrücken, sollte man ihn fallenlassen.

Damesteine auf dem Brett und der Psychologie von Meisterspielern. Verstehen Sie etwas davon, Professor? Ich meine mich zu erinnern, Sie hätten einmal dem Sinne nach bemerkt, Sie hätten nie mit Brad gespielt.«

»Das stimmt. Die Dameregeln beherrsche ich allerdings schon. Ich habe nur seit Jahren keine Übung mehr.«

»Dann werden Sie auch meiner Analyse folgen können. Als Stallings das Arbeitszimmer betrat, sah er Brad mit sich selbst spielen, genauer gesagt, sah er die Eröffnungszüge. Diese Aussage war es, die unsere Freunde in die Irre geführt hat. Sie nahmen einfach an, daß Brad immer noch gegen sich selbst spielte, als er ermordet wurde, weil er gegen sich selbst spielte, als Stallings ihn zum letzten Mal sah. Auch Sie sind darauf hereingefallen.

Die Steine auf dem Brett erzählten jedoch eine ganz andere Geschichte. Wie war noch einmal die Verteilung nicht nur der Steine im Spiel, sondern auch derer, die aus dem Feld geschlagen worden waren? Sie erinnern sich: Schwarz hatte neun rote Steine geschlagen, die in der Ablage zwischen dem Brett und dem Tisch lagen. Rot hingegen hatte nur drei schwarze Steine geschlagen, die in der Ablage gegenüber lagen. Schwarz war Rot also weit überlegen.

Auf dem Brett selbst befanden sich drei schwarze Damen oder Doppelsteine und drei schwarze Einzelsteine. Rot hingegen hatte nur noch zwei armselige Einzelsteine.«

»Und wenn schon!« sagte der Professor. »Ich kann darin noch immer nichts anderes entdecken, als daß Brad gegen sich selbst spielte und ein paar Züge gemacht hatte, die sehr zum Nachteil seines imaginären Gegners waren.«

»Eine unhaltbare Folgerung«, entgegnete Ellery. »Soweit es einsame Experimente betrifft, sind Meisterspieler grundsätzlich nur an Eröffnung und Endspiel interessiert; das gilt für Dame ebenso wie für Schach, und es gilt wahrscheinlich für alle Spiele, bei denen der Scharfsinn herausgefordert ist und bei denen die Entscheidung über Sieg oder Niederlage allein vom Können des einzelnen Spielers abhängt. Warum sollte Brad, der nur zu Trainingszwecken gegen sich selbst spielte, sich mit einem solch ungleichen Spielstand befassen, in dem Schwarz um drei Damen und einen Stein im Vorteil war? Ein reines Übungsspiel hätte er lange vorher abgebrochen. Experten können Ihnen selbst bei geringerer Ungleichheit in der Anzahl der Steine oder des strategischen Vorteils auf den ersten Blick sagen, wie die Partie ausgehen wird, wenn keiner mehr einen Fehler macht. Hätte Brad diese Partie ernsthaft zu Ende gespielt, wäre das mit einem Aljechin zu vergleichen, der eine Schachpartie gegen sich selbst weiterspielt, obwohl Schwarz mit einer Dame, zwei Läufern und einem Springer im Vorteil ist!

Daraus ergibt sich folgendes: Während Brad mit einer Trainingspartie begann, als Stallings ihn sah, spielte er später am Abend keinesfalls mehr gegen einen ernstzunehmenden Gegner wie zum Beispiel sich selbst. Ein Meister würde niemals mit einem solch ungleichen Spielstand herumexperimentieren; der Spielstand läßt sich nur damit erklären, daß er einen konkreten Gegner hatte.«

Draußen hatte es wolkenbruchartig zu schütten begonnen; das Wasser prasselte schmutziggrau gegen die Fensterscheiben.

Yardleys weiße Zähne blitzten über seinem schwarzen Bart auf, und er begann zu lachen. »Gut, gut! In diesem Punkt gebe ich mich geschlagen. Die Möglichkeit, daß Brad mit seinem geladenen Gast spielte und das Brett so hinterließ, wie wir es gefunden haben, bevor er von Krosac ermordet wurde – möglicherweise nachdem der Gast gegangen war, besteht allerdings immer noch.«

»Alle Achtung!« schmunzelte Ellery. »Sie sind verdammt zäh! Und zwingen mich, aus doppeltem Lauf zu feuern – mit Logik und gesundem Menschenverstand! Betrachten Sie es doch einmal so: Können wir etwas über die Tatzeit im Verhältnis zur Spieldauer aussagen? Ich behaupte ja. Denn in der Grundreihe von Schwarz befand sich ein roter Stein. Im Damespiel darf man jedoch seinen Stein in eine Dame umwandeln, das heißt, wie Sie wissen, einen anderen Stein darauflegen, sobald man die Grundreihe des Gegners erreicht hat. Wie kommt es nun, daß Rot einen Stein in der schwarzen Grundreihe hatte, ohne ihn jedoch in eine Dame umzuwandeln?«

»Langsam begreife ich«, murmelte Yardley.

»Die Partie muß an diesem Punkt unterbrochen worden sein, denn man hätte sie nicht fortsetzen können, solange Rot diesen Schritt nicht ausführte!« Ellery sprach nun immer schneller. »Gibt es weitere Anhaltspunkte dafür, daß die Partie an diesem Punkt unterbrochen wurde? Ja! Die erste Frage, die wir klären müssen, lautet: Hat Brad in seiner letzten Partie Schwarz oder Rot gespielt? Wir können es als gegeben betrachten, daß Brad ein meisterlicher Spieler war; immerhin hatte er einmal den Landesmeister zu Gast und konnte sich mit einem beachtlichen Unentschieden gegen ihn behaupten. Ist es dann wahrscheinlich, daß er Rot spielte, wenn Rot um drei fatale Damen und einen Einzelstein unterlegen war? Wohl kaum; wir können also davon ausgehen, daß er Schwarz spielte … Lassen Sie mich der Vollständigkeit halber noch einfügen, was wir inzwischen wissen: Die Überlegenheit von Schwarz war nicht ganz so vernichtend wie zunächst angenommen – zwei Damen und zwei Steine im Gegensatz zu drei Damen und einem

Stein –, denn Rot war gerade im Begriff, eine Dame zu machen. Dennoch war der Vorteil in jedem Fall spielentscheidend. Wenn Brad jedoch Schwarz spielte, muß er während der Partie auf der Seite des Sekretärs gesessen haben; sein Gast und Gegner muß folglich gegenüber gesessen und auf den Sekretär geblickt haben, während Brad mit dem Rücken dazu saß.«

»Aber wohin soll uns das –«

Ellery schloß die Augen. »Sollten Sie als Amateurdetektiv höhere Ambitionen haben oder gar als genial gelten wollen, dann wäre es klug, Disraelis Rat zu verinnerlichen und Geduld zu üben. Rache ist süß, verehrter Professor! Wie oft habe ich brütend in Ihrem Seminar gesessen und vergeblich versucht, Ihre lässig vorgetragenen Argumentationsschritte vorwegzunehmen! Denken Sie nur an Xenophon und die Zehntausend, Philippus oder Jesus …

Doch wo war ich stehengeblieben? Ach ja! Ein roter Spielstein fehlte; wir haben ihn später draußen in der Nähe der Kreuzigungsstätte gefunden. In Brads Handinnenfläche fand sich der Abdruck eines roten Steins, den er also in der Hand gehalten haben muß, als er starb. Doch warum einen roten? Theoretisch gäbe es dafür viele Erklärungen, doch nur eine läßt sich auch belegen.«

»So?« fragte der Professor gespannt.

»Nämlich mit Hilfe der Tatsache, daß ein roter Stein sich auf Brads Grundreihe befand, ohne zu einer Dame umgewandelt worden zu sein. Den einzigen roten Stein, der fehlte, hielt Brad in der Hand. Wir kommen nicht umhin anzunehmen«, sagte Ellery pointiert, »daß es Rot, Brads Gegner, gelungen war, einen seiner Steine zu Brads Grundlinie durchzubringen, und Brad einen der geschlagenen roten Steine aus seiner Ablage nahm, um ihn auf den roten Stein zu setzen, und daß dann etwas geschehen ist, was die Partie jäh beendet hat. Anders gesagt – die Tatsache, daß Brad einen roten Stein genommen hat, um seinem Gegner zu einer Dame zu verhelfen, ohne dies auch de facto zu tun, zeigt uns nicht nur, wann die Partie unterbrochen wurde, sondern indirekt auch, warum.«

Yardley lauschte schweigend.

»Brad hat seine letzte Aktion nicht mehr vollendet, weil er nicht mehr in der Lage dazu war.« Ellery machte eine Pause und seufzte leise. »Er ist in diesem Moment angegriffen und, um es milde zu formulieren, der Fähigkeit, eine Dame zu machen, beraubt worden.«

»Der Blutfleck«, murmelte der Professor.

»Genau. Die Bestätigung dafür liefert der Blutfleck auf dem Teppich – der Fleck etwa sechzig Zentimeter hinter dem Sitz, auf dem Schwarz – oder Brad – saß. Wir haben schon vor einiger Zeit nachgewiesen, daß der Mord im Arbeitszimmer begangen worden ist. Und der Blutfleck auf dem Teppich ist der einzige, den wir in diesem Raum gefunden haben. Wenn der Mörder Brad von vorn den Schädel eingeschlagen hat, während er am Tisch saß und für Rot gerade eine Dame machen wollte, dann muß er rückwärts gefallen sein – zwischen seinen Sitz und den Sekretär. Genau dort haben wir den Blutfleck gefunden … Dr. Rumsen sagte, Brad müsse ursprünglich einen Schlag auf dem Kopf erlitten haben, da andere Zeichen von Gewalteinwirkung an seinem Körper nicht festzustellen waren. Das Blut sickerte ungehindert in den Teppich, bevor der Mörder Brad ins Gartenhaus trug und so weiter und so fort. Alle Details stimmen überein. Eines jedoch geht aus den Fakten klar hervor: Brad wurde von seinem Mörder angegriffen, während er mit ihm Dame spielte – mit anderen Worten: Sein Mörder ist identisch mit seinem Damegegner … Sie haben Einwände?«

»Natürlich, Sie kennen mich doch«, erwiderte Yardley scharf. Er zündete sich die erloschene Pfeife wieder an und zog energisch daran. »Widerlegen Sie bitte mit Hilfe Ihrer Argumentationskette folgendes: Brads Damegegner war entweder unschuldig oder Krosacs Komplize. Und während der ahnungslose Gast mit Brad spielte, oder der Komplize, um ihn abzulenken, schlich Krosac ins Arbeitszimmer und schlug Brad von hinten auf den Kopf, wie ich bereits sagte, als wir den Blutfleck entdeckten.«

»Ich muß schon sagen, Professor – eine Annahme absurder als die andere!« Ellerys Augen funkelten gefährlich. »Den Komplizen haben wir schon vor einiger Zeit eliminiert. Wir haben es mit Verbrechen aus Rachsucht zu tun – es fehlte jeder finanzielle Anreiz für einen potentiellen Komplizen. Und die Annahme, es wären die ganze Zeit zwei Personen im Spiel gewesen – einer von ihnen Krosac, der andere ein ahnungsloser Gast Brads, mit dem er Dame spielte? … Bitte führen Sie sich vor Augen, was das hieße. Es hieße, daß Krosac in der Anwesenheit eines unbeteiligten Zeugen auf Brad losgegangen wäre! Grotesk! Krosac hätte in jedem Falle gewartet, bis der Gast gegangen wäre. Aber nehmen wir einmal an, er hat Brad im Beisein eines Zeugen niedergeschlagen. Müßte er nicht alles daransetzen, ihn zum Schweigen zu bringen? Einem Mann wie Krosac, der bereits mehrere Menschenleben auf dem Gewissen hat, wird es auf eines mehr oder weniger ja wohl kaum ankommen! Und doch scheint er unserem Zeugen kein Haar gekrümmt zu haben … Nein, Professor, ich fürchte, den Zeugen müssen wir begraben.«

»Was aber wäre, wenn unser Zeuge vor Krosac gekommen und auch wieder gegangen wäre – und doch zwischendrin mit Brad gespielt hätte?« beharrte der Professor.

»Du meine Güte! Ich fürchte, ich habe Sie zu stark beansprucht, Professor! Wenn Ihr Zeuge vor oder nach Krosac kam, dann war er keiner!« Ellery lachte amüsiert. »Doch Scherz beiseite; es besteht kein Zweifel daran, daß Brad gegen Krosac gespielt hat. Selbst wenn es einen früheren oder späteren Besucher gegeben hätte, würde das die Tatsache nicht widerlegen, daß der Mörder – Krosac – mit Brad gespielt hat.«

»Und wozu all die Spitzfindigkeiten?« brummte Yardley.

»Wie ich bereits sagte: Um zu beweisen, daß Brad mit Krosac Dame gespielt hat und daß er ihm wohlbekannt war, obwohl er ihn natürlich für jemand anders gehalten haben muß.«

»Ha!« Der Professor klatschte sich vor Vergnügen auf die Schenkel. »Jetzt hab' ich Sie, junger Mann! Warum ›wohlbekannt‹, bitte? Soll das Ihre vielbeschworene Logik sein? Ein Mann wie Brad spielt mit jemandem Dame. Wollen Sie mir im Ernst weismachen, es habe sich dabei notwendig um einen Freund handeln müssen? Kompletter Unsinn! Er hätte mit jedem Kanalarbeiter gespielt, solange er die Regeln beherrschte! Er fiel über jeden her; ich habe volle drei Wochen gebraucht, um ihm klarzumachen, daß ich kein Interesse an einem Spiel hatte!«

»Bitte, Professor, meine Nerven! Sollte ich fälschlich den Eindruck erweckt haben, von der Damepartie her ableiten zu wollen, daß Brad mit seinem Gegner befreundet war, dann tut mir dies aufrichtig leid; es lag keinesfalls in meiner Absicht. Es gibt einen viel stichhaltigeren Grund. Wußte Brad, daß Krosac, Erzfeind der Tvars, in blutiger Mission nach Amerika gekommen war?«

»Ja, natürlich. Erstens geht es aus der Nachricht hervor, die er hinterließ, zweitens hat Van ihn schriftlich vor Krosac gewarnt.«

»*Bien assurément!* Hätte Brad sich denn – in dem Wissen, daß er mit einem Anschlag rechnen mußte – mit einem Fremden verabredet und sich ihm vollkommen schutzlos ausgeliefert, indem er Familie und Personal fortschickte?«

»Hmm, klingt unwahrscheinlich.«

»Wie Sie sehen«, sagte Ellery mit einem erleichterten Seufzer, »können Sie alles beweisen, wenn Sie nur genug Fakten zueinander in Beziehung setzen. Nehmen wir einmal den extremsten Fall. Angenommen der Gast, den Brad erwartete, kam, sie erledigten, was sie zu erledigen hatten, und er ging wieder. Dann kam Krosac, ein, wie wir annehmen, vollkommen Fremder. Wir haben jedoch nachgewiesen, daß Krosac, Brads Mörder, Dame mit ihm spielte. Das würde bedeuten, daß Brad freiwillig einen wildfremden Mann in sein unbewachtes Haus gelassen hätte … Absurd! Also muß Brad Krosac gut gekannt haben, ob er nun der erwartete Gast war oder ihm nur einen Überraschungsbesuch abstattete. Die Antwort auf diese Frage ist jedoch uninteressant … Ich persönlich glaube, daß sich in der Mordnacht außer Brad nur eine weitere Person im Arbeitszimmer aufhielt – Krosac. Aber selbst wenn es zwei, drei oder gar ein ganzes Dutzend waren – der Beweis, daß Brad Krosac – in welcher Maske auch immer – kannte, daß sie Dame spielten und Brad mitten im Spiel umgebracht wurde, steht!«

»Und was haben Sie davon?«

»Nichts«, erwiderte Ellery zerknirscht. »Genau das habe ich gemeint, als ich vorhin sagte, ich träte seit drei Wochen auf der Stelle … Aber wo ich schon einmal dabei bin – es ist mir gelungen, aus der trüben Brühe der Ungewißheit ein weiteres Faktum herauszufischen. Dumm von mir, daß ich nicht sofort drauf gekommen bin.«

Der Professor stand auf und klopfte seine Pfeife am Kamin aus. »Sie stecken heute abend voller Überraschungen«, sagte er, ohne sich umzublicken. »Ich höre.«

»Ich behaupte mit hundertprozentiger Sicherheit, daß Krosac nicht hinkt.«

»Das wissen wir doch längst«, entgegnete Yardley. »Ach, halt, nein. Wir haben uns nur darauf geeinigt, daß es so, aber auch so sein könnte. Aber wie –«

Ellery sprang auf, streckte sich und begann, auf und ab zu schreiten. Die Luft in der Bibliothek war schwül, und der Regen draußen hämmerte immer wütender gegen die Scheiben. »Krosac, als wer auch immer er sich ausgab, war Brad gut bekannt. Brad kannte jedoch niemanden näher, der hinkt. Krosac hinkt also in Wirklichkeit nicht mehr, hat jedoch auf sein längst behobenes Jugendleiden zurückgegriffen, um die Polizei in die Irre zu führen.«

»Ach, deshalb«, murmelte Yardley, »hat er sein vermeintliches Hinken nicht kaschiert. Aber ja! Er hört auf zu hinken, sobald er Gefahr riecht. Kein Wunder, daß es so schien, als hätte er sich in Luft aufgelöst! Da hätte ich drauf kommen müssen!«

Yardley wippte hin und her, die erkaltete Pfeife hing ihm vom Mundwinkel herab. »Und damit wären wir wieder am Ausgangspunkt angelangt.« Er betrachtete Ellery aufmerksam. »Noch immer keine Spur von dem flüchtigen Gedanken?«

Ellery schüttelte den Kopf. »Er versteckt sich noch immer hinter irgendeiner Gehirnwindung … Lassen Sie mich nachdenken. Den Mord an Kling haben wir hinreichend erklärt. Krosac, mit vorgetäuschtem Hinken, in der direkten Nachbarschaft; Motiv, Umgebung, Methodik des Verbrechens – paßt alles. Es handelt sich um Blutfehde. Krosac glaubt, er habe Andreja, einen der Tvar-Brüder, getötet. Wie aber ist es ihm gelungen, gerade Van aufzustöbern, der sich am geschicktesten getarnt hat? Frage vorerst nicht zu beantworten … Krosac schlägt wieder zu, diesmal muß Brad dran glauben. Woher kennt er dessen Identität? Wieder nicht zu beantworten. Die Fäden ziehen sich zusammen; Krosac findet Brads Mitteilung an die Polizei und weiß nun, daß er in Arroyo den Falschen erwischt hat und Van noch am Leben ist. Doch wo ist Van? Egal, ich muß ihn finden, sagt sich Krosac, sonst ist meine Rache unvollendet – sehr melodramatisch. Vorhang … Dritter Akt: Megara kehrt zurück, worauf Krosac vorbereitet ist. Vorhang auf für den einsamen Wahrer des großen Geheimnisses. Wie in der Mitteilung stand, weiß nur Megara, wo und in welcher Maske Van sich aufhält. Pause. Eine leichte Verzögerung. Und dann … Um Gottes willen!«

Der Professor saß regungslos in seinem Sessel und hielt die Luft an. Alle Zeichen deuteten darauf hin, daß es Ellery gelungen war, den flüchtigen Gedanken endlich zu fassen; er stand wie angewurzelt mitten im Raum und strahlte in der ersten Euphorie seiner Entdeckung.

»Gott«, rief Ellery und sprang einen halben Meter in die schwüle Luft. »Was für ein Idiot muß ich gewesen sein! Was für ein blödsinniger Esel! Was für ein gnadenloser Schwachkopf! Ich hab's!«

»Ich sage doch, es funktioniert immer«, sagte Yardley schmunzelnd und lehnte sich entspannt zurück. »Was … Junge! Was haben Sie denn jetzt schon wieder?«

Er verstummte alarmiert. Ellerys Gesichtsausdruck hatte eine dramatische Wandlung durchgemacht; sein Mund stand offen, sein Blick verfinsterte sich, und er zuckte zusammen, wie Menschen bei der bloßen Vorstellung tödlicher Hiebe zusammenzucken.

Die seltsamen Erscheinungen verschwanden so plötzlich, wie sie gekommen waren. »Hören Sie«, sagte er hektisch. »Wir haben keine Zeit mehr für ausgedehnte Analysen! Das folgende muß reichen: Worauf haben wir gewartet? Worauf hat Krosac gewartet? Wir haben darauf gewartet, daß Krosac einen Versuch unternimmt, über Megara, die einzige Informationsquelle, herauszufinden, wo sich Van aufhält. Krosac hat abgewartet, bis ihm der Zeitpunkt günstig erschien. Und dann hat er Megara umgebracht! Das kann nur eines bedeuten!«

»Er hat es herausgefunden!« krächzte Yardley, dessen dunkle Stimme unter dem Gewicht dieser Erkenntnis gebrochen war. »Mein Gott, Queen, wie blind müssen wir gewesen sein! Hoffentlich ist es noch nicht zu spät!«

Ellery verzichtete, um Zeit zu sparen, auf einen Kommentar, und hastete statt dessen zum Telefon. »Western Union … Ich möchte ein Telegramm aufgeben. Bitte so schnell wie möglich. Adressiert an Constable Luden in Arroyo, West Virginia … Ja. Text: ›Steigen Sie sofort mit zuverlässigem Trupp zu Old Petes Hütte hoch. Schützen Sie ihn, bis ich da bin. Benachrichtigen Sie Crumit. Krosac kehrt zurück. Falls es bereits zu spät ist, verfolgen Sie Krosacs Spur, aber rühren Sie am Tatort nichts an.‹ Absender Ellery Queen. Bitte wiederholen Sie … Krosac. K-r-o-s-a-c. Genau … Danke.«

Er knallte den Hörer auf die Gabel, überlegte es sich jedoch noch einmal anders und nahm ihn wieder ab. Er rief im Nachbarhaus an, um mit Inspector Vaughn zu sprechen, erfuhr jedoch von Stallings, daß der Inspector Bradwood vor kurzem überstürzt verlassen hatte; Ellery ließ Stallings kaum zu Wort kommen, sondern verlangte gereizt, einen seiner Männer an den Apparat zu holen. Wo, bitte, war Vaughn? Der Mann am anderen Ende bedauerte, keine Auskunft geben zu können, er wisse es auch nicht. Der Inspector hatte eine Nachricht erhalten und war zusammen mit Staatsanwalt Isham unverzüglich aufgebrochen.

»Verflucht«, stöhnte Ellery, als er den Hörer einhängte. »Was machen wir jetzt bloß? Wir dürfen auf keinen Fall Zeit verschwenden!« Er stürzte ans Fenster und schaute hinaus. Das Unwetter war noch schlimmer geworden; es regnete sintflutartig, Blitze zuckten am dunkelgrauen Himmel, und das Donnergrollen nahm kein Ende mehr. »Hören Sie«, sagte Ellery, indem er sich umwandte. »Sie müssen zurückbleiben, Professor!«

»Ich lasse Sie nicht allein hinaus«, entgegnete Yardley gekränkt. »Besonders bei diesem Sturm. Wie wollen Sie denn überhaupt da hinkommen?«

»Machen Sie sich darum keine Sorgen. Sie bleiben hier und versuchen Ihr Möglichstes, um Vaughn und Isham zu kontaktieren!« Ellery sprang erneut zum Telefon. »Den Flugplatz von Mineola. Schnell, bitte!«

Der Professor strich sich beklommen durch seinen Bart, während Ellery wartete. »Queen, Junge, jetzt nehmen Sie bitte augenblicklich Vernunft an! Sie können doch bei dem Wetter unmöglich fliegen!«

Doch Ellery winkte nur ab. »Hallo? Hallo? Mineola? Bitte eine schnelle Maschine für einen Sofortflug nach Südwesten! … Was?« Ellery machte ein enttäuschtes Gesicht und legte auf. »Sogar die Elemente haben sich gegen mich verschworen! Über dem Atlantik ist ein Sturm aufgezogen, der in südwestliche Richtung zieht. In den Alleghenies soll es besonders schlimm werden, sagt der Mann vom Flugplatz, es wird in absehbarer Zeit keine Starterlaubnis gegeben. Was zum Teufel soll ich bloß machen?«

»Fahren Sie mit der Bahn«, schlug Yardley vor.

»Ach was! Ich vertrau' einfach dem alten Duesie! Könnten Sie mir einen Regenmantel borgen, Professor?«

Sie eilten in den Flur; Yardley öffnete einen Schrank, holte eine lange Regenjacke heraus und half Ellery hinein. »Und seien Sie nicht leichtsinnig! Es ist ein offener Wagen, die Straßen werden in einem unmöglichen Zustand sein, Sie haben eine furchtbar lange Fahrt –«

»Ich pass' schon auf. Außerdem ist Luden vor Ort.« Er öffnete entschlossen die Tür, und Yardley folgte ihm in die Vorhalle. Ellery hielt dem Professor die Hand hin. »Wünschen Sie mir Glück, Sie alter Miesepeter. Oder vielmehr Van!«

»Tun Sie, was Sie nicht lassen können«, brummelte der Professor, während er Ellery Ewigkeiten die Hand drückte. »Ich werde alles daransetzen, Vaughn und Isham zu finden. Passen Sie auf sich auf, Junge. Sind Sie wirklich sicher, daß es sein muß? Daß Sie sich nicht umsonst den Naturgewalten preisgeben?«

Ellery erwiderte verbissen: »Krosac hat Megara in den vergangenen Wochen nur aus einem Grund verschont – er wußte nicht, wo sich Van aufhält. Wenn er Megara schließlich doch umgebracht hat, dann heißt das, er weiß nun, daß Van sich als Old Pete verkleidet und sich in einer bestimmten Hütte in den Bergen versteckt. Vermutlich hat er Megara diese Information entlockt, bevor er ihn tötete. Ich habe die moralische Pflicht, einen vierten Mord zu verhindern. Krosac ist mit Sicherheit in diesem Moment unterwegs nach West Virginia. Bleibt nur zu hoffen, daß er sich gestern nacht ein bißchen Schlaf gegönnt hat. Wenn nicht –« Er zuckte mit den Schultern, lächelte Yardley aufmunternd zu und flitzte, von Blitzen in unwirkliches Licht getaucht, durch den Regen in die seitliche Einfahrt zu der Garage, in der der alte Sportwagen stand.

Yardley sah ihm traurig nach und schaute mechanisch auf seine Armbanduhr. Es war genau ein Uhr.

27. Auf und davon

Ellerys Duesenberg schlängelte sich durch New York City, jagte durch den Holland-Tunnel, wich dem Verkehr in Jersey City aus, raste durch ein Gewirr von Städten in New Jersey und kam schließlich auf die gerade, nahezu verlassene Hauptstraße nach Harrisburg, auf der er pfeilschnell entlangschoß. Der Sturm war noch immer nicht abgeflaut; Ellery flehte Fortuna um Gnade an, während er gleichzeitig die Gesetze der Geschwindigkeit vergewaltigte. Die Göttin war ihm hold; in Pennsylvania passierte er eine Stadt nach der anderen, ohne von Motorrädern der Polizei behelligt zu werden.

In dem alten Wagen, der keinerlei Schutz vor dem Regen bot, stand längst das Wasser; in Ellerys Schuhen gluckste es, und von seinem Hut tropfte es ihm ständig ins Gesicht. Zum Glück hatte er im Wagen eine Rennfahrerbrille gefunden. Mit der Regenjacke über dem Leinenanzug, dem hellen Filzhut, der schlapp über seinen Ohren hing, der gelben Rennfahrerbrille über seinem Pincenez und dem verbissenen Gesichtsausdruck, mit dem er hinter dem riesigen Lenkrad kauerte und den Duesenberg durch die sturmgepeitschte Landschaft Pennsylvanias steuerte, gab er eine groteske Figur ab. Gegen Abend, es war ein paar Minuten vor sieben, erreichte er endlich Harrisburg. Es schüttete immer noch, er schien im Gefolge des Regenschauers zu fahren.

Sein leerer Magen erinnerte ihn nachdrücklich daran, daß er nicht zu Mittag gegessen hatte. Er parkte den Duesenberg in einer Garage, gab dem Mechaniker seine Anweisungen und machte sich auf die Suche nach einem Restaurant. Es dauerte keine Stunde, bis er wieder zurück war. Öl und Reifen waren überprüft und der Tank gefüllt. Schon jagte er stadtauswärts; während er klamm und fröstelnd hinter dem Steuer saß, war er doch froh, sich die Route so genau gemerkt zu haben. Zehn Kilometer weiter hatte er Rockville passiert, überquerte bald den Susquehanna River und holte aus dem alten Wagen heraus, was er nur hergab. Zwei Stunden später kreuzte er den Lincoln Highway, blieb jedoch stur auf seiner Route. Der starke Regen hielt an.

Als er um Mitternacht völlig durchgefroren und erschöpft war und ihm ständig die Augen zufielen, fuhr er nach Hollidaysburg hinein. Wieder stoppte er zuerst bei einer Tankstelle; nach einer lebhaften Auseinandersetzung mit dem grinsenden Mechaniker machte er sich zu Fuß auf die Suche nach einem Hotel. Der Regen peitschte gegen seine durchnäßten Beine.

»Eine Übernachtung bitte«, stotterte er mit steifen Lippen an der Rezeption des kleinen Hotels, das er schließlich gefunden hatte. »Wäre es auch möglich, meine Kleider zu trocknen und mich morgen um sieben Uhr zu wecken?«

»Selbstverständlich, Mr. Queen«, erwiderte der Mann an der Rezeption, nachdem er einen Blick auf Ellerys Unterschrift geworfen hatte.

Am nächsten Morgen trat ein erholter Ellery mit trockenen Kleidern und einer großen Portion Eiern mit Schinken im Magen den letzten Abschnitt seiner langen Reise an. Wenn er zur Seite schaute, zogen die Verwüstungen an ihm vorbei, die der Sturm angerichtet hatte – entwurzelte Bäume, über die Ufer getretene Flüsse, Autowracks am Straßenrand. In den frühen Morgenstunden war der Sturm, nachdem er die ganze Nacht gewütet hatte, unerwartet abgeflaut. Doch noch immer bedeckten schwere graue Wolken das Land.

Um Viertel nach zehn fuhr Ellery durch Pittsburgh. Um halb zwölf schließlich hielt er mit quietschenden Reifen vor dem Rathaus von Arroyo, während die Sonne zaghaft durch die Wolken brach und die Gipfel der Alleghenies in ihr Licht tauchte.

Ein Mann in blauem Jeansanzug, an den Ellery sich vage erinnerte, fegte vor dem Eingang des Gebäudes den Bürgersteig.

»Moment mal, Mister«, protestierte der Einheimische, ließ seinen Besen fallen und packte Ellery beim Arm, bevor er vorbeistürmen konnte. »Wo wollnse hin? Wen wollnse sprechen?«

Statt zu antworten, riß Ellery sich los und eilte mit großen Schritten durch die düstere Eingangshalle hindurch zum hinteren Teil des Gebäudes, in dem sich Constable Ludens Büro befand, doch die Tür war geschlossen; und soweit er sehen konnte, hielt auch sonst niemand in Arroyos Stadtzitadelle die Stellung. Er drückte die Klinke herunter – die Tür war nicht abgeschlossen. Der Mann mit dem sturen Bauerngesicht war hinter ihm her geschlurft.

Constable Ludens Büro war leer.

»Wo ist der Constable?« fragte Ellery.

»Genau das wollt' ich Ihn' eben schon sagen. Er is' nich' da.«

»Aha!« Ellery nickte wissend. Luden war also in den Bergen. »Und seit wann ist er fort?«

»Seit Montach morgen.«

»Was?« Ellerys Stimme überschlug sich vor Entsetzen. Er glaubte, die Katastrophe bereits zu wittern. »Um Himmels willen, dann hat er auch mein Telegramm nicht –« Er machte einen Satz zu Ludens Schreibtisch, auf dem sich ungeordnete Blätter stapelten. Der Mann in Jeans machte eine hilflose Handbewegung, als Ellery Ludens offizielle Korrespondenz durchwühlte, sofern von solcher die Rede sein konnte. Wie befürchtet, lag der gelbe Umschlag ungeöffnet da. Er riß ihn mit zitternden Fingern auf und las:

CONSTABLE LUDEN ARROYO WEST VIRGINIA
STEIGEN SIE MIT ZUVERLÄSSIGEM TRUPP ZU OLD PETES HÜTTE HOCH SCHÜTZEN SIE IHN BIS ICH DA BIN BENACHRICHTIGEN SIE CRUMIT FALLS ES BEREITS ZU SPÄT IST VERFOLGEN SIE KROSACS SPUR ABER RÜHREN SIE AM TATORT NICHTS AN

ELLERY QUEEN

In den krassesten Farben entstand vor Ellerys innerem Auge das Schreckensbild; ein fataler Zufall hatte alle seine Mühen zunichte gemacht, das Telegramm hatte er umsonst abgeschickt. Der Mann in Jeans erklärte ihm geduldig, daß der Constable und der Bürgermeister Mat Hollis vor zwei Tagen auf ihre alljährliche Angeltour gegangen waren; normalerweise blieben sie eine Woche fort, schlugen irgendwo ihr Zelt auf und angelten im Ohio und seinen Nebenflüssen. Vor Sonntag war nicht mit ihnen zu rechnen. Das Telegramm war am Vortag um kurz nach drei angekommen; der Mann in Jeans, nach eigener Auskunft Hausmeister und Mädchen für alles, hatte es in Empfang genommen, unterschrieben und auf Ludens Schreibtisch gelegt, wo es eine Woche gelegen hätte, wenn Ellery nicht nach Arroyo gekommen wäre. Der Hausmeister setzte gerade zu einem längeren Vortrag an, doch Ellery fegte ihn mit einem Anflug des Entsetzens in den Augen zur Seite, lief zu Arroyos Hauptstraße zurück und sprang in den Duesenberg.

Er bog mit brüllendem Motor um die Ecke und nahm die Route, die er von seiner ersten Exkursion mit Isham und Luden noch rekonstruieren konnte. Er hatte keine Zeit mehr, sich mit Bezirksstaatsanwalt Crumit von Hancock County oder Colonel Pickett in Verbindung zu setzen. Wenn das Befürchtete noch nicht eingetreten war, würde er mit jeder Situation fertig werden; in der Seitentasche des Sportwagens steckte eine geladene Automatic. Wenn es aber zu spät war …

Er ließ den Duesenberg in dem Gebüsch zurück – die Spuren seines letzten Ausfluges waren trotz des Regens noch schwach zu erkennen –

und begann mit der Automatic in der Hand den mühsamen Aufstieg zur Hütte auf den bis zur Unkenntlichkeit zugewachsenen Pfad, dem Constable Luden damals gefolgt war. Er schlug sich geschwind, doch vorsichtig durchs Gebüsch und war finster entschlossen, sich nicht unangenehm überraschen zu lassen. Doch in dem dichten Wald herrschte vollkommene Stille. So stieg er höher und höher, betete, daß er noch rechtzeitig kam, doch alle Zeiger standen auf Alarm. Wahrscheinlich kam er zu spät.

Er versteckte sich hinter einem Baum und ließ einen Blick über die Lichtung schweifen. Der Zaun war intakt. Obwohl die Eingangstür geschlossen war, spürte er frischen Mut in seinen Adern. Dennoch wollte er keinerlei Risiken eingehen. Er entsicherte die Automatic und kroch lautlos hinter dem Baum vor. Hatte er da am stacheldrahtbewehrten Fenster das vertraute bärtige Gesicht von Old Pete gesehen? Nein, seine überreizten Nerven gaukelten ihm Wahnbilder vor. Er kletterte mit linkischen Bewegungen über den Zaun, die Waffe fest in der Hand. Dann bemerkte er die Fußspuren.

Er blieb ewige drei Minuten stehen, während die Abdrücke in der feuchten Erde ihm ihre Geschichte erzählten. Schließlich wandte er seinen Blick von den unheimlichen Fußspuren ab und machte einen großen Bogen um sie.

Die Tür der Hütte war, wie er jetzt erst sah, nur angelehnt und stand einen Spaltbreit offen.

Mit der Automatic in der rechten Hand beugte er sich vor und horchte. Aus dem Innern der Hütte drang kein einziger Laut. Er richtete sich wieder auf und drückte mit einer heftigen, schnellen Bewegung die Tür auf, so daß sie knarrend zurückschwang und den Blick ins Innere freigab …

Ein paar Herzschläge lang stand er so da, mit seiner Waffe in der rechten Hand, und starrte auf die grauenvolle Szene vor ihm. Dann sprang er über die Schwelle und verriegelte die Tür hinter sich.

Um zehn vor eins hielt der Duesenberg wieder vor dem Rathaus, und Ellery sprang auf den Bürgersteig. Was für ein seltsamer junger Mann, mußte der Hausmeister bei sich gedacht haben, denn Ellerys Haar war zerzaust, in seinen Augen loderte ein unheimliches Feuer, und er kam mit einer solchen Fratze auf ihn zu, daß einem angst und bange werden konnte.

»Hallo«, sagte der Mann in Jeans unsicher. Noch immer fegte er in der staubigen Hitze den Bürgersteig. »Gut, dasse wiedergekomm sin', Mister. Ich wollt's Ihnen vorhin schon sagen, aber ich bin einfach nich' dazu gekomm'. Sie heißen nich' zufällig –«

»Hören Sie«, keuchte Ellery. »Sie scheinen der einzige von all den pflichtbewußten Ordnungshütern dieser Stadt zu sein, der zur Zeit nicht gerade zufällig angelt! Ich habe einen dringenden Auftrag für Sie! Es müßten bald ein paar Männer aus New York hier eintreffen. Selbst wenn es noch Stunden dauert – warten Sie hier! Haben Sie verstanden?«

»Ähm, schon«, erwiderte der Hausmeister und stützte sich auf seinen Besen. »Aber ich weiß nich' so recht. Sagense, Se heißen nich' zufällig Queen, oder?«

Ellery war verdutzt. »Doch. Wieso?«

Der Hausmeister hielt kurz inne, spie einen Strahl brauner Flüssigkeit aus und fischte dann aus den Tiefen seiner geräumigen Jeanstaschen ein gefaltetes Blatt Papier. »Ich wollt' Ihn' das schon die ganze Zeit geben, aber Sie ham mir ja einfach nich' zugehört, Mr. Queen. So'n großer, häßlicher Kerl hat mir den Brief für Sie gegeben. Sah aus wie der alte Abe Lincoln, so wahr ich hier stehe!«

»Yardley!« rief Ellery freudig und schnappte dem Hausmeister das Blatt aus der Hand. »Mann, warum zum Teufel haben Sie mir das nicht früher gesagt?« In seiner Eile, das Blatt zu entfalten, zerriß er es fast.

Es handelte sich um eine eilig mit Bleistift hingekritzelte Nachricht mit der Unterschrift des Professors.

Lieber Queen!

Moderne Magie hat mir dazu verholfen, Ihnen zuvorzukommen. Erklärung wie folgt: Sowie Sie aus der Tür waren, habe ich alle Hebel in Bewegung gesetzt, um Vaughn oder Isham an den Apparat zu bekommen. Leider vergeblich. Dennoch habe ich in Erfahrung gebracht, daß sie gerade einem vielversprechenden Hinweis aus Massachusetts zum Aufenthaltsort der Lynns nachgehen. Ihre Nachricht habe ich Vaughns Leuten anvertraut. Der Gedanke daran, daß Sie im Alleingang einen zu allem entschlossenen Irren stellen, war mir von vornherein unerträglich. In Bradwood tut sich ohnehin nichts. Dr. Temple ist auf dem Weg nach New York, um seine widerspenstige Braut zu zähmen, wie ich annehme.

Habe in der Sturmnacht kein Auge zugetan. Als das Unwetter dann um sechs herum nachließ, bin ich nach Mineola aufgebrochen. Ein Privatmann, der in südwestlicher Richtung flog, war so freundlich, mich mitzunehmen und in der Nähe von Arroyo zwischenzulanden. Das war heute morgen um zehn (habe den Brief zum größten Teil im Flugzeug geschrieben).

Später: Ich finde einfach niemanden, der von einer Hütte in den Bergen wüßte! Luden ist nicht da, und die Stadt ist wie ausgestorben.

Ihr Telegramm hat ihn vermutlich nicht mehr rechtzeitig erreicht. Befürchten Sie das Schlimmste, zumal hier um halb zwölf ein hinkender Mann gesehen worden ist.

Er soll eine kleine Tasche dabei gehabt haben (es muß sich um Krosac handeln – die Beschreibung ist sehr vage, weil der Mann vermummt war) und um halb zwölf letzte Nacht in Yellow Creek – von Arroyo aus gesehen anderes Ufer des Ohio – jemanden beauftragt haben, ihn nach Steubenville, Ohio, zu bringen. Ich habe mit dem Fahrer gesprochen; er hat Krosac an einem Hotel abgesetzt … Ich werde seine Spur persönlich verfolgen; damit Sie im Bilde sind, habe ich meine Nachricht für Sie diesem Intelligenzwunder von Hausmeister gegeben. Bitte kommen Sie sofort nach Steubenville! Sollte sich zwischenzeitlich eine weitere Spur auftun, hinterlasse ich Ihnen im Fort-Steuben-Hotel eine Nachricht. In Eile,

Yardley

Ellery verdrehte verärgert die Augen. »Wann hat Ihr Freund Abraham Lincoln diese Nachricht hinterlassen?«

»Um elf oder so«, murmelte der Mann in Blau. »Jedenfalls nich' lange, bevor Sie da war'n.«

»Ich begreife langsam«, grollte Ellery, »was in Menschen vorgeht, bevor sie zu Mördern werden … Wann hat letzte Nacht der Regen aufgehört?«

»Ne Stunde oder so vor Mitternacht. Überm Fluß aber hat's noch bis zum Morgengrauen geschüttet. Aber hörense, Mr. Queen, meinense nich –«

»Nein«, erwiderte Ellery bestimmt. »Händigen Sie diese Nachricht den Männern aus New York aus, sobald sie hier eintreffen.« Er kritzelte eine zusätzliche Notiz auf die Rückseite des Blattes und drückte es dem Hausmeister in die Hand. »Bleiben Sie hier – fegen Sie den Bürgersteig, kauen Sie Ihren Tabak –, aber bleiben Sie genau hier, bis die Polizei da ist. Isham. Vaughn. Polizei. Verstanden? Soll Ihr Schaden nicht sein.«

Er steckte dem Mann einen Schein zu, sprang in seinen Duesenberg und raste Arroyos Hauptstraße hinunter. Übrig blieben nur Wolken aus Staub.

28. Zum zweiten Mal tot

Am Mittwoch morgen, um acht Uhr in der Frühe, rollte ein Polizeiwagen die Einfahrt von Bradwood hoch. Vaughn und Isham, der einen seiner Männer dabei hatte, waren erschöpft, aber in Hochstimmung. Auf den Rücksitzen saßen mißmutig und mit finsteren Mienen Percy und Elizabeth Lynn.

Das britische Diebespaar wurde unter strenger Bewachung nach Mineola gebracht. Der Inspector streckte gerade genüßlich seine Glieder, als sein Leutnant Bill armewedelnd auf sie zu stürmte und schneller sprach, als er Luft holen konnte. Während er Professor Yardleys Nachricht las, wich seine Sonntagslaune nervöser Sorge. Isham stieß ein paar halbherzige Flüche aus.

»Was machen wir jetzt?«

»Hinfliegen natürlich!« brummte Vaughn und kletterte in den Polizeiwagen zurück. Isham kratzte sich an der kahlen Stelle seines Hinterkopfes und folgte ihm resigniert.

Am Flugplatz von Mineola erfuhren sie, daß Yardley um sechs Uhr morgens ein Flugzeug gechartert hatte und in südwestliche Richtung geflogen war. Zehn Minuten später waren sie in der Luft und ließen sich von der dreimotorigen Maschine mit demselben Ziel in südwestliche Richtung fliegen.

Um halb zwei trotteten sie endlich nach Arroyo hinein. Die Maschine war einen knappen Kilometer außerhalb des Städtchens auf einer Weide gelandet und hatte ihre Passagiere dort abgesetzt. Zielstrebig gingen sie auf das Rathaus zu. Ein Mann in blauem Jeansanzug saß friedlich schnarchend auf den Eingangsstufen; zu seinen Füßen lag ein ausgefranster Besen. Als der Inspector ihn anstieß, erhob er sich taumelnd.

»Kommse aus New York?«

»Ja.«

»Vaughn und Ish'm oder so ähnlich?«

»Ja.«

»Dann hab' ich 'ne Nachricht für Sie.« Der Hausmeister öffnete seine riesige Faust; darin lag – zerknittert, schmutzig, feucht, aber vollständig – die Nachricht des Professors.

Sie lasen schweigend und drehten das Blatt herum. Ellery hatte einen Nachtrag dazugekritzelt:

Yardleys Zeilen sprechen für sich. Ich war in der Hütte. Furchtbare Schweinerei da oben. Gehen Sie sofort hoch. Die kreisförmig verlaufenden Fußspuren sind meine, die anderen allerdings ... Schauen Sie es sich selbst an.

Beeilen Sie sich, Q.

»Es ist passiert«, stöhnte Isham.

»Wann hat Mr. Queen Arroyo verlassen?« fauchte Vaughn.

»So um eins«, antwortete der Hausmeister schläfrig. »Sagense ma', Captain, was is'n eigentlich hier los? Alle schnüffelnse auf einma' hier rum.«

»Kommen Sie, Isham«, sagte der Inspector. »Zeigen Sie mir den Weg. Wir müssen zuerst zur Hütte rauf.«

Sie bogen um die nächste Ecke und ließen den Mann in Jeans kopfschüttelnd zurück.

Die Tür war geschlossen.

Isham und Vaughn kletterten umständlich über den Stacheldrahtzaun. »Nicht über die Abdrücke laufen«, mahnte Vaughn. »Aha ... Die hier, die im Halbkreis verlaufen, sind von Queen. Und die anderen –«

Sprachlos standen sie da und folgten mit den Augen den Spuren, die Ellery erst eine Stunde zuvor aufgefallen waren. Es handelte sich um zwei Spurenabschnitte, die von denselben Schuhen stammten. Ellerys Fußabdrücke waren die einzigen, die andere Spuren hinterlassen hatten. Die beiden Doppelspuren waren klar zu deuten: Die erste führte vom Zaun zur Hütte, die andere leicht abweichend zurück zum Zaun. Hinter dem Zaun endeten sie – der felsige Untergrund war härter als jeder Schuh. Die Abdrücke, die der Mörder auf dem Weg zur Hütte hinterlassen hatte, waren tiefer als diejenigen, die entstanden waren, als er sie wieder verließ; ebenso war der Abdruck des rechten Fußes durchgängig tiefer als der des linken.

»Klares Hinken«, murmelte Vaughn. »Aber die erste Spur – seltsam.« Er machte wie Ellery einen Bogen darum und öffnete die Tür. Isham tapste vorsichtig hinterher.

Blankes Entsetzen erfüllte sie angesichts der Szenerie.

An der gegenüberliegenden Holzwand hing die Leiche eines Mannes – und wirkte vor dem rustikalen Hintergrund wie eine Jagdtrophäe. Der Kopf fehlte; die Beine hatte man nebeneinander ans Holz genagelt. Der zerlumpten Kleidung Old Petes nach zu urteilen, war es die Leiche des unglücklichen Schulmeisters.

Blut war auf den Steinfußboden getropft, Blut war überall an die Wände gespritzt. Der vormals saubere, gemütliche Innenraum glich dem Allerheiligsten eines Schlachthofes. Die Schilfmatten waren von dicken roten Flecken übersät; selbst den Boden zierten verschmierte Streifen. Die Platte des stabilen alten Tisches, der zuvor freigeräumt worden war, hatte als Tafel gedient, und auf ihr prangte ein überdimensionaler Buchstabe aus Blut – das vertraute große T, mit dem Krosac seine Morde zu signieren pflegte.

»Jesus«, stammelte Vaughn. »Das dreht einem den Magen um! Wenn ich diese Bestie in die Finger kriege, werde ich ihm mit meinen bloßen Händen die Kehle zudrücken, bis er krepiert, auch wenn es mich meine Marke kostet!«

»Ich muß mal eben raus«, keuchte Isham heiser. »Mir ist flau.« Er taumelte aus der Hütte und lehnte sich, von Würgekrämpfen geschüttelt, gegen die Außenwand.

Vaughn kniff ein Auge zu, atmete tief durch und ging quer durch den Raum, vermied es jedoch, in eine der verkrusteten Blutlachen zu treten. Er berührte die Leiche; sie war stocksteif. Dunkle Streifen rannen rötlich aus den Wunden, die die Nägel ins Fleisch gebohrt hatten. »Seit fünfzehn Stunden tot«, dachte Vaughn und ballte die Fäuste. Mit bleichem Gesicht starrte er auf den Gekreuzigten. Ein dunkelrotes Loch, dort, wo der Kopf gewesen war, die Arme hilflos ausgebreitet, die Beine gestreckt und zusammengebunden, war der Körper zu jenem monströsen T aus Menschenfleisch verformt … Eine Choreographie des Grauens, die auch dem Leibhaftigen Respekt abnötigte.

Vaughn versuchte, den Schwindel abzuschütteln, und machte einen Schritt rückwärts. Wie durch Nebelschwaden hindurch registrierte er, daß es einen Kampf gegeben haben mußte. In der Nähe des Tisches lagen einige Gegenstände auf dem Boden, die keine andere Deutung zuließen. Eine schwere Axt, an deren Griff und Klinge getrocknetes Blut klebte, hatte offenbar dazu gedient, Andreja Tvar den Kopf abzuschlagen. Daneben lag ein Kranz aus Verbandszeug wie ein platter Doughnut, der sich auf einer Seite mit bräunlich-roter Flüssigkeit vollgesogen hatte. Der Inspector bückte sich und hob ihn auf. Er fiel auseinander, und er sah zu seinem Erstaunen, daß die Gaze mit einem scharfen Gegenstand durchgeschnitten worden war. Mit einer Schere, dachte Vaughn und ließ seinen Blick suchend über den Boden gleiten … Zwei Meter entfernt lag eine große Schere, als wäre sie in großer Eile achtlos dorthin geschleudert worden.

Vaughn ging zum Eingang zurück; Isham sah zwar blaß und elend aus, schien sich aber zumindest partiell erholt zu haben. »Was halten Sie davon?« fragte Vaughn, indem er Isham den durchtrennten Kranz aus Verbandszeug hinhielt. »Mensch, reißen Sie sich zusammen, Isham, wir haben zu tun!«

Der Staatsanwalt rümpfte angewidert die Nase. »Sieht so aus, als hätte sich jemand damit das Handgelenk verbunden. Muß eine größere Wunde gewesen sein, bei all dem Blut und dem Jod.«

»Genau«, sagte Vaughn. »Das Handgelenk. Jedenfalls wüßte ich keinen anderen Körperteil mit so geringem Durchmesser; nicht einmal die Fußgelenke kommen in Frage. Mr. Krosac läuft zur Zeit mit einem ordentlichen Katscher am Handgelenk herum.«

»Entweder hat es einen Kampf gegeben, oder er hat sich aus Versehen geschnitten, während – während er die Leiche bearbeitet hat«, mutmaßte Isham und schüttelte sich. »Aber warum hat er den Verband hier liegenlassen, wo wir ihn mit Sicherheit finden?«

»Ganz einfach. Schauen Sie sich an, wie blutig er ist. Krosac muß sich zu Beginn des Kampfes, oder was immer hier stattgefunden hat, verletzt und stark geblutet haben. Den alten Verband hat er später abgeschnitten und sich einen neuen angelegt … Er hat ihn hier liegenlassen, weil er es verdammt eilig hatte, aus der Gegend zu verschwinden. Und riskiert hat er dabei auch nichts. Wahrscheinlich hat er sich an einer Stelle verletzt, die sich gut verbergen läßt – unter Manschetten zum Beispiel. Lassen Sie uns wieder reingehen.«

Isham schluckte und folgte dem Inspector tapfer in die Hütte. Vaughn wies stumm auf die Axt, auf die Schere und auf eine große Flasche aus undurchsichtigem blauen Glas, die neben der Stelle lag, an der Vaughn den benutzten Verband gefunden hatte. Die Flasche hatte kein Etikett; ihr Inhalt war zum größten Teil auf den Boden ausgelaufen. Der Verschlußkorken lag neben einer angebrochenen Rolle frischen Verbandszeugs. »Jod«, sagte Vaughn. »Damit wäre der Hergang klar. Er hat die Flasche von dem Medizinregal da drüben genommen, als er sich verletzt hatte, und sie dann einfach auf dem Tisch stehenlassen. Später hat er sie dann aus Versehen umgeworfen oder einfach fallen lassen – was kümmerte ihn schon die Jodflasche. Das dicke Glas hat standgehalten und ist nicht zerbrochen.«

Sie gingen zusammen zu der Wand hinüber, an der der Tote hing; einen guten Meter neben ihm, in einer Ecke, befand sich über dem

Waschgestell mit Pumpvorrichtung jenes Regal, das Isham bereits bei seinem ersten Besuch aufgefallen war. Bis auf zwei leere Stellen war das Regal voll; darauf standen eine große blaue Packung mit Watte, eine Tube Zahnpasta, Pflaster, je eine Rolle Verbandszeug und Mullbinde, zwei kleine Fläschchen – eines mit der Aufschrift »Jod«, das andere mit der Aufschrift »Mercurochrom«; diverse weitere Flaschen und Dosen – Abführmittel, Aspirin, Zinksalbe, Vaseline und ähnliches.

»Klarer Fall«, sagte Vaughn, »er hat Vans Hausapotheke geplündert. Das Verbandszeug und die große Jodflasche hat er aus dem Regal genommen – und war mit Wichtigerem beschäftigt, als die Sachen wieder zurückzuräumen.«

»Augenblick mal«, protestierte Isham. »Ist es nicht voreilig anzunehmen, daß es Krosac war, der verletzt worden ist? Könnte es nicht auch der arme Kerl an der Wand gewesen sein? Ich meine – wenn nicht Krosac sich verletzt hätte, wäre es doch ziemlich sinnlos, nach einem Mann mit einer Wunde am Handgelenk zu suchen.«

»Gar nicht so dumm«, murmelte Vaughn. »Auf diese Möglichkeit war ich gar nicht gekommen. Aber –« Er warf seine kräftigen Schultern zurück. »Das läßt sich leicht feststellen. Wir müssen dafür allerdings die Leiche runterholen.« Er ging mit forschen Schritten zur Wand.

»Oh, Inspector«, winselte Isham. »Ich – ich glaube, ich meine, mir ist schon so schlecht –«

»Hören Sie«, schnauzte Vaughn. »Ich mache das genauso ungern wie Sie, aber es ist Teil unserer gottverdammten Pflicht! Jetzt kommen Sie schon!«

Zehn Minuten später lag der verstümmelte Körper auf dem Boden. Die Nägel hatten sie ihm aus Handflächen und Füßen gezogen und dem Toten die Lumpen vom Leib gerissen. Nun lag er nackt und fahl vor ihnen – Gottes Ebenbild war zur Farce gworden. Isham lehnte an der Wand und preßte die Hände gegen seinen Bauch. Allein der Inspector brachte die Kraft auf, das nackte Fleisch nach Wunden abzusuchen und das starre Ding schließlich umzudrehen, um seine Untersuchungen fortzusetzen.

»Nein«, sagte er, als er wieder aufstand. »Keine Wunden außer den Löchern in Händen und Füßen. Die Verletzung am Handgelenk hat Krosac sich zugezogen.«

»Bitte, Vaughn, ich muß hier raus!«

Die Männer kehrten in tiefem Schweigen nach Arroyo zurück und schnappten gierig nach der frischen Luft. Vaughn suchte ein Telefonhäuschen, ließ sich mit der Bezirkshauptstadt Weirton verbinden und sprach fünf Minuten mit Staatsanwalt Crumit. Dann hängte er ein und gesellte sich wieder zu Isham.

»Crumit hält dicht«, sagte Vaughn voller Hohn. »Der ist aus allen Wolken gefallen! Aber er hält dicht, und das ist alles, was mich interessiert. Er kommt mit Colonel Pickett und dem Coroner runter. Ich hab' ihm gleich gesagt, das wir uns, was die neueste Leiche von Hancock County angeht, ein paar Freiheiten herausgenommen haben.« Er lachte sarkastisch, während sie auf dem Weg zu der kleinen Garage Arroyos Hauptstraße hinuntergingen. »Jetzt müssen sie den Tod Andrew Vans zum zweiten Mal gerichtlich untersuchen.«

Isham sagte nichts, noch immer hatte die Übelkeit seinen Magen fest im Griff. Sie mieteten einen schnellen Wagen und jagten – etwa anderthalb Stunden später als Ellery – aus der Stadt in Richtung Ohio, der Brücke und Steubenville. Auch sie hinterließen nichts als eine Wolke aus Staub.

HERAUSFORDERUNG AN DEN LESER

Wer ist der Mörder?

Ich habe es in meinen Romanen bislang immer so gehalten, den Leser an jenem Punkt zum geistigen Duell herauszufordern, an dem er im Besitz sämtlicher Informationen ist, die er benötigt, um den Fall – oder die Fälle – zu lösen. Das ägyptische Kreuz *ist in dieser Hinsicht keine Ausnahme: Leiten Sie aus den gegebenen Fakten die logischen Schlußfolgerungen ab, und Sie sind in der Lage, die Identität des Mörders nicht nur zu erraten, sondern zu beweisen – und zwar ohne Wenn und Aber!*

Die einzig mögliche Lösung erfahren Sie im Schlußkapitel. Die hohe Kunst des logischen Deduzierens erfordert zwar das Wohlwollen Fortunas nicht – dennoch wünsche ich Ihnen viel Glück bei der Auflösung!

ELLERY QUEEN

29. Umwege

Dieser Mittwoch war der Auftakt zu einer beispiellosen Menschenjagd; in keinem der vier beteiligten Bundesstaaten hatte man bei der Aufklärung eines Serienmordes je ein solches Finale erlebt. Die Strecke, die dabei mit Autos, Schnellzügen und Flugzeugen im Zickzackkurs zurückgelegt wurde, umfaßte fast tausend Kilometer. Fünf Männer nahmen daran teil – und ein sechster, mit dem niemand gerechnet hatte. Neun Stunden dauerte sie von dem Augenblick an, in dem Ellery Steubenville erreichte, neun Stunden, die allen – außer dem Anführer – wie neun Jahrhunderte erschienen.

Es war eine Jagd in dreifachem Sinne ... Kurios, wie sie sich gegenseitig verfolgten, während der Gejagte immer knapp außer Reichweite blieb und keiner es sich leisten konnte, zu schlafen oder seinen Hunger zu stillen.

Am Mittwoch nachmittag um halb zwei – während Staatsanwalt Isham und Inspector Vaughn zum Rathaus von Arroyo trotteten – brauste Ellery in seinem Duesenberg in das geschäftige Steubenville, erkundigte sich bei einem Schutzmann nach dem Weg und fuhr schließlich vor dem Fort-Steuben-Hotel vor.

Sein Pincenez saß schief auf seiner Nase, und sein Hut war weit in den Nacken gerutscht; offenbar kam er dem Filmklischee eines Reporters so nahe, daß der Mann an der Rezeption sich auf ein Grinsen beschränkte und keine Anstalten machte, ihm das Gästebuch zur Unterschrift zu reichen.

»Sie sind nicht zufällig Mr. Ellery Queen, oder?« fragte er, bevor Ellery Luft holen konnte.

»Doch! Aber – woher wissen Sie?«

»Mr. Yardley hat Sie mir beschrieben«, klärte ihn der Mann an der Rezeption auf, »und mir mitgeteilt, daß Sie heute nachmittag hier eintreffen würden. Er hat eine Nachricht für Sie hinterlegt!«

»Sie sind ein Goldstück!« rief Ellery. »Her damit!«

Die Nachricht war, soweit die Schrift verriet, in großer Eile höchst unprofessoral zu Papier gebracht worden:

Queen: Halten Sie sich nicht damit auf, den Mann an der Rezeption zu befragen. Hier alle Informationen, die Sie brauchen: Mann, der Ks Beschreibung entspricht, um Mitternacht hier abgestiegen und um halb acht mit Mietwagen wieder losgefahren. Hat das Hinken gegen bandagierten Arm ausgetauscht (Kopfzerbrechen!). Scheint sich nicht verfolgt zu fühlen, hat sogar verlauten lassen, er führe nach Zanesville. Werde ihm mit Auto folgen. Vage Beschreibung von K. liegt vor. Hinterlasse im Clarendon-Hotel, Zanesville, weitere Nachrichten für Sie.

Yardley

Als Ellery die Nachricht in seiner Westentasche verstaute, strahlte er übers ganze Gesicht. »Wann, bitte, ist Mr. Yardley von hier aufgebrochen?«

»Um die Mittagszeit, mit einem Mietwagen.«

»Nach Zanesville, nicht wahr?« Ellery griff nachdenklich zu einem Telefonhörer: »Den Polizeichef von Zanesville, bitte ... Hallo? Bitte verbinden Sie mich sofort mit dem Chief ... Bitte beeilen Sie sich, es ist dringend! Wer ich bin, tut nichts zur Sache! ... Hallo! Ellery Queen aus New York am Apparat, der Sohn von Inspector Richard Queen – Mordkommission New York ... Ja! Ich befinde mich jetzt in Steubenville und bin einem großen brünetten Mann mit verbundenem Handgelenk auf der Spur, der mit einem Mietwagen unterwegs ist und von einem anderen großen Mann mit Bart verfolgt wird, der ebenfalls einen Mietwagen fährt ... Der erste Mann ist ein gesuchter Mörder ... Ja! Er hat Steubenville um halb acht heute morgen verlassen ... Hm. Da haben Sie wahrscheinlich recht; da wird er längst durch sein. Aber halten Sie bitte trotzdem die Augen offen! Der zweite Mann kann aber noch nicht in Zanesville sein ... Bleiben Sie in Verbindung mit dem Portier des Clarendon-Hotels. Ich werde sobald wie möglich dort sein.«

Er hängte ein und spurtete aus dem Fort-Steuben-Hotel zu seinem Duesenberg, der – wie der Pony Express – unverzüglich in Richtung Westen losklapperte.

Es dauerte nicht lange, bis Ellery das Clarendon-Hotel gefunden hatte, doch begrüßte ihn nicht nur der Portier des Hotels, sondern auch ein gedrungener Mann in Polizeiuniform, der ihm mit ausgestreckter Hand und einem breiten Rotariergrinsen entgegenkam.

»Ja?« fragte Ellery.

»Ich bin Hardy, der Chief hier«, erwiderte der untersetzte Polizist. »Ihr Mann mit dem Kinnbart hat vor kurzem hier angerufen, zumindest hat er sich als solcher ausgegeben. Sieht so aus, als hätte der erste Mann seine Route geändert. Soll nach Columbus gefahren sein.«

»Himmel, nein!« rief Ellery. »Ich wußte ja, daß er mir am Ende noch die Tour vermasselt. Haben Sie Columbus benachrichtigt?«

»Selbstverständlich. Großer Fisch, Mr. Queen?«

»Groß genug«, gab Ellery kurz zurück. »Ich danke Ihnen, Chief. Ich bin dann –«

»Entschuldigen Sie bitte«, unterbrach der Portier schüchtern. »Der Herr, der heute bei uns war, sagte mir, er werde eine Nachricht im Seneca-Hotel in Columbus hinterlegen. Ich bin mit dem Mann an der Rezeption dort befreundet.«

Ellery verabschiedete sich eilig und ließ ratlose Gesichter zurück.

Um sieben Uhr früh – während Vaughn und Isham sich durch das unübersichtliche Landstraßengeflecht zwischen Steubenville und Columbus quälten –, hielt Ellery, der nach einer halsbrecherischen Fahrt durch Zanesville in Columbus angekommen war, entlang der East Broad Street nach dem Seneca-Hotel Ausschau.

Diesmal stellte sich ihm kein Hindernis in den Weg; unverzüglich händigte ihm der Mann an der Rezeption Yardleys Nachricht aus:

Queen: Hätte mich beinahe abgeschüttelt, der Hund, aber ich bin ihm wieder auf der Spur. War wahrscheinlich keine Absicht, hat es sich wohl anders überlegt und ist nach Columbus gefahren. Ich habe leider unnütz Zeit vergeudet; aber eines ist sicher: K. hat den Ein-Uhr-Zug nach Indianapolis genommen. Versuche gerade, verlorene Zeit mit dem Flieger wettzumachen. Hebe gleich ab! Macht enormen Spaß! Wo bleiben Sie, junger Mann? Vielleicht stelle ich den Fuchs ja in Indianapolis, auch wenn Sie mir dafür den Hals rumdrehen!

Y.

Wenn er versucht zu scherzen, dachte Ellery zähneknirschend, wird er vollends unausstehlich … »Wann hat der Herr die Nachricht geschrieben?« Er wischte sich den Schweiß von der Stirn.

»Um halb sechs, Sir.«

Ellery schnappte sich ein Telefon und verlangte, nach Indianapolis durchgestellt zu werden. Kurze Zeit später sprach er mit dem Polizeihauptquartier. Kaum hatte er seinen Namen genannt, da erfuhr er, daß die Polizei von Columbus Indianapolis bereits informiert hatte; aufgrund der dürftigen Beschreibung hatte sich jedoch nichts ergeben; von dem gesuchten Mann fehlte leider jede Spur.

Ellery hängte kopfschüttelnd ein. »Hat Mr. Yardley sonst nichts für mich hinterlegt?«

»Doch, Sir. Am Flughafen von Indianapolis wartet eine weitere Nachricht auf Sie.«

Ellery zog seine Brieftasche hervor. »Ich schätze prompte Bedienung. Könnten Sie mir sofort eine Maschine chartern?«

Der Mann hinter der Theke lächelte. »Mr. Yardley hat gesagt, Sie würden eine brauchen. Ich habe mir erlaubt, eine für Sie zu chartern, Sir. Die Maschine wartet auf der Rollbahn.«

»Soll der Teufel ihn persönlich holen!« fluchte Ellery, indem er dem Mann einen Schein hinüberschob. »Der verpatzt mir am Ende noch die Pointe! Wessen Fall ist das eigentlich?« Dann begann er zu grinsen und sagte leise: »Gute Arbeit. Habe ich dem Alten gar nicht zugetraut, soviel Geistesgegenwart. Mein Wagen steht draußen – ein alter Duesenberg. Bitte kümmern Sie sich um ihn. Ich komme zurück – wann auch immer das sein mag!«

Ellery stürmte auf die Straße, winkte ein Taxi herbei und rief dem Fahrer ein »Zum Flughafen, schnell!« entgegen.

Um kurz nach acht – eine Stunde, nachdem Ellery, und fast drei Stunden, nachdem Yardley gestartet war, und sieben Stunden, nachdem Krosac Columbus auf dem Schienenweg verlassen hatte – rasten Vaughn und Isham, zwei sichtlich müde Gestalten, nach Columbus hinein. Vaughns Polizeirang hatte ihnen Flügel verliehen und dafür gesorgt, daß aus Zanesville alles blitzschnell weitergeleitet worden war. In Columbus wartete bereits eine Maschine auf sie. Bevor Staatsanwalt Isham dreimal stöhnen konnte, waren sie in der Luft.

Wäre der Anlaß nicht so ernst gewesen, hätte die abenteuerliche Verfolgungsjagd durchaus ihre komischen Züge gehabt. Ellery entspannte sich auf seinem Sitz und überließ sich seinen Gedanken. So vieles, was sieben Monate lang rätselhaft und widersprüchlich geblieben war, hatte sich endlich geklärt! Im Geiste ging er noch einmal den ganzen Fall durch; als er schließlich beim Mord an Andrew Van angelangt war, lehnte er sich zurück, betrachtete das Ergebnis seiner Mühen – und sah, daß es gut war.

Das Flugzeug segelte weiter durch die Lüfte; fast schien es, als hinge es in den flockigen Wolken, ohne sich von der Stelle zu bewegen; lediglich das Land weit unter ihm zerstörte mit seinen dahinkriechenden winzigen Städten die Illusion der vollkommenen Ruhe. Indianapolis … Würde es Yardley gelingen, den Fuchs zu stellen? Zeitlich war es, wie Ellery flüchtig kalkuliert hatte, durchaus möglich. Der Mann, der sich unter der Maske Krosacs verbarg, reiste mit dem Zug; vor sechs konnte er nicht in Indianapolis ankommen, wahrscheinlich sogar etwas später. Fünf Stunden mindestens dauerte die Fahrt mit dem Zug. Yardley hingegen, der um halb sechs in Columbus gestartet war, würde bei der vergleichsweise kurzen Flugstrecke nicht länger als anderthalb Stunden in der Luft sein und gegen sieben landen. Die Flugbedingungen konnten besser nicht sein, wie Ellery sah und spürte. Wenn Krosacs Zug auch nur die geringste Verspätung hatte oder es in Indianapolis Verzögerungen gab und Krosac daran gehindert wurde, seine Reise zügig fortzusetzen, konnte der Professor ihn leicht einholen.

Ellery entfuhr ein Seufzer; wenn er ganz ehrlich mit sich war, wünschte er, Krosac möge den unerfahrenen Fängen des Professors entwischen. Nicht, daß Yardley für einen Anfänger schlechte Arbeit geleistet hätte!

Sie fegten über die Landebahn von Indianapolis wie ein Blatt im Abendwind. Ellery sah auf seine Armbanduhr. Es war halb neun.

Als drei Männer vom Flughafen die Maschine bei den Tragflächen faßten und Bremsklötze unter ihre Räder schoben, rannte ein junger Mann in Uniform auf das Cockpit zu. Ellery stieg aus und sah sich um.

»Mr. Queen?«

Er nickte. »Nachrichten für mich?«

»Ja, Sir. Von einem Herrn namens Yardley, der vor etwa anderthalb Stunden hier war. Er sagte, es sei wichtig.«

»Dezent ausgedrückt.« Ellery griff nach dem kleinen Kuvert. Das große Finale, befand Ellery mißmutig, während er den Umschlag öffnete, verkam langsam zur Farce. Immer nur hetzte er der nächsten Nachricht hinterher.

Q.: Sieht aus, als geht's in die letzte Runde! Habe versucht, ihn einzuholen, aber leider ganz knapp verfehlt. Bin im selben Augenblick hier gelandet, in dem der Mann, auf den Ks Beschreibung paßt, in eine Maschine nach Chicago gestiegen ist! Das war um sieben. Vor Viertel nach kriege ich keine Maschine. K. kommt zwischen Viertel vor neun und neun in Chi an. Schlage für den Fall, daß Sie vor Viertel vor neun hier angekommen sind, vor, der Chicagoer Polizei mitzuteilen, daß sie unseren »fliegenden Ausländer« direkt auf der Landebahn greifen sollen! Und schon bin ich wieder fort!

Y.

»Mr. Yardley ist um Viertel nach sieben gestartet?« fragte Ellery säuerlich.

»Jawohl, Sir.«

»Dann wird er dort also voraussichtlich zwischen neun und Viertel nach neun landen?«

»Ja, Sir.«

Ellery drückte dem jungen Mann einen kleinen Schein in die Hand. »Führen Sie mich zu einem Telefon, und ich werde Ihnen mein Leben lang dankbar dafür sein!«

Der Mann lief grinsend los; Ellery sprang hinterher.

Im Terminal des Flughafens von Indianapolis angelangt, verlangte Ellery verzweifelt, nach Chicago durchgestellt zu werden. »Polizeihauptquartier? Den Commissioner, bitte ... Ja, den Commissioner! ... Schnell, Sie Idiot, es geht um Leben und Tod ... Commissioner? Was? ... Hören Sie, hier spricht Ellery Queen aus New York City, und ich habe dem Commissioner eine dringende persönliche Mitteilung zu machen. Absolut dringend!« Er stampfte – rasend vor Ungeduld – mit dem Fuß auf, während der übervorsichtige Mensch am anderen Ende ihm eine Frage nach der anderen stellte. So verstrichen fünf Minuten mit Beschimpfungen und Betteleien, bis die sonore Stimme des Herrn über die Chicagoer Polizei ertönte.

»Commissioner? Sie erinnern sich sicher an mich – Inspector Richard Queens Sohn ... Um die Aufklärung der Long-Island-Morde. Ja! ... Ein großer, brünetter Mann mit bandagiertem Handgelenk landet heute zwischen Viertel vor neun und neun in Chicago, in einer Maschine aus Indianapolis ... Nein! Nicht auf der Landebahn festnehmen! ... Da ist noch eine persönliche Rechnung zu begleichen! Lassen Sie ihn beschatten, wohin auch immer er geht, und umstellen Sie den Ort ... Ja. Nur verhaften, wenn er versucht, die Stadt zu verlassen. Es ist möglich, daß er über die kanadische Grenze will ... ja, oder zur Pazifikküste ... Nein, er weiß nicht, daß er verfolgt wird ... Ach ja, wenn Sie bitte auch nach einem großen Mann mit Bart, Professor Yardley – ähnelt auffallend Abe Lincoln – Ausschau halten würden, der auf derselben Piste ankommen wird! Instruieren Sie Ihre Leute, ihn zuvorkommend zu behandeln ... Danke vielmals, auf Wiederhören!«

»Und nun«, rief Ellery dem grinsenden jungen Mann zu, der vor der Telefonzelle auf und ab ging, »besorgen Sie mir ein Flugzeug!«

»Wohin soll es denn gehen?«

»Nach Chicago.«

Um fünf vor halb elf umkreiste der Eindecker schließlich die hellerleuchtete Landepiste von Chicago. Ellery preßte die Stirn ans Fenster und konnte verstreute Gebäude, die Hangars, die Landebahn, eine Reihe von Maschinen und umherhuschende Gestalten erkennen. Als der Pilot im Sturzflug herunterging – Ellery hatte dem Piloten eine Sonderprämie für einen extra schnellen Flug zugesteckt – schwanden ihm plötzlich die Sinne. Als er wieder Luft bekam und das flaue Gefühl in der Magengegend sich gelegt hatte, waren sie schon nah am Boden und sausten auf die Piste zu. Er schloß die Augen und spürte, wie die Räder ruckartig aufsetzten, und als er die Augen wieder öffnete, rollten sie mit hoher Geschwindigkeit auf dem Beton entlang.

Ellery erhob sich unentschlossen und nestelte nervös an seiner Krawatte. Das Ende … Der Motor schickte ein letztes Triumphgeheul in die Nacht, und die Maschine blieb stehen. Der Pilot drehte sich zu Ellery herum und brüllte. »Da wären wir, Mr. Queen! Schneller ging's nicht!«

»Hervorragend!« erwiderte Ellery mit einer Grimasse und taumelte zur Tür. Man konnte auch alles übertreiben … Die Tür wurde von außen geöffnet, und Ellery sprang ungelenk auf die Landebahn. Obwohl das gleißende Licht der Scheinwerfer ihn blendete, sah er in etwa vier Metern Entfernung eine Gruppe von Männern, die ihre Blicke auf ihn richteten.

Er schaute genauer hin und erkannte die gewollt düstere Silhouette des Professors, während die fast horizontale Ausrichtung seines Kinnbarts auf schamlosestes Grinsen schließen ließ; er erkannte die untersetzte Gestalt des Commissioners von Chicago und besann sich auf den kleinen Ausflug zur Windy City, den er mit seinem Vater sieben Monate zuvor gemacht hatte und der ihn mit dem spektakulären Mord von Arroyo in Verbindung gebracht hatte; er sah weitere unbekannte Gesichter, die er Polizisten zuordnete, und … Wer war denn das? Dieser kleine Mann im adretten grauen Anzug mit dem adretten grauen Hut auf dem Kopf und den adretten grauen Handschuhen – der zierliche Mann mit dem zerfurchten Gesicht und dem notorisch schief gehaltenen Kopf …?

»Dad!« rief er, machte einen Satz nach vorn und ergriff die behandschuhten Hände seines Vaters Inspector Richard Queen. »Wie in aller Welt bist du denn hierhergekommen?«

»Tach, Junge«, erwiderte der Inspector trocken, konnte jedoch ein Schmunzeln nicht unterdrücken. »Willst der größte Detektiv der Welt sein und kriegst nicht einmal das heraus! Dein Freund Hardy von der Polizei Zanesville hat mich, nachdem du ihn aufgescheucht hattest, in New York angerufen, um sicherzugehen, daß du auch wirklich mein Sohn bist. Da habe ich zwei und zwei zusammengezählt, mir gedacht, daß du mal wieder einen Fall gelöst hast, weiter kombiniert, daß dein Mann entweder nach Chicago oder St. Louis geht, bin um zwei in New York in so'ne Kiste gestiegen und vor einer Viertelstunde hier gelandet – und da bin ich!«

Ellery schlang seine Arme um die knochigen Schultern seines Vaters. »Du wirst mir ewig ein Rätsel bleiben! Mein Gott, was bin ich froh, daß du hier bist! Das faßt man ja nicht, auf welchen Schleichpfaden ihr alten Krieger noch unterwegs seid … N'Abend Professor!«

Yardley zwinkerte Ellery zu, während sie sich die Hand gaben. »Ich nehme an, Sie zählen mich ebenfalls zu den rüstigen Alten? Ihr Vater und ich haben uns länger über Sie unterhalten, junger Mann, er glaubt, daß Sie noch einen Trumpf im Ärmel haben.«

»Ah«, sagte Ellery, während er langsam zu sich kam. »Glaubt er das, ja? Wie geht's, Commissioner? Tausend Dank noch einmal, daß Sie mir trotz meines Benehmens am Telefon Gehör geschenkt haben. Aber ich hatte es auch entsetzlich eilig … Nun, Sir, wie sieht es aus?«

Sie verließen die Landebahn und betraten das Terminal. »Sieht gut aus«, sagte der Präsident. »Ihr Mann ist um fünf vor neun gelandet; wir hatten Mühe, ihn rechtzeitig ins Visier zu nehmen. Aber er ist vollkommen arglos.«

»Ich war nur zwanzig Minuten zu spät«, klagte der Professor, »und habe mich zu Tode erschreckt, als ich mit meinen müden alten Knochen aus der Maschine stieg und einer Ihrer Leute mich beim Arm packte und in wenig einladendem Ton ›Yardley?‹ brüllte. Aber, mein Junge, wie Sie sehen –«

»Hmm, ja«, sagte Ellery. »Commissioner, wo ist – ähm – Krosac jetzt eigentlich?«

»Er hat sich Zeit gelassen; erst um fünf nach neun hat er sich per Taxi zu einem drittklassigen Hotel im Loop, dem Rockford, bringen lassen und nicht im geringsten bemerkt, daß ihm eine Polizeieskorte von vier Wagen gefolgt ist. Er ist jetzt auf seinem Zimmer.«

»Und es gibt keine Fluchtmöglichkeit?«

»Mr. Queen«, protestierte der Commissioner.

Der Inspector schmunzelte. »Soweit ich informiert bin, hecheln dir Vaughn und Isham von Nassau County hinterher, mein Sohn. Willst du nicht wenigstens auf sie warten?«

Ellery war wie vom Donner gerührt. »Himmel, die hab' ich ja ganz vergessen! Commissioner, wären Sie bitte so freundlich, einige Männer abzustellen, um sich um Inspector Vaughn und Bezirksstaatsanwalt Isham zu kümmern? Sie müßten in etwa einer Stunde hier sein. Bitte lassen Sie sie zum Rockford-Hotel bringen. Es wäre eine Schande, wenn sie den letzten Akt verpaßten!«

Doch Isham und Vaughn waren Ellery dichter auf den Fersen als gedacht. Um genau elf Uhr entließ ihre Maschine sie auf dem Flughafen von Chicago in die Nacht. Mehrere Beamte geleiteten sie in Polizeiwagen zum Loop.

Die Wiedervereinigung der einsamen Pilger wurde ausgelassen gefeiert. Man hatte sich in einer Privatsuite des Rockford versammelt, in der man vor Polizei kaum treten konnte. Ellery lag – Jackett an der Garderobe – auf dem Bett und streckte genüßlich alle viere von sich. Inspector Queen und der Commissioner hatten sich in eine Ecke des Raumes zurückgezogen und unterhielten sich leise. Professor Yardley hatte sich in den Waschraum geflüchtet, um die Schmutzschichten, die seine Reise durch mehrere Staaten hinterlassen hatte, vorsichtig abzutragen … Die beiden gebeutelten Neuankömmlinge sahen sich erschöpft um.

»Hören Sie«, brummte Vaughn. »Haben wir's jetzt bald, oder jagen wir uns weiter im Kreis rum, bis wir in Alaska erfrieren? Wer ist dieser Kerl überhaupt – ein Marathonläufer?«

»Hier«, schmunzelte Ellery, »ist Endstation, Inspector. Nehmen Sie ruhig Platz; Sie auch, Mr. Isham. Gönnen Sie Ihren müden Gliedern die wohlverdiente Erholung! Der Abend ist noch jung, und Mr. Krosac kann uns nicht entkommen. Wie wär's mit einem kleinen Happen?«

Während des Essens stellte man sich einander vor, scherzte und weidete sich an wildesten Spekulationen. Nur Ellery blieb auffallend wortkarg und schien in Gedanken ganz woanders zu sein. Ab und zu betrat einer der Beamten den Raum und erstattete Bericht. So erfuhren sie, daß der Herr aus Zimmer 643 – der sich als John Chase aus Indianapolis eingetragen hatte – die Rezeption beauftragt hatte, einen sehr frühen transkontinentalen Flug nach San Francisco zu buchen, was sofort hitzige Debatten auslöste. Es war offensichtlich, daß Mr. Chase – oder Mr. Krosac – plante, Amerika zu verlassen und eine ausgedehnte Reise in den Orient zu unternehmen; es war kaum anzunehmen, daß er sich in San Francisco niederlassen wollte.

»Ganz nebenbei«, fragte Ellery ein paar Minuten vor zwölf. »Wen, Professor, glauben Sie, werden wir vorfinden, wenn wir das Zimmer 643 von Mr. John Chase aus Indianapolis stürmen?«

Der alte Inspector sah seinen Sohn irritiert an. Yardley schaute ebenfalls verwirrt drein. »Velja Krosac natürlich. Wen denn sonst?«

»So?« erwiderte Ellery, indem er einen Rauchkringel in die Luft blies.

Der Professor fuhr hoch. »Wie meinen Sie das? Ich meine, wenn ich Krosac sage, dann beziehe ich mich auf den Mann, der als Krosac geboren wurde, uns aber unter einem anderen Namen bekannt ist.«

»So?« wiederholte Ellery. »Nun, meine Herren«, sagte er, während er sich ausgiebig streckte. »Ich glaube, es ist Zeit, Mr. – Krosac auf den Boden der Tatsachen herunterzuholen. Sind wir bereit, Commissioner?«

»Absolut startklar. Wir warten nur noch –«

»Einen Moment, bitte«, bat Inspector Vaughn. »Wollen Sie etwa behaupten, Sie kennen die wahre Identität des Herrn von Zimmer 643?«

»Aber natürlich! Ich muß schon sagen, Inspector, ich bin erstaunt über Ihren Mangel an Scharfsinn! Was muß denn noch alles passieren, damit Sie endlich drauf kommen?«

»Drauf kommen? Auf was denn?«

Ellery stöhnte. »Ist jetzt nicht mehr von Bedeutung. Aber das eine kann ich Ihnen versprechen, meine Herren – Es wartet eine Mordsüberraschung auf Sie! Wollen wir? *En avant!*«

Fünf Minuten später schien sich das fünfte Stockwerk des Rockford-Hotels in ein einziges Truppenübungsgelände verwandelt zu haben; überall wimmelte es von Uniformierten und Polizei in Zivil; die Stockwerke darüber und darunter waren abgeriegelt, auch die Aufzüge waren unauffällig außer Betrieb gesetzt worden. Zimmer 643 hatte nur eine Tür – sie öffnete sich zum Flur hin.

Ein verängstigter kleiner Page war abkommandiert worden, den Köder zu spielen. Hilflos stand er vor der Tür und wartete auf seinen Einsatzbefehl; Ellery, sein Vater, Vaughn, Isham, der Commissioner und Yardley umringten ihn: Ellery sah sich um – außer Atemgeräuschen war kein Laut zu hören – und nickte dem Pagen zu.

Der Junge schluckte und trat näher zur Tür. Zwei Beamte drückten sich mit gezogenen Revolvern zu beiden Seiten flach gegen die Wand. Einer der beiden klopfte energisch an die Tür. Niemand antwortete; wäre der Raum erleuchtet gewesen, so wäre durch den Türspalt ein wenig Licht gedrungen; doch alles war dunkel, und der Zimmerbewohner schien fest zu schlafen.

Der Beamte klopfte noch einmal. Diesmal hörten sie ein leises Geräusch und das Quietschen von Bettfedern. Eine tiefe Männerstimme brummte unfreundlich: »Wer ist da?«

Der Hoteljunge schluckte noch einmal und rief: »Zimmerservice, Mr. Chase!«

»Was –« Der Mann schnaubte wieder, und die Bettfedern quietschten erneut. »Ich habe keinen Zimmerservice bestellt. Das muß ein Irrtum –« Die Tür öffnete sich, und ein Kopf mit zerwühltem Haar erschien im Türrahmen …

An alles, was nun geschah, erinnerte Ellery sich im nachhinein nur verschwommen – an den sekundenschnellen Zugriff der beiden Polizisten, an den Pagen, der sich leise davonstahl, an den heftigen Kampf auf der Türschwelle. Dieser eine Augenblick jedoch, dieser Sekundenbruchteil vollkommener Stille, in dem der Mann in die vielen Gesichter starrte – in die Gesichter der Polizisten, in die Gesichter von Ellery Queen, Staatsanwalt Isham und Inspector Vaughn –, dieser Augenblick hatte sich unauslöschlich in Ellerys Gedächtnis eingebrannt. Der Ausdruck völliger Verblüffung auf dem kreidebleichen Gesicht. Die aufgerissenen Augen. Der Verband am Gelenk der rechten Hand, mit der er sich am Türpfosten festkrallte …

»Nein, das – das –« Professor Yardley leckte sich zweimal über die Lippen, ohne Worte für das zu finden, was er sah.

»Genau, wie ich dachte«, sagte Ellery, während er den verzweifelten Kampf beobachtete. »Als ich die Hütte in den Bergen inspizierte, fiel es mir wie Schuppen von den Augen.«

Nachdem sie Mr. John Chase aus Zimmer 643 niedergerungen hatten, troff Speichel von einem seiner Mundwinkel herab, und seine Augen leuchteten im Wahnsinn. Es waren die Augen des Schulmeisters aus Arroyo – die Augen von Andrew Van.

30. Ein Blick zurück

Ich glaub's nicht, ich glaub's einfach nicht«, brummte Vaughn. »Mir will nicht in den Kopf, daß es möglich gewesen sein soll, den Fall allein aufgrund von Indizien zu lösen, Mr. Queen. Ich fürchte, Sie werden mir beweisen müssen, daß Sie nicht nur geraten und zufällig ins Schwarze getroffen haben!«

»Ein Queen«, erwiderte Ellery streng, »rät nicht.«

Es war Donnerstag; die Männer – Yardley, Ellery, Inspector Queen, Isham und Vaughn – saßen im Konferenzabteil des Twentieth Century Limited nach New York, und trotz großer Erschöpfung herrschte in der Runde keinesfalls schlechte Stimmung. Ihre Gesichter waren von den Strapazen gezeichnet – mit Ausnahme von Inspector Queen natürlich, der sich unaufdringlich, aber herzlich zu freuen schien.

»Sie sind nicht der erste, der dumm aus der Wäsche guckt«, sagte der alte Mann und schmunzelte. »Bisher hat er's noch immer hingekriegt. Und jedesmal, wenn er einen sensationellen Fall gelöst hat, behauptet irgend jemand, das sei ein reiner Glückstreffer gewesen, und will genau wissen, wie der Junge das gemacht hat. Ich komme auch nie so recht dahinter, selbst wenn er's mir bis ins letzte Detail erklärt hat!«

»Ich stehe vor einem völligen Rätsel«, gestand Isham.

Professor Yardley konnte den indirekten Angriff auf seinen Intellekt kaum ertragen. »Ich bin ein geistig sicher nicht ganz unbedarfter Mensch«, sagte er gereizt, »aber ich lasse mich aufknüpfen, wenn dieser Fall durch reine Anwendung von Logik zu lösen ist! Von Anfang an bestand er aus nichts als einer langen Kette von Ungereimtheiten und Widersprüchen!«

»Falsch«, entgegnete Ellery kühl. »Ihre lange Kette von Ungereimtheiten und Widersprüchen reichte nur bis zum vierten Mord. An diesem Punkt jedoch klärte sich alles von selbst. Wissen Sie«, fuhr er mit zusammengezogenen Brauen fort, »ich hatte ständig das Gefühl, ich brauchte nur ein einziges Detail in die zentrale Position zu rücken, und alle anderen – so rätselhaft und zusammenhanglos sie auch erscheinen mochten – würden sich wie von selbst zu einem klaren Muster ordnen. Dieses eine Detail sprang mir sofort ins Auge, als ich Old Petes Hütte nach dem vierten Mord betrat.«

»Das sagten Sie gestern abend bereits«, sagte der Professor. »Nur sehe ich immer noch nicht –«

»Können Sie auch nicht. Sie waren nie in der Hütte.«

»Ich allerdings schon!« fauchte Vaughn. »Nur müßten Sie mir freundlicherweise noch verraten, welches verdammte Ding –«

»Eine Herausforderung, die ich gern annehme.« Ellery blies Rauch an die niedrige Decke des Abteils. »Lassen Sie uns ein wenig ausholen. Bevor Dienstag nacht der zweite Mord in Arroyo geschah, konnte ich mir selbst auf kaum etwas einen Reim machen. Der erste Mordfall von Arroyo war mir ein vollständiges Rätsel – bis Andrew Van auftauchte und uns erzählte, sein Faktotum Kling sei damals irrtümlich einem rachebesessenen Mann namens Velja Krosac zum Opfer gefallen. Thomas Brad, Vans Bruder, starb durch die Hand des Rächers; Stephen Megara, ebenfalls Vans Bruder, wurde das nächste Opfer. Megara und die jugoslawische Polizei hatten Vans Geschichte bestätigt. In seinen groben Zügen schien der Fall klar zu sein: Ein Einzeltäter mit Vergeltungsmanie, der nun gegen die Mörder seines Vaters und seiner Onkel Amok lief. Als wir erfuhren, daß die Tvars ihn auch noch um sein Erbe gebracht hatten, stützte ein zusätzliches Motiv unsere Annahme.

Professor Yardley hatte ich bereits dargelegt, daß sich aus den Umständen, unter denen Brad gestorben ist, zwei zwingende Folgerungen ergeben: erstens, daß er seinen Mörder kannte, und zweitens, daß Brads Mörder nicht hinkte. Richtig, Professor?« Yardley nickte, und Ellery faßte kurz zusammen, was sich aus der Position der Damesteine auf dem Brett und anderen Beobachtungen ergab, die auch Vaughn und Isham gemacht hatten.

»Aber damit war nichts gewonnen; wir waren ohnehin von dem ausgegangen, was ich nun – überflüssigerweise – auch bewiesen hatte. Bevor ich den Toten in der Hütte fand, konnte ich mir den bizarren Charakter der ersten drei Morde – das Abtrennen der Köpfe, die Ts aus verschmiertem Blut, die T-förmigen Kreuzigungsinstrumente – nur mit Krosacs biografisch bedingter T-Manie erklären.«

Ellery lächelte beinahe nostalgisch und betrachtete versonnen die Zigarette in seiner Hand. »Erstaunlicherweise war mir sehr früh schon – vor sieben Monaten nämlich, als ich die entsetzlich zugerichtete Leiche im Gerichtsgebäude von Weirton besichtigte – ein Gedanke gekommen, den ich nur hätte weiterspinnen müssen, um den Fall vielleicht schon damals lösen zu können: eine alternative Erklärung der Ts.

Es war nur so eine vage Idee, eine Folge meiner logischen Schulung vielleicht. Damals jedoch schien mir der Gedanke so abwegig, daß ich ihn vorläufig verwarf; und als nichts geschah, was auch nur entfernt in diese Richtung wies, verwarf ich ihn endgültig. Und doch rumorte er weiter in meinem Hinterkopf ...«

»Wie bitte?« fragte der Professor irritiert. »Sie erinnern sich doch, junger Mann, als wir das ägyptische –«

»Das gehört jetzt nicht hierher«, fiel Ellery ihm hastig ins Wort. »Dazu komme ich noch. Lassen Sie uns erst noch einmal die Umstände des vierten Mordes ins Gedächtnis rufen.« Er schilderte plastisch und detailliert, was er vorgefunden hatte, als er am Vortag über die Schwelle der eingezäunten Waldhütte getreten war. Yardley und Inspector Queen lauschten ihm mit äußerster Konzentration; doch als Ellery sein Wortgemälde vollendet hatte, blickten sie einander ratlos an.

»Fehlanzeige, soweit es mich betrifft«, gestand der Professor.

»Mir ist auch nichts aufgefallen«, sagte der Inspector.

Vaughn und Isham beäugten Ellery argwöhnisch.

»Herr im Himmel«, rief Ellery und warf seine Zigarettenkippe mit Verve aus dem Fenster. »Klarer geht's doch nicht mehr! Diese Hütte erzählt einen ganzen Roman! Wie lautet noch einmal das Motto in den Seminarräumen der Polizeiakademie im Palais de Justice, Dad? ›Das Auge sieht nur, wonach es sucht, und es sucht nur nach dem, was es schon zu wissen glaubt.‹ Die amerikanische Polizei sollte sich das endlich einmal hinter die Ohren schreiben, Inspector Vaughn!

Die Fußspuren außerhalb der Hütte haben Sie doch sicher gründlich untersucht, nicht wahr?«

Vaughn und Isham nickten.

»Dann muß Ihnen auch sofort klargewesen sein, daß nur zwei Personen an diesem Mord beteiligt waren. Es gab lediglich zwei Spurenabschnitte – einer führte in die Hütte hinein, der andere hinaus. Form und Größe der Abdrücke waren beide Male gleich, stammten also von denselben Schuhen. Ebenfalls war es möglich, ungefähr zu ermitteln, wann die Abdrücke entstanden waren. Der heftige Regen hatte am Abend zuvor um elf aufgehört. Wären die Spuren entstanden, bevor es zu schütten aufhörte, wären sie bis zur Unkenntlichkeit vom Regen fortgewaschen worden. Also kam nur ein Zeitraum um oder nach elf in Frage. Der Zustand der Leiche an der Hüttenwand nun ließ darauf schließen, daß der Tod vor etwa vierzehn Stunden eingetreten war – ungefähr um elf. Die Fußspuren – die einzigen, wohlgemerkt – waren also um die Tatzeit herum entstanden.«

Ellery steckte sich eine neue Zigarette in den Mund. »Was also verrieten uns die Spuren? Daß im fraglichen Zeitraum nur eine Person die

Hütte betreten und wieder verlassen hatte, die wiederum nur einen Einbeziehungsweise Ausgang aufwies – die Tür; während das Fenster mit Stacheldraht gesichert war.«

Ellery zündete sich die Zigarette mit einem Streichholz an und nahm einen tiefen Zug. »Es gab einen Mörder und ein Opfer. Das Opfer hatten wir gefunden. Also stammten die Fußspuren im aufgeweichten Boden vom Mörder, der offenbar hinkte. So weit, so gut.

Auf dem Steinfußboden der Hütte lagen einige höchst aufschlußreiche Gegenstände. Beweisstück Nr. 1: Mit Jodflecken durchtränktes, offenbar gebrauchtes Verbandszeug, das nach Form und Umfang nur um ein Handgelenk gewickelt worden sein konnte. Daneben teilweise abgewickeltes, unbenutztes Verbandszeug.

Beweisstück Nr. 2: Eine große Jodflasche aus blauem Glas, deren Verschlußkorken nicht weit entfernt davon auf dem Boden lag. Das Glas war undurchsichtig, und die Flasche hatte kein Etikett.

Ich fragte mich: Um wessen Handgelenk war der Verband gewickelt worden? Zwei Personen kamen in Frage: Opfer und Täter. Hätte das Opfer den Verband getragen, dann hätten wir an einem seiner Handgelenke eine Verletzung finden müssen. Ich habe die Leiche untersucht und keine derartigen Verletzungen gefunden. Schlußfolgerung: Der Mörder war am Handgelenk verletzt worden – während er mit der Axt den Kopf seines Opfers abhackte, oder möglicherweise auch, während er mit dem sich verzweifelt wehrenden Opfer rang.

Wenn nun der Mörder verletzt worden war, dann muß er es auch gewesen sein, der Jod und Verbandszeug gebraucht hatte. Die Tatsache, daß er seinen Verband später entfernt hat, spielt keine Rolle. Die Wunde muß, wie der Verband zeigte, stark geblutet haben, und er hat ihn lediglich erneuert, bevor er die Hütte verließ.«

Ellery fuchtelte mit seiner brennenden Zigarette in der Luft herum. »Das aber brachte eine bedeutungsvolle Tatsache zutage! Wenn er nämlich das Jod benutzt hatte, was folgte dann daraus? Kommen Sie, das ist doch jetzt wirklich nur noch ein Kinderspiel! Noch immer nichts? Keiner?«

So sehr sie sich auch die Köpfe zermarterten, die Stirn in Falten legten und auf ihren Nägeln herumkauten – am Ende mußten sie alle passen.

Ellery ließ sich in den Sitz zurückfallen. »Das gibt es doch nicht! Für mich ist das sonnenklar. Durch welche Eigenschaften zeichnete sich denn die Jodflasche aus, die der Mörder auf dem Boden zurückgelassen hatte? Erstens: Sie war aus undurchsichtigem blauem Glas. Zweitens: Ihr fehlte ein Etikett.

Woher wußte der Mörder dann, daß sie Jod enthielt?«

Professor Yardley fiel der Unterkiefer herunter, und er faßte sich in einer Weise an die Stirn, die Ellery an Bezirksstaatsanwalt Sampson, diesen tüchtigen Ankläger, erinnerte, mit dessen Hilfe er und sein Vater schon so manchen Großstadthalunken zur Strecke gebracht hatten. »Ich Idiot!« stöhnte er. »Natürlich, natürlich!«

Vaughn war vollkommen überrascht. »Und dabei ist es so verflucht einfach«, stammelte er, als könne er nicht begreifen, wie er so etwas hatte übersehen können.

»Das ist es meistens«, erwiderte Ellery schulterzuckend. »Der Mörder konnte also, wenn ich das bitte eben zu Ende führen darf, an der Flasche selbst nicht erkennen, was sie enthielt, da sie weder durchsichtig noch etikettiert war. Es gab nur zwei Erklärungen dafür, daß er ihren Inhalt kannte: Entweder wußte er, daß sie Jod enthielt, oder er entkorkte sie, um nachzusehen.

Wie Sie sicher noch wissen, wies das Medizinregal über Old Petes komfortablem Waschgestell zwei Lücken auf; und es war deutlich zu erkennen, daß die beiden Gegenstände auf dem Boden – die Jodflasche und das Verbandszeug – normalerweise dort hingehörten. Der Mörder war also, nachdem er sich verwundet hatte und nun heftig blutete, gezwungen, in diesem Regal nach Verbandszeug und Jod zu suchen.«

Ellery grinste. »Anstatt jedoch eine der beiden deutlich beschrifteten Fläschchen mit Jod beziehungsweise Mercurochrom zu nehmen, die zusammen mit verschiedenen anderen Artikeln auf dem Regal standen, um damit seine Wunde zu versorgen, bevorzugte er die Flasche mit unbekanntem Inhalt. Warum in aller Welt tat er das, wenn zwei beschriftete Antiseptika direkt vor ihm auf dem Regal standen? Für ein solches Verhalten gibt es keinen vernünftigen Grund; kein Fremder – der zudem in höchster Eile war – hätte die Zeit und Nerven aufgebracht, den Inhalt einer unbeschrifteten Flasche zu untersuchen, wenn alles, was er brauchte, direkt vor seiner Nase stand.

Folglich traf die erste der beiden Möglichkeiten zu: Der Mörder kannte die Flasche und wußte, daß sie Jod enthielt. Wer aber konnte über solches Wissen verfügen?« Ellery seufzte lustvoll. »Da hatten wir's! Aus den generellen Umständen und Vans eigener Geschichte vom einsamen Versteck in den Bergen konnten wir ableiten, daß nur eine einzige Person den Inhalt der mysteriösen Flasche kennen konnte – der Bewohner der Hütte.«

»Hab' ich's dir nicht gesagt?« fügte Inspector Queen aufgeregt hinzu und griff nach seiner alten braunen Tabakdose.

»Wir haben vorhin gezeigt, daß nur zwei Personen an dem Mord beteiligt waren – Täter und Opfer – und daß der Mörder sich am Handgelenk verletzt und die Wunde mit Jod versorgt hatte. Wenn also der

Bewohner der Hütte, Andreja Tvar alias Andrew Van, alias Old Pete, der einzige war, der im voraus wissen konnte, was in der Flasche war, dann war es auch Andrew Van, der sich am Handgelenk verletzt hatte; und der arme Teufel an der Holzwand war demnach nicht Andrew Van, sondern sein Opfer.«

Er schwieg einen Augenblick. Als Inspector Vaughn sich räusperte, fragte Staatsanwalt Isham. »Ja, und die anderen Morde? Sie sagten doch gestern, nachdem wir Van verhaftet hatten, Ihnen sei ab dem vierten Mord der gesamte Ablauf von Anfang bis Ende klargewesen. Mir jedoch leuchtet noch immer nicht ein, warum Van, selbst wenn er den Unbekannten in der Hütte auf dem Gewissen hat, auch die anderen Morde begangen haben sollte? Wie wollen Sie das beweisen?«

»Mein lieber Isham!« Ellery zog die Augenbrauen hoch. »Der Rest ist doch nun wirklich simpel! Mehr als ein wenig logisches Geschick und eine Portion gesunden Menschenverstandes braucht es dazu nicht! Wo waren wir stehengeblieben? Ach ja. Ich wußte also, daß Andrew Van selbst der Mörder war und auch die hinkenden Fußspuren hinterlassen hatte. Das Faktum allein, daß er der Mörder war, reichte noch nicht. Er konnte ja zum Beispiel Krosac in Notwehr erschlagen haben, in welchem Falle er als Mörder der drei ersten Opfer aus dem Rennen gewesen wäre. Eines war jedoch nicht zu übersehen: Andrew Van hatte jemanden getötet und diesen Unbekannten als Old Pete und damit als sich selbst verkleidet. Er spielte also mit gezinkten Karten! Von da an wußte ich endgültig, daß ich auf der richtigen Spur war. Doch wer konnte der vierte Tote sein?

Van war es nicht. Den Gedanken, es könnte sich um Brad handeln, verwarf ich sofort: Seine Witwe hatte ihn anhand des Feuermals auf dem rechten Oberschenkel eindeutig identifiziert. Aus rein formalen Gründen fragte ich mich, ob der Tote Megara sein konnte. Die Antwort lautete natürlich ebenfalls nein, Dr. Temple hatte bei Megara eine besondere Form von Hernie diagnostiziert, die nach dem Ergebnis von Dr. Rumsens Untersuchung auch der Tote am Antennenmast der *Helene* aufwies; mit anderen Worten: Brads Leiche war echt, Megaras Leiche ebenso. Übrig blieben nur zwei Personen, die, wenn man einmal von der entfernten Möglichkeit absah, Van hätte einen vollkommen Unbeteiligten getötet, in Frage kamen: Velja Krosac und Kling, Vans Faktotum.«

Ellery machte eine Pause, um Luft zu holen. »Konnte der Tote Krosac sein, wie man zunächst annehmen mußte? Doch in diesem Falle hätte Van nur die Polizei holen und zu erzählen brauchen, er habe in Notwehr gehandelt, und man hätte angesichts der Vorgeschichte keine Sekunde an seiner Geschichte gezweifelt. Wenn er unschuldig gewesen wäre, hätte er ohne Frage so und nicht anders gehandelt. Er machte jedoch keinen Gebrauch von dieser Chance, was nahelegt, daß er es nicht konnte. Warum konnte er nicht? Weil der Tote nicht Krosac war! Also mußte es sich bei dem letzten Mordopfer um Kling handeln. Doch hatte Kling nicht schon vor sieben Monaten als irrtümliches Opfer Krosacs tot am Wegweiser gehangen? Woher wußten wir, daß der erste Tote Kling war? Nur durch die Erzählungen Vans – eines Mörders und ausgekochten Betrügers, wie wir nun wußten. Wir konnten guten Gewissens am Wahrheitsgehalt jeder unbestätigten Aussage Vans zweifeln und unter den gegebenen Umständen Kling zum vierten Mordopfer erklären.«

Ellery fuhr eifrig fort. »Und auf einmal paßte alles zusammen. Wenn Kling der letzte Tote war, wo steckte dann Krosac? Die Morde an Brad und Megara hatten wir bereits abgehandelt; also konnte nur Krosac Opfer des ersten Mordes geworden sein. Die ›Bestie‹, nach der die Polizei sieben Monate lang in achtundvierzig Staaten und drei Ländern vergeblich gefahndet hatte, war von Anfang an tot. Kein Wunder, daß er uns zeitweilig wie ein Phantom erscheinen wollte ...«

»Das darf doch alles nicht wahr sein«, stammelte der Professor.

»Dem Jungen können Sie stundenlang zuhören«, strahlte Inspector Queen, »er steckt voller Überraschungen.«

Ein schwarzer Schaffner erschien mit einem Tablett voll eisgekühlter Getränke. Sie tranken schweigend und schauten aus dem Fenster, in dem die sich ständig wandelnde Landschaft an ihnen vorbeizog. Als der Schaffner das Abteil verlassen hatte, fuhr Ellery fort. »Wer aber ermordete Krosac in Arroyo? Der Mörder, soviel war uns schon länger klar, mußte von der Krosac-Tvar-Blutfehde gewußt und dieses Wissen in Gestalt seiner T-Symbolik angewandt haben. Wer aber kannte die Geschichte der beiden montenegrinischen Familien? Den Aussagen von Van und Megara zufolge war die europäische Vorgeschichte nur Van, Megara, Brad und Krosac bekannt. Konnte also Megara die T-Symbolik verwandt haben? Nein, schon aus geographischen Gründen nicht – er befand sich am anderen Ende der Welt. Brad? Ebenfalls unmöglich; Mrs. Brad hatte in der Gegenwart von Personen, die im Falle der Unwahrheit hätten widersprechen können, ausgesagt, der Landesmeister im Damespiel sei an Heiligabend bei ihnen zu Gast gewesen und ihr Mann habe den ganzen Abend mit ihm am Brett gesessen. Krosac als Opfer fiel ebenfalls fort. Kling vielleicht? Nein, denn abgesehen von der Tatsache, daß er von der Geschichte der Tvars nichts wußte und den Buchstaben T folglich nicht in seiner fatalen Bedeutung verwandt haben konnte, war er wiederholt als halbdebil beschrieben worden; ihm war eine derart intelligente Vorgehensweise nicht zuzutrauen. Übrig blieb als einziger, der alle erforderlichen Kriterien erfüllte, Andrew Van.

So war es also. Van hatte Krosac getötet. Es blieb nur die Frage: Wie? Auch das ließ sich rekonstruieren. Er wußte ja, daß Krosac ihm und seinen Brüdern nach dem Leben trachtete, und mußte irgendwie erfahren haben, daß Krosac mit dem verrückten Alten, Stryker, durch die Lande zog, und ihn mit einem anonymen Schreiben geködert haben. Krosac, der sich kurz vor dem Ziel seiner Rache wähnte, biß an – ohne in seinem Eifer nach der Herkunft des Briefes zu fragen – und verstand es, den willfährigen Alten mit seiner Karavane in die Nähe von Arroyo zu manövrieren. Schließlich heuerte er – der erste und letzte Auftritt des echten Krosac im gesamten Drama – Croker, den Tankstellenbesitzer aus Weirton an, ihn zur Kreuzung zu fahren. Wie Sie sich erinnern, hatte Krosac in Weirton kein Gepäck dabei – bezeichnenderweise war der Mörder jedoch später stets mit Reisetasche unterwegs. Warum hatte Krosac das erste – und für ihn einzige – Mal keine Tasche dabei? Weil er nicht die Absicht hatte, sein Opfer zu Hackfleisch zu verarbeiten; wahrscheinlich war er ein zu allem entschlossener, aber keinesfalls geisteskranker Rächer, dem der bloße Tod seiner Erzfeinde genügt hätte. Wäre Krosacs Plan an jenem Heiligabend nicht vereitelt worden, dann hätten wir die Leiche des Lehrers von Arroyo in unversehrtem Zustand gefunden – wahrscheinlich erschossen.

Doch es kam anders. Van, der Initiator dieser Kette von Grausamkeiten, lag auf der Lauer, um seinen arglosen Todfeind zu erschlagen, sobald er das Haus betrat. Den armen Kling hatte Van zuvor gefesselt und lebend an einen geheimen Ort gebracht. Nach vollendeter Tat zog er Krosac seine eigenen Kleider an, schlug dem Toten den Kopf ab und so weiter und so fort.

Van – oder Andreja Tvar – mußte alles von Beginn an im voraus geplant und viel Zeit darauf verwendet haben, seine Morde als Blutrache jenes Krosac zu tarnen, der in Jahren einsamen Brütens wahnsinnig geworden war. Kling versteckte er, um am Schluß mit dessen Leiche seine eigene Ermordung vortäuschen zu können. Es sollte so aussehen, als habe Krosac, nachdem er zunächst den Falschen erwischt hatte, zwei der Tvar-Brüder und schließlich – nachdem er seinen Fehler erkannt hatte – auch den dritten umgebracht. Van, der dem Psychopathen Krosac scheinbar doch noch zum Opfer gefallen war, konnte unbehelligt – da tot – mit seinen Ersparnissen und der stattlichen Summe, die er seinem Bruder Stephen abgeluchst hatte, entkommen, während die Polizei bis in alle Ewigkeit einem Phantom nachjagte … Er war nicht sonderlich schwer, die Toten so zu präparieren, daß sie für jemand anders gehalten wurden; denken Sie nur daran, daß Van sich seinen Hausangestellten Kling selbst im Waisenhaus ausgesucht hatte – aufgrund seiner physischen Ähnlichkeit mit sich selbst. Auch Krosac muß ihm einigermaßen ähnlich gesehen haben – Voraussetzung dafür, daß er als Van identifiziert werden konnte. Wahrscheinlich hat ihn diese oberflächliche Ähnlichkeit – die er entdeckte, als er auf Stryker und seinen Begleiter stieß, noch bevor er den anonymen Brief abschickte – erst auf die entscheidende Idee gebracht.«

»Du sagtest vorhin«, bemerkte der Inspector, während er sich eine weitere Prise Schnupftabak genehmigte, »du hättest am Anfang den richtigen Riecher gehabt, wärst aber nicht drangeblieben oder so ähnlich. Wie hast du das gemeint?«

»Zu meiner Schande nicht nur am Anfang«, erwiderte Ellery beschämt. »Immer wieder kam mir der Gedanke, aber jedesmal habe ich ihn verworfen, weil die alternative Erklärung die plausiblere zu sein schien … Denn schau: Schon beim ersten Mord fiel doch eines sofort auf – der Kopf war abgetrennt worden und blieb verschwunden. Warum? Es schien die spezielle Marotte des Geisteskranken zu sein, seine Opfer zu köpfen. Später erfuhren wir die Geschichte der Tvars, interpretierten die Ts folgerichtig als Rachesymbole und nahmen an, der Mörder hätte seine Opfer enthauptet, um ihre gekreuzigten Leichen T-förmig zu machen. Doch letzte Zweifel wollten nicht verstummen …

Es gab nämlich auch eine andere Erklärung dafür: Daß die T-förmige Leiche, die T-Kreuzung, der Wegweiser, das T an der Haustür im ersten Mord; der Totempfahl im zweiten und der Antennenmast im dritten (auch die hingeschmierten Ts kehrten regelmäßig wieder) –, daß der jeweilige Tatort nur zu einem Zweck so verschwenderisch mit T-Symbolen dekoriert worden war: um davon abzulenken, daß der Leiche jedesmal der Kopf fehlte. Der Kopf, das Gesicht, ist oft der einzige Körperteil, anhand dessen sich eine Leiche identifizieren läßt. Also, sagte ich mir, war es theoretisch möglich, daß wir es nicht mit den Verbrechen eines T-Besessenen zu tun hatten, sondern mit jemandem, der trotz aller Mordlust sachlich genug vorging, die Toten zu köpfen, um ihre Identität zu verschleiern. Ein Umstand schien für diese Variante zu sprechen: Keiner der Köpfe war je gefunden worden. Warum hatte der Mörder die Köpfe nicht einfach am Tatort oder in unmittelbarer Nähe liegenlassen, um die schaurigen Zeugen seiner Taten so bald wie möglich los zu sein – was gewöhnlichen Mördern, ob wahnsinnig oder nicht, erfahrungsgemäß ein Bedürfnis ist? Die T-Manie hätte ja auch so ihre Befriedigung gefunden. Aber die Köpfe blieben verschollen; und ich hatte stets das ungute Gefühl, daß hier etwas nicht stimmte.

Doch solche Gedanken waren reine Spekulation; die anderen Indizien verwiesen so eindeutig auf einen besessenen Rächer, daß ich immer wieder von der richtigen Spur abkam.

Als ich jedoch den vierten Mord untersuchte, fand ich heraus, daß Andrew Van hinter allem steckte – und auf einmal lösten sich auch alle Widersprüche in Wohlgefallen auf. Bei seinem ersten Mord – dem an Krosac – war er gezwungen gewesen, sein Opfer zu köpfen, um eine Identifizierung zu verhindern und gleichzeitig plausibel zu machen, daß es sich um seine eigene, respektive Klings Leiche handele beziehungsweise gehandelt habe, je nach dem von ihm selbst manipulierten Erkenntnisstand der Ermittler. Es reichte jedoch nicht aus, einfach nur den Kopf abzuhacken – die Polizei hätte sofort Verdacht geschöpft und wäre Van möglicherweise auf die Schliche gekommen. Also tüftelte Van die schreiend irrationale T-Symbolik aus, um vorzugaukeln, es handelte sich um das Werk eines Wahnsinnigen mit T-Manie. Das Fehlen der Köpfe ging im Gesamtszenarium unter und lenkte die Polizei zuverlässig von seinem wahren Zweck ab, der darin bestand, jeden Zweifel an der Identität der ersten und der letzten Leiche im Keim zu ersticken.

Als er einmal damit angefangen hatte, war er natürlich gezwungen, die Schreckensprozedur jedesmal zu wiederholen; auch seine Brüder Brad und Megara mußte er enthaupten, um die Kontinuität der T-Manie zu wahren. Als er das letzte Mal mordete, diente die Enthauptung jedoch wieder einem echten Zweck. Wir hatten es mit einem Teufelsplan zu tun, der in Entwurf und Ausführung gleichermaßen genial war.«

»Ich würde gern noch einmal auf den letzten Mord zu sprechen kommen«, sagte Isham und schluckte. »Habe ich mir das nur eingebildet, oder waren die – äh – Fußspuren, die zur Hütte führten, tatsächlich tiefer als diejenigen, die von ihr fortführten?«

»Alle Achtung, Mr. Isham!« erwiderte Ellery. »Wie gut, daß Sie mich daran erinnern! Diese Beobachtung hat mir als Bestätigung gedient, als ich den ganzen Fall im Geiste noch einmal rekapitulierte. Ich hatte beobachtet, daß sich – wie Sie gerade sagten – die Fußspuren, die von der Hütte wegführten, weniger tief eingeprägt hatten als diejenigen, die zu ihr hinführten. Die Erklärung? Ein einfacher Syllogismus. Warum sollten die gleichen Abdrücke im gleichen Boden einmal tiefer sein als ein anderes Mal? Weil der Mörder im ersten Fall etwas Schweres transportierte und im zweiten nicht – die einzig logische Erklärung dafür, daß derselbe Mensch in so kurzer Zeit plötzlich schwerer geworden war. Das paßte außerdem wunderbar. Ich wußte, daß es sich bei dem letzten Toten, den wir gefunden hatten, um Kling handelte. Wo hatte Van Kling gefangengehalten? In der Hütte selbst nicht, also irgendwo in der Umgebung. Constable Luden hatte einmal erwähnt, daß es in den Bergen von West Virginia zahlreiche Höhlen gibt; und Van selbst hatte uns erzählt, er sei auf die verlassene Hütte während einer Höhlenexpedition gestoßen, die er vermutlich nur zu diesem Zweck unternommen hatte. Van holte Kling aus der Höhle, in der er ihn monatelang gefangengehalten hatte, und trug ihn zur Hütte. Der Regen mußte aufgehört haben, nachdem er sich zur Höhle aufgemacht hatte, aber bevor er mit seiner lebendigen Last zurückgekehrt war; der Regen hatte die Abdrücke fortgewaschen, die er auf dem Hinweg hinterlassen hatte, diejenigen aber, die sich nach seiner Rückkehr in den nassen Boden eingeprägt hatten, waren erhalten geblieben. Die tiefen Abdrücke waren also entstanden, als er Kling in die Hütte schleppte, und die weniger tiefen, als er sie nach dem Mord zum letzten Mal verließ.«

»Warum hatte er Kling nicht zu Fuß mitgeschleift?« fragte Isham.

»Weil er von Anfang an vorhatte, die Spur eines hinkenden Mannes zu legen. Indem er Kling trug und gleichzeitig hinkte, schlug er zwei Fliegen mit einer Klappe und erweckte dennoch den Eindruck, nur ein Mann – Krosac – habe die Hütte betreten. Indem er die Hütte hinkend verließ, täuschte er Krosacs Flucht vor. Er machte jedoch einen Fehler: Er vergaß, daß seine Fußabdrücke in dem weichen Boden auf dem Hinweg tiefer als auf dem Rückweg ausfallen mußten.«

»Mir will das alles einfach nicht in den Schädel«, murmelte der Professor. »Der Mann muß ein Genie sein! Auch wenn seine Verbrechen noch so abartig sind – so einen Plan ersinnt nur ein extrem kluger Kopf!«

»Warum auch nicht?« fragte Ellery trocken. »Wir haben es mit einem gebildeten Mann zu tun, der die Zeit hatte, jahrelang an seinem Plan zu feilen. Aber ohne jeden Zweifel ein brillanter Kopf. Sein Genie zeigte sich allein schon darin, daß er es verstand, die Motive Krosacs auf seine eigenen abzustimmen. Nehmen wir allein die Sache mit der Pfeife, dem herumgedrehten Teppich und Brads Brief an die Polizei. Ich hatte Ihnen bereits Krosacs Grund erläutert, den wahren Tatort zu vertuschen; er mußte Zeit schinden und abwarten, bis Megara auf den Plan rückte und ihm den Weg zu Van wies, der – wie er mittlerweile wußte – noch am Leben war.

Van jedoch, der sein Phantom Krosac mit denkbar einleuchtenden Gründen ausgestattet hatte, Zeit zu schinden, war selbst – als der wahre Mörder – noch viel dringender darauf angewiesen. Wenn die Polizei die Bibliothek sofort durchsucht und lange vor Megaras Rückkehr Brads Brief gefunden hätte – zu dem Van zweifellos seinen Bruder animiert hatte –, dann wäre sie zu früh darauf gekommen, daß Van noch lebte. In dieser Situation hätte ein Patzer genügt, um die Polizei auf seine Doppelidentität aufmerksam zu machen – womit er in eine äußerst prekäre Lage geraten wäre. Stellen Sie sich bloß einmal vor, Megara wäre mit seiner Jacht gekentert und nie zurückgekehrt. In diesem Fall hätte niemand mehr bezeugen können, daß Old Pete alias Van wirklich ein Bruder von Brad und Megara war. Indem er jedoch die Verzögerung einbaute, stellte er sicher, daß Megara Vans Bruderschaft nach seiner Rückkehr bestätigte. Ohne eine solche Bestätigung wäre schnell Verdacht auf ihn gefallen; mit Megara als Zeugen jedoch konnte er sich problemlos zum Unschuldslamm stilisieren.

Was aber brachte ihn überhaupt dazu, in Erscheinung zu treten? Vans Kunstgriff diente in Wahrheit nur einem Zweck: Indem er dafür sorgte, daß Brad der Polizei die Nachricht hinterließ, setzte er eine komplizierte Ereignisfolge in Gang, die es ihm schließlich ermöglichte, als anerkannter Tvar-Bruder aufzutreten und sein Erbe einzufordern. Er hätte die Polizei ja auch in dem Glauben lassen können, er wäre Krosac zum Opfer gefallen. So hätte er offiziell als tot gelten und ›Krosac‹ losschicken können, um seine beiden Brüder zu töten. Wenn er jedoch offiziell tot war – wie kam er dann an das Geld, das Brad ihn in seinem Testament vermacht hatte? Er mußte in Erscheinung treten – lebend. Und zwar zu einem Zeitpunkt, zu dem Megara bezeugen konnte, daß Van tatsächlich sein Bruder war. Nur so kam er gefahrlos an die fünftausend Dollar. Nichts hat er so glänzend gespielt wie diesen Part; erinnern Sie sich an die Szene, in der Megara – den ohnehin Gewissensbisse plagten – über das entsagungsvolle Leben seines ›verängstigten‹ Bruders so erschüttert war, daß er ihm die doppelte Summe anbot? Und wie Van ›bescheiden‹ ablehnte? Er wolle nur, was ihm zustehe, sagte er … Was für ein Schlitzohr! Auf das zusätzliche Geld verzichtete er, um den weltabgewandten Sonderling um so glaubhafter verkörpern zu können!

Doch das war noch nicht alles. Indem er im Beisein Megaras seine Geschichte erzählte, bereitete er seine eigene Ermordung vor; die Polizei ›wußte‹ nun, daß der wahnsinnige Rächer, der nicht ruhen würde, bis alle Tvars unter der Erde waren, herausgefunden hatte, daß er den Falschen erwischt hatte und Van noch lebte. Teuflisch clever!«

»Mir zu hoch«, brummte Vaughn kopfschüttelnd.

»Und mit so etwas muß ich mich herumschlagen, seit ich Vater bin!« murmelte Inspector Queen. Er seufzte leise und schaute mit entrückter Miene aus dem Fenster.

Professor Yardley konnte sein Ego nicht damit trösten, Erzeuger solchen Scharfsinns zu sein; und schien demzufolge nicht die geringsten

Glücksgefühle zu empfinden. Mürrisch zupfte er an seinem Spitzbart. »Angenommen, alles war genau so, wie Sie sagen«, grummelte er schließlich. »Wie Sie wissen, habe ich mein Leben damit verbracht, knifflige Rätsel zu lösen, wenn auch, wie ich einräumen muß, vorwiegend historische. Ein weiteres Zeugnis menschlicher Genialität erstaunt mich daher keinesfalls. Eines allerdings erstaunt mich doch ... Wie Sie soeben ausführten, soll Andreja Tvar, leiblicher Bruder von Stefan und Tomislav Tvar, über Jahre hinweg minuziös geplant haben, selbige Brüder umzubringen. Aber warum? In Gottes Namen – warum?«

»Ich glaube, ich weiß, was Ihnen aufstößt«, erwiderte Ellery nachdenklich. »Der besonders abscheuliche Charakter der Verbrechen und das, was er impliziert. Aber auch diese Frage läßt sich beantworten, ohne ein Motiv zu bemühen. Zweierlei können wir als gegeben betrachten: Erstens mußte Andreja Tvar, sofern sein Plan gelingen sollte, einige höchst unangenehme Tätigkeiten verrichten – vier Menschen (unter anderem seinen Brüdern) den Kopf abschlagen; tote Hände und Füße an behelfsmäßige Kreuze nageln, ungewöhnlich viel Blut vergießen ... Zweitens muß Andreja Tvar von einem Wahn befallen sein; selbst wenn er normal war, als er den Plan erdachte – er war krank, als er ihn zur Ausführung brachte. Ein Wahnsinniger, der Unmengen von Blut verspritzt – auch das seiner eigenen Brüder.« Ellery sah Yardley direkt in die Augen. »Worin liegt der Unterschied? Warum sollte Van nicht genauso verrückt sein wie unser imaginärer Krosac? Der kleine, aber feine Unterschied besteht offenbar darin, daß er anstelle von Erzfeinden seine eigenen Brüder getötet und grausam verstümmelt hat. Aber selbst Sie werden schon von Männern gehört oder gelesen haben, die ihre Frauen verbrennen, von Schwestern, die ihre Brüder zu Hackfleisch verarbeiten, von Söhnen, die ihren Müttern den Schädel zertrümmern; von Inzest und allerlei sonstigen Verbrechen, die innerhalb der Familie geschehen. Unsereiner mag so etwas kaum glauben wollen – aber fragen Sie nur meinen Vater oder Inspector Vaughn; Ihnen werden die Haare zu Berge stehen, wenn Sie zu hören bekommen, zu welchen Wahnsinnstaten Menschen imstande sind!«

»Konzediere«, erwiderte Yardley. »Solch viehische Auswüchse lassen sich sicher mit verdrängtem Sadismus erklären. Aber das Motiv, mein Junge, das Motiv! Woher wollen Sie denn Vans Motiv kennen, wenn Sie bis zum vierten Mord Velja Krosac für den Täter gehalten haben?«

»Einfache Anwort: Ich kenne sein Motiv bis heute nicht. Aber was macht das schon? Das Motiv eines Wahnsinnigen kann so abwegig oder pervers sein, daß es sich aller Logik entzieht. Wenn ich Van als Wahnsinnigen bezeichne, dann meine ich damit selbstverständlich nicht, daß er den Verstand verloren hätte; ganz im Gegenteil, wie wir wiederholt festgestellt haben, verfügt er über einen außerordentlich scharfen Verstand und ist – bis auf diesen krankhaften Tick, der sich verselbständigt und zur Manie ausgewachsen hat – völlig normal. Meinem Vater und Inspector Vaughn fallen sicherlich Dutzende von Fällen ein, in denen der Täter so normal wirkte wie Sie oder ich, in Wirklichkeit aber zu den gefährlichsten Psychopathen zählte.«

»Das Motiv kennen wir inzwischen«, sagte Inspector Queen. »Schade, daß du gestern abend nicht dabei warst, Junge, oder Sie Professor, als der Commissioner und Vaughn Freund Van in die Mangel genommen haben. War das spannendste Verhör, das ich je erlebt habe! Wir dachten erst, der kriegt 'nen epileptischen Anfall; aber dann wurde er auf einmal ruhig und hat – während er die scheußlichsten Verwünschungen auf die Häupter seiner Brüder häufte – schließlich ausgepackt.«

»Die er real übrigens mit Bleigewichten im Sund versenkt hat«, fügte Isham hinzu. »Die anderen hat er in den Bergen verbuddelt.«

»Im Falle seines Bruders Tomis-Tomis-Tom«, fuhr Inspector Queen fort, »war es das Übliche – eine Frau. Van hatte in seiner alten Heimat wohl eine Freundin, die Tom ihm ausspannte und heiratete. Brad soll seine Frau grausam gequält haben. An seinen Mißhandlungen soll sie auch gestorben sein. Ob da etwas dran ist oder nicht, werden wir nie mehr herausfinden; Van jedenfalls behauptet, daß es so war.«

»Und was hatte Megara verbrochen?« fragte Ellery. »Mir schien er ein äußerst liebenswürdiger, wenn auch verschlossener Mensch zu sein.«

»Das ist alles etwas vage«, antwortete Vaughn. »Es sieht so aus, als hätte Van als der Jüngste der drei Brüder keinen rechtlichen Anspruch auf das Erbe des alten Tvar gehabt, und als hätten sich seine älteren Brüder prompt alles unter den Nagel gerissen, ohne Van etwas davon abzugeben. Megara war der Älteste und hatte die Finger auf dem Geld. Als sie Krosacs Erbe an sich gebracht hatten, gaben sie ihm wieder nichts ab – mit der Begründung, er sei noch zu jung oder irgend so was. Denen hat er's gezeigt, was?« Vaughns Gesicht überzog ein sardonisches Grinsen. »Er konnte seine Brüder natürlich nicht verpfeifen, weil er mit drin hing. Aber all das erklärt, warum Van sich, sobald sie hierherkamen, von den anderen abgesondert hat. Brad muß immerhin Gewissensbisse gehabt haben, sonst hätte er seinem kleinen Bruder kaum die fünf Riesen vermacht. Als ob ihm das noch etwas genützt hätte!«

Die Männer schwiegen längere Zeit, während der Twentieth Century durch New York State donnerte.

Nur Professor Yardley hatte sich so in den Fall verbissen, daß er nicht lockerließ. Minutenlang kaute er auf seinem Pfeifenstiel herum, bevor er sich an Ellery wandte: »Sagt mir, o Allwissenheit, glaubt Ihr an Zufälle?«

Ellery streckte sich und paffte Rauchkringel an die Decke. »Der Herr Professor hat offenbar noch etwas auf dem Herzen … Nein, mein Lieber, wenn es um Mord geht, gibt es für mich keine Zufälle.«

»Wie erklären Sie sich dann die beunruhigende Tatsache«, fragte Yardley, während seine Pfeife rhythmisch auf und ab wippte, »daß sich unser Freund Stryker – noch ein Irrer, Himmel! Ein Zufall in sich! – zur jeweiligen Tatzeit sowohl im Falle des ersten als auch, soweit wir wissen, der folgenden Morde immer in der Nähe des Tatorts aufhielt? Wenn Van der Mörder ist, muß Ra-Haracht, der alte Sonnengott, unschuldig sein … Ist sein Auftauchen am zweiten Tatort nicht ein sehr merkwürdiger Zufall?«

»Vorbildlich, wie Sie mitdenken, Professor! Ich danke Ihnen für das Stichwort«, erwiderte Ellery forsch. »Natürlich handelte es sich auch dabei nicht um einen Zufall, wie ich schon während unserer ersten Unterhaltung im Selamik Ihres Freundes – ich liebe dieses Wort – indirekt angedeutet hatte. Die Fakten sprechen für sich; Krosac war kein Mythos, sondern Realität! – Krosac erfährt also durch ein anonymes Schreiben, daß sich einer der Tvar-Brüder in Arroyo aufhält; man braucht nicht viel Fantasie, um sich auszumalen, daß in demselben anonymen Brief ebenfalls stehen wird, wo die beiden anderen Brüder leben – auf Long Island. Van weiß, daß Krosac mit Stryker durch Illinois zieht und sich auf seinem Weg nach Osten logischerweise zuerst den Schulmeister vornehmen wird.

Krosac ist, wie wir höflicherweise annehmen, auch nicht völlig auf den Kopf gefallen. Er plant, zuerst den Tvar zu erledigen, der sich Andrew Van nennt, und dann die beiden anderen, die inzwischen Brad und Megara heißen. Er weiß, daß der Mord an dem unverdächtigen Lehrer erhebliches Aufsehen erregen wird und er danach untertauchen muß. Warum eigentlich nicht gleich in der Nachbarschaft seiner nächsten beiden Opfer? Er studiert die New Yorker Zeitungen, stößt auf die Anzeige von Ketcham, der Oyster Island zur Pacht anbietet, überredet Stryker, dort hinzuziehen und einen Sonnenkult aufzumachen, zahlt die Pachtgebühr für Oyster Island lange im voraus per Post … Ist doch sonnenklar, was dann passiert, oder? Krosac wird ermordet. Stryker, *le pauvre innocent,* der von nichts etwas ahnt, tut sich mit dem ebenfalls unschuldigen Romaine zusammen, zeigt Romaine den Pachtvertrag, und sie machen sich auf den Weg. Womit die Anwesenheit der Sonnenanbeter auf der Insel erklärt wäre!«

»Du lieber Gott«, rief der alte Inspector. »Van hätte es selbst nicht besser arrangieren können, um den Hauptverdacht auf Stryker zu lenken!«

»Oh, das erinnert mich jetzt an etwas«, sagte der Professor nachdenklich. »Die Sache mit dem ägyptischen Dingsbums, Queen. Sie wollen aber nicht etwa darauf hinaus, Van hätte mit seinen Kreuzigungen Strykers Ägyptenfimmel ausschlachten wollen?«

»Danke!« parierte Ellery grinsend. »Ich will auf nichts dergleichen hinaus. Habe ich mich mit meinem Geschwafel vom ›ägyptischen Kreuz‹ noch immer nicht genug blamiert, Professor?« Plötzlich richtete er sich auf und schlug sich auf die Schenkel. »Dad! Das ist die Idee!«

»Jetzt hör mir erst einmal gut zu, Bürschchen!« fuhr ihn der Inspector gereizt an; seine gute Laune hatte sich offenkundig verflüchtigt. »Weißt du, was mir gerade einfällt? Das muß uns unser halbes Vermögen gekostet haben, Flugzeuge und was nicht alles für deine idiotische Verfolgungsjagd quer durch ganz Amerika zu chartern! Wer bitte soll das alles bezahlen?«

»Wenn ich das Problem logisch betrachte, habe ich drei Möglichkeiten. Die erste wäre, Nassau County für die Ausgaben aufkommen zu lassen.« Er fixierte Staatsanwalt Isham, der aufschreckte, zu reden begann und schließlich mit einem verschämten, ausgesprochen dummen Grinsen auf seinen Sitz zurücksank. »Nein, ich sehe ein, daß dies – um es vorsichtig zu formulieren – wohl nicht zu machen ist. Die zweite Möglichkeit: Ich begleiche die Rechnungen persönlich.« Er schüttelte den Kopf und verzog den Mund. »Nein, so menschenfreundlich bin ich nun auch wieder nicht … Aber sagte ich nicht gerade eben, ich hätte einen großartigen Einfall gehabt?«

»Also, ich fürchte«, murmelte Inspector Vaughn, »wenn Sie keinen Spesenbetrug beabsichtigen und auch nicht selbst dafür geradestehen wollen, dann sehe ich nicht –«

»Mein lieber Inspector«, entgegnete Ellery triumphierend. »Ich werde aus unserem Abenteuer einfach ein Buch machen, es eingedenk meiner zuweilen blühenden Fantasie ›Das ägyptische Kreuz‹ nennen und die Leser zur Kasse bitten!«

Si finis bonus est;
Totum bonum erit.

GESTA ROMANORUM

Nachwort

Die zwanziger und die dreißiger Jahre unseres Jahrhunderts waren die Zeit, in der sich die durch Sir Arthur Conan Doyle und seinen schon zu Lebzeiten unsterblichen Sherlock Holmes zum Kultgenre gewordene Detektivgeschichte zu einer Kunstform *sui generis* verwandelte: Sie wurde zum intelligenten und hochartifiziellen Spiel zwischen dem Autor und seinen Lesern. Nicht genug, daß es dem Autor gelingen mußte, seine Leser erst auf die Folter zu spannen, um sie dann mit einem verblüffenden Schlußcoup zu überraschen – er hatte dies auch nach ganz bestimmten Regeln zu tun, deren wichtigste die war, alle ›Clues‹, d. h. Hinweise, Indizien usw., die zur Lösung der Rätsel erforderlich waren, dem Leser zu präsentieren. Er mußte also einerseits ein Rätsel sauber und fair konstruieren und zugleich die dabei verwendeten Baumaterialien seinen Lesern sozusagen einzeln vorführen. Dies aber hatte wiederum so zu geschehen, daß das Geheimnis vom Leser in der Regel nicht vorschnell gelöst wurde – andernfalls würde der komplexe und komplizierte Kommunikationsprozeß zwischen Autor und Leser, den die Lektüre jetzt darstellt, zusammenbrechen, wie schon Edgar Allan Poe am Beispiel von Dickens' »Barnaby Rudge« dargelegt hatte: Der Autor geht beim Schreiben davon aus, daß sein Leser immer noch vor einem Rätsel steht, während dieser es längst gelöst hat und sich über das geheimnisvolle Geraune des Autors wundert.

Zwei englische Damen waren es, die als erste in der Praxis diesem Kunstanspruch – im Sinne des ›Künstlichen‹, des Kunstvollen – Genüge taten: Agatha Christie und Dorothy L. Sayers. Der Amerikaner Willard Huntington Wright alias S. S. Van Dine faßte als erster dieses sich herausbildende »gentlemen's« – oder auch »dames'« – »agreement« in feste Regeln, denen er auch seine eigenen erfolgreichen Romane strikt unterwarf (»Der Mordfall Bischof«, »Der Mordfall Greene«, »Der Mordfall Canary«, DuMont's Kriminal-Bibliothek Bände 1006, 1029, 1062), während etwa Sir Arthur Conan Doyle oder Edgar Wallace weiter den Mustern der alten Sensationsliteratur folgten.

In diesem Klima lobt eine amerikanische Zeitung 1928 einen hochdotierten Preis für den besten Detektivroman aus, und zwei gleichaltrige Vettern, Daniel Nathan (1905–1982) und Manford Lepofsky (1905–1971), die irgendwann vorher ihre Namen zu Frederic Dannay und Manfred B. Lee amerikanisiert haben, beschließen mitzumachen. Die Forderung, das Manuskript unter einem Pseudonym einzureichen, regt sie zu einer originellen und für das Genre innovativen Entstehungsfiktion für ihr Werk an. Hatte Sir Arthur Conan Doyle zum immerwährenden Leidwesen und Ärger der wahren Holmes-Fans auf den Titelblättern seiner Werke die Fiktion, Dr. Watson erzähle die Heldentaten seines Freundes, gebrochen und sich selbst als Autor genannt, so hatte Willard Huntington Wright in seinen Romanen diesen ›Fehler‹ korrigiert: ›S. S.Van Dine‹ ist als Rechtsanwalt und Vermögensberater der ›Watson‹ seines Meisterdetektivs Philo Vance und erscheint als Autor der Chroniken über die Fälle seines Freundes auch auf dem Titelblatt. Dannay und Lee entwickeln nun eine Fiktion, die es ihnen erlaubt, auf eine zu dieser Zeit bereits etwas überlebte ›Watson‹-Gestalt zu verzichten, indem sie ihren Detektiv ›Ellery Queen‹ zugleich zum Schriftsteller machen. Wie bei ›S. S. Van Dine‹ und ›Philo Vance‹ handelt es sich aus Gründen der Diskretion und des Personenschutzes zwar um ein Pseudonym, aber unter diesem gestaltet der junge Intellektuelle selbst Fälle, die er an der Seite seines Vaters, des bekanntesten Inspectors der New Yorker Mordkommission, gelöst hat, zu Romanen aus (»Der mysteriöse Zylinder«, »Sherlock Holmes und Jack the Ripper«, »Der Sarg des Griechen«, DuMont's Kriminal-Bibliothek Bände 1008, 1017, 1040). Damit ist zugleich der Charakter des Detektivs vorgegeben, seine ›bookishness‹, wie der englische Ausdruck für sein um die eigene Intellektualität wissendes überlegenes Gehabe lautet.

Der Roman gewann tatsächlich den ausgelobten Preis, wurde jedoch wegen eines konkursbedingten Besitzerwechsels nicht in der Zeitschrift veröffentlicht und erschien stattdessen 1929 als Buch und eröffnete eine der erfolgreichsten Detektivserien aller Zeiten – so erfolgreich, daß selbst die von Anfang an hinter ›Ellery Queen‹ stehenden zwei Autoren nicht ausreichten, um die weltweite Nachfrage zu befriedigen, sondern vor allem im Spätwerk anonyme Lohnschreiber beschäftigt wurden, was erst postum enthüllt wurde. Der Grundeinfall hatte sich als äußerst tragfähig erwiesen, lediglich die in den frühen Bänden entwickelte Schreibfiktion mußte wegen des großen Erfolgs bald aufgegeben werden: In ihnen ist Inspector Queen im Ruhestand, Ellery verheiratet, sie leben in Italien, wo Ellery länger zurückliegende Fälle episch ausarbeitet. Da dies nicht über Jahrzehnte hinweg glaubwürdig durchgehalten werden kann, wird Inspector Queen eines Tages unauffällig reaktiviert, Ellery entheiratet, und beide leben plötzlich wieder mit Diener Djuna in New York. Das eigentliche Markenzeichen der frühen Bände ist einerseits äußerlich die Verbindung eines Hauptworts mit einem geographischen Begriff im Titel, im Innern aber die »Herausforderung an den Leser«: Ellery unterbricht seine Erzählung, um dem Leser mitzuteilen, er habe soeben allein aufgrund der bislang mitgeteilten Daten und Fakten die Lösung des Falls gefunden – Urbild aller bis heute lebendigen ›Krimis zum Mitraten‹.

Wenn »Das Licht Gottes« (in: »Mord als schöne Kunst betrachtet«, DuMont's Kriminal-Bibliothek Band 1060) mit Recht als Ellery Queens »allerbemerkenswertestes Abenteuer« bezeichnet wird, geht es doch immerhin um das spurlose Verschwinden eines großen und soliden Hauses über Nacht, so wird »Das ägyptische Kreuz« (»The Egyptian Cross Mystery«, 1932) mit ebensolchem Recht als »eines der zugleich widerwärtigsten und raffiniertesten Verbrechen der amerikanischen Kriminalgeschichte« angekündigt. Wenn schon Aristoteles in seiner »Poetik« konstatiert, die künstlerische Abbildung von etwas Widerwärtigem sei eigentümlicherweise erfreulich, so gilt das seit den Serienmorden in Hoffmanns »Fräulein von Scuderi« und der grausigen Verstümmelung zweier Frauen in Poes »Doppelmord in der Rue Morgue« erst recht für die Kunst des Detektivromans. Wenn John Dickson Carrs Dr. Gideon Fell verkündet, er liebe es, wenn die ihm begegnenden Morde zahlreich und äußerst blutrünstig seien (»Der verschlossene Raum«, DuMont's Kriminal-Bibliothek Band 1042), mag er vielleicht an »Das ägyptische Kreuz« gedacht haben: Vier Morde geschehen im Laufe der sich überschlagenden Handlung, und jedes Mal ist dem Opfer der Kopf abgeschlagen worden, bevor es an einem Wegweiser, einem Totempfahl, einer Schiffsantenne oder einer Hüttenwand gekreuzigt wurde. Kein Wunder, daß die Presse schon früh Parallelen zu Mördern wie Blaubart, Landru, Peter Kürten, dem Werwolf von Düsseldorf, oder gar zu Jack the Ripper zieht.

Die Serie beginnt mit der Ermordung eines Dorfschulmeisters in West Virginia, ausgerechnet in der Weihnachtsnacht. Vom Opfer weiß man nicht mehr, als daß es über ordnungsgemäße Zeugnisse verfügt und irgendwann als Einwanderer die amerikanische Staatsbürgerschaft erworben hat. Ellery fährt von Chicago aus, wo er sich zufällig aufhält, zum Tatort, weil ihn die Bizarrerie des Verbrechens anzieht, wie einst schon Poes Auguste Dupin zum Erstaunen und Befremden seines Freundes verkündete, die Untersuchung eines grausigen Doppelmords könne sich als amüsant erweisen. Während sein Vater, den als Profi aus New York Morde in West Virginia nicht interessieren, sogleich wieder verschwindet, um erst beim Showdown als stolzer Vater überraschend aufzutauchen, bleibt Ellery bis zur Eröffnung des Verfahrens durch den Coroner dort. Es ergibt sich nur eine Spur – zum Manager einer skurrilen, um einen Halbverrückten gescharten, ägyptische Elemente aufgreifenden Sekte, der in der Mordnacht am Tatort war und seitdem verschwunden ist. Auch Ellery fällt nichts weiter auf oder ein – oder sollte es einen Zusammenhang zwischen dem ägyptischen Kult und der Tatsache geben, daß das Opfer durch die Enthauptung zu einem makabren ›T‹ verstümmelt wurde – auch Tau-Kreuz oder ›ägyptisches Kreuz‹ genannt?

Der Fall wird erst über ein halbes Jahr später wieder virulent, als Ellerys ehemaliger Lehrer in Alter Geschichte, der die spektakulären Leistungen seines arroganten Eleven in der Presse verfolgt, ihn auf eine mögliche Folgetat hinweist – eine Enthauptung und anschließende Kreuzigung auf Long Island. Da diese Gegend nicht in die Jurisdiktion seines Vaters fällt, ermittelt Ellery als Privatdetektiv, wenn ihm auch der Ruf seines Vaters bei der lokalen Polizei und Staatsanwaltschaft einen semioffiziellen Status verleiht.

Bei den nun einsetzenden Untersuchungen im häuslichen Umfeld des Ermordeten ergeben sich die genretypischen Sekundärgeheimnisse, die im Roman selbst als »Wirrwarr von Motiven, verheimlichten Tatsachen und dreisten Lügen« bezeichnet werden. Die einzige erfolgversprechende Spur weist auf West Virgina zurück: Auf der Insel, die dem Anwesen des zweiten Mordopfers gegenüberliegt, betet die Sekte des ägyptoiden Halbirren die Sonne an. Daß seine Jünger und Jüngerinnen dies nackt tun, sorgt in den späten zwanziger Jahren für beträchtliches Aufsehen, wenn man bedenkt, daß es in den USA bis heute keinen offiziellen Nacktbadestrand gibt. Für den Sommer gemietet hat dies anrüchige Paradies ausgerechnet der untergetauchte Geschäftsführer, der schon wegen des ersten Mordes gesucht wird.

Ein Clue weist weit über seine faktische Bedeutung hinaus – das Opfer muß mit seinem Mörder Dame gespielt haben. Dieser Zug erschließt sich in seiner Symbolik für den ganzen Fall erst durch das, was man heute Intertextualität nennt – die Anspielung auf ein Vorbild, wie sie für den Detektivroman als Variationsgattung immer schon kennzeichnend war. In der Einleitung zu »Der Doppelmord in der Rue Morgue« führt Poe aus, das Spiel für den analytischen Verstand sei das Damespiel, nicht das durch den Figurenreichtum komplexere Schachspiel. Beim Damespiel gewinne der, der die Züge des Gegners vorauskalkulieren könne – und schon bald gewinnt Ellery das Gefühl, der scheinbar wahnsinnige Täter habe nicht nur seine Taten sorgfältig geplant, sondern verstehe es auch, den jeweiligen »Erkenntnisstand«

der Ermittler von langer Hand zu manipulieren, so daß sie genau das finden, von dem er wünscht, daß es zu diesem Zeitpunkt gefunden wird. Obwohl Ellery dies durchschaut, vermag er sich nicht von dem Brett zu lösen, auf dem ihm der unsichtbare Gegner sein Spiel aufzwingt. Noch nach dem vorletzten Zug des Kontrahenten erfolgt Ellerys letzter Zug so, wie der Mörder es erwartet hat – erst beim letzten begeht er selbst den Fehler, der endlich Ellery das Spiel gewinnen läßt – an dieser Stelle rückt er die Herausforderung an den Leser ein.

Der gleichermaßen schaurig blutrünstige wie kalt kalkulierte Krimi hat eines der spannendsten Finale des gesamten Genres – der Showdown bildet eine vierfach gestaffelte Verfolgungsjagd mit allen damals gängigen Verkehrsmitteln. Angeführt wird sie vom sich sicher glaubenden vierfachen Mörder, dem Queens alter Lehrer, Professor Yardley, folgt, der zwar die Identität des Täters nicht erraten hat, wohl aber vor seinem Schüler dessen Spur aufnehmen konnte. Ihm folgt Ellery, den einzuholen sich wiederum der Detective und der Staatsanwalt von Long Island bemühen. Im Loop, der von der Hochbahn umschlossenen Innenstadt von Chicago, ist die Jagd endlich zuende, und alle sind, mit einem adäquaten Aufgebot örtlicher Polizei, vor der Hoteltür des Mörders versammelt. Welches Gesicht aber im Türspalt erscheinen wird, wenn der Page vom angeblichen Zimmerservice klopft, weiß außer Ellery niemand – und der wird es nicht verraten und seinen Triumph über die Ermittlungsbehörden – und die Leser – stattdessen recht arrogant auskosten.

Dem Leser gilt das letzte Wort – wer wird die Kosten der gigantischen Verfolgungsjagd mit Leihwagen und mehreren Charterflugzeugen durch vier Bundesstaaten tragen? Nichts einfacher als das – Ellery wird aus dem Abenteuer ein Buch machen, es eingedenk seiner zuweilen blühenden Phantasie »Das ägyptische Kreuz« nennen »und die Leser zur Kasse bitten«. In einem vom Spiel zwischen Mörder und Detektiv dominierten klassischen Detektivroman wird zugleich das Spiel zwischen Autor und Leser erstmals andeutungsweise preisgegeben – ein Zug, der dann in Carrs »Der verschlossene Raum« und bei seinen Schülern Michael Innes und Edmund Crispin fast zum Gattungsmerkmal wird.

Volker Neuhaus

Band 1034	John Dickson Carr	**Fünf tödliche Schachteln**
Band 1035	Charlotte MacLeod	**Madam Wilkins' Palazzo**
Band 1036	Josephine Tey	**Wie ein Hauch im Wind**
Band 1037	Charlotte MacLeod	**Der Spiegel aus Bilbao**
Band 1038	Patricia Moyes	**»… daß Mord nur noch ein Hirngespinst«**
Band 1039	Timothy Holme	**Satan und das Dolce Vita**
Band 1040	Ellery Queen	**Der Sarg des Griechen**
Band 1041	Charlotte MacLeod	**Kabeljau und Kaviar**
Band 1042	John Dickson Carr	**Der verschlossene Raum**
Band 1043	Robert Robinson	**Die toten Professoren**
Band 1044	Anne Perry	**Rutland Place**
Band 1045	Leslie Thomas	**Dangerous Davies … Bis über beide Ohren**
Band 1046	Charlotte MacLeod	**»Stille Teiche gründen tief«**
Band 1047	Stanley Ellin	**Der Mann aus dem Nichts**
Band 1048	Timothy Holme	**Morde in Assisi**
Band 1049	Michael Innes	**Zuviel Licht im Dunkel**
Band 1050	Anne Perry	**Tod in Devil's Acre**
Band 1051	Phoebe Atwood Taylor	**Mit dem linken Bein**
Band 1052	Charlotte MacLeod	**Ein schlichter alter Mann**
Band 1053	Lee Martin	**Ein zu normaler Mord**
Band 1054	Timothy Holme	**Der See des plötzlichen Todes**
Band 1055	Lee Martin	**Das Komplott der Unbekannten**
Band 1056	Henry Fitzgerald Heard	**Das Geheimnis der Haarnadel**
Band 1057	Sarah Caudwell	**Adonis tot in Venedig!**
Band 1058	Phoebe Atwood Taylor	**Die leere Kiste**
Band 1059	Paul Kolhoff	**Winterfische**
Band 1060	**Mord als schöne Kunst betrachtet**	
Band 1061	Lee Martin	**Tod einer Diva**
Band 1062	S. S. van Dine	**Der Mordfall Canary**
Band 1063	Charlotte MacLeod	**Wenn der Wetterhahn kräht**
Band 1064	John Ball	**In der Hitze der Nacht**
Band 1065	Leslie Thomas	**Dangerous Davies … Auf eigene Faust**
Band 1066	Charlotte MacLeod	**Eine Eule kommt selten allein**
Band 1067	Lee Martin	**Mörderisches Dreieck**
Band 1068	Paul Kolhoff	**Menschenfischer**
Band 1069	Ellery Queen	**Das ägyptische Kreuz**

Band 1008

Ellery Queen

Der mysteriöse Zylinder

Welcher Liebhaber von Kriminalromanen kennt nicht Ellery Queen, der, selbst Autor von Kriminalromanen, mit seiner kühlen Logik und seinem analytischen Verstand seinem Vater, dem kauzigen Inspektor Richard Queen, hilft, auch den raffiniertesten Verbrechern auf die Spur zu kommen? Ellery Queen ist unzufrieden. Statt sich dem Erwerb einer von ihm heiß begehrten Falconer-Erstausgabe widmen zu können, wird er wieder einmal in einen Mordfall hineingezogen – Monte Field, ein zwielichtiger Rechtsanwalt, ist während einer Theatervorstellung ermordet worden. Die Polizei steht vor einem Rätsel.

Band 1040

Ellery Queen

Der Sarg des Griechen

Als der Kunsthändler Georg Khalkis an Herzversagen stirbt, ahnt niemand, daß dies nur der Auftakt ist zu einer mörderischen Symphonie: Doch dann verschwindet das Testament, das der Verstorbene noch kurz vor seinem Tod geändert haben soll. Bei der Suche nach dem Letzten Willen macht man eine grauenvolle Entdekkung: In Khalkis' Sarg liegt eine weitere Leiche – mit Würgemalen am Hals: Der Urkundenfälscher und Kunstdieb Albert Grimshaw. Und das Testament bleibt solange verschwunden, kombiniert Ellery Queen, der Autor von Kriminalromanen und scharfsinnige Amateurdetektiv, bis Grimshaws Mörder gefunden ist.

Band 1060

Mord als schöne Kunst betrachtet

Die raffiniertesten Kurzgeschichten der »DUMONT's Kriminal-Bibliothek«-Autoren in einem Band

Anläßlich des 10jährigen Jubiläums der »DUMONT's Kriminal-Bibliothek« stellt dieser Band klassisch-schöne Detektivgeschichten vor, deren Mehrzahl noch nie auf deutsch erhältlich war, ja von denen einige überhaupt erstmals das Licht der öffentlichen Welt erblicken. Begleiten Sie die Detektivinnen und Detektive der bewährten Autoren der »DUMONT's Kriminal-Bibliothek«!
Mit Kurzgeschichten von:
John Dickson Carr, Stanley Ellin, Timothy Holme, Michael Innes, Paul Kolhoff, Charlotte MacLeod, Lee Martin, Anne Perry, Ellery Queen, Mary Roberts Rinehart, Leslie Thomas und Robert Robinson.

DuMont's Kriminal-Bibliothek
Wie ein Stich durchs Herz
Phoebe Atwood Taylor

Band 1051

Phoebe Atwood Taylor

Mit dem linken Bein

Leonidas Witherall, Lehrer für englische Literatur und bekannter Shakespeare-Experte, soll eine alte Ausgabe des Dichters prüfen, die sich jedoch schnell als billige Fälschung erweist. Damit nicht genug, wird Leonidas auf der Heimfahrt im Bus auch noch in einen Streit mit einer jungen Frau verwickelt, so daß der verärgerte Busfahrer ihn kurzerhand – ohne Gepäck – auf die Straße setzt. Als ihm die Frau aus dem Bus nachsetzt, macht Leonidas sich völlig entnervt auf die Flucht und stolpert – in einen Mordfall. Neben dem Opfer liegen Leonidas' Gummischlappen aus dem Bus, und dem Leichnam fehlt das linke Bein …